妾本庶出 3

目次

壹之章 喜結珠胎風波起

馬上要進入二月，三年一度的春闈要到了，郁老爺也網羅了幾名學子，其中不乏能人。郁老爺想請郁心蘭回去幫著相看相看，畢竟家裡幾位堂姊妹都到了婚期，可伯父、叔父們沒有功名，找高門大戶不易，不如從這些學子中挑幾個乘龍快婿。

赫雲連城答應後，郁心蘭便於第二日回了郁府。

她的馬車是直接從側門進二門的，在大門外轉彎時竟發現了晉王府的馬車。

郁心蘭眉頭一蹙，吩咐紫菱道：「一會兒妳留在二門，找八少爺的小廝打聽一下為何秦小王爺會來。」

每個有聲名的官員，在春闈之時都會網羅一批學子，幫忙舉薦。這些學子日後高中，會稱官員為恩師，算是官員們在朝中的助力，因而這類型的聚會是不會邀請其他官員來參加的。

紫菱沒多久就回來了，說秦小王爺是不請自來的，還帶了一個叫黃庭的小伙子。

郁心蘭立即就想到了郁琳和郁琳的那條手帕。

「去，叫紅杏過來。另外，立即叫人套車，妳讓錦兒回去取那條撿來的帕子。」

紫菱立即去叫來了紅杏，郁心蘭逼著紅杏說出郁琳這段時間偷偷與秦肅約會之事，可紅杏供來供去，也就是那回在晉王府的宴會中見了一面。

這不對啊，那天他們是避著人見面的，畢竟是在晉王府，秦肅這樣與未婚少女私會，自己的名聲也不好，可他今天帶著黃庭來幹什麼？

怎麼想都跟郁琳的那條帕子有關係，可又不知秦肅的打算，郁心蘭只能吩咐人盯著秦肅和他的長隨。

郁老爺和老太太為郁心瑞新買了兩個小廝，夏雨和冬竹。人都十分機靈，識得幾個字，年紀也比郁心瑞長了四、五歲，畢竟現在郁心瑞已經有了功名和名氣，時常會有人來宴請，必須得有兩個機靈會來事兒的小廝跟著上下打點。

因而得了四姑奶奶的吩咐和打賞後，兩人都十分賣力地監視著秦肅以及他的長隨霍新。他們倆倒也沒緊迫盯人，而是輪流值班，不讓霍新落單，又不讓他發覺有人在跟蹤監視。

霍新其實是個很機靈的人，不過夏雨和冬竹在賣入郁府之前，可是街頭的小混混，時常客串一下小偷什麼的，跟蹤人這類事不在話下。

郁心蘭等著父親著人來請她到書房相看這些個舉子，於是坐在離二門極近的梓園的小花廳裡，只等了小半個時辰，夏雨就跑來稟報：「小的見到霍新叫忍冬到假山道裡不知說了些什麼，小的怕靠得太近讓人發覺，所以沒聽清楚，不過看到霍新好像給了樣東西給忍冬，淡青色的，豆腐塊大小，是什麼卻沒瞧清楚，像是用帕子包著什麼，小的特來詢四姑奶奶示下。」

郁心蘭側頭想了想，「忍冬是回事處的小廝吧？」

「回四姑奶奶的話，正是。」

「你想法子把他騙過來，就說二夫人有事差他辦，莫讓人發覺。」

夏雨立即領命下去了，兩盞茶後，他與冬竹夾著忍冬過來，一路上還說笑著。進了梓園的大門，忍冬終於察覺不對勁，轉身想跑，他倆極有眼色地堵住了忍冬的去路，順便封了他的嘴。

進了小花廳，夏雨一腳踢在忍冬的腿窩處，忍冬立即就跪下了。

夏雨先恐嚇了幾聲：「四姑奶奶要問你話呢，老實點兒！」才抽出忍冬嘴裡的汗巾子。

忍冬望向屏風後面，隱隱約約有幾名女子，其中一人端坐上首，華衣美鬟，他當下忙連連磕頭，「小的給四姑奶奶請安。」

郁心蘭悠然品茗，半晌才問：「霍新找你幹什麼？」

忍冬心裡一驚，冷汗便下來了，這事兒可認不得呀，認了會被杖斃的！

郁心蘭並不見得要他回答，不等他狡辯的話出口，冷哼了一聲，「還不快說，就憑你懷裡藏的那樣東西，偷主子的物件，就可以把你打殺了，一家子賣到採石場去！」

原來四姑奶奶已經什麼都知道了。

忍冬嚇得再沒了骨氣，趴在地上嚎哭，「小的就是手欠，喜歡賭兩把，這段時間輸得比較多，欠了些銀子，霍新給了小的一錠銀子，小的就見錢眼開了，真的不是有心要害誰……」

郁心蘭喝了一聲：「閉嘴！誰要聽這些！」抬手打發了夏雨和冬竹先出去，千荷和千葉也極有眼色地退了出去，又關上花廳的大門，守著門口不讓人靠近。

郁心蘭這才一字一頓地道：「再給你一次機會，霍新找你幹什麼？」

忍冬不敢再隱瞞，當下將霍新要他辦的事兒說了：「霍新要小的尋個機會將黃庭黃公子請到無人之處，將一方帕子送給黃公子，就說是一個傾心於他的小姐讓送的……」

郁心蘭問：「是誰的帕子？」

忍冬忙道：「疊起來了，小的沒敢看。」說著掏出懷裡淡青色的絲帕，雙手呈上。

其實他看了，知道是府中的五小姐，當時也嚇了一跳，可到底還是被銀錢給捂住了眼睛，想著將黃公子帶到無人之處，沒旁人看見，斷不會有什麼事。黃公子得了這一大便宜，成了郁府的東床快婿，美都美不過來，哪會來尋他的不是？可這會兒他卻是決計不敢承認的，不然必定會被杖斃滅口。

郁心蘭眼見著他還有幾分眼色，這才按下不快之情，讓紫菱去將手帕接了過來，展開來一看，還真是郁琳的。帕角繡著一個小巧的琳字，滾的邊兒也是郁琳最愛的五色彩線邊。

郁心蘭將手中的帕子揚了揚，小花廳的角落頓時響起了一聲尖叫：「不可能！不可能！」

郁心蘭立即站起來衝過去，揚手便是一巴掌，低聲唬道：「妳是想讓旁人知道這是妳的嗎？」

一旁服侍的紅杏是個有眼色的，忙捂住小姐的嘴，極低聲地勸阻，尖叫著的郁琳終於安靜下來，神經質地搖著頭，伸手想抽回手帕。剛才聽到的話，對她來說，無異於晴天霹靂。在她看來，秦小王爺將這事兒公諸於眾並沒什麼，誰讓父親拒絕了他的求親呢？這樣才能逼父親同意啊！可她真沒想到，秦小王爺竟是要將帕子交給一個還不知是豬是狗的陌生人。

郁心蘭將手一揚，讓她撲了個空，冷笑道：「老實點，回妳的院子去，今天不許再踏出半步！」又附耳低語：「妳用點心想一想，妳三姊為何告訴妳秦小王爺來了，秦小王爺是誰的人，妳又是誰的妹妹，他敢這般作弄妳嗎？」

郁琳一驚，她到底不是傻的，立時便想到了，不論秦小王爺的目的是什麼，這事兒十二皇子必定是知道的，而三姊……也知道嗎？

郁心蘭冷哼了一聲，對著紅杏道：「扶小姐回去！」

隨便郁琳會不會懷疑郁玫，今日她差人去請郁琳，哪知在半路上就撞上了，這丫頭真是愈來愈膽大，竟然打算到前院的書房去，假裝找郁老爺，跟秦肅來個偶遇。就是自己，已經成親的婦人，在父親的授意下幫著相看一下未來的姊夫、妹夫，也得躲在書房的碧紗廚後。而郁琳卻一個未出閣的少女就敢自己跑前院去見男人，明知今日父親還請了那麼些舉子……這樣的人，秦小王爺會要才有鬼！

郁琳似是受不了這種打擊，搖搖晃晃地被紅杏扶走了。

郁心蘭不聲不響地從小角門穿過隔間和茶水房，進到一間小廂房，示意紫菱和蕪兒留下，錦兒守在門外，順道看著小花廳的側門，不許忍冬偷跑了。

「妳們說說看，秦小王爺這是個什麼意思？」

必須先弄清楚秦肅的目的，才好想對策，一勞永逸，不然只是收走了郁琳的帕子，這次沒成功，以後他還會想法子來這麼一齣。

郁心蘭擰眉沉思，一面自言自語，讓紫菱和蕪兒也幫著分析分析：「上回是要我的手帕，這回換成了五妹的，總是圍著郁家轉，難道從郁家能圖謀到什麼嗎？若只是為了求得赫雲家的兵力支持，想法子哄二姑娘開心才是正經，那可是侯爺嫡親的女兒，不比我這拐著彎兒的姻親來得方便？」

紫菱跟在老太太身過十來年，目光比一般的丫頭遠了許多，而蕪兒是從王丞相府出來的，骯髒事兒也沒少見。只是這時代女人不許隨意外出，眼界有限，跟秦小王爺這種身居廟堂的男人比起來，還真是不夠看的。兩人想來想去，仍是道：「定是想與郁府結親，拉近關係，老爺總是二品大員，又管著戶部。」

郁心蘭便反問：「郁家能有什麼關係？人脈都是王家鋪出來的，郁家就算不曾沒落過，那也是寧遠城的世家，在京城是沒半點根基的，再說了，戶部的銀子再多，那也是國庫的、是皇上的，父親可沒膽子從國庫裡挪銀子出來給他們使。」

蕪兒細聲細氣地道：「可是，若是這回的事兒讓秦小王爺抓住了把柄，或許就可以逼老爺挪用一點。」

郁心蘭抬眸問道：「就憑這個？」

蕪兒慢慢地道：「若是傳得旁人都知道了，郁家的臉面可就丟盡了，哪還會有人上門來向郁家的小姐們提親？郁家未出閣的姑娘可還有十來人呢，老爺怎麼可能眼睜睜瞧著不管？」

郁心蘭心中一動，也就是說，秦肅主要還是想抓個把柄，並不會將這事兒公開，至於後面郁琳是不是會嫁給黃公子，他是不管的。

若是這個假設成立的話，那麼郁家一定有他們想要的什麼東西。

郁心蘭忽然想到，若干年前，王丞相到底是看中了父親什麼，要將自己嫡親的女兒，號稱京城雙姝之一的王氏嫁給父親？若說是看了父親的才華，以她這陣子在貴婦圈中得來的消息，父親這人最大的長處就是圓滑世故，誰也不得罪，其次就是會用人。這種長處……似乎不需要嫁個嫡女吧？

如今是建安十六年，而王丞相這個丞相已經當了四十餘年了。父親金榜題名之時，王丞相在朝中的根基已經非常深了，想巴結王家的人多得數都數不過來，何況當時郁家是什麼情況，他只須嫁個旁支的庶女，父親都算是高攀了。

為什麼非要嫁嫡女？是郁家有什麼，還是郁老爺有什麼？

郁心蘭暗暗握緊拳頭，細細地過了一遍自己從各位貴夫人口中打聽到的，父親的為人以及為官的一些經歷，這些夫人說的自然是她們的夫君閒暇時說的，可細細想了幾遍，都沒有什麼值得王丞相另眼垂青的地方。

好吧，既然秦肅是不打算公開的，私下地拿住這個把柄，那麼我就將其公開。至於郁家的事兒，再去問爹爹便是了。

郁心蘭打定了主意，回到花廳，將夏雨和冬竹叫了進來，如此這般吩咐了一番。至於忍冬，郁心蘭答應給他一個機會，若他做得好就饒他一命。忍冬自是拚命磕頭，再三表明自己絕對是忠心於郁府的。郁心蘭交代了他一番，便讓他下去了。

半盞茶後，郁老爺著人來請郁心蘭，讓她從前院的小花廳的側門拐進去，直接穿過穿堂和茶水間，從後角門進入書房，站在碧紗廚後細細打量這些舉子。

秦肅與郁老爺並肩坐在上位，十來名舉子圍坐一圈，正在談論時政。到底是腹有詩書氣自華，這些舉子即使衣著樸素，舉手投足間也是彬彬有禮、溫文爾雅……當然，也有可能只是表象。

郁心蘭一圈兒看過去，也細細聽了他們的言論，從中挑了幾個人出來。幾位堂姊妹都是良家女子，嫁與這種有功名卻沒官職的人，算是糟糠之妻，日後這些人縱然飛黃騰達了，沒有重大的理由也是不能休妻的。

郁心蘭不由得感嘆，古人的家族觀念真是重，郁老爹連侄女們的親事都要操心。

看完後原本應當退出去，回頭給父親遞個話就成，可郁心蘭卻悄悄在碧紗廚後坐了下來，靜等那方帕子的出現。

男人們正談論得歡暢，黃庭忽然紅著臉站起來，作了個揖道：「請小王爺恕罪，郁公恕罪，黃某須得盤整一二。」

郁老爺道：「黃公子請！」揚聲吩咐外面的小廝為黃庭帶路。

片刻後，黃庭又回轉過來，適逢郁心瑞散學歸來，也隨著他一同進了書房。

郁心瑞向小王爺和父親請過安，與各位舉子見了禮，便坐到郁老爺的下首，聽他們談論。

談過了一陣子後，郁老爺瞥了眼几案上的漏刻，拈鬚笑道：「小王爺難得大駕光臨，不如就在郁府用飯如何？」

秦肅笑得和氣，「如此，就打擾了。」

說起了用飯，自然是不要再談論時政的意思，這些舉子們有的心思透亮，郁老爺大概是不想自己舉薦的學子有些什麼根底都被秦小王爺知曉了去。有些卻是書呆，還想著在小王爺面前表現一二，又要再度開口。

這些人自從被郁老爺收為門人後，便一同住在郁府，相互之間多少有些了解，便有那機靈點的攔住話題道：「不如我們行個令如何？」

秦肅挑了挑眉，「行令須有酒，否則如何罰？不如一會兒用飯之時再行令吧。」

郁老爺對秦肅有些不滿，怎麼說你都是客，我才是主，這話也當由我來說才是。

他為人圓滑，面上卻是半分不顯的，笑呵呵地道：「沒有酒，以茶行令也是一樣。或者，輸的人說件趣事逗逗樂，也是可以的。」

眾人一致贊成，秦肅也不好再說什麼，其實主要是他不擅長行令，肚子裡都被心眼給占滿了，這些小玩意兒沒處塞。

接著，便由郁老爺起了頭：「花時同醉破春愁。」之後是郁心瑞接：「醉折花枝當酒籌。」再往下傳去，秦肅勉強接了一句，又回到郁老爺這兒。第二圈時，傳到黃庭之前的那一位，做的韻不好押，黃庭便停下思索一二。

秦肅卻趁機道：「不行，不能停，停了便是輸！」

他是見漏刻上的時間快到飯點，這輪斷了，下一輪又得從郁老爺開始，就能免了他的酒令。

黃庭面色尷尬，他平日在家除了讀書就是習武，倒真不知道說笑話逗樂子，憋了半天沒憋出一句話來。眾學子哄然而笑，秦小王爺正好樂得磨時間。

郁心瑞眨了眨黑漆漆的大眼睛道：「黃大哥若是說不出樂子來，不如讓我瞧瞧那方帕子吧。」

黃庭的臉更紅了，支吾道：「不好不好！」

眾學子忙問是什麼事，郁心瑞說自己放學回府，便瞧見有人請小廝遞了塊帕子給黃大哥，他好奇，便想瞧一瞧。

在座的，除了郁心瑞，都已經成年，還有什麼不明白，當即笑得更歡，哄鬧著要看一看帕子。

秦肅的臉色卻不太好，板著臉道：「私相授受本就不對，若是傳了出去，對女孩兒家的名聲不好。黃公子收了人家的帕子，若是對其有意，著人上門提親便是，切不可胡言亂語。」又轉向郁心瑞道：「你年紀尚小，不知輕重，以後這話再不可說。」

郁心瑞挨了罵也無所謂，他反正年紀小，鬧一鬧的沒什麼，何況那些當官的私底下胡來的還少了？這事兒他不提，一會兒秦小王爺也會找由頭跟父親提，哼！

在座之中有一名暉城的世家弟子萬鵬，生得風流俊俏，作得錦繡文章，平素在家被人捧著哄著，進了京後卻頗受冷落。他原是先投的晉王府，卻沒能如願，眼見黃庭這種出自小縣城的土包子卻得了小王爺的賞識，還有佳人垂青，不由得又妒又恨，心中落差極大，對秦小王爺亦是頗有怨言。

他當下便笑道：「小王爺此言差矣，詩經上可有不少詩句都描寫了男女相愛，這其中不乏饋贈信物，終得美好姻緣，不也是傳得一段佳話嗎？」

詩歌……永遠是走在時代前端的。

文人學子最愛風花雪月，這般的八卦趣事當然想打聽個一清二楚。於是，餘下之人聽了，當即便表示贊同。這種事兒，在男人們看來是長臉面的，畢竟不是黃庭主動去求，而是佳人贈送。還有人帶頭發誓，表示絕不細看，只要黃庭將那帕子攤一攤便成，若將今日之事傳了出去，天打雷劈。眾人也跟著發誓，一定要讓黃庭將帕子抖兩抖，讓他們開開眼界。

秦肅很想發作，這事兒必須在私底下只有他、黃庭和郁老爺三人的時候再提，若是被這些個學子知道了，還怎麼拿捏郁老爺？

郁老爺原也想勸學子們幾句，卻被兒子一個眼神給制止了，索性沒話找話地與秦小王爺閒聊，不讓他制止這群學子胡鬧。

黃庭原本就不想接那帕子，正推搡間，被郁心瑞撞見，一不留神才被那名引路小廝給塞入懷中的，這會兒更是不想公開，免得自己必須去佳人府中提親……

可旁人的興致高漲，哪裡容他反駁？幾個學子乾脆撲上去，兩人抓住他的手腳，一人去搜。爭搶間，原就沒塞進胸袋的帕子便掉了出來。

萬鵬一個健步衝上去拾起，攤開來，便有那眼尖嘴快的看到了帕角的字，還順嘴兒溜出口來：「慎之！」

咦？再一細看，這帕子也是男人的，比女人用的大些，周正些。

學子們一入京，若想投名，必定早早地打聽清楚朝中權貴們的姓名，自然知道「慎之」是誰的表字，那帶著顏色的目光就在秦小王爺的臉上轉了一圈，隨即垂下頭，不敢再多說半個字，場面詭異地安靜了下來。

眾學子心裡卻有話要說，原來秦小王爺喜好男風，難怪年近二十了，連個側妃都沒娶。而萬鵬更是深感欣慰，原來不是我學問不行，而是我的長相沒對上秦小王爺的味口，幸之，幸之。

黃庭已經傻了，神色古怪地看著秦小王爺，回想著自己與他相識的過程，貌似是秦小王爺的長隨主動來找他索要文章，莫非……真的……

他隨即勃然大怒，居然被個男人看上，這是對他絕對的污辱。他便是再想做官，再想光宗耀祖，也絕對不會以雌伏男人身下來換取。

是可忍，孰不可忍！

黃庭當即衝秦小王爺抱了抱拳，「黃某才疏學淺，不敢擔秦小王爺的賞識，這便自行求去。」說罷又衝郁老爺拜了一拜，火燒屁股似的衝出了書房，回晉王府收拾行囊去了。

那方帕子就這麼掉在地上，華麗麗的顯眼。沒人敢拾了還給秦小王爺，這是找死，秦肅自然也不會去撿，這是找虐。

秦肅的臉變成了調色盤，紅了青，青了白，白了又紅，如霓虹燈一般閃爍不停……怎、怎麼會是我的帕子？這個霍新是怎麼辦事的？

郁老爺先打發學子們去膳廳等候開席，抬頭看了看窗外，向秦肅道：「老夫看外面的天色似乎不太好，若是一會兒下雨……」

秦肅立即接著這話道：「的確，若是一會兒下雨，小王回府就不方便了。今日打擾，日後再請郁公過府一敘。」

郁老爺忙起身送客，「老夫便不留小王爺了，還望小王爺寬宥一二。」

秦肅勉強擠出一抹笑，瀟灑地慢慢踱出書房，路過帕子時飛速地彎腰拾起，到了院子裡，再也維持不住翩翩風度，幾乎是跳上馬車，立即低吼道：「快走！」

郁老爺在門外相送，先到膳廳仔細叮囑這些學子：「慎言！須知禍從口出！」眾學子默默應了。

郁心蘭躲在碧紗廚後，死捂住嘴，憋笑憋得差點斷氣。待郁老爺叮囑完學子們，又回到書房裡，她才捂著肚子轉出來。

郁心瑞也老早便想笑了，這會子終於可以大笑出來。

郁老爺臉色一變，「你們這是……莫非你們早就知道？」

郁心蘭點了點頭，坐在八仙椅裡笑了半晌，才漸漸停下來，對郁心瑞道：「去後院向老祖宗和母親請個安吧。」

郁心瑞乖巧地應了，對父親行了一禮，退了出去。

郁心蘭這才正了正色，將秦肅的打算說了出來，郁老爺氣得一掌拍在書桌上，「這個秦肅，仗著皇上的信任和太后的寵愛，素日裡就目中無人，在朝堂上也是常常辯得那群老臣們臉面全無，今兒個竟將主意打到琳兒的頭上！之前我還當他多少對琳兒有幾分心疼，卻不曾想，原來只是利用而已！幸虧當初我未答應他的提親，否則不是將琳兒推入火坑了嗎？」

要說郁老爺這人也不是沒優點，至少他是盡力為兒女著想的……

郁心蘭待郁老爺發作完了，便問：「父親可知十二皇子和秦小王爺為何一定要您相助嗎？」

郁老爺搖頭道：「為父如何知道？應當還是看中四姑爺的兵權吧？妳放心，為父再也不會逼你們了。」

郁心蘭點了點頭，又問起這些學子的前途：「……會不會被今日這事影響？」

郁老爺搖頭道：「春闈審卷閱卷都是要先封卷的，而且優秀的卷子至少要由五名考官共同商議，給出名次，就算皇上指派秦肅主考，他一個人也左右不了。翰林院的學士都是些古板之人，只認文章不認人的。」

只要不會因為郁家的事，牽連到這些辛苦讀書的學子就好。

郁心蘭眼見快到晌午，便施禮告退，先回內宅看望老祖宗和母親，心裡卻思忖，父親到底瞞著什麼事呢？估計娘親和老祖宗也不知道，要怎麼才能從父親口中套出話來？

剛才郁老爺答得雖快，可眼中那一抹驚慌，她卻絕沒有錯認。

不過，今日也算收穫豐富了，秦肅本來要拿捏郁家的，結果落了個把柄在旁人手裡，估計應當有滿長一段時間不敢再出現在郁府。

回到侯府，待赫雲連城下了朝，郁心蘭便迫不及待地將這笑話講給他聽。

赫雲連城彎了彎星眸，笑了幾聲，卻道：「他的確是養過小倌，不過旁人不知罷了。」

呃，還誤打誤撞了，居然是個雙插頭……

小夫妻倆正說著話，便有一名宜安居的嬤嬤過來傳話：「侯爺和夫人請大爺、大奶奶過去。」

兩人忙換了衣服，趕到宜安居。家中幾個兄弟和未出閣的姑娘，以及長公主也已經到了。

侯爺便道：「讓你們來，是要告訴大家兩件喜事，一是梁州城門終於破了，不過，梁王本人卻還沒捉到；二是大慶國已經派出使團來訪，應當下月末會到京城，接待的事宜，皇上指了靖兒和策兒參與。」

這是一次大好機會，接待外國使團，若是表現得好，可以在皇上面前大大的露臉，但若是不小心說錯話兒，失了國體的話……

❖　❖　❖

建安帝怒氣沖沖地快步走在前面，幾位老臣踉踉蹌蹌追在後面，口裡還高喊道：「陛下……不立儲君，動搖國之根本啊！」

建安帝怒吼一聲：「滾！」

然後登上龍輦，揚長而去。

幾位老臣追到禁門，卻是再也不能追了，過了禁門便是後宮，他們如何能進去，只能垂頭喪氣地出了宮。

龍輦上的建安帝微瞇著眼，神情似喜似怒，黃公公小心翼翼地打量幾眼，確定皇上已經緩和了怒氣，這才恭謹地笑道：「不知皇上想去哪宮娘娘處？」

建安帝修長有力的手指在扶手上敲了兩下，淡聲道：「朕有些日子沒去探望過淑妃了。」

黃公公立即會意，傳令道：「擺駕梓雲宮。」

梓雲宮內的宮女太監們老遠瞧見皇上的儀仗，忙欣喜地奔進暖閣，請主子更衣接駕。

淑妃亦是歡喜，換上一身特顯嬌柔的衣裳，挺著大肚子等在宮門口。

龍輦甫一停下，她便盈盈地福了下去，「臣妾見過皇上，吾皇萬歲萬歲萬萬歲。」

建安帝哪裡捨得讓愛妃真拜下去，忙親手扶起，摟住淑妃纖弱的肩膀，寵溺地笑道：「愛妃快請起，妳身子重了，以後不必再行此大禮。」
淑妃嬌滴滴地道：「臣妾謝過皇上疼愛，只是禮不可廢……」
建安帝聞言，自是對她的謙恭有禮讚賞了一番，臉上雖笑著，但眉宇間還是蹙成了一個細微的「川」字。淑妃敏感地發覺，忙關切地詢問：「皇上有何事心煩，臣妾願為您分擔一二。」
建安帝挑了挑眉，用欣慰深情的目光看向淑妃，「還是愛妃最體貼朕。也不是什麼大事，就是那幫老臣天天吵著要立儲，哼！」
淑妃心中一動，她可不願這麼早立儲，這儲君之位，她還想為自己肚子裡的這個皇子爭一爭呢，於是問建安帝道：「皇上可曾告訴過臣子們您為何不願啊？」
建安帝冷哼一聲，「上書過無數次，朕也說過無數次了，要再多觀察幾位皇子一陣子，再者，儲君乃是下任君王，怎可隨意冊立？」
淑妃忙順著他的話道：「皇上所慮甚是，還是按著自己的意思來便好。若是那些臣子不甘休，不如先給幾位皇子冊封個爵位，也好堵住他們的嘴。」
建安帝緩了緩怒色，「這個早讓禮部準備詔書了，可那群老傢伙還是不依不饒，惹人厭煩！」
淑妃輕笑，「您的皇子還有未成年的，可以等所有皇子都成年再冊立太子啊！」
建安帝有些莫名其妙，「朕哪裡還有未成年的皇子？」
淑妃嬌笑，「皇上，您忘了十五皇子了嗎？」
建安帝的面色僵了僵，隨即笑道：「不錯，十五才八歲，至少也得等到他十二、三歲，能看出個子丑寅卯來再冊封太子。」說完又溫言讚道：「還是愛妃妳聰明。」
淑妃垂首羞澀，心中卻暗道：果然這個十五是皇上的心病！
她入了宮，便大量花銀子打探皇上的喜好，之前聽鳳棲宮的小宮女說，皇上因某晚喝醉了，臨幸了一名鳳棲宮的宮女，才有了這個十五皇子，但卻甚為不喜。原本皇后有意將十五皇子收養在鳳棲宮，也只得作罷，交給一名無所出的修儀去撫養了。可是，皇上之所以會臨幸那名宮女，是因為醉眼朦朧中覺得那宮女像雪貴妃。雪貴妃這個女人死了二十幾年了，皇上還每年祭奠……

淑妃覺得自己如今寵冠後宮，想到下月便是雪貴妃的祭日，忍不住出言試探：「皇上上次來時，答應臣妾，下個月初陪臣妾回府省親，臣妾知會內務府初十回府，可臣妾剛剛才從內侍口中得知，下個月初十亦是雪姊姊的祭日，臣妾著實不知，還請皇上恕罪。」

建安帝無所謂地挑了挑眉，「妳改個日子，朕便可以陪妳回府。」

淑妃勉強勾出一抹笑，「多謝皇上。」

原來，她還比不過一個死人！那家中讓她求的事兒……淑妃定了定神，溫柔地伺候皇上歇息了一會兒，建安帝傳膳至梓雲宮，兩人一同恩恩愛愛地用過飯。眼見著皇上打算起駕了，淑妃心中焦急，不得不試探一下，怯怯地看了皇上一眼，大大的眼中浮起一汪淚水，小小的紅唇緊抿著，看著要多可憐就有多可憐，配合那濃密如蝶翼的長睫毛，更是惹人憐愛，惹人心疼。

建安帝不由自主地柔聲道：「愛妃怎麼了？有何為難之事，只管告訴朕……」

淑妃以退為進，不顧皇上的阻攔，盈盈跪下，就連跪的姿勢都那麼美，婉轉的聲音哽咽道：「臣妾得蒙皇上厚愛，心中感激不盡，可不曾想，臣妾的兄長竟做出那般無恥行徑，臣妾真真是無地自容……」說罷淚水漣漣而下，猶如梨花帶雨。

建安帝一聽原來是這事兒，不在意地笑笑，扶起她來，溫言寬慰：「愛妃放心，妳是妳，他是他，即便他犯了死罪，妳也是朕最寵愛的妃子，絕不會變。」

這話即是，也絕不可能因為她，免了她兄長的罪過。

淑妃聽得明白，忙抹了抹淚水，擠出嬌弱的笑容，「臣妾謝過皇上。」

建安帝又寬慰了幾句，這才起駕去皇后的鳳棲宮。

待送走皇上，淑妃的臉便垮了下來，對自己的乳娘蔡嬤嬤道：「妳傳消息給母親，告訴她，本宮也沒法子。」

蔡嬤嬤不由得遲疑，「夫人說了，一定要為大公子脫罪啊，大公子是被人陷害的。」

淑妃咬牙道：「我還不知道嗎？可也要他有這麼蠢，能被旁人陷害！沒事去學人家買什麼地？沒得弄個人命官司出來！剛才皇上的話妳也聽到了，若是大理寺判了他死罪，妳讓母親早些教導五弟吧。」

蔡嬤嬤還想勸，「可皇上也說了最疼愛的便是娘娘您，若您開口為大公子求求情，或許……」

淑妃眼睛一瞪，「我為何要為大哥求情？當初他為了一個小美人，竟慫恿父親將我嫁給一個藥罐子，這種兄長還想我替他賣命不成？萬一我開口求情，皇上怪罪我了怎麼辦？我若是失了寵，以後如何為肚裡的皇兒爭取皇位？是皇位重要，還是一個兄長重要？」說著不屑地一笑，「大哥死了還有二哥，二哥死了還有五弟，母親急什麼？」

蔡嬤嬤不敢再說什麼，下去使人傳話去了。

❖ ❖ ❖

進入二月，朝中異常忙碌了起來，春闈開始了，考官和學子們都被關入了翰林院的大院之中，而打聽門道的人卻在外面肆意活動。

建安帝一連下了四道聖旨，冊封九皇子明子恆為莊郡王；十二皇子明子信為仁王；十三皇子明子岳為永郡王；十四皇子明子期為賢王。

從這爵位上就可以看出，皇上最喜歡的是十四皇子，其次是十二皇子，而九皇子和十三皇子，無非是因沒有給皇子封侯爵的先例，才給了個郡王的爵位，還沒指定世襲，那就最多傳承五代，還是降等襲爵。

這幾道聖旨一出，京中各位大臣的心思便活絡了起來。幾位皇子的府第連夜換了門匾，仁王和賢王的府第前車來車往，前來恭賀的朝臣的馬車將路都堵塞了。而莊郡王和永郡王的府前則明顯冷清得多，除了其母妃娘家的人外，基本都是些中間派，誰也不得罪，先去了仁王府和賢王府再過來打個轉兒的官員。

莊郡王倒是毫不在意，送走了一批客人之後，見暫時不會再有客來，便回到後院，與赫雲連城下棋。

莊郡王下了幾步棋後，停了手，笑道：「你今日心神不寧的，可有心事？」

赫雲連城抬眸看了他一眼，搖了搖頭，「沒有。」

「可是為了大慶國使團接待一事？」

「不是，今日已經去禮部與諸位大人商討過了，我管城中和使團成員的安全，別的不用我操心。這本就是我分內之事，只不過多撥一批人去巡視官驛而已。」

莊郡王細看了赫雲連城幾眼，不太相信他的話，不過他雖然心不在焉，卻也不是焦急……

赫雲連城轉了話題：「聽說德妃娘娘這幾日都在為太后抄佛經？」

莊郡王表情一僵，隨即露出一絲苦笑，「我原說不爭那些個了，可母妃不願……也是外祖父的意思吧。現今封了郡王，總算父皇並未將我遺忘，他們都覺得還是有機會。」

赫雲連城點了點頭，「要我說，也的確是你有這資格。十二殿下太假，十三殿下太弱，十四殿下又太愛玩……」

莊郡王搖了搖頭，「好與不好，都是父皇說了算的，我只能盡力一試，日後還要請連城你多多相助。」

赫雲連城點了點頭，記掛著心中之事，便沒多留，今日本是休沐，他無須去軍營，用過午飯便回了府。

郁心蘭正側臥在短炕上，身上蓋了一條白狐皮褥，小臉睡得紅彤彤的，襯著白皙細膩的肌膚和烏黑捲翹的長睫毛，顯得又可愛又漂亮。

赫雲連城輕輕走過去，俯身在小妻子的臉上吻了一下。郁心蘭睡得正熟，睫毛動都沒動，他不禁寵溺地一笑，也脫了鞋上炕，掀起褥子躺進去，摟著她也小睡了一會兒。

郁心蘭醒過來的時候，一睜眼，便看到丈夫正含笑注視著自己，不由得帶了幾分羞澀，「什麼時候回來的？」

「晌午剛過就回來了，妳現在這麼渴睏？」

郁心蘭遲疑了一下，點了點頭，然後又馬上強調：「昨晚似乎沒睡好，所以有點乏吧。」真不希望他誤會什麼。

其實赫雲連城會心神不屬的主要原因，是郁心蘭的信期過了兩天還沒來，他心中升起了點點希望，卻又怕不是……因為郁心蘭再三同他強調，女子的信期並不是每月都會按時來，提早推後五、六天都是正常的，他今日一早還特意去問吳為。

吳為也是這般說，只說待遲了十天還沒來癸水的話，他就幫郁心蘭請個脈。

郁心蘭忙轉了話題：「從九殿下府上回來的？」

赫雲連城在她的小鼻子上刮了一下，「叫莊郡王。」

哦，對，已經有封號了。

兩人當下也沒再說，郁心蘭想著明子期被封為賢王，就忍不住噗哧一下笑出聲來，「那個傢伙成天遊手好閒，哪裡賢了？」

赫雲連城也覺得好笑，隨即又正色道：「聽人說他的府上賓客如雲，他肯定會尋機會溜出來的……多半是到我這來。」

郁心蘭道：「那好吧，我親自下廚做幾道菜，就算是為他慶賀了，賀禮便不用準備了。」

赫雲連城不允，「妳可別累著，告訴廚房一聲便成。」

郁心蘭只好依了他。

小倆口正說著，明子期便到了，不待錦兒通傳，便直接進了暖閣，大模大樣地道：「錦兒，給我沏一壺君山銀針來。」

郁心蘭和赫雲連城打了簾子出去，輕笑道：「還真沒見過這樣作客人的。」

明子期呵呵直笑，「我是你們的表弟，是自家人，哪裡是客人了？」

郁心蘭喚過巧兒，拿了一錠銀子給她，讓她去廚房傳幾個菜。明子期又點了酸炒冬筍和紅燴豬手，這才拉著赫雲連城愁眉苦臉地道：「今日父皇竟讓我同九哥一起接待大慶國使團。」

赫雲連城淡淡地道：「這也是應該的，你拿著俸祿，總得為朝廷做點事情。」

明子期覺得十分悲哀，「為什麼連你都不可憐我？」

郁心蘭在一旁聽了，不覺好笑，回身進了內室，拿出兩本帳冊和一張銀票，遞給明子期道：「請賢王殿下過目，這是臘月和正月的紅利。」

明子期攤開銀票瞥了一眼，眼睛頓時睜得溜圓，咋舌道：「兩個月就有這麼多？我這才兩成，妳豈不是有……」一萬六千兩？乖乖，比得上王爺的俸祿了！

郁心蘭笑了笑，「年關總是賺得多些，平時應當沒這麼多。帳冊在這裡……」

明子期是不耐煩看帳冊的，笑道：「我還信不過表嫂嗎？」

郁心蘭見他倆似乎有話要談，便退出暖閣，帶著大丫頭們在正廳邊的膳廳做針線。

明子期和赫雲連城便聊起了忠義伯世子背下的那樁殺人案，明子期道：「我已經打聽過了，江南是聽了旁人的唆使，說北郊那塊地風水極好，居住在那兒能封侯拜相，這才強行去圈地。可偏有一戶不信邪的，怎麼也不願搬離祖屋，兩邊這才鬧了起來。聽說當時的確是被江南的人揍了一頓，但當時一旁的村民也說，不至於致死……」

赫雲連城修長的食指在炕桌面上輕敲了幾下，問道：「你的意思是，人是後面被旁人弄死的？」

「極有可能。」

「那你覺得是何人所為？」

明子期扯了扯嘴角，「聽說是位遊方的道士，這要去哪裡尋人？」

赫雲連城輕嘆，「這可的確是不好辦。」又問：「你為何這麼想幫江南脫罪？」

明子期道：「江南這人是不學無術，但人不壞。以前我跟他在醉鄉樓遇上過，還算談得來，沒得這般被人冤枉，我卻置之不理的道理。況且，我猜這多半是十二哥和十三哥手下的人幹的。」

赫雲連城訝異地挑了挑眉，「怎麼說？」

明子期頗有幾分得意，「你們一聽說江南被人冤了，一般就是想到他仇人幹的吧？可他這人也挺機靈的，自己惹不起的人絕對不去惹，跟他結了怨的人多半是惹他不起的，況且他個遊手好閒的傢伙能跟人結什麼怨，不就是在青樓爭爭花魁什麼的，至於繞那麼大個圈子嗎？」

赫雲連城想了想也是，他初聞這個案子時並沒放在心上，這不是他的職責範圍內的事兒……可若是跟立儲有關，卻不得不防了。他們這般設計陷害江南，為的無非是逼迫遠在內宮的淑妃相助罷了，他們的手中應當有能證明江南無罪的證據，只是在等淑妃的娘家人求到他們頭上而已。

待送走了明子期，郁心蘭見夫君俊眉緊鎖，忙問道：「怎麼了，你們剛才談了什麼，讓你這麼勞神？」

赫雲連城便將事情原委說了一遍，郁心蘭咬了咬唇，才問道：「你不是說，不參與立儲的事裡的嗎？」

赫雲連城輕笑道：「子恆說他只想好好展示自己的才能，盡力一試，並非一定要與人魚死網破。況且皇上英明睿智，他要選的也是仁君，絕不會是陰險小人。」

「只怕你們光明正大，旁人仍是有法子汙衊你們。」真不是她瞎操心，「太子之位只有一個，為了得到這個位子，從來都是刀不刃血的，攪和進去了，哪有可能像你想像的這般簡單，試一試，不行就算了。只怕你自認為不行，打算全身而退了，旁人也不會放過你。」

赫雲連城輕嘆道：「我們會小心。蘭兒，妳不懂，我自幼便是子恆的伴讀，若他不爭還好，他若爭了，我自是要幫他的。若我為了明哲保身不幫他，旁人只會覺得我不忠不義，日後也難以在朝中立足。」

郁心蘭咬了咬唇道：「那為什麼皇上要將你指給九殿下作伴讀，而不是嫡皇子？」

「沒有年紀合適的嫡皇子。」赫雲連城頓了頓道：「德妃娘娘以前也極得寵。」

郁心蘭嘆了口氣，沒再說了，這事兒她說了也不算數。

❖　❖　❖

過了幾日，二爺赫雲策院子裡的方姨娘生了，是個千金。

郁心蘭得了信，忙使人送了一副金手圈和腳圈過去。

小茜回來稟道：「方姨娘謝謝大奶奶的賞，說出了月子後必定親自來靜思園向奶奶道謝。」

郁心蘭隨口問道：「二爺可高興？」

小茜的臉上立即閃現八卦的光芒，「聽靜念園的小丫頭說，二爺聽說是個女兒，只進去看了一眼便走了，二奶奶倒是挺高興的。」

能不高興嗎？方姨娘沒生下庶長子。

小茜遲疑了一下道：「二奶奶還向婢子問起了奶奶您的信期……婢子沒說。」

這是想要賞錢吧？郁心蘭心知肚明，讓紫菱開箱子取了一個銀錁子給她，小茜才歡歡喜喜地下去了。

紫菱便順著這話道：「大奶奶這個月的信期已經推遲了七天了，應當是有了。昨兒個長公主殿下還使了紀嬤嬤來問婢子呢。」

郁心蘭遲疑道：「妳說，我是不是先悄悄去府外請個脈？」她就怕萬一不是，空歡喜一場，不如自己先得知了準確的消息再說。

紫菱自是贊成的，「這樣也好。大爺最近下朝下得早，不如等大爺回來，請大爺帶您出去？」

郁心蘭點了點頭，便安心等赫雲連城回府。

今日赫雲連城的事情比較少，辰時二刻便回了府，正要過二門，運來搶上一步道：「大爺，您又去後宅嗎？」

赫雲連城挑了挑眉，「怎麼？不行？」

一句平平常常的話，大爺的表情也是平平常常的，可運來就是覺得心裡發冷，到嘴的話恨不能嚥下去，但是大爺已經有大半個月沒在書房更衣了……

他強行壓下心底的不安道：「您也知道，朝中御史們總是喜歡盯著官員們的一些小事做文章，若您總是下了朝就去後宅，怕會被人說閒話呢。」

赫雲連城看了他一眼，再次讓運來打了個寒顫，這才慢慢地道：「我在自家如何，御史怎麼會知道？除非是……」

運來趕緊搖頭，「小的從來不向旁人說起大爺您的任何事情，就是作夢都不會說夢話。」

赫雲連城便笑道：「那就成了。」說完抬腿，直接跨過了二門。

運來欲哭無淚，大爺啊，哪怕您只是去書房做個樣子，小的也有好交差啊！

回到靜思園，郁心蘭便紅著臉將自己的意思說了。赫雲連城這幾天正想跟她提這事兒，又怕希望愈大失望愈大，於是躊躇著沒說，今日難得小妻子自己願意，忙不迭地道：「不用出府，出府還要坐馬車，太顛了，我讓吳為進府來為妳請脈。」說罷，連朝服都沒來得及換，急忙忙地走了。

過了小半個時辰，赫雲連城拖著吳為走進靜思園的暖閣。

郁心蘭歉意地笑了笑，「相公是急了些，失禮之處，還請吳公子擔待。」

吳為不在意地擺了擺手，「我跟他無須客氣，況且我才從他手中贏走了三匹駿馬，這點小氣受得起。」

赫雲連城俊眉一擰，吳為忙道：「好好好，我就診脈！」說著在八仙椅上坐下，拿出個手墊放在兩張椅子之間的几上，示意郁心蘭將手放在手墊上。

錦兒忙為大奶奶墊塊手帕，吳為扣了三指，閉目聽了聽脈，然後緩緩地睜開眼睛。

赫雲連城忙問：「怎麼樣？」

郁心蘭也十分緊張，感覺心都快提到嗓子眼了，可偏偏吳為的臉上一絲兒表情都沒有，什麼也看不出來。

等吊足了胃口，吳為才輕聲對郁心蘭道：「嫂子以後切不可食寒性之物，比如甲魚、蟹、山楂之類。還有一些禁忌的藥材，我也會列張單子給嫂子，嫂子記得讓妳的丫頭多多注意。香料最好也少用，有些香是不大好的。」

聽完了一大串，赫雲連城急了，「你倒是說明白一點，到底懷沒懷上！」

吳為指著赫雲連城衝郁心蘭道：「就沒見過這麼傻的。」

見夫君的俊臉變了色，郁心蘭噗哧一笑，隨即又覺得很不好意思，紅著臉低下頭。

赫雲連城的目光在兩人臉上掃過來掃過去，半晌才遲疑地問：「這麼說……是有了？」

吳為白了他一眼，「廢話，若是沒有，我幹麼要叮囑這麼一大堆？」

屋裡的幾個丫頭得了准信兒，都高興得尖叫了起來。

郁心蘭俏臉一沉，一本正經地道：「先別忙著告訴旁人，等日子久些，胎兒穩定些再說。」

赫雲連城剛高興了幾秒，聽小妻子這麼一說，又緊張了起來，忙問吳為：「可是蘭兒身子有何不妥？要如何安胎？」

吳為瞧了他一眼，對這個目前智商降到零點的男人非常無語，無奈地道：「嫂夫人沒有什麼不妥，她的身體很好，胎兒也很好，只要沒人來害她。」

赫雲連城這下子終於明白了，俊臉變了變色，隨即叮囑幾個丫頭：「以後大奶奶無論到哪裡，妳們都必須一起跟著，護著她的安全，不許人走近她三尺之內……」

交代了一大堆，丫頭們拚命點頭，拚命保證，他才終於放心。

蕪兒為吳為研了磨，吳為將禁忌食物和藥材、香料都列出來，單子給紫菱，這才告辭離府。

然而，儘管郁心蘭想先暫時將事情瞞下來，可有句話叫天下沒有不透風的牆。吳為離開侯府不到半盞茶的功夫，郁心蘭懷孕的消息就被甘老夫人和甘氏知道了。

甘老夫人瞪著女兒問：「妳不是說妳有了萬全之策？」

甘氏急道：「我早就差人加了些藥材到她平時吃的湯食中，怎麼可能……除非那些湯，她根本就沒喝！」

甘老夫人心中大怒，拍著桌子道：「妳這個人辦點事就是這般拖泥帶水！妳定是又弄那些慢性的藥吧？為何不直接用絕子湯？」

甘氏囁嚅道：「那個湯喝下去會腹痛……」

「那又如何？妳就不會在所有菜裡都加一點髒東西，讓闔府上下都腹痛，誰還能注意到她去？如今廚房裡有好幾個她們的人，妳便是再想弄點什麼藥進菜裡，也是不可能的了！」

❖　❖　❖

郁心瑞下了學，便對郁心和道：「五哥先回府吧，老祖宗交代我去定遠侯府看望一下四姊，我便不與你一路了。」

郁心和聞言立即顯出關心之色，「你沒馬車怎麼去呢？正巧我也有日子沒見過四姊了，不如我跟你一同去吧。」

反正也沒重要的事兒要說，郁心瑞便點頭同意了。

兄弟倆一同坐了馬車到定遠侯府，在回事處小廝的引路下，進了二門，又由靜思園的婆子請入了靜思園。

郁心蘭正坐在炕桌旁雕香木珠，雖然他們決定暫時壓下她懷孕的事，但赫雲連城還是知會給母親知道了。長公主知曉其中的厲害，給她下了禁足令，免了她每日的請安，還不許她隨意在府中走動，說是天冷又有雪，怕凍著怕滑倒。這些話赫雲連城深以為然，郁心蘭就是想反駁也反駁不過兩個人，只好悶在家中。

今日兩位弟弟忽然過來探望她，令她分外開心，忙令錦兒取了長公主賜的新鮮果子和糕點，沏上了熱茶，讓兩個弟弟上炕來說話。

郁心瑞年紀小，自是不在意，脫了鞋上炕。郁心和過了年就十五了，不敢這般造次，只側身在炕邊上坐上。郁心蘭便又讓蕪兒放個火盆到他腳邊，也好暖和暖和。

郁心和心裡還是感激的，「四姊客氣了，其實暖閣裡很暖和，不必白白浪費炭。」

這話沒頭沒腦的，難道和哥兒屋裡的炭不夠嗎？郁心蘭怔了一怔，她雖只在郁府住了三個月，可也知道郁家一直端著世家的面子，吃穿用度無一不是好的，怎麼都不至於庶長子用個炭還要省啊！

可她也沒如郁心和所願的那般誘導便問，畢竟現在郁府是溫氏當家，溫氏性子和順，可不是個會暗地裡陰人的，斷不可能為難庶子。不過，這話兒郁心和既然說了，畢竟有點根源，總要查一查才好，免得娘親被底下人欺瞞了，一片良善，反落得個刻薄的名聲。

郁心蘭裝著沒聽懂，笑了笑，「跟姊姊客氣什麼！」又問心瑞：「前院可給你安排書房了？」

郁心瑞忙點了點頭，「昨兒個就安排了。」

大家族的兒子輩們，一般長到十來歲，家中就會在前院給安排一間書房一間臥室，後院當然也有院子，但白日裡不許輕易回後宅，免得與父執輩的妾室通房們發生點什麼事兒，直到成親後，才能正式搬回後院居住。

郁心蘭摸了摸弟弟的頭，不由得感嘆，「心瑞也是小大人了。」說到長大，郁心和應當算是成年了，於是她又問道：「心和也大了，父親應當要給你說親事了。」

郁心和到底年輕，聽到這話不禁臉紅了起來，頗有幾分羞澀地道：「父親上回跟我提了幾句，物色了幾位千金，還要再斟酌一下。」

郁心蘭便笑了，「這是好事兒，父親定會好好幫你物色的。」

郁心瑞今日前來，主要是向四姊報喜的：「紫玉姨娘有了身孕，老祖宗還特意讓她跟母親住在一起，說母親有福氣，能帶個小弟弟出來。」

這算是表示很相信娘親嗎？

郁心蘭笑了笑，心裡卻撇嘴，紫玉懷了身孕，父親不會又要納妾了吧？

姊弟三人說了會子話，郁心瑞便提出去看望一下赫雲徵。郁心和不禁羨慕，也提出想去結交一下，郁心蘭便讓蕪兒帶路，又讓他們在她這兒留飯，記得飯前回來。

待兩個弟弟走了，郁心蘭忙讓錦兒傳了千荷回來。因不放心娘親和弟弟，她平時常差千荷回郁府送個什麼新鮮玩意兒，順道打探郁府的事兒，便問問千荷，入冬之後，各房的炭是怎麼分的。

千荷果然是個包打聽，當即便回話道：「仍是按以前的慣例，老太太、太太和老爺屋裡是三百斤，二夫人和兩位嫡小姐、兩位少爺的屋裡是二百斤，姨娘們的屋裡是一百五十斤。」

郁心蘭蹙了眉，問紫菱道：「可聽心和剛才話裡的意思，炭竟是不夠用的？」

紫菱便道：「大奶奶不如寫個信兒給二夫人，二夫人自會查的。您如今不比往常，心思不可重了，靜心養著才是根本。」

郁心蘭嗔了她一眼，卻也依了她的話。

赫雲徵是跟郁家兄弟一起過來的，笑嘻嘻地說要在大嫂這裡討頓飯吃。待用過晚飯，郁心蘭拿出自己雕的一個香木的腰佩送給郁心瑞。郁心瑞瞧著這腰佩造型精美，且有一股極舒心的香味，十分喜歡，忙笑著道謝：「多謝姊姊。」

赫雲徵和郁心和都是識貨的，一瞧便知這是上品的紫油奇楠雕成，放在市面上出售，至少也值個千來兩銀子，赫雲徵便大叫：「哇，好漂亮的腰佩！大嫂，以後我若有了這種紫油奇楠，可否幫我雕一個？」

郁心和聽到赫雲徵開了頭，便也笑道：「不知弟弟是否能得一塊這樣的腰佩？」他卻是弄不到奇楠木的，直接就想讓郁心蘭送他。

郁心蘭笑了笑，也沒說死，只道：「日後有了機緣再說，你們也知道這奇楠木極少的。」

送上馬車的時候，郁心蘭遞上一個大信封，「心瑞，我給娘挑了幾個花樣子，你幫我帶去。」郁心瑞接過放在書包裡，郁心和的眸光卻閃了閃，嘴角流露出一絲笑意。

送走他二人，郁心蘭不禁喟嘆，「心和倒有些小聰明，只是愛攀比，嫉妒心重了些。」

紫菱卻有幾分同情他，「以往王夫人壓著他母子二人，想要什麼也不可得，如今換了個賢慧的主母，自然便希望能得到自己應得的。」

郁心蘭意有所指地道：「若只是想要他應得的，倒也沒什麼，我就怕人心不足。」

赫雲連城過來攬著她的肩道：「這些事讓岳父大人操心去，妳好好休息才是正經。」

他憋了一天了，回府本要好好問問胎兒的情況，可礙於五弟和兩位小舅子在一旁，忍到現在，實為不易。

赫雲連城摸著她的小腹道：「什麼時候才能光明正大地當父親？」

郁心蘭輕笑，「過了三個月就好。」

頭三個月是危險期，很容易造成流產，還是等胎兒穩固後再說。

❖ ❖ ❖

因為不用去請安了，第二天郁心蘭自然是一覺睡到自然醒。蕪兒早就候在一旁，見大奶奶動了動，忙挑起一點床簾問：「奶奶要起了嗎？」

郁心蘭唔了一聲，蕪兒忙喚人進來，一起服侍主子梳洗。郁心蘭剛起床，眼睛還是半睜半閉的，到梳頭的時候才睜開。從妝鏡中朦朧見到一個人影，回頭一瞧，竟是紀嬤嬤，她忙站起來道：「嬤嬤來了怎麼不坐？錦兒，快去沏茶。巧兒，給嬤嬤搬張錦杌來。」

紀嬤嬤連忙笑道：「老奴不用坐，老奴是奉殿下之命，來問一問大奶奶身子可好，可有什麼想吃的、想玩的？只管告訴老婆子，殿下一定幫您淘換來。」

「請嬤嬤回去轉告母親，心蘭有勞母親掛念，沒什麼特別想吃的，想是日子還小，也許過陣子會有什麼特別想吃的，一定差人告訴母親。」

郁心蘭苦笑，每天長公主都要差人來問一遍，真比她這個當娘的還緊張這個寶寶，而且肯定還讓紀嬤嬤煲了湯來，這樣恐怕想瞞都不容易瞞住。

在紀嬤嬤的監視下喝光了補湯，又聽她嘮叨了一遍八不許，郁心蘭總算送走了婆婆的欽差大臣。剛休息了沒多久，二奶奶和三奶奶連袂到了，郁心蘭又只得迎出去，「兩位弟妹今日怎麼會想到上我這兒來。」

三奶奶輕笑，「大嫂這話兒真是傷人心，難道我們妯娌間不該多走動走動嗎？」

二奶奶也道：「正是，再者今日是老夫人讓咱們來請大嫂的。老夫人一人閒著無聊，找咱們陪著打葉子牌呢。」

郁心蘭「啊」了一聲，一臉遺憾地道：「可我不會打葉子牌。」

三奶奶道：「那就打馬吊，這個大嫂總會了吧？就是陪老夫人解解悶，我們忙完了府中的差事，便趕過來請大嫂，大嫂可要給我幾分薄面，我可是在老夫人面前許了諾的。」這般說法，不去都不好意思了。

郁心蘭便道：「那好，等我再披件衣。」然後又點了岳如同去。

岳如興奮地應了一聲。她自小是當侍衛培養的，於服侍人這一行並不精通。以前在郁府，也只需幫著試試菜便行。現在雖然也幫著大奶奶試菜，可看著平時四個丫頭手中都有活計，她卻閒在一旁，心中多多少少覺得尷尬，今日總算是有她的用武之地了。

二奶奶和三奶奶原想走在郁心蘭兩旁，嬌小的三奶奶卻冷不防被岳如很技巧地一擠，擠到了一邊。岳如立即扶住了郁心蘭的左手臂，二奶奶只好走到二奶奶的右邊去了。

三位奶奶各帶了七、八個丫頭婆子，浩浩蕩蕩地進了松鶴園。

甘老夫人早等在大廳之中，見到三人便笑，「妳們來了，快進暖閣坐，暖閣裡暖和。」

郁心蘭笑道：「我平時來得少，還望老夫人恕罪。」

甘老夫人輕責地看向她，「丫頭這是什麼話，妳肯來陪我這把老骨頭，我高興都來不及呢。」

進了暖閣，三人才發覺暖閣裡早就擺好了一張方桌、四把八仙椅，椅子上還鋪了錦墊。

郁心蘭聞到室內有股淡淡的香氣，忙捂住口鼻，輕輕退了出去。

甘老夫人忙問：「怎麼了？」

郁心蘭不好意思地笑了笑，「最近身子有些不爽利，一點點異味都聞不得。若是在暖閣打牌，還請老夫人先將屋子裡的熏香熄了，否則蘭兒實在無法作陪。」

二奶奶陰陽怪氣地道：「大嫂怎麼這麼嬌氣了，我覺得這香味兒挺好聞的呀！況且，大冷天的，哪家的屋子裡都會熏香啊！」

郁心蘭不為所動，只看向甘老夫人，表情是十足十的歉意，「實在是因為精神不好，聞不得，一點點味兒就頭抽得痛，還請老夫人見諒……要麼，再等一等，大娘處置完府中的事務，就可以陪老夫人打牌了，蘭兒便先行告退了。」

甘老夫人見她作勢要走，忙道：「好了好了，我是看難得跟妳們小輩兒聚一聚，若是讓她來，妳們少不得又要拘謹，那玩著還有什麼意思。」一轉頭吩咐香兒道：「香兒，去把香滅了，將窗子開一開，讓香味兒散一散。」

郁心蘭也不急，等岳如進去一圈，回話道：「香味兒已經散了。」這才慢慢踱進去。

甘老夫人便招呼大家坐下，郁心蘭笑道：「不急，先摸風吧。」

香兒忙從麻將牌中選了四張風，反扣在桌面上，四人一人摸了一張，郁心蘭摸的是北，「坐北朝南，贏家之相啊！」

二奶奶和三奶奶便笑，「一會兒大嫂可要少贏我們一點。」

說話間，錦兒和蕪兒手腳麻利地將北面的椅子上鋪好的錦墊換下，又取出一塊紫貂皮的墊子墊在桌面上，郁心蘭這才在桌前坐下。

二奶奶的語氣更酸更怪了，「大嫂這是怎麼了，無端端地變得這麼矜貴了！」

郁心蘭淡淡一笑，「摸牌。」

對付某些人，只有不理會她才是上策，否則無論妳怎麼說、說什麼，她都能扯出歪理來。

香兒給每位主子上了茶，郁心蘭也不喝。巧兒帶著一個大瓷壺和一個精巧的杯子，瓷壺裡面裝的都是上好的茶水。

甘老夫人這會子臉皮卻有些不好了，慈愛的笑容也僵硬了幾分，盯著郁心蘭問：「丫頭這是對老婆子有什麼不滿呢？」

郁心蘭忙歉意地道：「老夫人千萬莫誤會，蘭兒不是不舒服嗎？夫君親自請了大夫來診脈，大夫說我這是勞病，要慢慢養的，沒有給開方子，只拿了幾顆藥丸給我，這茶裡泡的就是，與平時的茶是不同的。」

她這麼一說，甘老夫人也不好再說什麼，四人便開始認真打牌。

說到打牌這類的消遣，另三個人便是串通一氣也不是郁心蘭的對手。她也沒打算手下留情，為了避免甘老夫人有事沒事地請她來打牌，她這回可是卯足了精神，把把自摸，還淨是大四喜、大三元這類的大番子。縱然盤面小，但連樁什麼的坐下來，也讓甘老夫人、二奶奶和三奶奶輸得臉色發黑。

終於還是二奶奶最先熬不住，在這些人裡，最缺錢的就是她了，郁心蘭胡了第四十五把牌後，她當即把牌一推，「不玩了，也該擺飯了吧？」

郁心蘭溫雅地笑笑，秀氣地道：「應該快了。」說罷看向三人，意思是，請付錢吧。

之前那一把，三人頭上的釵子、手上的鐲子、戒指，脖子上的項圈都輸給她了。

二奶奶僵著臉道：「我……身上沒銀子了。」

三奶奶臉兒微紅，也跟著道：「我也沒了。」

甘老夫人是主家，自不好說沒銀子了，喝了兩口茶，見郁心蘭沒有免除她們賭債的意思，只好從腰間取了鑰匙，讓香兒進內室，到匣子裡取銀票。

香兒一會兒出來，將銀票交到甘老夫人手上，甘老夫人看了一眼，交給郁心蘭道：「這裡是一千四百兩的銀票。」

郁心蘭道：「老夫人只輸了我一千三百二十兩啊，嗯，怎麼找回您呢？」說著從贏來的首飾裡，挑出甘老夫人最愛的那根鑲紅珊瑚和紅藍寶的喜鵲登枝簪子，雙手遞回，「這支簪子原是值二百兩的，蘭兒就當八十兩還給老夫人了。」

甘老夫人擠出一抹笑，「丫頭真是客氣了。」

用她的東西來找零，還得讓她說謝謝，甘老夫人心裡真是嘔得慌。

郁心蘭又看向二奶奶和三奶奶，輕笑道：「兩位弟妹現在沒銀子也無妨，請甘老夫人捨點筆墨，讓妳們寫張欠條給我就成了。」說著自嘲道：「我是個眼皮子淺的，若妳們只是欠個幾兩銀子也就罷了，偏偏欠了一千三百二十兩，我心裡一疼，就不好意思不讓妳們還了。」

二奶奶氣得嘴唇發青，這也能不好意思？難道不應該是找我們要這點銀子才不好意思嗎？

幾人正說著話兒，外面傳來唱名聲：「侯爺、夫人來了。」

屋裡四人忙起身去迎，門簾一挑，定遠侯和甘氏便走了進來。

侯爺朝甘老夫人拱了拱手，「岳母大人。」

甘老夫人忙讓座，自己當先坐到短炕的一邊，炕桌的另一邊則應是侯爺的位置。

蕪兒忽地眼疾手快，拿起一方錦墊，搶在前面幫侯爺墊在炕上，微笑道：「侯爺請坐。」

侯爺正想說，炕上暖和，不用墊子，但眸光忽地發覺香兒直衝岳母大人擺手，一張小臉嚇得煞青，眼神便銳利了起來，緩緩坐下。

「侯爺！」甘氏忽然叫了定遠侯一聲，笑了笑道：「把墊子拿下來吧，炕頭上加墊子，反而隔了熱。」又朝郁心蘭道：「妳的丫頭一點眼色也不會看，妳什麼時候見過侯爺坐炕上用墊子的？」

侯爺卻說：「無妨。」說著已經坐了下去，眉頭一皺，又欠起身，看向那個墊子。

甘氏眼皮一跳，忙問：「怎麼了？」

侯爺一伸手，從墊子裡抽出一根繡花針來，眸光冷漠，「這是怎麼回事？」

蕪兒輕叫一聲：「怎麼會有針呀？剛才這墊子可是要給我們大奶奶坐的！」

甘氏喝道：「香兒，這墊子上怎麼會有針？」

香兒嚇得撲通一聲跪下，可憐兮兮地開口道：「婢子……婢子也不知啊……」

甘老夫人怒道：「妳怎麼會不知道？前幾日才吩咐妳，使個人將這墊子上的花紋修補一下，妳交給誰辦的？是不是她們將針插在墊子上忘了取了？還不快將人拖進來向侯爺磕頭賠罪！」

香兒得了提點，立時磕了一個頭，跑出去拖了一個小丫頭進來，回話道：「前幾日的針線都是由小虹做的。」

小虹忙跪下磕頭，額頭磕在地板上砰砰直響，一疊聲地道：「求侯爺饒命！」

侯爺微瞇了眼，手指轉動著那根繡花針，看向甘老夫人道：「無心之失，倒不必饒命這麼嚴重。只是，剛才聽說，這墊子原本是給老大家的坐的？」

甘老夫人忙解釋道：「並非如此。方才我們打馬吊，是先摸了風向的，只是恰好被蘭丫頭摸到了那一方而已。幸虧蘭丫頭沒坐這張墊子，否則給針扎了，老婆子可就真不好交代了。」於是又呵斥小虹道：「大奶奶身嬌肉貴，豈是妳們幾個奴才擔待得起的？侯爺寬宏，還不快謝謝侯爺，日後做事切記給我謹慎些！」

二奶奶也道：「就是啊，大嫂，妳的丫頭可真會說話，說得好像老夫人一定要妳坐這塊墊子似的，明明是妳提出摸風向的。」

郁心蘭輕輕一笑，「的確是由我提出摸風向，可我摸的是北，二弟妹妳摸的是東啊！」牌桌上的風向，並不是按照真正的方向來的，而是由摸東風的先坐好位置，其餘人再按東南西北的順序坐下就成了。

之前老夫人已經讓了座位，郁心蘭提出摸風，就是為了看一看到底是不是一定要她坐那個位置，二奶奶和三奶奶是不是知道而已。結果，最後她仍是坐在甘老夫人之前安排的位子上……

二奶奶臉色大變，哆嗦著嘴唇道：「大嫂這話說得誅心了！難道妳是想說我陷害妳，明知這墊子上根針，還非要妳坐不可？」

郁心蘭輕嘆一聲，「我哪有這個意思？我只是隨口這麼一說，二弟妹怎麼會聯想到『陷害』這種詞上去？左右不過是一口繡花針，除非餵了毒，否則便是我往上坐上三十次，也不過是扎三十個小針眼而已。」

甘老夫人強自笑道：「就是，一口繡花針而已。晨兒，蘭丫頭明明沒說妳什麼，妳做什麼這麼大火氣？性子哪裡這麼烈？妯娌間最重要的是和睦，妳們若是不和睦，可會害得家宅不寧、兄弟不和的。」

侯爺點了點頭，將繡花針丟在炕桌上，教訓道：「岳母大人說得在理，一點小事而已，怎麼弄得這麼臉紅脖子粗的？」

甘氏見侯爺沒再追究了，忙打圓場道：「香兒去問問飯提來了沒有，我一早吩咐過了，侯爺和我會在這裡用飯。」

香兒忙應答著退下，郁心蘭卻站了起來，向幾位福了禮，「蘭兒就不留下用飯了。」

甘老夫人攔著她道：「難道是還在跟晨兒生氣？我讓晨兒向妳賠個不是。」

郁心蘭忙搖了搖頭，「不是，蘭兒哪會生二弟妹的氣？只是蘭兒最近身子不舒服，怕影響到長輩們用飯的心情。」

侯爺微蹙了眉，「怎麼會影響到我們的心情？」

郁心蘭羞澀地低下頭，瞥了一眼蕪兒。

蕪兒忙代答道：「大奶奶聞不得異味，聞了，便會有些作嘔。」

甘氏怔了怔，勉強笑道：「莫不是有了身子？」

郁心蘭的頭垂得更低了，蕪兒忙又代為回話：「大爺請了大夫診脈，大夫說是有了，只是日子還淺，要好生靜養才成。」

侯爺聞言頓時開懷大笑，「好好好，原來是這個緣故！嗯，妳先回去吧，讓婆子們好生抬著，可萬莫摔了，好好給赫雲家生個嫡長孫出來！」

郁心蘭羞得小臉粉紅，強撐著羞意，輕聲回道：「承父親吉言，望能為赫雲家生長孫。」

那表情又是羞澀，又帶著幾分得意、期盼和幸福，看得二奶奶幾乎眼瞎，心中瘋狂吶喊，她生的是嫡長孫，那我生的懷哥兒呢？懷哥兒才是嫡長孫！

眾人照例自是要恭喜一番，甘老夫人還大方地拿出一副翡翠手鐲當賀儀。二奶奶和三奶奶已經沒有首飾了，便道：「明日一定上門恭賀。」

郁心蘭笑了笑，「讓二位弟妹費心了，妳們好好服侍老夫人和父親、大娘，我就先告退了……對了，欠據或是銀票，記得明日一併帶來。」

二奶奶和三奶奶的臉頓時黑了。

出了松鶴園的正廳，郁心蘭見幾個抬轎的婆子並不熟，便拒絕乘轎，讓岳如和錦兒一左一右扶著她慢慢走。

蕪兒嘴快地問道：「奶奶不是說先不告訴侯爺和甘夫人的嗎？」

郁心蘭挑了挑眉，「反正她們已經知道了。」

還沒走兩步，便迎面遇上了赫雲連城，他回府就聽說小妻子來了這兒，急得立即趕來接人。

郁心蘭輕笑，「沒事，父親也來了。」回到靜思園，便將剛才的事兒學給他聽，「父親應當是起疑了。」又招了岳如過來問：「熏香和茶水妳看了沒？有沒有問題？」

岳如搖了搖頭，「沒有問題，婢了都看了。」

郁心蘭便猜：「那今日想必是試探……看來我們園子裡的人要細細濾一濾了。」

赫雲連城也極贊同，請了安嬤嬤進來，細細交代一番。

郁心蘭在一旁聽了，暗道：受過專業訓練的人果然不一樣。

❖ ❖ ❖

夜深了，松鶴園內卻沒有熄燈火。

青銅鎏金三羊開泰香爐裡冒著一縷一縷的白煙，先慢慢升起形成了一道白色的煙柱，而後又無風自繞，彎成「心」字形。

甘老夫人的臉色沉如幽潭，吐出的聲音彷彿來自遙遠的地底：「蘭丫頭知道妳動過手腳了。」

甘氏一怔，「母親的意思是，她……知道我在湯裡下過藥？怎麼可能？若是她知道，為何從未聽她說起過，也從未見長公主來尋我的不是？」

甘老夫人嗤笑地看了女兒一眼，「這才是她心機深沉的地方，以後妳們要小心一些。之前明明見侯爺將針扔在炕桌上，可後來香兒想去收拾起來，卻沒找著，只怕這回連侯爺都開始懷疑我了。」頓了頓又道：「妳以後做事要更謹慎些才好。還有，若是萬一侯爺抓到了什麼證據，妳只管往我身上推。我到底是他的長輩，又是克兒的娘親，他難道還能將我打殺了不成。」

甘氏早在聽說侯爺已經懷疑的時候，就嚇得臉色慘白，抓緊母親的衣袖問：「母親，妳在針上餵了什麼毒？」

「哪有什麼毒？不過是一點延時的眩暈藥而已，本是想讓那丫頭摔一跤的。妳只管放心，那麼點大的針尖上沾的只會暈一小會兒，也只能用一次。侯爺已經被扎到了，這會子應當睡下了，即便是藥效發了，他也感覺不出來。待明天他再找人來驗，什麼都驗不出來。」

甘氏這下放下一顆心，驗不出來就好，只要驗不出來就不怕，想狀告當家主母，總得有鐵一般的證據才成。

❖ ❖ ❖

按照赫雲連城的方法，第二日上午就將那個賣主求銀錢的婆子給找了出來，原來是負責灑掃的管婆子，為了幾兩銀子便充當報信人。

郁心蘭細看一眼，還好是侯府的家生子，以前就在園子裡當差的，若是她帶來的陪嫁婆子，真是臉面都會丟盡。

安嬤嬤已經審了管婆子一晚，管婆子知道其中厲害，兀自嘴硬：「老婆子真是冤枉啊，就因為跟松鶴園的人說了幾句話，就要定老婆子的罪嗎？」

郁心蘭冷冷一笑，向岳如道：「看妳的了。」

岳如得了令，從腰間抽出一個人包，展開來，數百根長短不一的銀針，這是她的暗器。她連扎了幾針在管婆子的身上，管婆子就痛得哭天喊地，兩個粗壯婆子都按她不住。不過半盞茶的功夫，她終於熬不過了，大叫道：「我招！我招！」

岳如便拔出了銀針。

郁心蘭道：「不守規矩，先掌嘴二十。」

管婆子瞪大了眼睛，不服氣地問：「我哪裡不守規矩了？」

安嬤嬤一巴掌招呼過去，「跟主子說話『我啊我』的，這是誰教妳的規矩？」

打完了二十巴掌，管婆子終於老實了，一五一十說了，甘老夫人一來，便使人塞給她銀子，讓她將院子裡的事都報到松鶴園去。她平素常在院子裡轉悠，也是想多打聽些主子們的事兒。前幾天大夫來診脈時，幾個丫頭在屋子裡尖叫，後來又看到大爺一臉喜色的送大夫出門，她便猜出大奶奶懷孕了。

安嬤嬤恨得一巴掌扇過去，「妳這叫背主！」

紫菱則悄聲問：「要不要將這事兒告知侯爺？」

郁心蘭道：「告訴婆婆，讓婆婆去跟父親說。」有些事，晚輩說起來不方便。

❖　❖　❖

自知曉長媳懷孕後，長公主每日清晨都只吃素齋，然後去侯府裡的小佛堂，在佛前抄寫一卷經書，求諸佛保佑媳婦肚子裡的胎兒健康成長，順利分娩。

抄經一般要一個時辰左右，今日抄得很順利，沒有錯字，字跡也絹秀工整，長公主放下手中的小狼毫，再細看一眼謄抄的經文，自覺十分滿意。

紀嬤嬤見殿下忙完了，忙扶著長公主出了小佛堂，乘轎回宜靜居的暖閣，示意小丫頭們跟上，自己則上前為長公主捲起衣袖，服侍長公主淨手。

柯嬤嬤聽到暖閣內的動靜，忙挑了簾子進來，福了一福，恭聲問：「二門回事處的小廝來報，親家太太來了，不知殿下您見不見。」

長公主一聽忙道：「見！當然見！」又責怪道：「什麼時候來的？這事兒怎麼不早些回稟我？

怎麼也該先將人請進來，到暖閣裡暖和暖和也好。」

柯嬤嬤忙自抽了一個嘴巴，才回道：「奴才是想著，在佛前抄經最重要是心靜心誠，故而不敢打擾殿下。殿下也是為了大爺和大奶奶的子嗣好，此番親家太太過來，必也是為了此事，若是知道殿下親自為她女兒抄寫經文，想來感激都感激不過來。親家太太來了大約一炷香的時辰了，奴才得了信兒，立即差人過去服侍了，茶水果品皆都奉上，不敢怠慢半點。」

長公主這才舒了口氣，沉吟了一下道：「妳快去請親家太太進來，再拿我的帖子去二門，告訴他們，以後親家太太若是來了，直接請進來，不必再請我的示下。」

柯嬤嬤領命退下了，不過一盞茶的功夫，溫氏便由小暖轎抬著進了宜靜居。

到了暖閣，紀嬤嬤在長公主的授意下，特意沒有放置拜墊，哪知溫氏是個守禮的，沒瞧見拜墊，便直接往地板上跪倒，咚咚咚地磕了三個頭。

長公主忙走下炕來，雙手扶起了溫氏，含笑道：「都是親家，不必這般見外了，我平素也不讓家裡人這樣拜的。」

溫氏也聽女兒說過長公主此人沒什麼架子，這才放下心來，順勢起身，嘴裡謙恭道：「臣婦畢竟是第一次拜見殿下，還是全了禮才好。」

長公主不由得露出一抹絕美的微笑，要拉著溫氏坐到炕上。溫氏堅決辭了，在炕邊的黑檀木雕花靠椅上坐下。

紀嬤嬤忙又吩咐丫頭們多加兩個軟墊和靠墊，讓溫氏坐得舒服一點，心裡思忖著，這溫氏與王氏真是完全不同的人，性子和軟溫柔，這樣的親家太太比那王氏可強得多了。況且聽說她父親也是進士出身，瞧著這氣質做派，卻也半點不輸那些名門貴婦。

品了口凍頂烏龍茶後，溫氏臉上的笑容越發真摯起來。她一般不喝茶，要喝只喝凍頂烏龍，長公主的人竟會沏上這種茶，想是蘭兒平日裡無事時說與婆婆聽的，而長公主竟然特意讓人記下，想來對蘭兒這個媳婦，長公主是十分滿意的。

做母親的，就怕女兒不受婆婆待見，若是知道女兒得了婆婆的喜愛，真比自己娶個孝順的兒媳還高興。

長公主客套地問了幾句龍哥兒的情況，又道：「親家太太今日久等了，是我思慮得不周全。」

溫氏忙謙恭道：「殿下萬莫如此說，真是折煞臣婦了。柯嬤嬤一早便使了人，服侍得極是周到，況且臣婦聽說長公主親自為蘭兒和胎兒抄經，心中感動萬分。有這樣的好婆婆，真是蘭兒前世修來的福分。」

溫氏說著，放下手中茶盅，輕笑道：「今兒個一早就收到了府上送來的喜報，臣婦是特意來道賀的。臣婦初理家務，不太懂這些人情往來，備的這些賀儀若是有失禮之處，還請殿下海涵。」

嫁出去的女兒就是別人家的人了，聽說女兒懷孕，生出的孩子也是姓的別人家的姓，做父母的也一樣要來恭喜。

長公主聽了後便笑道：「咱們是親家，哪裡這樣見外呢？」也知規矩是如此，但不論郁府送的禮如何，她都不會去挑剔，當下笑道：「親家太太怕是在我這裡坐不住，我讓紀嬤嬤這就引親家太太去靜思園吧。中午請親家太太無論如何要留個飯，讓蘭兒過來作陪。」

溫氏又感激了幾句，這才站起身，福了一福，隨著紀嬤嬤出門了。

貳之章　婆子猝死暗驚疑

靜思園內，郁心蘭正在偏院裡審著背主的管婆子，偏院是存放嫁妝的地方，一般的下人不得隨意進來，就不怕漏了口風。聽到千葉來報娘親要來了，郁心蘭忙起身整裳往外走，隨口吩咐道：「先把她押起來，待大爺回來再處置。」

回到暖閣內，溫氏等人還未到，郁心蘭先進內室更衣梳妝，從妝鏡裡瞧見小茜噘著小嘴，一副氣鼓鼓的樣子，她不由得笑道：「誰惹咱們小茜姑娘生氣了？」

小茜俏臉一紅，嬌嗔道：「奶奶就愛打趣人，婢子是為奶奶不值呢！」

郁心蘭挑眉問：「怎麼說？」

「昨晚咱們院子裡的打賞就發下去了，可您看現在都什麼時辰了，府裡的打賞竟還沒下來，難不成就拿咱們爺的銀子當公中的了？聽說喜報也是因著昨晚侯爺吩咐了周總管，才會報得這麼及時呢！」

每房裡頭，若是女主子傳了喜訊，一般都是要打賞全府下人的。只不過，庶媳或是姨娘懷孕的賞銀由各房出，嫡媳懷孕的賞銀卻是由府裡出，畢竟生的是嫡子嫡女，與庶出的孩子相比，可金貴得多了。當然，各房也可以自掏銀子打賞，那是另一份，府裡照樣要賞，而下人們可以得兩份賞銀。

可是今日這賞銀，到現在都沒一點動靜，的確是挺晚的了。郁心蘭一早就被拉著去審那婆子，倒是忘了這檔子事兒。她在心中冷笑了一下，讓紫菱去執事房問一問周總管，二奶奶當初懷孕時，賞銀卯時三刻就發下來了，她這一份到底打算什麼時候發。

這種事關臉面的事兒，怎麼都要爭一爭的。

紫菱剛退出寢房，便欣喜地喚了一聲：「二夫人來了？大奶奶在裡面，您請坐，婢子去請。」

郁心蘭聽到聲兒，忙快步往外走，急得錦兒和蕪兒大聲道：「我的奶奶呀，您悠著點兒！」

溫氏也在外頭被唬了一跳，忙往裡走，母女倆在門簾處差點撞到一起。溫氏緩了緩心氣，摸著胸口嗔道：「做什麼走這麼快？不知道自己是有身子的人了嗎？」接下來就是一通嘮叨。

紀嬤嬤在一旁看得心驚，卻又礙於親家太太在，不好說道，只得跟在溫氏的話後，不住地說：「就是！」、「正是！」

郁心蘭吐了吐舌頭，這小寶貝在自己的肚子裡，還一點反應也沒有，她常常不自覺地就按以往的習慣活動，但知道娘親和紀嬤嬤是關心自己，郁心蘭忙斂容聆聽，滿臉的誠惶誠恐。

鑒於她的認錯態度良好，溫氏總算住了口。郁心蘭攜著娘親的手坐到炕上，又讓錦兒給紀嬤嬤搬張錦杌。

人家母女要說體己話兒，紀嬤嬤哪裡會討這個嫌，當即表示長公主那兒還要聽差，施了禮告辭出去。郁心蘭使了個眼色，蕪兒忙拿出一個大荷包塞入紀嬤嬤的手中，「辛苦嬤嬤跑一趟。」

紀嬤嬤忙推辭：「剛才親家太太已經賞過了。」堅持不收，蕪兒也只得罷了。

屋裡頭，溫氏以過來人的身分，小心提點女兒一些注意事項，又讓紫槿帶小丫頭將備好的補品拿上來，滿當當的十來個大錦盒，裡面都是些乾海參、海貝、燕窩之類的。

溫氏道：「一清早老祖宗就說聽到了喜鵲叫，我們正猜有什麼喜事兒呢，這便收到了侯府的喜報。這些東西都是老祖宗讓我帶來的，好些個還是她老人家的私房呢。」

郁心蘭令人收好，「還請娘親代女兒謝謝老祖宗，讓老祖宗費心了。」瞧見娘親有些欲言又止，郁心蘭便笑道：「紫菱，妳請紫槿姑娘去小花廳坐一坐，將廚房送來的糕點拿些請她們嚐一嚐。」

紫菱知道這是母女倆有話要說，忙挽著紫槿的手往外走，「走吧，侯府的糕點做得可真不錯，因殿下甚愛甜點，皇上特意賜了一名御廚，做出來的糕點可是外面吃不上的。」

眾人都退出去後，錦兒守在門口聽吩咐。

溫氏這才輕聲道：「今兒個一聽說妳有喜了，老祖宗和我都挺擔心妳的。姑爺那兒……妳有什麼打算沒？」

郁心蘭怔住，唇邊的笑容也凝滯了，「娘親到底想問什麼？」

「就是通房丫頭。」到底臉皮薄，溫氏自己先暈紅了臉，可為了女兒好，還是繼續說道：「老祖宗和我都很擔心這個，當初為妳買陪嫁丫頭的時候，就特意挑了眉目俊俏的。妳這陣子仔細觀察了她們沒，有哪個合適放在身邊，能忠心耿耿的？」

瞧著女兒陡然微變的臉色，溫氏忙伸出手，握住女兒放在炕桌上的小手，溫言勸道：「娘親知道妳心中不情願，可有什麼法子，妳嫁入了這樣的人家，姑爺就不可能只有妳一個的。」

郁心蘭神色複雜地瞧了娘親一眼，輕聲道：「這事兒不急吧，我可以先問問連城的意思。之前我便提過這事兒，他應允過我，可以不納妾的。」

溫氏聽了心中一喜，「姑爺應允過妳嗎？」

郁心蘭真不知怎麼回答才好，連城當時說的是，若妳讓我滿意了，我就不納妾。

溫氏瞧著女兒眉目間的遲疑，心頭一滯，忙擺出笑容來安慰：「姑爺若是有這個心自然是好的，可就怕侯爺和長公主不願，侯府下一代的人丁太過單薄了……老祖宗特意讓我來囑咐妳，自己挑的總比長輩賜的要好。一來放心，二來可以只當個通房丫頭，若她日後生了孩子，帶在妳名下便是。若她無所出，待妳生產完了，坐完月子，還可以打發出去配個小廝。若妳自己挑了人，妳公爹婆婆想來不會再強行塞人給你們，這樣不是更好？」

這話裡的深意，郁心蘭也懂。長輩賜的，就不可能是個丫頭了，至少也是個妾室，日後想打發卻不那麼容易。可要自己抬舉個通房丫頭出來……心裡真是堵得慌。

她素來不喜歡鑽牛角尖，便拋開這個話題，敷衍道：「這事兒我等大爺回來再問問他的意思吧，畢竟也要他看得上眼才成。」

溫氏一想，也是，年節時瞧見姑爺時，自己都怔了好大一會兒，真沒想到去掉那道疤，姑爺竟是個仙人般的人物，當時就擔心侯府會覺得蘭兒配不上姑爺，好在後來姑爺一直表現挺在意蘭兒，自己這才放下心來的。這樣的人物，不是什麼丫頭都看得上的。

於是便揭過不提，郁心蘭又問起紫玉懷孕的事，提醒娘親道：「父親還有妳這個平妻、妾室玉柏，您也幫父親準備了一個通房丫頭了，可別再縱著父親收人進來。說起來，父親也是年屆不惑的人了，就是為著他老人家的身子著想，也該收收性兒了。」

溫氏紅了臉，忍不住替丈夫辯解了幾句：「你父親不是這般沒章程的人，同朝的高官中，就數咱們郁府人口簡單了。」

那都是王氏的功勞！郁心蘭心道。

面上自是不會顯現出來，當女兒的編排父親，總是不對。況且這時代對男人好色的界定與現代完全不同，只要尊重髮妻，沒弄出什麼寵妾滅妻的醜聞，不是來者不拒，後宅裡沒有多得住不下來，就不算好色了。

溫氏見女兒沒再提這個，忙又說起木炭的事兒：「……後院這邊並沒什麼，我請林管家去前院查了，和哥兒的木炭都是由他的書僮黃柏領的，沒少他一點兒。若真是短了，怕是黃柏的問題，林管家說他會留意。」

郁心蘭不甚在意地「嗯」了一聲，正要提醒娘親，小心下頭人架空了她，便聽到外面傳來一陣喧譁。

怎麼這麼沒規矩？

郁心蘭忍不住蹙眉，揚聲問：「誰在外面？」

錦兒應了一聲，她便吩咐道：「去看看怎麼回事。」

不一會兒，錦兒打了簾子進來，臉色有些沉，向溫氏和郁心蘭福了福，回話道：「是齊嬤嬤帶著幾個婆子過來發賞銀，嘴裡還一個勁兒的吆喝，說什麼夫人讓來打賞的，帳面上銀子緊，還是夫人先掏的銀子墊著之類的……一點禮數也不懂！」

必定是紫菱去問周總管的事兒，被甘氏知曉了。若是賞銀由前院的帳房支銀子打發下去，那麼她壓著遲遲不發賞銀的事兒就必定會被侯爺知道，甘氏這臉就丟到爪哇國去了，侯爺還不知道會怎麼責怪她，所以甘氏這才立即使了齊嬤嬤發賞銀。

郁心蘭便坐著沒動，等齊嬤嬤自己進來請安的時候，再同她理論。

不多會兒，齊嬤嬤便在門外輕稟道：「奴才齊家的，奉夫人之命來靜思園發賞銀，來給大奶奶問安。」

郁心蘭示意錦兒打起簾子。

齊嬤嬤快步走了進來，深深一福，笑容滿面地道：「奴才恭賀大奶奶大喜。奴才是奉夫人之命，來靜思園發賞銀，依的是舊例，一等丫頭和管事嬤嬤二兩銀子，二等丫頭和管事嬤嬤一兩銀子，三等丫頭和管事嬤嬤八錢銀子，粗使丫頭和婆子五錢銀子。本是應當早些發，可年節之後，府中的銀子有些不湊手，夫人便拿了自己的體己錢先墊上，如今所有的賞銀都已經發下去了。」

齊嬤嬤說完，便瞅向郁心蘭，滿懷希望她能說上幾句感激甘氏的話，郁心蘭卻只是看向溫氏，嘴裡向齊嬤嬤介紹道：「這是我娘親。」

齊嬤嬤忙又給溫氏請安見禮，郁心蘭這才道：「有勞嬤嬤跑一趟，代我謝謝大娘。」神情帶著幾分恭敬，可語氣卻淡淡的。

就這樣？齊嬤嬤不禁大急，若是不能讓大奶奶熄了心中這口氣，只怕會被告到侯爺那裡去，那時夫人可就討不了好了。思及此，齊嬤嬤又笑成一朵菊花，笑容裡飽含謙恭，「大奶奶切莫這般外道。夫人早就說了，大奶奶有了身子，可是侯府的大喜事，昨晚便跟奴才商量著怎麼打賞，本想多賞些，卻又怕開了這個頭，讓別人看著心中不舒坦。畢竟，西府裡的蓉奶奶，還有三奶奶都是生過孫女的……所以想來想去還是照例，但是靜思園的丫頭們服侍大奶奶有功，夫人說了，晚些再另外打賞些，以夫人自個兒的名義。」

靜思園上上下下丫鬟婆子有二十幾人，一圈兒打賞下來，也要個十來兩銀子，這許諾自然是甘氏說的，可卻不讓齊嬤嬤一次就說出來，想是她若表現得沒一點膈應，只怕這點子賞銀便沒了。

郁心蘭這才露出一抹真誠的笑容，「那就多謝大娘費心了，一會兒還要麻煩嬤嬤跑一趟，辛苦了。錦兒，給齊嬤嬤包一碟子點心吧。」

齊嬤嬤這顆心啊，總算是放到肚子裡了，忙笑著謝了賞，施禮退了出去。

溫氏在一旁也看出了些門道：「可是……甘夫人不大待見妳？」

郁心蘭笑道：「她自己有兒子有媳婦，怎麼會待見我呢？」

這話兒說得……溫氏越加擔心，壓低了聲音道：「那妳心裡可得有成算才行，若是甘夫人不喜歡妳，妳可得好好侍奉妳婆婆和姑爺，萬莫惹他們生氣。就說妳懷孕這事兒吧，殿下定是疼著姑爺的，怎麼也不會讓姑爺忍那麼久。我看啊，錦兒這丫頭長得雖比不上蕪兒幾個，可也是漂漂亮亮的，又是咱們從榮鎮帶過來的……」

又繞回去了，郁心蘭知道娘親是為了她好，以一個古人的觀點來為她好，可她不喜歡聽。

郁心蘭便打斷娘親的建議，笑道：「快午時了，咱們去宜靜居用飯吧，別讓婆婆久等。」

溫氏沒法子，只得住了嘴，跟女兒一同去宜靜居，用過飯後才告辭回府。

郁心蘭送走娘親便有些鬱鬱的，歪在短炕上不動。紫菱幫她掖好被角，嘴唇動了動，似乎有話要說。

郁心蘭抬眸看了她一眼，淡淡地道：「說吧。」

紫菱壓低聲音道：「小茜這丫頭，只怕開始在窗外偷聽，剛才還跟錦兒陰陽怪氣地說恭喜呢，把錦兒都逗哭了。」

郁心蘭蹙了眉，難怪剛才一直沒見錦兒，原來是哭了。這個小茜，沒半點子頭腦，心還大得很，比起巧兒來，半點不如。這個丫頭自己是不打算用的，可要怎麼打發出去，卻是個問題，總歸是自己的陪嫁丫頭，若不好，容易把火引到自己身上來。

正要讓紫菱去叫錦兒進來，門外便傳來巧兒的聲音：「婢子見過二奶奶、三奶奶，兩位奶奶是來看我們奶奶的嗎？可不巧，我們奶奶剛睡下了。」

就聽二奶奶揚起聲音道：「這才剛過飯點，大嫂應當還沒睡著吧，我們是特意來恭賀的。」

郁心蘭眼睛一眯，特意來恭賀，為什麼不早來，偏趕在她要午歇的時候來，不就是故意不想讓她休息好嗎？

她正因溫氏的話心裡犯堵，哪有功夫理會這兩人，當下將眼一閉。

紫菱明白她的意思，忙躡手躡腳地走出去，抱歉地衝二奶奶和三奶奶笑道：「真是抱歉，我們奶奶已經睡下了。妳們都是有經驗的人，這懷孕之初最是渴睏，方才婢子還想喚醒奶奶來著，可搖了幾下都搖不醒……二位奶奶看，妳們是到偏廳裡等一等，還是一會兒再來呢？」

話都說到這個分上了，二奶奶和三奶奶自不好再提要求，只得先回去。過了一個多時辰，先差了丫頭問清楚郁心蘭已經起身了，兩位妯娌才連袂而來。

郁心蘭在暖閣裡接待兩位弟妹，待二人坐下，差點沒把她給熏死，這兩人怕是把整瓶香露給倒在身上了吧？她明明告訴過她們，懷孕初期用香露不好，她們懷的什麼心思，可想而知了。只不過，是擦在身上不好，聞著卻是無礙的。若是這般可以讓她們每日消費一瓶香露，郁心蘭便決定不跟她們一般見識了。

這一回，二奶奶和三奶奶都極主動地拿出了賀儀和昨日的欠據。

三奶奶歉意地道：「實在是手頭沒有這麼多現銀，還請大嫂諒解，待日後銀子湊足了，一定會還的。」

欠據上，只寫了某某欠銀多少兩，卻沒寫哪日歸還，再加上三奶奶這句話「銀子湊足」，怕是這輩子都不打算還了。

郁心蘭笑了笑，輕聲道：「二位弟妹記得就好，我也是聽外面的人說道，欠什麼都別欠賭債，欠賭債的人，可是要用兒命來還的。」

二奶奶和三奶奶立即變了臉色，三奶奶倒是隨即鎮定了，笑嗔道：「偏就大嫂妳懂得這麼多。」然後問起了郁心蘭的飲食起居，眼神兒不住地飄向二奶奶，似乎兩人有什麼話要說。

肯定不是好話！

郁心蘭笑了笑，拿帕子掩了嘴，神情懨懨的，顯得精神很不好。

紫菱捧了一杯黑乎乎的藥汁過來，勸她喝下。

兩位奶奶見此情景，也不好多留，只得問候幾句，先行回去了。

兩人出了靜思園，徑直去了松鶴園。

甘老夫人和甘氏都坐在暖閣裡，聽她二人說起郁心蘭的情況。

甘老夫人疑惑道：「昨日還好好的，不知有多精神，今日怎麼就病了？讓妳們打聽的事兒打聽到了沒？」

二奶奶道：「沒還得及說話。」

甘氏一聽，臉上便湧上怒容，呵斥道：「一點子小事都辦不好，待她生個嫡長孫出來，我看妳們拿什麼同她爭！」

兩人被斥得滿面通紅，卻不敢出聲辯駁。

甘老夫人撫了撫額上的頭巾，慢條斯理地道：「若是一點消息都沒傳出來，也許是被壓下了，也許是她們還沒發覺，總要先準備好萬全之策，才好過了這一關。」抬眸又瞥了兩位外孫媳婦一眼，鄭重地道：「我老婆子可都是為了妳們。」

二奶奶和三奶奶喏喏地應了，心裡卻道：妳為的是自己的孫兒，可別說是為了我們。

甘老夫人又教訓了兩人一通，逼著兩人想法子將事情辦好，然後才放她兩人各自回去。

二奶奶回到自己的寢房，氣得直摔枕頭，嘴裡罵罵咧咧的，「什麼東西！真當自己是什麼長輩了，外祖母算個蔥！」

嫵月和彎月忙給主子順背，又是端茶又是遞水的，好一會兒，二奶奶才平息了心中的怒火。

嫵月忙問道：「不知老夫人讓奶奶辦什麼事兒，若是不重要，交給婢子們去辦就成了，何必勞動奶奶您的玉體呢？」

二奶奶笑著白了她一眼，「就妳是個機靈的。老太婆要我說動大嫂幫大爺納妾，哼，妳覺得這有可能嗎？」

嫵月的小臉僵了一僵，「這事兒可真難辦呢。」

二奶奶立即來了精神，「可不是嗎？若是由母親送人過去，人家肯定不會要，憑什麼要妳大娘賜的妾啊？要大嫂自己抬妾上來，換了我是她，我也不肯啊。這事兒我一早就說，只有母親能辦成，在父親的耳邊吹吹風，讓父親開口去提，大嫂不得不從命，不是一樣可以給她添堵？」說著又遲疑了一下，「可是老夫人許的好處卻不錯。」

嫵月看向二奶奶，二奶奶卻住了口，關於好處的事隻字不提。她便懂事的沒問，心裡計較了一下，忽地揚眉一笑，「對了，彎月不是同靜思園的小茜說得來嗎？依婢子看，那個小茜是心思重的，只要幫她出個主意，讓她自己爬上大爺的床，不是一樣也成嗎？」

彎月也笑彎了眉，「可不是嗎？就算人奶奶死咬著不給小茜名分，心裡也必定堵得慌，心情不好的話……」後面的話便不用提了。頭三個月最是易滑胎，若是思慮重了，腹中的胎兒保不保得住就成問題了。

二奶奶一聽這話兒，立即拍板道：「這事兒妳們倆給我上心些，辦成了，奶奶我重重有賞。」

❖ ❖ ❖

此時已近掌燈時分，赫雲連城也從軍營回來了，直奔入屋，換了衣裳，便將小妻子摟入懷中，一疊聲地問：「娘子今日可好？可有什麼不妥之處？我還是讓吳為住到侯府來吧，這樣妳有事兒他來得快些。」

郁心蘭耐著性子一一回答了，順口提起了溫氏來的事，自然也提到了通房丫頭。

「你心裡是怎麼打算的？」郁心蘭眼睛一眨不眨地盯著連城。

「一切聽娘子的安排。」赫雲連城勾唇一笑，竟有幾分侯爺的邪魅。

可郁心蘭此時無心欣賞，心想著怎麼達成自己的願望……自然是要來軟的，於是飛了他一記媚眼，靈秀剔透之中，又帶著少婦獨有的成熟風情。赫雲連城看得喉頭一緊，俯首便吻了下去。

兩人正吻得如膠似漆，忽聽門外紫菱輕喝道：「小茜，妳站在門口做什麼？」

郁心蘭一驚，掙了掙，赫雲連城卻不滿地咬了她豐潤的嘴唇一口，痛斥她不專心。也對，這傢伙是習武之人，不可能有人站得這麼近了還不知道，想是故意做給旁人看的。

直到吻得赫雲連城覺得自己快把持不住了，他才放開她的唇，恨恨地在她的山峰上揉了幾揉，「只會逗我！」

郁心蘭噗哧一笑，故意在他大腿上掐了一下，引得赫雲連城嘶嘶地抽涼氣，她卻一旋身從他懷裡掙了出來，趿了鞋便往外走。到門簾處才回頭笑道：「大爺快些，已經擺飯了。」

用過飯，小夫妻又回到暖閣，丫頭們收拾好桌面，沏上香茗，郁心蘭便讓四個大丫頭都過來，一字兒排開，輕笑道：「大爺，您瞧她們四人中，哪個合您心意？」

赫雲連城俊眉一挑，眸帶威脅地看向小妻子。郁心蘭卻依舊笑吟吟的，直衝他眨眼睛，附耳輕聲道：「妾身只問這一次哦，要把握機會，不然沒有下一次了。」

赫雲連城暗暗在她手臂上掐了一把，若不是怕她扭動過大，真想在她腰間軟肉上掐上一掐。

小夫妻倆自顧自地打情罵俏，四個丫頭都不禁紅了臉。郁心蘭暗暗瞧過去，錦兒和蕪兒垂眸看地，無動於衷，她倆一個是有了意中人，一個是誓不為妾。巧兒卻有些緊張，還不著痕跡地往後挪了挪，郁心蘭也頗為滿意，這丫頭總算是知道怕了，知道什麼是自己不能想的了，而小茜卻站得更直了，眼睛雖然看著地，可精小的下巴卻抬得高高的，飽滿的胸脯還往上挺了挺，生恐大爺發覺不到自己的美。

郁心蘭眸光一暗，這個丫頭真的是留不得了。

赫雲連城的目光也在四人臉上轉了一圈，再看向小妻子，眼中便多了幾分戲謔，衝她挑了挑眉，我就是不回答，看妳怎麼收場。

郁心蘭又好氣又好笑，白了他一眼，嬌聲道：「若是大爺您暫時沒看上，不如今日先好生休息休息，改日再說吧。」揮手讓四婢退下。

待清了場後，她立即一個餓虎撲食，朝赫雲連城撲過去。赫雲連城駭得忙雙手接住她，用巧勁卸了她的衝力，輕柔地將她抱在懷裡，嗔怪道：「明明是妳自己說起來的，怎麼還怪上我了？」

郁心蘭氣得咬了他的鼻子一口，「都看不上的話，直接給句話不就得了？」

赫雲連城嘿嘿一笑，跟明子期一樣純真裡透著幾分邪惡，「娘子的人，我怎敢說看不上呢！」

這話也不知是真是假，但是關心則亂，郁心蘭心中不免有幾分緊張，揪著他的衣襟問：「是嗎？那你看上誰了？」

赫雲連城見她真的緊張了，怕影響到腹中胎兒，也就不再逗她，老實回答道：「誰也沒看中，她們加起來都不及娘子的一根腳趾頭。」

「哼，滿嘴甜言蜜語！」郁心蘭哼了一聲，心裡卻是喜孜孜的，隨即又耷拉下小腦袋，「可是……按慣例，我是不是應該賢慧地為你準備通房丫頭？若是我不準備，母親那邊也會催的吧？」

赫雲連城摸了摸下巴，作思索狀，而後才道：「其實，憋久了，對身體是不好，不知娘子有沒有什麼解決方法？」

郁心蘭差點沒被自己的口水給嗆著，「你想了半天就想出這麼個東西？」

赫雲連城絲毫不覺得自己這要求提得有什麼錯，忽地從懷裡掏出一個小畫冊，塞到郁心蘭手中，「妳仔細學一學。」說罷自己先臉紅了，鬆開小妻子，忙趿鞋下炕，邊披衣邊道：「我去書房看書。」

郁心蘭被他這一串動作弄得莫名其妙，低頭一看手中的小畫冊，差點沒笑岔氣，原來是本房中術。這傢伙，怎麼拿這書讓我看？

郁心蘭好奇地翻了幾頁，發覺有幾頁上有標註，都是女子如何用手和嘴幫男子解決的……囧了，原來是要她學這個。

郁心蘭的臉也紅了，不敢等他回房了，忙忙地梳洗睡了，而赫雲連城也是挨到快子時，才溜達回房間，鑽進被子裡，抱著小妻子睡了。

第二天休沐，赫雲連城陪著小妻子睡到自然醒，用過早飯，兩人獨處時，他便先表態道：「也有世家子弟終身只娶一妻的。」

郁心蘭聽了，知道這意味著什麼，心生感激，喃喃地道：「可那都是鳳毛麟角。」

赫雲連城淡淡地道：「我本就是人中龍鳳。」

噗！一口茶水就這麼噴了滿桌，郁心蘭被嗆得直咳嗽，嚇得赫雲連城忙幫她順背，還大聲喚賀塵去請吳為過來看診。

「別！別笑死人了！」郁心蘭好不容易止了笑，拍了夫君一掌，「你什麼時候這麼自戀了？」說著眼睛亮晶晶地瞧著他，半晌不語，忽地在他唇上一吻，用細得幾乎聽不見的聲音道：「謝謝。」

赫雲連城的眸光瞬間亮過天空的冬陽，這還是小妻子第一次主動吻他呢！

他右手虛拳放在嘴邊清了清嗓子，很鎮定地道：「真要謝我，就把昨日給妳的冊子好生學好。」一話未說完，自己的臉就先紅了。

郁心蘭啐了他一口，不過到底是現代人，這方面倒是放開得多，便在他的注視下，羞答答地點了頭。

赫雲連城見小妻子羞成這樣，還點了頭，心中歡喜，又是憐惜，忙將她抱在懷裡好生親暱。兩人正黏成一團，紫菱忽地掀了簾子進來，神色慌張，「奶奶，不好了，管婆子死了！」

郁心蘭和赫雲連城都怔住了，「什麼！」

紫菱嚥了口口水，細細再稟一遍：「管婆子死了，身上沒有傷口。昨晚派了三人在房外看守，三個婆子都說沒人進去過，也沒聽到裡面有什麼聲音。房門也是鎖上的，只有送吃食時才會打開。」

郁心蘭便想下炕，赫雲連城伸手壓住她的肩，「我去，妳休息。」

也好，他的經驗豐富得多。

一盞茶後，赫雲連城回來了，告訴郁心蘭：「沒有內外傷。我已經讓賀塵去請吳為了，讓他看一看再確定死因。」

沒了這個管婆子，便不好指認甘老夫人了。都怪她，昨晚小心眼地想著通房丫頭的事，將這大事給拋到一邊了。

赫雲連城安撫她道：「不急，妳懷孕了，給我下藥的人肯定會找運來的穢氣，我已經讓黃奇盯牢他，必定會有人露出馬腳的。」

不多時，吳為過來了，給管婆子診視一番，淡淡地道：「心悸而亡，應是自幼便有這種毛病，或者，服用過讓心動加速的藥物，她年紀這麼大，必定受不住。」

郁心蘭立即想到，「飯食。」

紫菱搖了搖頭，「下人們的飯菜都是大碗裝的，昨天是千荷和千葉幫管婆子盛了飯菜送過去的，若是在飯裡下了什麼藥，應該滿院子的人都會吃下。」

吳為無可不無可地道：「真服了這種藥，發作過後就查不出了。若是飯菜是一起盛過來的，旁人無事，那就是她天生有心房疾病。」

郁心蘭不由得蹙眉，有心臟病不奇怪，怪的是發作得這麼巧，正要押她去長公主那兒時，偏偏死了。

可沒有證據說明她是被人謀殺的，郁心蘭只得讓人通知管婆子的家人來收殮，打發紫菱給了十兩銀子的安葬費。

❖　❖　❖

長公主從小佛堂抄寫完經文回來，柯嬤嬤便上前來耳語一番。

長公主絕美的玉容陡然變色，厲聲問：「竟有這等事！」

柯嬤嬤用力點頭，「老奴剛剛才從靜思園回來。」

長公主立即吩咐：「去請大爺和大奶奶過來。」

柯嬤嬤福了福，正要退下，門外便傳來丫頭的唱名聲：「稟殿下，大爺、大奶奶求見。」

「快，快請。」

長公主話音剛落，紀嬤嬤便快步走至門邊挑起厚重簾子，赫雲連城攜著郁心蘭的手走了進來。

小夫妻向長公主請了安，長公主拉著郁心蘭在炕上坐下，丫頭們奉上熱騰騰的新茶，在紀嬤嬤的示意下，垂手退出了暖閣。

赫雲連城將管婆子的事回稟給母親，只稱是自己想今早再來向母親稟報，未知管婆子卻在昨晚死了。

證人都已經死了，長公主再著急也沒用了，只得恨聲道：「日後你們得加倍小心些，蘭兒現在有了身子，與平常不同了，哪怕一點兒小驚嚇，都有可能滑胎，萬萬大意不得。這事兒雖說沒有憑證，可府中夜夜有親衛巡邏，竟也有人能神不知鬼不覺地做下這等事，也當跟你們父親說一說。」

說到最後，長公主的語氣竟是以往沒有過的凌厲，完全認為管婆子是被人害死的，幕後之人就是甘老夫人和甘氏，而她們最想害死的就是蘭兒肚子裡的孩子。

正巧今日朝廷休沐，侯爺在府中，長公主決定親自去見侯爺，好好與他談一談。

赫雲連城想到自己還在母親這裡瞞下了香丸之事，忙攔著母親道：「還是由孩兒去吧，讓蘭兒陪母親說說話兒。」

郁心蘭也勸道：「畢竟是夫君親自去驗管婆子的屍身，夫君說得清楚一些，就讓夫君去吧。」其實，孩子們說這麼多，無非就是因無憑無據，怕侯爺不相信，反而怪我不能容人吧？

長公主輕嘆一聲，笑容裡又是窩心又是傷感。窩心的是，孩子們都這般體貼著她；傷感的是，她這個當娘的人卻無法照拂孩子們，令他們被人謀害。

赫雲連城和郁心蘭又勸了幾句，長公主才道：「就依你們。若是你們父親不信，我就親自找他說去。」

為母則強，她素日裡的性子是綿軟了些，但那也是因為對那人她有著一份愧疚，何況，之前那人沒觸到她的底線。

「父親明辨是非，必定會信的。」

赫雲連城說完，便告辭了出來，徑直去了前院侯爺的書房。

侯爺果然在書房中與幾位幕僚商談政事，見長子來了，便招手讓他坐下聽一聽。他們談的是梁王躲到哪裡去了，前方的錢勁將軍帶兵搜遍了梁州，都沒發現梁王的身影，梁王彷彿憑空消失了一般。

赫雲連城便建議道：「不若父親將黑雲騎派出一半，前往梁州尋找梁王。」

有一位姓葛的幕僚道：「自上回皇上在秋山受驚之後，便調了侯爺的黑雲騎隨身保衛，要等擒獲了梁王之後，才會交還侯爺。畢竟再過十來日，大慶國的使團便要到了，皇上必定會大賜恩宴，還要搭臺唱戲，出入皇宮的人數眾多，極容易混入刺客。」

侯爺點了點頭，「皇上的安危最重要，捉拿梁王倒在其次。況且城外被大軍圍困了兩月有餘，地形都已經被盤查過，梁王不可能藏身於山林之中。他自幼錦衣玉食，吃不了什麼苦，我們都猜測他應當是易了容，躲在梁州城的某處宅子內，多等些時日再去捉拿也不遲。」

赫雲連城連聲應「是」，幕僚們見大公子似乎有事要同侯爺商議，便先行退下，小廝和侍衛也識趣地退出書房。

赫雲連城抬眸看了父親一眼，關心地問：「聽蘭兒說，父親前晚被針扎了，可有什麼傷沒？」

侯爺「唔」了一聲，自信且傲然地道：「一根針還傷不到我。」

這倒是實話，前晚發覺有異，自是慢慢坐下，那針尖不過才刺破外裳，就被他察覺了，根本就沒沾到皮膚。

赫雲連城垂下眼簾，淡淡地問：「不知那根針是如何插在軟墊上的？」

這問題問到了點子上，侯爺面露微笑，「原來你是懷疑這個。」又道：「針尖朝上插的。」

赫雲連城迅速抬頭，父子倆對視一眼，別的多餘的話就不必說了。

若真是婢子修補後隨手插上的，就應當是針尖朝下，再不差，也應是平行地別在軟墊上，而針尖朝上就可以斷定為故意為之的了。

赫雲連城終於可以不用拐彎抹角，直接問道：「父親可查了針上餵了什麼藥沒？」

侯爺搖了搖頭，「讓軍中大夫查了，沒有什麼藥。」

昨日到了軍營，定遠侯便將針交給了軍中的隨行大夫，讓其仔細驗出針尖上餵了什麼東西。可繡花針實在太小，即使餵了藥，分量也極少，想做大量的實驗是不可能的，只能用最直接的方法，用這針餵一下小動物，看小動物的狀況來判定。

軍中有軍犬，大夫扎了軍犬後，侯爺便使了自己的隨身侍衛緊盯著，可一整天下來，都沒發現這犬有何不妥之處，照樣啃骨頭、睡大覺，見到生人吠兩聲。這也是侯爺最想不通的地方，難道岳母大人只是想讓蘭兒難受一下？

赫雲連城聽了父親的話後，總覺得不對，甘老夫人既然提早知道了蘭兒懷孕，又特意安排了這一著，怎麼可能不在針上餵藥？他思慮良久，也沒得出個明確的結論來，便只有向父親說起了管婆子之事。

「原是不該拿這種小事來煩父親，孩兒也不想僅聽一個婆子的片面之詞，便與老夫人生了離心，故而打算今日押那管婆子去松鶴園與甘老夫人對質。昨日特意將其看押在偏院的庫房內，沒曾想，今日一早就發現那管婆子暴斃了。孩兒請來了醫仙的得意弟子吳為公子來為管婆子驗屍，吳公子說，看上去像暴斃，卻也不排除被人灌下了使心動過速的藥物，讓這婆子氣急而亡。」

赫雲連城頓了頓，又道：「無論是怎麼樣死的，孩兒都覺得太過湊巧了些。」

侯爺聽完後，目光灼灼地看向長子，心中大感欣慰，連城竟這般沉穩鎮定了。

人人都會偏愛長子幾分，這個時代嫡庶有別、長幼有序，自小侯爺便對赫雲連城寄予了厚望，費心指導他的武藝和兵法，培養他成為能運籌帷幄、決勝千里的將領。只可惜，七年前的秋山之變，讓皇上對赫雲連城生了疑心，侯爺便是再相信自己的兒子，也無法改變皇上的心意。還不得不對長子不聞不問，免得皇上將穢氣撒到全府上下幾百口人的頭上。

只是侯爺真沒想到，幾年的沉寂不但沒讓長子消沉，反而令他更加成熟了。少年時的意氣風發和睥睨自傲，都被沉穩內斂所取代。就像剛才那一番話，明明沒有半點有用的證據，卻字字句句都指向了甘老夫人，而且合情合理，就算之前沒有過香丸和針扎這兩件事，也會令人不由自主地贊同他的觀點，不由自主地疑惑。

侯爺想了想，便喚了小僮進來，披上貂皮大氅後，衝赫雲連城道：「隨我來。」

赫雲連城跟在父親身後，進了二門，直接去了宜安居。

宜安居的暖閣裡，甘氏正同兒子兒媳們說笑，忽聽外頭丫頭道：「給侯爺、大爺請安。」心中有鬼的人，不免多疑。

甘氏立即想到，侯爺往常這個時候應當在書房與幕僚們商議朝政，怎麼會回內宅裡來？想是想著，甘氏還是立即下了炕，帶著兒子媳婦們迎出去，接了侯爺進來。

侯爺安坐在炕頭，手中無意識地把玩青花瓷的茶杯蓋，杯中的熱氣便隨著他手指的轉動，而有一陣沒一陣地裊裊升起。

甘氏的心，也如同這白濛濛的熱氣一般，飄蕩個不停，沒個安歇處。

待兒子媳婦們都問過了安，幾個兒子也彙報了一下最近的職務後，侯爺這才將眼睛抬起來，掃視一圈，最後落在炕桌另一頭的甘氏身上，淡然道：「岳母大人也來了近兩個月了，銘哥兒怕是要想祖母了，夫人這便安排一下，讓岳母大人回甘府，讓銘哥兒也好盡盡孝心。」

銘哥兒即是甘氏的外甥，甘將軍唯一的兒子。

這話說得圓滿，可話裡的意思，就是不再讓甘老夫人住在侯府了。

甘氏頓時覺得血往頭上湧，衝得頭腦暈暈乎的，一口氣憋在胸口，快要炸開似的，想也不想地道：「不行！侯爺當初是怎麼答應我的？銘哥兒媳婦根本不會照顧人，您答應過讓母親在侯府養老的！她怎麼說也是您的岳母，我哥哥都……您為何不能盡孝心！」

提到了甘將軍，侯爺不免遲疑了一下，但也只是一下，一個彈指而已，隨後仍是堅持道：「若是甘家無後人了，我這個當女婿的自然是要盡孝的，可甘家還有銘哥兒，他是個男人，應當承擔起贍養祖母的責任。我們可以多送些補品過去，卻不能攔了銘哥兒盡孝。」

甘氏氣惱得幾乎失去理智，她倒不是非要母親住在侯府不可，兄長亡故也有十幾年了，母親也癱了幾年了，她若想接母親過府來住，早就可以提這個要求。

年底前將母親接過來，實在是因為立世子這事兒已經到了關鍵時刻，可侯爺一直不表態，兩個兒子又處在閒職上，無甚建樹，反倒是老大，一會兒破了軍糧案，一會兒護駕有功，連連升職，讓她心裡十分慌張，這才特意請了母親過來，母女倆想聯手對付長公主那房人。

甘老夫人也是願意的，畢竟甘府如今只有甘銘這一根獨苗了，可惜又才能平平，若是二爺和三爺繼承侯位，看在甘氏的面子上，也會對甘府多加照拂。

其實甘老夫人回了甘府，一樣也可以幫她出主意，只是她嚥不下這口氣，老大跟侯爺一塊兒進來的，指不定就是老大在侯爺面前說了母親什麼壞話，才使得侯爺改了主意。

她再三強調：「不行！我不同意！」說著又轉面兒子媳婦，尋求同盟，「你們倒是幫你們外祖母說幾句話呀！」

赫雲策和赫雲傑哪裡敢與父親對著幹？便尷尬地瞥了母親一眼，咳了幾聲，就是一個字都吐不出來。

二奶奶和三奶奶就更不必提了，那甘老夫人進府的第二日就給她們倆各塞了兩個妾室進來，她們巴不得甘老夫人早些滾蛋。

侯爺只盯著甘氏的眼睛，一字一頓地道：「不如夫人先去問一問岳母大人的意思，或許岳母大人願意呢？妳去轉告一下岳母，那天的針沒扎到我，讓她不必掛心。」

此言一出，甘氏的眼中便閃過一絲慌亂，被侯爺瞧得一清二楚。原本就想著岳母怎麼會放根沒用的針在軟墊上，原來並不是沒用，只是軍醫沒驗出來而已。

侯爺心中頓時痛了起來，這是他敬愛的妻子啊，卻原來背著他竟做出這等事情，居然想謀害赫雲家的後嗣，難道就因為老大不是她生的？老大家的生出來的孩子，就不是赫雲家的孩子了嗎？侯爺再也不想多在宜安居多留一刻，話也不說一句，站起身便往外走，臨走還喚上老大：「靖兒，陪為父去看看你母親。」

赫雲連城答應了一聲，站起來向甘氏施了一禮，便隨著父親走了出去。

赫雲策和赫雲傑都非常關注此事，待父親走遠，立即追問母親：「母親，這是怎麼回事？外祖母做了什麼事惹父親生氣了？」

甘氏氣惱道：「你們外祖母還不都是為了你們！若不是你們一個、兩個的沒有用，連個嫡長孫也生不出來，你們外祖母何須如此！」

待赫雲策兄弟倆弄明白事情的原委，也氣得臉紅脖子粗，「哪個要外祖母多事？母親，妳明知實情，也不阻攔一下！大嫂還不一定是生姐兒還是哥兒，妳們就這般急頭白臉的，惹父親發怒。若是父親以為我們哥倆也參與其中，我們可真是渾身上下張上一百張嘴也說不清、辯不明了！母親，妳最好一會兒去向父親道個歉，萬萬要記得說明兒子可是完全不知情的！」

「你們……」甘氏驚怒交加地瞪著兩個兒子，「你們居然還怪起我來了！」

赫雲傑的脾氣相對柔和一點，緩了語氣道：「若只是生個兒子就能得這爵位，那母親這般作為倒還真是為了兒子們。可您也明白，這根本不是有沒有子嗣就能決定的。咱們要想的是如何抓到大哥的把柄，讓御史彈劾他，而不是這些後宅裡的小事。只有失了皇上的庇護，他才無法承爵。」

赫雲策附和道：「正是。」

語氣雖是柔和，可話裡的意思讓甘氏更受不了，合著她忙前忙後地折騰，失了侯爺的信任，兒子們卻還覺得她眼界狹小了，沒放在大事上頭，給他們添了堵！

「我怎麼生了你們倆這麼不孝的東西？給我滾！全都給我滾出去！」

甘氏氣得口不擇言，赫雲策和赫雲傑也覺得母親不可理喻，明明錯了還不知悔改，當即隨便施了一禮，便攜妻子離去，母子三人第一次失和。

赫雲策和赫雲傑兀自氣惱，可二奶奶和三奶奶卻很高興，若甘老夫人被趕回甘府了，她老人家賜下來的兩個妾室也就可以任她倆拿捏了。

沒辦法，女人的眼界只有這麼高，外面的世界她們不能參與，朝堂的大事她們無法決定，只有整治小妾打發時間。

相對於宜安居的冷清，宜靜居卻著實熱鬧了好些日子，侯爺天天下了朝便去宜靜居，弄得甘氏愈來愈緊張，她原以為她堅持一陣了，侯爺最終還是會心軟的，怎麼說，兄長也是為侯爺而死的，就算母親曾想做些什麼，可老大家的不是沒事兒嗎？難道救命的恩情也抵不得這點子事嗎？

可侯爺左等不來右等不來，最後聽說長公主的小日子到了，可長公主卻作主，安排了幾位小妾輪流服侍侯爺。甘氏再也坐不住，不得不去了一趟松鶴園。

進了大廳，居然瞧見母親端坐在暖閣的炕上，正廳裡擺著十幾個箱籠，顯然是已經將衣物都收拾好了，甘氏不由得羞愧難當，「都是女兒沒用，竟讓母親這般沒臉……」

甘老夫人渾不在意地笑了笑，「男人們的眼界與女人不同，妳也切莫以為侯爺就是對妳死了心了。只要妳去服個軟，好好哄一哄，自小得來的情分不是那麼容易被人取代的。妳日後切莫再意氣用事，甘家能否光大，還繫在妳的身上。」

甘氏母女在松鶴園依依惜別，郁心蘭卻在靜思園磨著赫雲連城，「你去跟父親說說好話，讓甘老夫人留下來吧。明明知道這回的事兒有她的份，怎麼能讓她這麼輕鬆地就逃脫了呢？若是她回了甘府，咱們想查什麼都不方便了，可若是她還留在侯府，必定不會安生，肯定還會想什麼法子來折騰，咱們小心一點，必定能有一日來個人贓俱獲。」

郁心蘭到嘴邊沒說的一句話是，到那時再打發了甘老夫人回甘府，她日後就再也不敢上侯府來折騰了，而甘氏也必定會失了侯爺的心，對長公主婆婆來說，可是大大的有利。

赫雲連城想了想，覺得小妻子的話也頗有道理，總沒有千日防賊的道理，還不如守株待兔，靜等甘老夫人再次出招，於是他便去前院書房尋父親說情。

到了掌燈之前，甘氏身邊的齊嬤嬤親自到靜思園來回話：「侯爺說今晚在宜安居擺飯，請大爺和大奶奶都過去。」

郁心蘭應了一聲，忙更衣梳妝，與赫雲連城攜手，慢慢往宜安居而去。

今日甘氏見到赫雲連城和郁心蘭，格外的熱情，竟不顧身分，親自起身迎了上來，握住郁心蘭的手道：「妳這孩子，怎麼也不叫輛馬車？這般走過來，若是滑倒了可怎麼好？雖說現今雪化了，可晚間地上仍是積了許多薄冰，不可大意啊！」

郁心蘭忙柔順地笑道：「多謝大娘惦記著，有夫君在一旁扶著，不會滑倒的。日後蘭兒若是一個人出門，必定會叫車馬的。」

侯爺和長公主早已坐在上首，聽到她這般說，長公主便嗔怪道：「說什麼日後出門，妳如今有了身子，可得少出門。」

郁心蘭柔順地應承了，向父親母親請了安，赫雲連城便攜著她的手坐到長公主身側。

二奶奶不禁羨慕道：「大哥大嫂真是恩愛！」她這話可是發自內心的，二爺喜歡端著正派官員的架子，從來不會在人前對妻妾們和顏悅色。

郁心蘭輕輕地一笑，指著三奶奶道：「那二弟妹妳怎麼羨慕得完呀？三爺也是個體貼人，對三弟妹可不知有多好！」

赫雲傑的確在人前對妻子溫柔體貼至極，好不好，可就是如人飲水，冷暖自知了。

三奶奶輕柔一笑，「大嫂莫不是想說大哥是因為您有了身子才對您體貼入微，平時並不是？」一說話就下套子，她若回答是，難免讓人以為赫雲連城英雄氣短，只知兒女情長；若回答不是，好像對赫雲連城這個夫君有何不滿似的，當著父親母親的面說丈夫的不是，這樣的媳婦怕是沒人喜歡吧。

郁心蘭沒好氣地在心裡翻了個白眼，面上卻是優雅地淡笑，「瞧弟妹說的，男人們在外為朝廷賣命，為的還不是這個家？若我沒有身子，自是應當由我來照料夫君，怎麼敢讓夫君來照料我呢？」

這話博得了侯爺和長公主、甘氏一記讚賞的目光，夫妻三人難得同心同意一次，卻是為了郁心蘭的幾句話。

三奶奶面色一僵，沒想到大嫂竟會暗指她不賢慧，雖恨得咬牙切齒，卻也只能隨著笑笑，怎麼答似乎都不對了。好在赫雲傑還頗有幾分眼色，知道妻子若是在父母面前討不了好，他也沒臉面，忙輕聲道：「茹兒平日裡照顧我也照顧得十分周到，不過還是要多跟母親學學。」

一句話將妻子挽救了，還順帶讚美了甘氏，郁心蘭不由得多看了三爺一眼，以前一直覺得這個大男孩有些好色，心裡不大看得起他，如今才知自己還是心存偏見了，男人並不是好色就一定無能的。

赫雲傑發覺大嫂看過來，忙擺出一抹瀟灑俊逸的微笑，完美展示自己的外貌優點。

飯後，侯爺便宣布，因甘老夫人年邁，身體又不好，因而要多在侯府住一陣子。因之前赫雲連城已經跟長公主打了底，長公主並沒表示出厭惡或是抗拒的模樣，讓甘氏鬆了一口氣。她還真怕長公主在這節骨眼上多事，人家到底有身分在那兒，真要發了話，侯爺也得讓三分的。

甘老夫人便這麼留了下來，而且變得十分老實，整日裡只是叫二奶奶和三奶奶去打打馬吊、葉子牌，偶爾到靜思園來坐一坐，從不曾空手來，和藹得彷彿就是郁心蘭的親奶奶。可郁心蘭並沒少了戒心，在侯爺的關注下，侯府派了一位家生媳婦子和幾名粗使婆子去松鶴園服侍甘老夫人，甘老夫人也平心靜氣地受了。

❖　❖　❖

日子一晃就到了月底，大慶國的使團到了，赫雲連城和赫雲策因參與接待使團的事宜，變得異常忙碌起來。

長公主怕郁心蘭悶，又怕她走來走去動了胎氣，每天都會親自到靜思園去看望媳婦兒。郁心蘭知道四爺赫雲飛的婚期將近，便問長公主有什麼可以幫忙的。

長公主笑道：「我的兒，妳好好為靖兒生個大胖小子，就是幫了最大的忙了。」

郁心蘭小臉一紅，心道：我也想生兒子，可以鞏固地位嘛，可也得要是兒子才行啊！

正說著，齊嬤嬤又來到靜思園，臉上有幾分焦急之色，進了暖閣，撲通一聲向長公主跪下，泣聲道：「求殿下移駕宜安居一趟，幫幫我們夫人吧。」

長公主擰眉問：「什麼事，妳好好說。」

齊嬤嬤沉了沉心神，仔細回話：「年前侯爺不是提出分家嗎？當時大老爺是答應了的，侯爺還承諾分給大老爺四成家產，可大老爺挑剔了無數次，不是說這個田莊是沙土，就是說那個園子不賺錢，弄得這事兒一直沒定下來。這不，剛才程夫人又來吵了，說是大老爺畢竟是兄長，又是嫡出的，沒得兄長的家產比弟弟少的道理，若不分給他們六成的家產，這個家就不分了，而且府裡還得提高他們那邊的月例。老奴出來這會子，程氏正吵著要砸東西呢。」

郁心蘭暗暗咋了咋舌，過年吃團圓飯的時候，還看著大老爺和程氏挺和氣的樣子，沒想到才過了兩個月，這就鬧開了。

長公主是深知程氏脾氣的，那個女人哪裡有半點大家閨秀的風範，吵起架來跟街市上的潑婦一個樣兒，甘氏縱然悍些，卻也比不得程氏沒皮沒臉。況且這怎麼說都是侯府的家事，可不能鬧得太大了，讓京裡的宗親貴族們看笑話。

當下，長公主便吩咐擺駕，又叮囑郁心蘭好好在園子裡待著，什麼也別理會。郁心蘭乖巧地應了，回頭卻使了千荷去打聽打聽。

沒多大會子，千荷便回來了，繪聲繪色地形容了一番程氏的潑悍樣兒，將自己打聽到的消息說與奶奶聽：「……西府那邊的大爺和二爺不是外放了嗎？聽說是在靠近梁州城的地段上任職，這回攻破梁州城，兩位爺也立了功，前方錢將軍請功的摺子到了，聖上准了兵部的摺子，擢升兩爺的官職，還是留京的，所以西府那邊覺得自個兒有了底氣，想多分些家產。」

「可婢子聽程夫人手下丫頭那話兒的意思，大老爺和程夫人現在壓根兒就不想分家，指望攀著侯府的大樹大手大腳花錢呢。奶奶，您想啊，那邊的大爺、二爺回了京，人事都不熟，上下打點，得多少銀錢出手？若是剛分的家產就要變賣，還不如不分，直接伸手到侯爺的衣袋裡掏呢。那程夫人扯著嗓門兒大吼，說是二爺和三爺活動官職時，花了公中許多銀子，憑什麼他們榮爺和璉爺卻要花自己的銀子。」

郁心蘭也覺得是這麼個理，大老爺的兩個兒子赫雲榮和赫雲璉，放了三年外任，如今回了京，若想在官場混得好，必須上下打點的，這錢花出去可就不是個數了。

難怪獅子大開口，要六成的家產，卻不想想大老爺又沒繼承爵位，憑什麼分大頭。

宜安居那邊一直鬧到掌燈時分，聽說最後是侯爺鬆了口，答應待榮爺和璉爺在京中的根基穩了後再談分家之事，上下打點的費用從公中支取就是，程氏這才滿意離去。

郁心蘭不禁搖頭，因想著要分家了，西府那邊這幾個月的薪晌都沒交到公中，自己在府中開了灶火，可如今又成了一家人，吃穿用度都放在一起，以後的日子可有得煩了。

果然，她的預感成真了。第二天，程氏便上靜思園來看她，笑吟吟地道：「哎呀，大侄媳婦，妳懷了身子，我這是昨兒個才知道！可憐見的，自打準備分府，甘夫人竟連賞銀都不往我們那邊發了！若不然，我早就知道了，也早就會來恭賀一聲了！」說著，大大方方地在炕頭坐下，很有主人氣派地吩咐錦兒：「將妳們這裡最好的茶葉給我沏一壺來，次一點我可不要，傳出去以為大侄媳婦多不待見我這個伯母呢，妳說是不是，大侄媳婦？」

郁心蘭柔順地笑，「自然，大伯母難得來靜思園一回，蘭兒自是應當好生伺候才是。」

程氏眼中閃過一絲得意，「如今不要妳伺候我了，妳有了身子，待日後再說罷。」作勢擺了擺手，很大方地免了郁心蘭親自為她奉茶。

郁心蘭也不過就是裝個樣子，順勢扶著紫菱的手，在炕桌另一頭坐下。錦兒奉上了雨前龍井，還有宮裡賜的果子點心。

程氏眼睛一亮，「這是玫瑰玉容糕吧？」

程氏倒還有幾分眼力，知道這是皇后最愛的糕點，材料難尋，極難製成，宮裡除了太后和皇后，其他的妃子都嚐不到，所以當下也不客氣，左右開弓，一手取了一塊，放嘴裡塞。

郁心蘭不禁倒吸了一口涼氣，這也叫大家閨秀？聽說程氏的父親以前可是太子太傅，正一品的高官，當年是看中大老爺是嫡長子，極有可能繼承侯位，才將女兒許給大老爺的。可瞧她這副吃相，哪裡有半點氣質？

程氏一人將小碟子裡的四塊糕都吃完了，這才滿意地品了口茶，揮手讓丫頭們都退出去，擺出非常親切的笑容道：「大侄媳婦，我是特意來告訴妳一個祕密的，關於策兒和傑兒的。」

郁心蘭眉毛一挑，眼中滿是惶恐，「大伯母，若是祕密，還是不要告訴蘭兒吧。這事若是與二爺、三爺有關，還是直接去告訴他們的好。」她實在不想跟程氏扯上什麼關係。

程氏打定了主意，哪容郁心蘭拒絕，當即便嗔怪道：「妳還不相信大伯母嗎？大伯母是看妳是個心善的，沒二侄媳婦那般傲氣，又沒三侄媳婦那般假惺惺，特意來告訴妳。妳不聽也得聽，聽了，對妳只有好處。」

說著，便神祕兮兮地壓低了聲音：「當初二侄媳婦生的懷哥兒，可是被三侄媳婦的娘家人害死的，那天花病是他們想法子讓懷哥兒染上的。我手頭有證據，妳若有膽子去告訴侯爺，我就交給妳，保證妳能討個好，而且啊，還除了一個承爵的心腹之患。」

郁心蘭聽得心中一動，當初她讓佟孝去查問過京城出天花的情況，就是懷疑懷哥兒的天花出得古怪。有些事情的確是彷彿指向了三奶奶，可卻沒有證據，只是……

「大伯母若是有證據，可以直接去告訴父親呀，父親必定會感激您的。或者，告訴二爺和二弟妹也成。」

程氏的臉色變了變，心裡暗罵，這個沒出息的，這種好事還往外推！

可郁心蘭卻知道程氏打的什麼算盤，這事兒過去已經有一年多了，此時再翻出來，一是懷哥兒已經不可能再復活，二是這種醜聞不能讓旁人知曉，自己去告了狀，只怕侯爺和二爺倆口子會對自己生出膈應，三是程氏說是三奶奶的娘家人幹的，三奶奶的娘家人流放的流放，削職的削職，還能怎麼樣？沒得讓三奶奶還恨上了她。

程氏此時提出給證據，定沒打好主意，這擺明了是想攪得侯府不得安生。侯府不安生了，對他們西府有什麼好處？

郁心蘭不接這話兒，一個勁往外推，程氏被她氣得臉紅脖子粗的，拂袖而去。

郁心蘭的眸光暗了暗，使了千荷多找侯府裡的老婆子，打聽一下大老爺和侯爺小時的事情。

下午時，千荷從西府打聽到一個消息，說是這回榮爺立的功不小，皇上還曾詔見了大老爺，大大地讚賞了一番。

郁心蘭心裡一動，忙問紫菱：「妳可知這侯爵之位有哪些人可以繼承？」

紫菱想了想道：「按照律法來說，只要是赫雲家的直系子弟都有資格。」

這麼說，大老爺家的兩個兒子也有一定的繼承權了。榮爺又得了皇上賞識，難怪大老爺他們不肯分府了，要死拽著這「直系親屬」四個字，好分一杯羹。皇上到底是什麼意思，好像總想把事情往混亂裡拽似的。

她想了想，分析不出個結果，索性雕著香木珠子，等赫雲連城回來再問。

可今天赫雲連城直到子時才回來，郁心蘭早就睡下了，朦朧間覺得被子裡鑽進個人來，將她溫柔地抱在懷中，於是迷迷糊糊地問：「怎麼回得這麼晚？」

赫雲連城「嗯」了一聲，說了幾句話。郁心蘭當時沒聽清，迷糊著呢。第二日清早起來，才真正意識到，不禁瞪大了眼睛看向連城，「你是說，運來死了？」

赫雲連城點了點頭，「是，昨晚我帶兵巡街，讓運來去給我買份德意樓的滷豬手帶給妳吃，哪知他中途想去茅廁，然後就竄出一名殺手，將他殺了。」說著，眸光暗了暗，「對方亦是高手，黃奇阻攔不及，後來也沒追上……殺手帶了煙霧彈。」

郁心蘭怔了怔，「殺了？就算對方知道我們在懷疑運來，也沒必要殺啊！」

赫雲連城道：「應當是怕我們審問。其實，父親屬下專司審訊的人已經暗中查問過他了，並沒問出什麼來。運來是跟個黑衣人接觸的，只知自己辦好這事兒，就能得到一大筆銀子，可以贖回賣身契，開家小店，過上好日子。不過，他們這般派人來殺他，應當是怕他無意中見過那人的樣子。而且，那名殺手是特訓過的，黃奇說，看身形的招式，倒是與王丞相的青衣衛有幾分相似。」

郁心蘭瞬間睜大眼睛，「怎麼會扯上王丞相？」她真正想問的是，王丞相管赫雲連城生不生孩子幹什麼？堂堂一朝丞相，不至於無聊到這種地步吧！

赫雲連城搖了搖頭，「黃奇只是說像，並未肯定。但那人的身手若是高於黃奇，就不是普通人家能養得起的，也必定不是大娘幹的了。」

郁心蘭點了點頭，甘氏給她下了藥，就沒必要再去給赫雲連城下藥。而二奶奶和三奶奶應當也幹不出來這事兒，女人一般都只會從女人這兒下手。

兩人沒想出結果，卻沒想到，侯爺派出搜運來家的人倒是得了一條線索。運來可能也怕被殺人滅口，便將自己與那名黑衣人接觸的地點和時間，以及那人說話的語氣和特點等，都記錄了下來。幾番對比後，目標人物竟直指向岑寂。

岑寂，此人是忠義伯府的大管家，淑妃娘娘父親的心腹。

赫雲連城告訴郁心蘭：「岑寂這人有個特點，說話之前喜歡先『那那』兩聲。」

這個郁心蘭倒是知道，在上回參加岑柔的及笄禮時，就聽那些無聊的貴婦們笑話過，岑管家跟主子回話也是這樣：「那那，回老爺話……」

郁心蘭當時就疑惑了，「這事兒我不知怎麼會牽扯到淑妃娘娘家去，可就算是忠義伯真要對付咱們，也不會派出這麼個有特色的人吧？」

人一旦有了特色，就容易被人記住，從而成為目標。唯有最普通的人，沒有任何特色，丟人群裡就淹沒的那種人，才不容易被人辨認出來，這也是挑選暗衛的一大要素。

赫雲連城真沒想到小妻子竟然也懂這些，看向她的眼神更加明亮了，原本只是告訴她幾句，讓她知曉一點情況而已，現在倒是有心將事情和盤托出了。

「父親和我也如此懷疑，怕是有人要將事情引到忠義伯岑坤的頭上。淑妃娘娘曾經為了妳三姊和王氏為難過妳，或許他們以為我們會相信。若是如此，就只能說明，他希望我們不要與十二殿下聯手。我和父親猜測，如此行事的多半是十三殿下的人，而十三殿下現在雖未成親，但婚期將近，因而父親猜測，殺運來一事極有可能是王丞相的手筆，但誘逼運來放香丸的黑衣人，卻不一定是王丞相派出的。運來記錄的日期，那名黑衣人是在我婚前就去找了他……」

郁心蘭心中一動，婚前就開始逼運來下藥的人，應當是不希望赫雲連城有孩子才對，這跟王丞相就沒有半點關係了，再怎麼說，也應當是自家幾個親戚才對。

她想了想道：「大伯父又不想分家了，你知道這事吧？」

赫雲連城的眸中閃過一絲不屑，「鬧得這麼大，當然知道。」

「是不是不分家，大伯父家的榮哥和璉哥也有爵位的繼承權？」

赫雲連城眸光動了動，「按律法來說是有，可父親有五個嫡子，再怎麼樣，挑人也不會挑到那一房去。」

郁心蘭想了想道：「就怕有人不是這麼想。」若是將這邊幾個嫡子的名聲都弄臭了，那邊就有希望了。

這倒也是，赫雲連城反正對爵位沒興趣，便說話讓她安心：「父親已派出親衛在城中搜尋那名黑衣人的行蹤，只要他曾出現過，總會有蛛絲馬跡留下。此事妳也不必再憂心了，父親讓周總管從家生子中再選一人做我的長隨，日後我也會讓賀塵和黃奇跟緊一點，凡事謹慎一些，不會再出岔子。」

郁心蘭明白地點點頭，又與赫雲連城聊了幾句，突然發覺時辰不早，「怎麼還不去上朝？」

赫雲連城道：「大慶國使臣已朝拜完陛下，最近這段時間主要是陪他們在京城玩樂，不必上朝，一會兒我直接去官驛。皇上晚上應當會賜恩宴，我不會回府用飯。」

小夫妻又聊了一會兒，一同用過早飯，赫雲連城這才走了。郁心蘭追送到門口，目送他走遠，才回屋休息。

其實真沒什麼休息的，自公開懷孕後，這幾天她每天除了吃就是睡，實在是精神好得很，非常想出去走一走。明天就是春暖花開的三月了，京城地處北方，春季來得遲些，但現今土壤也已解了凍，小花園裡萬紫千紅了，只是昨天才下過雨，丫頭們又怕地滑，又怕著涼的，死活攔著她，不讓她邁出靜思園一步。

哪有那麼嬌貴！郁心蘭不免哀嘆，自打她換了這副身體以後，就沒有中斷過身體鍛鍊，自問體質絕對比一般的貴婦人要好得多，再加上溫氏那柔弱的身子骨，連摔幾跤都沒將孩子摔下來，郁心蘭堅信自己也是這種不易滑胎的體質。

正無聊著，錦兒走進來，打發了旁人出去，湊在郁心蘭耳邊嘀咕幾句：「千雪又看到靜念園的彎月拉了小茜去避風堂的廊下做針線，這已經是第七回了，府裡頭知道您懷了身子這才幾天啊，若是算上打飯食，或者辦差兒途中遇上閒聊幾句的話，都不知道有多少回了。」

郁心蘭笑睇她一眼，「這妳都記了數。」

心下卻也明白，二奶奶怕是有什麼動作了。

錦兒急得直跺腳，「我的奶奶，您怎麼一點也不急呀？二奶奶和三奶奶這陣子跑得多勤，每天都不知往身上倒多少香露，連甘老夫人都成天擦得噴噴香，擺明了就是怕您生嫡孫呢！」

紫菱也在一旁道：「可不是，雖說那香露聞一聞沒事，可也萬不可大意了，大奶奶還是早做防範的好。」

的確是要早做防範，不過自己心裡有什麼盤算，卻也不能隨意便告訴這幾個心腹，倒不是不相信她們，而是這裡與現代不同，當主子的必須要有威嚴，不能讓下人們隨意便能猜透自己的想法，否則，心腹們忠心是忠心，卻不會如何敬畏自己。

郁心蘭又悠閒地捏起香木珠子，雕起花來，嘴裡隨意地應著：「我心裡有數，妳們只管盯緊了小茜就是，有什麼不妥的馬上回報給我。對了，把巧兒叫進來，我有話問她。」

這孩子也該用一用了。

不一會兒，巧兒乖乖巧巧地進來了，端端正正納了個萬福，「大奶奶安好。」然後垂首而立，雙手放在裙邊，指尖卻不是自然地彎曲，而是刻意地收著，想是察覺出了今日有什麼不同，所以心情緊張。

郁心蘭卻沒說話，下炕趿鞋。巧兒忙上前蹲下，細心地幫大奶奶提上鞋幫子，又恭謹地退到一旁。郁心蘭示意她跟上，然後扶著紫菱的手徑直進穿過隔間，進了寢房。

寢房相對而言要安靜得多，門窗也厚實一些，在裡面小聲說話，不容易被外人聽見。

郁心蘭坐到羅漢床上，往引枕上一靠，卻只是輕輕地品茗，一句話也不說，神色間開朗柔和，與往常沒有什麼區別。紫菱也垂著頭不說話，錦兒帶關上房門，守在門外。這樣安靜得能聽到自己心跳聲的氣氛，令巧兒越發緊張。

郁心蘭慢慢喝完了一杯茶，又吃了幾片切好的果子和一小碗燕窩，這才輕輕抬了眸。

那眸光一掃過來，讓巧兒不由自主地繃直了脊背，小手將拳兒攥得更緊。

「妳真不知那藥末是什麼嗎？若是我真睡在那些藥末上，只怕這輩子都無法生兒育女了，妳還真是會幫人啊！」

聽到大奶奶如此問，巧兒的心都快跳出嗓子眼了，她日擔心夜擔憂的，就是怕那些藥末不是什麼暫時避胎的藥，而是絕子藥，卻不曾想，怕什麼就來什麼，當即駭得撲通一聲跪下，砰砰砰地連磕響頭，嘴裡下意識地討饒：「婢子真的不知，求奶奶恕命！」

郁心蘭看向羅漢床旁高几上的玉石小插屏，沉吟了片刻才道：「雖說我如今已經有了身子，可妳這種行為，卻仍是不可饒恕。」說著瞧了紫菱一眼。

紫菱立時會意，恨聲罵道：「妳是大奶奶的陪嫁丫頭，卻幫著外人算計奶奶！妳可知這是什麼罪過？這是背主！妳真以為奶奶若是沒有身子，便會讓妳一個小小的奴婢給大爺生兒育女嗎？侯爺和長公主殿下會允許妳這種出身卑賤的婢子為大爺誕下庶長子嗎？便是要生庶長子，以侯府的地位，隨意娶個官家小姐來當貴妾便是了，便是輪一百年也輪不到妳的頭上！」

「妳或許也早算好了退路，三奶奶必是應承過妳，若是大爺不願要妳，也將妳要來給三爺是不是？妳就不想想，妳日後真的投靠到了三奶奶那邊，妳以為三奶奶會重用妳這種背主的奴才嗎？三奶奶就不會想，妳能背一次主，就不會背兩次主嗎？」

這番話說得巧兒冷汗漣漣，連冬荷悄悄告訴她的，關於三奶奶給的允諾，大奶奶都知道了，她哪裡還有退路？

當下，唯有向大奶奶表白死忠之心，或許還有一條活路。

「是婢子一時糊塗，這幾日冬荷又來找過婢子幾次，婢子都拒絕不見！婢子是真心悔過了，求大奶奶饒了婢子這一回，留婢子一條性命吧！婢子願為大奶奶赴湯蹈火，在所不辭！」

郁心蘭仍沒應她的話，只是反問：「冬荷近日又來找過妳？」

巧兒忙回道：「是，婢子不敢再到院外行走，冬荷悄悄使了人來喚過婢子幾次，婢子都以差使多為由，推拒了。」

郁心蘭盯著她問：「那妳為何不直接說妳不願同她來往呢？」

巧兒心中一喜，似乎看到了一絲希望的曙光，忙回道：「婢子怕她又是來幫三奶奶傳話的，或許日後奶奶用得著婢子去打聽一二，故而沒有直接拒了她。」

郁心蘭暗自點了點頭，她之所以願意用巧兒而不是小茜，就是因為巧兒有頭腦，比小茜那個沒腦子的花癡強上百倍。

巧兒也是個機靈的，見大奶奶似乎在思索她話中的可信度，忙又表白了一番忠心，捶胸叩首，淚如雨下。

若只是聽巧兒所言，郁心蘭還不見得會相信，不過她晾了巧兒一個月餘，又幾次讓錦兒和紫菱、安嬤嬤敲打，這段時間以來，巧兒的表現也的確是中規中矩，合了她的心意。

待巧兒的忠心表白得再無詞彙，翻來覆去就那麼幾個字的時候，紫菱適時地「求情」道：「大奶奶，您願聽婢子幾句話嗎？」

郁心蘭自是將這做老好人的機會交給紫菱，略略蹙眉道：「妳說吧，我且聽聽。」

紫菱忙道：「其實巧兒也是逼不得已，她家中還有年邁的祖母要贍養，老子癱瘓在床，老子娘要照顧兩人，忙得腳不沾地，下面還有三個年幼的弟妹，只有兄長一人外出打些零工賺錢。我聽人說，巧兒每月的月例銀子寄了大部分給家裡，可光是藥錢，這銀子都不夠使的。這回巧兒犯的事，的確是杖斃都嫌輕了，可若是處置巧兒，便是饒她一命，將她發賣到外地，她一家幾口只怕都會餓死。您素來是個心善的，這次好歹沒有釀成大禍，您就行行好，饒了她這一次成不成？」

巧兒的眼中頓時閃現希望之光，卻又不敢過著痕跡，怕被大奶奶看了不喜，忙垂了頭，整個人都緊張得抖了起來。

郁心蘭瞧在眼裡，心中又更肯定了幾分，噗哧一笑，嬌媚地橫了紫菱一眼，「照妳這般說，豈不是一點也不罰她了？那我日後還如何處置旁的犯了錯的奴婢？」

紫菱又給大奶奶添上茶水，殷勤地笑道：「巧兒這事不是只有大奶媽和婢子、安嬤嬤知道嗎？院子裡其他人是不知的，並不會影響奶奶的威信。至於巧兒這錯，也並不是說揭過不提了，先記在這兒，且她日後的表現，若是再敢犯事，那就兩罪並罰，直接打了板子，餵上啞藥，割了臉，賣到窯子裡去。」

割臉又餵啞藥的女子，被賣到窯子裡，只有當最下等的妓子的份，那可就真是生不如死了。

巧兒嚇得打了個哆嗦，但也知道紫菱說起她犯的錯只有幾人知道，這是在敲打她，表示日後她若是表現得好，依然還會是靜思園的一等丫頭，在小丫頭面前不會失了體面。

巧兒忙磕頭道：「求大奶奶大人大量，給婢子一次改過的機會，婢子願意戴罪立功！」

郁心蘭這才顯出幾分興致，挑了挑眉問：「妳倒是說說，如何戴罪立功？」

巧兒早就盤算過的，只等大奶奶問起，忙詳細地道：「這幾日，甘老夫人和二奶奶、三奶奶時常到靜思園來小坐，婢子覺得她們意圖不軌，只怕兩位奶奶都不願意奶奶您誕下嫡長子呢。婢子願去套套冬荷的口風，看看三奶奶有什麼計謀。另外，小茜這幾日總是心不在焉的，婢子平日裡與她關係不錯，也可以去套套她的話兒。」

郁心蘭「唔」了一聲，「若是妳能辦好這件事兒，我再考慮考慮免不免妳的錯吧。」

巧兒心下大喜，忙又磕了一個頭，「婢子必定會為奶奶辦好差，護得奶奶周全！」

郁心蘭和紫菱主僕兩個如此一番，一個唱紅臉，一個唱白臉，最終將巧兒的忠心收入懷中。

主僕三人在寢房裡說話的當兒，二奶奶和三奶奶又連袂來了。小茜過來傳話，郁心蘭收拾了一下，扶著紫菱的手步入暖閣。

三奶奶原是坐在炕邊的靠椅上，見大嫂進來，忙迎上去，殷勤地扶了大嫂的手，嘴裡笑道：「今兒個府裡收到仁王府的請柬，明日仁王府辦宴會，請咱們闔府光臨。想著大嫂身子金貴，母親特意讓我倆來告訴大嫂一聲。」

郁心蘭微揚了眉問：「怎麼？母親是想讓我也去參加嗎？」

三奶奶道：「自然。一來，仁王殿下是您的三姊夫，二來，這回仁王宴請的是大慶國的使臣，父親、母親、二娘和幾位爺也要參加的。有大爺在，又有母親和二娘照拂著，大嫂您不會有什麼事兒的。」說著笑道：「懷了身子，也不一定要窩在屋裡才好，如今已是入春，風光明媚，不如多到花園散散心，心情好了，胎兒自然生得俊。」

這話聽不出幾分真假來。不過如果來去的路上與長公主婆婆同車，到了仁王府就不怕了。仁王還求著赫雲連城相助呢，必定會小心照顧她。

妯娌三人依次坐下，錦兒往手爐裡新添了一塊銀霜炭，蓋好蓋兒，放到大奶奶懷裡。雖已開春，但天氣仍是寒冷，院子裡早換了火盆，不燒地龍了。火盆到底不比地龍暖和，多加幾個又怕大奶奶覺得氣悶，所以手爐是離不了的。

幾位奶奶便聊起了天，二奶奶神祕地道：「妳們知不知道這回大慶國使臣前來所為何事？」

郁心蘭和三奶奶便都看向她，滿足了二奶奶的八卦分享慾，「他們想為他們的三皇子殿下求娶一位公主。」

看到郁心蘭的眼中流露出訝異之色，二奶奶十分得意，因為大慶國的使臣還沒提出明確的要求，這是她夫君無意間得知的消息，「大約過幾日就會向皇上遞表請求了。其實他們無緣無故地跑來玥國，想也知道是有所求的，要不然，為何皇上會令幾位王爺設宴款待使臣，又讓京中的名門望族都攜女參加呢？皇上也想結這一門親事呢！」

大慶國的國力並不輸於玥國，玥國的公主嫁過去並不吃虧，若是兩國能聯姻，自是能讓邊境安寧數十年，不失為上上之策。

不過，為什麼要京中的名門望族都攜女參加？這可就怪了，皇上明明還有好幾位未出閣的公主呢，比如最受寵的明華公主。

三奶奶倒是想得深遠，「我聽說大慶國君也未立儲，幾位成年皇子爭得很厲害。這位三皇子是寵妃所生，極得大慶國群信任，卻不是嫡皇子，求娶我國公主，恐怕也是為了鞏固自己的地位吧。」

也就是說，這三皇子日後還不一定會怎麼樣，若是繼承了皇位，和親的公主就有可能貴為皇后，再不次，也是個貴婦。若是三皇子沒能繼承皇位，那可就麻煩了，圈養、軟禁，甚至是流放，什麼都有可能。

可現今的大慶國國君已經老邁，就是結姻盟，也不會選老國君，所以皇上唯有從宗親貴族的女兒中挑人，賜個公主的名號，即使將來有了什麼閃失，皇上一不會心疼，二不會對兩國的邦交產生什麼影響。

到底於自己沒有利害關係，這話兒聽過自然就忘。

參之章

塞妾不成反害己

赫雲連城從官驛回府的途中，正路過百寶堂，這是京城中最有盛名的首飾店，還負責供應宮中貴人們的首飾。他忽地想起自己成親大半年了，只給過小妻子一匣子私房銀子，卻從未給妻子買過什麼首飾，於是興致勃勃地停了馬，瀟灑地步入店中。

賀塵和黃奇自是緊隨其後，心中卻暗暗訝異，主子不是最討厭看這類東西的嗎？旁的貴勳子弟，若是想送妻妾什麼首飾，只是吩咐一聲，讓首飾店的人將上好的貨品帶到府中，讓妻妾們自行挑選，他負責付錢，就算是送了。況且男人若是仔細挑選首飾，難免讓人覺得娘娘腔，難道主子打算親自給少夫人挑選嗎？

赫雲連城還真就是打算自己給妻子挑一個合意的首飾。

當掌櫃的人眼光都是非常毒辣的，赫雲連城今日雖沒穿朝服，但穿的亦是極貴的緞子，再加上那張絕俊的容顏和通身的氣質，掌櫃立即認出了來人，殷勤地笑道：「不知赫雲大爺想要點什麼？」

「把你們最好的首飾拿出來。」

「好的，請大爺上樓上雅間。」掌櫃躬身請赫雲連城上樓，又親自奉了茶，從庫中取出幾樣鎮店之寶。

赫雲連城一眼就看中一支蝴蝶簪子，銀白色的蝴蝶，腹部鑲了至少百來顆各色寶石，且翅膀薄如紗幔，兩根觸鬚十分纖細，輕輕一動，就顫動不止。翅膀上也鑲了幾顆小粉鑽，在陽光之下，折射出奪目的光彩。

掌櫃的忙介紹道：「這支蝴蝶簪子是赤金鍍銀的，雖然用便宜的材料鍍金的極少，可這樣鍍上銀光後，便沒有金光的俗氣。這些寶石雖小，可顆顆都是上品，沒有半點瑕疵。」

赫雲連城滿意地點頭，「就要這個，東西我先帶走，你去定遠侯府，會有人付銀子。」

他竟連價都不問，掌櫃的當然也不怕他賴帳，當即將裝蝴蝶簪的匣子合上，雙手呈給他。

赫雲連城邊下樓，還邊打開匣子欣賞，心裡只想著小妻子見到這支簪子時，是不是會開心，卻沒注意到三樓的樓梯口，有人輕聲地喚他。

❖ ❖ ❖

第二日去仁王府赴宴，郁心蘭特意穿了一身桃紅色遍地撒金的妝花褙子，下配鵝黃色大寵邊百子裙，頭梳時下最流行的雙煙髻，用上了那支蝴蝶簪，然後就只在額間飾了一串額墜，耳後一對明月璫。打扮得喜氣洋洋，又透出幾分典雅與靈動，非常符合她現在準媽媽的身分。

坐在馬車裡後，郁心蘭才知道，原來這回挑選和親公主的差事，皇上著落給劉貴妃和德妃兩位娘娘，於是仁王明子信請宴之後，莊郡王明子恆就會跟著請宴。

因是特意請劉貴妃相看各府美女的，所以仁王在外院待客，而劉貴妃與幾位剛剛封王的皇子們，則在內院正房正廳招待女眷們。

各府夫人帶了未出閣的女兒們到達仁王府後，便會攜女去正廳向劉貴妃請安。

劉貴妃得了這麼一件極露臉的差使，自是一點差錯也不能出，不但要看各府美女的容貌，連衣著品味、舉止言行、品性氣質，都要一一考察。

可一場宴會下來，頂多就是一整天的時間，這麼多的閨秀，劉貴妃哪裡能挑得過來。不過就是先將有名氣的閨秀們聚在自己身邊，仔細觀察罷了。

安王妃帶著榮琳郡主也來參加宴會，自是坐在劉貴妃和長公主的身邊作陪。

中午的盛宴過後，使臣們回官驛去了，劉貴妃卻留了幾位宗親及其家眷，在仁王府再聚一聚。

二奶奶極八卦地道：「想來是選中了榮琳郡主，叫上其他人，不過是幫襯罷了。」

郁心蘭並不贊同，要說容貌，這世間少有女子能與榮琳郡主抗衡，一般人也會認為，她是安王的女兒，皇上本就猜忌這位皇兄，將其女兒遠嫁他方，命運未卜，那是一點也不心疼的……

可是，若是大慶國的三皇子日後登基為帝，那麼算不算是無形中幫了安王一把？小小的梁王只不過是在封地盤踞二十年，就生了謀逆的野心，安王之前就頗有勢力，若是再得了大慶國的相助，只怕國內局勢會不穩呢。

三妯娌正低聲聊著，忠信侯岑夫人忽然過來，有禮地將郁心蘭拉到一邊，輕聲問：「妳夫君負責接待貴客，可有聽說大慶國想與我朝議親一事？」

昨日似乎還沒人知道大慶國使臣請求結姻之事，可今天這傳聞就悄悄地傳了出去，這自然是各位貴婦們從今日宴會的陣仗中猜測出來的，人老成精啊，憑一個眼神就能猜出和親的事來。

岑夫人還有一位未出閣的嫡女，今年十四，若要和親，亦是可能的人選，不由得她不緊張。因為日後亦是姻親了，郁心蘭也不想說假話騙岑夫人，便安撫地笑，「其實我也聽說過，不過不是夫君說的，是席間眾夫人說的。便是要和親，京中的名門閨秀多得去了，有爵位在身的貴勳家中，合適的女兒也不少，夫人實在不必過於擔心。」

最為擔驚受怕的，應是榮琳郡主才對。她今年及笄，又未許親，無論是出身還是容貌，都是上上品，大慶國的三皇子敢來求親，應當是打聽過玥國各位公主以及貴勳家中的千金的。

到晚宴前還有一段時間，幾位夫人便陪著劉貴妃打葉子牌，郁心蘭被請到廂房休息。

仁王府的廂房也布置得很豪華，可隔音效果就沒那麼好了。隔壁本是間空房，郁心蘭小睡了一會兒醒來後，卻聽到了極低的說話聲。

一個較成熟的女聲道：「我的兒，妳可知如今都在傳些什麼？大慶國三皇子請求與我朝議親，妳可要把握這次機會呀，改日若三皇子登基為帝，妳就貴為皇后了。」

然後便聽到一道柔軟嬌糯的聲音道：「母親，孩兒會記住的。」

這聲音十分動聽，過耳不忘，可不正是榮琳郡主。

原來安王妃願意將女兒遠嫁，恐怕沒打什麼好主意。

不一會兒，有宮女來請安王妃，安王妃便叮囑女兒好生休息休息，一會兒晚宴上好好表現，這才跟著宮女走了。

安靜了一小會兒，郁心蘭又聽到一個蒼老的聲音道：「郡主，您嫁給大慶國三皇子也好呀。老奴聽說，赫雲大少夫人已經懷了身子，赫雲大爺不知多開心呢。便是您能爭取到赫雲大爺的平妻之位，可嫡子都已經有了，您日後可虧了，還是三皇子好呀。」

榮琳郡主細聲細氣地道：「還不一定是兒子。」縱然聲音裡頗有惡意，可聽著仍是那麼悅耳。

郁心蘭直撇嘴，妳沒機會的，別掙扎了。

一會兒之後，榮琳郡主又道：「我總要再爭取一下，我與靖哥哥是自小的情分。」

說完，那婆子嘆息了一聲，那邊屋裡就再也沒了動靜。

郁心蘭搖了搖頭，她有意見的是，為什麼榮琳郡主可以帶乳母進來服侍，而她不行？

不過長公主將紀嬤嬤派來照顧她，亦是很貼心的。郁心蘭輕喚了一聲，紀嬤嬤便挑簾進來，服侍著她穿衣，重新梳了髮，到花廳等待開席。

晚宴的人數不多，只有四五席，劉貴妃道：「都是親戚，不必講那些虛禮，把屏風撤了吧。」

於是，膳廳裡只有未婚的男女按男女分席，而已經成親的則是夫妻並坐在一起，每對夫妻中間空隔一點，讓出禮儀的距離。

眾人都就座後，榮琳郡主才姍姍來遲。

她一身嫩黃色的暗紋繡海棠花斜襟褙子，下配一條淺藕色上等雲煙羅的百褶裙，真真是嫋嫋婷婷，如盛放的海棠一般，豔麗與柔弱並存，最能激發男性的占有慾與保護慾。

她本就生得非常美麗，再這般精心打扮之下，恍若下凡的仙子一般，甫一進膳廳的彎月門，所有人的目光都集聚到她的身上。

赫雲連城正在為郁心蘭倒茶，一旁的宮女幾次想接過這項任務，都被他拒絕了。郁心蘭乖巧地任他忙碌，小夫妻不時對視一眼，皆會心一笑。

赫雲連城趁人不備，低聲耳語：「妳戴這支簪子非常漂亮。」

郁心蘭不由得紅了臉，暗掐他一把，「大清早就說過了，這會子在這說什麼！」

榮琳輕輕將目光轉了一圈，所有人都看向了自己，只除了一個人。那個人的眼睛只看向身旁的妻子，而他妻子頭上那支蝴蝶簪，光芒奪目得刺痛了她的眼睛。

主桌坐的是長公主、劉貴妃、安王妃、仁王、賢王、莊郡王夫婦、永郡王、秦小王爺、定遠侯、甘氏，赫雲家三兄弟則帶著自家夫人和平王世子明駿夫婦坐了一桌，幾位宗室的子弟坐了一桌。

今日來的少女們不少，那一桌沒了座位，二奶奶和三奶奶便熱情地邀請榮琳郡主道：「坐我們這裡吧。」

榮琳郡主正有此意，稍稍讓了一下，便在二奶奶和赫雲彤中間坐下了，這個位置正與赫雲連城面對面。

榮琳郡主柔和有禮地向桌上各位打招呼，一一稱呼過去，到了赫雲連城這裡時，笑容裡帶上了三分嬌俏，「靖哥哥安好！靖嫂子安好！」

赫雲連城只是點點頭，倒是郁心蘭衝榮琳郡主笑了笑，「郡主安好。」

人都到齊了，劉貴妃開了箸，宮女們服侍著各位主子開始用飯。

赫雲連城不喜旁人動手，自己用公筷夾了些雞蓉海參，放在嘴中嚼了嚼，眸中露出滿意的神色。榮琳郡主立即示意宮女取雞蓉海參。

赫雲連城夾了一筷放在妻子的碗中，郁心蘭抬眸朝他一笑，赫雲連城的星眸便是一亮，唇角也微微上彎。

榮琳郡主頓時便覺得吃在口中的雞蓉海參再沒了一點味道。

蒜香鯰魚、珍珠蝦、東坡肘子……但凡是赫雲連城用過，覺得味道不錯的，都會為郁心蘭的碗中添一份。

全是葷食！郁心蘭輕嘆，於是回贈一些西湖粉藕、魚香茄子、香菇燴十錦之類的素菜。

對面的榮琳郡主瞧見，心中一喜，還以為嫂子與靖哥哥多麼恩愛，原來連靖哥哥不愛吃素食，都不知道。正想著，卻眼睜睜地瞧見赫雲連城將那一小碟素菜全數吃了下去。

榮琳郡主臉上的笑容有些僵硬，赫雲彤喚了她三聲，她才聽見，忙掩飾地垂眸，端起酒杯，輕笑道：「應是我敬嫂子才對。」

兩人碰了杯，一飲而盡，赫雲彤輕笑道：「郡主好酒量。」

榮琳郡主羞澀地垂首，「哪裡。」

身後服侍的宮女忙將酒杯添滿。

抬眸見明駿望了過來，榮琳郡主便雙手端杯，向明駿敬了一杯，然後依次向赫雲策夫婦、赫雲傑夫婦敬了酒。

她再次示意宮女滿杯，赫雲彤拿濕帕沾了沾嘴角，輕笑道：「妳靖嫂子有了身子，可不能喝酒，妳靖哥哥要照顧靖嫂子，也不會喝了，他倆的就免了吧。」

榮琳郡主柔柔地笑了笑，柔聲道：「若這般，可不是失了禮嗎？」

赫雲彤笑著睇了那兩個人一眼，嘴裡悄聲道：「只怕妳去打擾了他們，才是失了禮呢！」暗示的意味極濃。

榮琳郡主知道赫雲彤是個剽悍的，堂堂的平王世子竟連個通房丫頭都沒有，更別提什麼妾室了。可是，難道妳不喜歡自己的丈夫身邊有旁的女人，就要管著我不去爭取自己的幸福嗎？

再微微抬眼掃一圈四周，隔一桌的宗室世子、公子們，哪一個不是悄悄地拿眼覷她？只除了一個人。

榮琳郡主暗暗握了握拳，端起酒杯，婿婿婷婷地站起身，繞過半張桌面，來到赫雲連城身旁，嬌聲道：「靖哥哥、靖嫂子，榮琳敬你們一杯。」

赫雲連城抬眸看了她一眼，先回身扶著妻子站起來，才與妻子一同舉杯，「多謝。」一飲而盡，放下酒杯，又扶著妻子的手坐下。

若是不加上嫂子兩個字，只怕他都不會理會我吧？榮琳郡主再也忍不住，一汪眼淚盈滿了大大的鹿眼，還想再說些什麼，眼角卻瞄到了兩人不小心露出來的內衣袖邊……竟連花紋也是一樣的。所有的話都被這蘭花滾邊紋給噎在嗓子眼，她到底出身皇族，有幾分傲氣，當下忙低了頭，退回自己的座位。

赫雲連城根本沒看見，郁心蘭看見了也不說。赫雲彤瞧在眼裡，也不去安慰，心裡並不怎麼同情她，之前她已經盡了告知之責，還要不自量力，那她也沒辦法了。

在家宴上，赫雲策、赫雲傑早看慣了這兩夫妻的作派，倒沒露出半分訝色，只有赫雲傑心裡對大哥居然視榮琳這等絕色如無物，表示了一下不可理解。

守在赫雲連城身後的小宮女臉色有些僵硬，天知道她為了爭在赫雲連城大爺身後服侍的位置，踩傷了多少人的腳才搶到的？為的不就是讓這個天神般俊美的男子能瞧上自己一眼嗎？可人家根本不用她動手。

酒過三巡，菜過五味，相互間敬酒的也開始多了。本就都是些皇族宗親，相互之間都是極熟的，劉貴妃又說了，今日不拘著人家，年輕一輩的人便開始玩鬧起來。

明子信端著一杯酒，徑直走到赫雲連城身邊，面含微笑，「此番保護使團安全，還有勞連城了，小王敬你一杯。」

赫雲連城也端杯站了起來，應道：「這是微臣的職責。」

兩人碰杯對飲。

明子信繼續道：「從姑姑那邊說，小王當叫你一聲表兄，以後還會是連襟，日後要多多走動走動才是，嫂夫人和玫兒也可以敘敘姊妹之情。」

難道他不知道我們姊妹的關係是什麼樣兒？

郁心蘭陪在赫雲連城身邊，垂了眼簾，一言不發。

明子期過來了，「表哥，今天你無論如何要陪我多喝幾杯。若不是依，我就再也不請你去醉鄉樓賞歌舞了。」

如今郁心蘭也知道了，這醉鄉樓就是京中檔次最高的青樓。赫雲連城尷尬地瞥了一眼小妻子，明明只是被這死小子強拉硬拽地拖去看過一次歌舞，可話從他嘴裡說出來，就彷彿他天天在醉鄉樓醉生夢死似的。

明子信看著兩人之間的親暱，彷彿有些吃味，插嘴笑道：「上回小王要稱你表兄，你卻推說君臣有別，可十四弟卻能這般叫。」

既然是要叫表哥，就不應當自稱小王。當然，自稱小王聽起來比本王謙遜多了，要不然朝臣們怎麼會讚仁王寬厚謙和呢。

赫雲連城飲了杯中酒，一言不發。

明子期笑道：「十二哥可是嫉妒我？這也不能怪表哥，十二哥天生貴氣，表哥自然是不敢與你兄弟相稱的。」

明子信連道：「哪裡哪裡，我最愛與幕僚下屬們打成一片，平素也從不以勢壓人。」

明子期笑得更純淨更無邪了，「京中誰不知道十二哥你禮賢下士呀！」

明子信含笑謙虛了幾句，這才回到自己的座位坐下。

郁心蘭的眼中不禁劃過一絲輕嘲，人人都說仁王禮賢下士，可禮賢下士的另一層意思，就是將自己擺在主子的高位上，俯瞰眾生。只有像明子期這樣的人，才是真正的不拿自己當皇子來看。

那廂秦肅正與明子信低語：「或許先說服賢王相助，他也就跟過來了。」

明子信抬眸看了一眼正與郁心蘭說笑的明子期，心中也頗為贊同這句話，好在，他與十四弟從來沒有紅過臉。

場面正熱鬧著，一名太監急匆匆地小跑步進來，跪倒稟道：「請貴妃娘娘速速回宮，淑妃娘娘小產了，皇上傳您問話。」

此言一出，滿座皆驚。

算起來，淑妃娘娘現在應當快七個月的身孕了，忽然就小產了，皇上還要傳劉貴妃問話，這深層的涵義不得不令人側目深思了。

劉貴妃急忙返宮，眾人不敢再笑鬧，恭送了劉貴妃的儀仗之後，也就各自回府。

定遠侯和赫雲連城今日都喝得比較多，於是兩人改乘了馬車。赫雲連城與母親和妻子同乘，定遠侯則與甘氏一輛車，赫雲慧十分識趣地上了後面本是給大丫頭們準備的馬車。

甘氏見侯爺臉頰微紅，唇角含笑，想到今日策兒才得了皇上的贊許，想是夫君心裡也高興，心情頓時飛揚起來。她攬過侯爺的肩，讓侯爺將頭靠在自己腿上，邊輕輕為他按著太陽穴，邊道：「不知侯爺剛才注意了沒有，我瞧著啊，榮琳郡主的眼睛就沒離開過靖兒。」

其實她一整晚都在服侍侯爺，哪裡注意到這些個，這話兒是三奶奶告訴她的。

侯爺聞言微蹙了蹙眉，「這話也是能說得的，沒得壞了榮琳的閨譽。」

甘氏輕笑，「我是那般沒分寸的人嗎？這話自然只是在您面前說一說。」頓了頓，見侯爺沒什麼反感的樣子，又接著道：「說起來，咱們府上以前跟安王府多親近呀，孩子們也是一塊兒長大的，我看著，榮琳的確是對靖兒有那麼幾分意思。若是榮琳願意，給靖兒當個平妻也不錯。榮琳這孩子柔順乖巧，生得又美，跟靖兒最配，將來生出來的孩子，不論男女，擔保都是天下第一的美人兒。」

最重要的是，皇上猜忌安王，若是老大娶了榮琳郡主，這爵位也就別想沾了。

侯爺眼都沒睜地道：「堂堂一介郡主，怎麼會輕易來當平妻？」

甘氏深知話不能一下子全說完，便轉了話題道：「老二有了妾室，老三有了通房，可老大卻只有蘭丫頭一個人服侍著。若是平時還好，可現在蘭丫頭有了身子，妹妹怎麼也不提醒蘭丫頭，讓蘭丫頭給老大準備個通房丫頭？等到蘭丫頭坐完月子，至少也得十多個月，可別讓老大憋壞了身子。」完全是一副替赫雲連城擔憂的慈母口吻。

侯爺道：「清容應當提過吧？」他似乎記得有一天去宜靜居時，柯嬤嬤正與清容商量這事兒。

甘氏立即以一種過來人的口吻道：「可能是提過吧。您也知道妹妹那性子，和軟得就不像個皇家人，怕是蘭丫頭陽奉陰違了吧。畢竟做女人的，都希望自己丈夫身邊的人愈少愈好。」

侯爺聽她說得也有幾分道理，不過他素來不關心這類事情，於是便道：「妳改明兒幫著勸一勸老大家的便是了，也不必勉強，只要他們自己願意就成。」

對定遠侯來說，有妾室也可，沒妾室也可，但通房丫頭卻是少不了的。他以往行軍打仗時，不能帶妻妾同行，身邊就是兩個通房丫頭服侍著。身為男人，有一些需要必須解決，否則不單是對身體不好，性情也會跟著急躁，他是深有體會的。不過，他並不喜歡勉強人，老大家的就算有點子私心，只要老大沒意見，他就沒意見。

可甘氏卻不這麼認為，自然就拿著侯爺這句話當成了令箭。

於是，第二天一早，處理完府中的事務，她便差了人去請大奶奶。

郁心蘭深感莫名其妙，面上仍恭謹地笑道：「妳先回去稟報大娘，說我換了衣服馬上過來。」

那人福了福退了出去，紫菱忙帶著錦兒蕪兒上來給大奶奶更衣。

郁心蘭卻道：「不急，讓千荷先去打聽打聽。」她是孕婦，要更衣，還要吃補品，動作慢一點，甘氏也挑不出理來。

千荷得了令，一溜煙地跑了，兩盞茶後又轉回來，喘著氣道：「沒……沒……打聽出什麼事……不……不過，一早，齊嬤嬤就去後欄院裡挑人，帶了兩個俊俏的小丫頭去了宜安居。」

兩個俊俏的小丫頭？郁心蘭挑了挑眉。

後欄院是侯府後巷子裡的三個院落之一，是給侯府的家生子們住的小平房。

紫菱聽了，疑惑道：「每個院子裡的人手都是有定額的，甘夫人那裡難道配了丫頭出去了？可沒聽人說呀。」

甘氏身邊的紅纓、紅箭都有十八歲了，按說到了配人的年紀，不過凡事還是謹慎一些為好。

郁心蘭揮手讓旁人都退下去，獨留下了錦兒。

錦兒細心地幫郁心蘭理好了頭髮簪子上的穗子，細聲問：「奶奶可是有何吩咐？」

郁心蘭抬眼看著她笑，「我記得錦兒正好比我大了一歲半，八月初六便要十八歲了……」

錦兒道：「奶奶是不是在想您自己的生辰？」

每年的二月初六是郁心蘭的生辰，可今年的那一天，侯府正忙亂成一團，郁心蘭便沒提過生辰的事兒。大爺倒是記得，可那天在軍營一直忙到半夜才回……錦兒以為大奶奶是覺得遺憾，便道：「明日的上巳節，不如給奶奶補桌酒席？」

郁心蘭意味深長地笑道：「是要辦桌酒席，不過不是為我，而是為妳。」

錦兒莫名，「為婢子？」

郁心蘭拉著錦兒坐到自己腳邊，很認真地問道：「妳這年紀也不能耽誤了，我想將妳許給安亦，不知妳可願意。」

錦兒的臉騰地便紅了，垂著頭扭衣角。

郁心蘭瞧她這樣子，肯定是願意的，只是不好意思說，心下便定了幾分，笑著推薦道：「安家以前其實是官戶。安老爺子是五品織造，不過跟著上司犯了點事，被抄了家，貶為庶民。按玥國的律法，貶為庶民之後，三代之內不能為官，但安亦的兒子卻是可以參加科考的，以後妳可不就是官老太太了。」

錦兒本來就羞得心快蹦出口了，聽大奶奶將她兒子都給杜撰了出來，更是羞不可抑，跺了跺腳道：「奶奶這是在笑話我呢！」一著急，連稱呼都忘了。

郁心蘭含著笑道：「我不是笑話妳，我是要求妳幫忙。若是能答應，便是幫了我。」

片刻後，郁心蘭喚了紫菱進來，如此吩咐一番。

宜安居又著人來催了，郁心蘭先叮囑巧兒，過一炷香後去宜靜居請長公主，這才扶著紫菱的手，上了小暖轎。

到了宜安居正廳，甘氏和二奶奶、三奶奶、二姑娘赫雲慧都坐在廳上，郁心蘭上前見了禮。

甘氏難得的慈祥，「快坐吧，妳如今金貴，可別累著了。」

郁心蘭坐下後，二奶奶、三奶奶和赫雲慧站起來給她見了禮，復才坐下。

郁心蘭拿眼掃了一圈，屋子裡多了兩個陌生的ㄚ頭，收拾得乾淨清爽，生得也極是粉嫩，不時拿眼睛偷瞄她，與她的目光撞上後，瞬間紅了臉……更加證實了她的猜想。

當下，也不讓甘氏開口，郁心蘭便搶著道：「實是因為院子裡有一樁喜事，所以媳婦才晚了會子，還請大娘見諒。」

甘氏自是要順著她的話道：「什麼喜事，看妳高興得這樣兒。」

郁心蘭忙道：「就是我身邊的大ㄚ頭錦兒，我瞧著她年紀大了，便作主將她配給了我鋪子裡的掌櫃安亦。安亦是安嬤嬤的外甥，人生得俊俏，性子也本分，難得的是，出身官宦之家，識文斷字，通情達理。我將錦兒的嫁妝都備好了。大娘屋裡許出去過幾個大ㄚ頭，能不能幫媳婦拿拿主意，可還要添點子什麼？」說著，讓紫菱將剛剛準備好的嫁妝單子，拿給甘氏過目。

甘氏眸光一閃，面帶微笑地幫著看了看，單子還挺長，吃的用的都有準備，跟普通的富商嫁女沒有區別了，比她給幾個大ㄚ頭準備的嫁妝可就多得多了，不由得道：「妳倒是個大方的。我看這單子已經很詳盡了，不過既然是妳院子裡的第一樁喜事，我自然是要隨份禮的。」說著讓紅纓去取了十兩銀子過來，給錦兒添妝。

錦兒紅著臉向甘氏磕了一個頭。

二奶奶和三奶奶、赫雲慧笑著道喜，也各隨了十兩銀子的禮。錦兒又磕了幾個頭。

甘氏覺得這時機正好，於是便道：「錦兒若是嫁出去了，妳這院子裡頭的人手可就不足了，正好，你父親昨日還跟我說，要我操心些，給老大挑個人出來服侍，妳看看，這兩個ㄚ頭怎麼樣？」

說著招手讓剛才那兩名陌生又漂亮的ㄚ頭站到郁心蘭眼前，介紹道：「這兩個都是侯府的家生子，我一早才讓齊嬤嬤去幫妳挑的，以前的名字都不用了，妳給取個新的就是，一會兒妳就帶她們回去吧。」

說是侯府的家生子，又說是剛剛才挑的，無非就是在向郁心蘭證明，這兩個人不是我派到妳院子裡的眼線。問也不問一句就讓帶回去，這也算是逼迫了

只是甘氏到底不是她的正經婆婆，她的正經婆婆來頭又大，所以才沒說出「賜給妳」這樣的話出來。

二奶奶和三奶奶都捂嘴笑道：「母親可真會挑人，這兩個丫頭的相貌都是一等一的，以前幫我們爺挑人的時候，可沒這麼盡心過。不過，大爺那仙人般的樣子，勉強也能服侍了。」

說得還真是謙虛。兩人在一旁幫腔，就料定她不敢拒絕嗎？

便有宜安居的小丫頭端了托盤過來，托盤裡有兩盞茶。兩個丫頭一人取了一杯，雙雙跪下，將茶盅高舉過頭頂，「請大奶奶喝茶。」

郁心蘭只是看了一眼，便轉頭衝甘氏道：「大娘的一番心意，媳婦在這兒謝過了。錦兒就要出嫁了，媳婦的院子裡的確是缺人，不過媳婦想要年紀小些的，這樣可以跟著小茜、蕪兒、巧兒她們多學幾年，待這幾個大丫頭年紀大了，要配出府去的時候，我也好升上來做一等丫頭。」

廳內眾人聞言皆是一驚，從來貴婦人的陪嫁丫頭，就是做為通房丫頭備選的，大奶奶居然連自己陪嫁過來的丫頭都不打算抬上來，直接就說年紀大些配出府去，又怎麼會收下這兩個通房丫頭？

甘氏的臉皮便有些發沉，「妳居然不打算給老大準備通房？這可是妳父親的意思。妳如今有了身子，正要安心靜養，還如何服侍老大？」說著又抬頭問紫菱，「可收拾好了房間，給大爺住沒有？」

這話就是逼她們小夫妻分居呢，雖說一般的貴族夫妻都是這樣，妻子懷孕後，男主子便搬去別

的房間住，可也不是什麼必須遵守的條例。況且還以父親來壓著她，逼著她就範？

郁心蘭在心中冷笑了一下，面上還是很恭順地道：「沒有收拾，夫君說沒必要。」

甘氏一臉的輕責，「妳年輕不經事，怎麼不為自己肚子裡的孩子想一想？若是有個什麼閃失如何是好？我也是女人，我知道妳不願老大身邊的女人多了，可是咱們侯府是什麼人家，一個大爺身邊連個服侍的丫頭都沒有，不是讓人笑話嗎？」

郁心蘭仍是恭順地道：「大爺的身邊早幾年便沒了丫頭服侍，他自己不願，難道媳婦還能逼他？若這是父親的意思，媳婦晚些自會去與父親言明，必不會讓大娘為難。」然後指著這兩個丫頭道：「大娘的眼光的確是好，剛才二弟妹和三弟妹似乎極是喜歡，不如就分給二弟和三弟吧，兩位弟妹是這麼賢慧的人兒，兩位弟弟必定會更疼妳們幾分的。」

二奶奶和三奶奶的臉皮直發緊，還真怕婆婆就一口應下，之前甘老夫人賜的那兩個可都還沒解決呢。

甘氏也被郁心蘭氣得不輕，再也裝不了慈愛的婆婆，一拍桌几道：「長者賜，不可辭。妳的規矩都學到哪裡去了，這兩個人妳馬上給我帶回去！」

郁心蘭見推辭不過，只得含笑應下，「那媳婦就不推辭了，正好自我懷孕後，平日裡總是想到什麼就要吃什麼，院中的人手都忙不過來，升了兩個小丫頭到茶房燒水，負責灑掃的就少了兩個。」

那兩個丫頭剛剛聽大奶奶應下，一臉竊喜，這還沒過須臾，就聽說被打為灑掃丫頭，急得眼淚都汪出來了。

甘氏氣得不輕，「妳這是什麼意思！我說過，她們是負責服侍老大的！」

郁心蘭亦是含笑堵回去：「夫君說了，他討厭人近身服侍，靜思園原本就是沒大丫頭的。要不然，母親早就會讓媳婦安排通房了，也不會什麼話都不說。」
這是在說她多管閒事是吧？甘氏騰地便站了起來，手指著郁心蘭道：「我今天就要教訓一下妳這個目無尊長的媳婦！來人，給我掌嘴，小心她肚子裡的胎兒便是！」
「誰要教訓我的媳婦？」一道柔和悅耳卻帶著威嚴的聲音響起。
長公主扶著柯嬤嬤的手緩步走了進來。見到了長公主，甘氏便不好再發威，只拿明面上的話來挑唆她：「侯爺擔心老大，要我幫著給挑兩個通房丫頭，我挑是挑了，老大家的卻推三阻四，還說什麼丫頭年紀大了，都要給配出去，半個也不留給妳兒子。妳是她的婆婆，妳來評評理，我罰她對不對。老大妳是生的，要不要幫妳兒子，妳自己掂量！」
長公主瞧了那兩名丫頭一眼，在矮几另一邊坐下，緩緩地道：「這兩個丫頭生得這麼一般，靖兒才不會要。」
聞言，甘氏差點沒被一口氣憋死。
她倒是忘了，長公主成天攬鏡自照，這樣的丫頭哪裡能入得了眼。
長公主又接著道：「蘭兒便是有什麼錯處，妳也當念在她有身子的分上，揭過一二。怎麼張口閉口就是掌嘴，到底安的是什麼心？」
甘氏怒了，「既然覺得我不安好心，那好，妳們都請走，我的宜安居不歡迎妳們。」
長公主挑眉一笑，看著郁心蘭道：「聽清楚了，妳大娘的宜安居不歡迎妳，妳以後也別來這兒惹人厭煩了。」
郁心蘭乖巧地應了一聲，跟著長公主婆婆走了。
郁心蘭陪著長公主回到宜靜居，婆媳倆挨著坐下後，長公主便細問起她今日之事，到底是怎麼回事。

郁心蘭一五一十地詳細敘述了一遍，不增一絲也不減一點。

那兩個丫頭是甘氏挑出來的人，長公主肯定不會答應她們進靜思園的，可甘氏這麼一鬧騰，長公主會不會也起了心，讓她給連城安排通房呢？將事情講清楚的同時，也是委婉地告訴長公主自己的意思。

以這個世間的好妻子標準來說，她似乎應該主動來做這些事情，可她沒有。而長公主婆婆已經算是好婆婆了，她診出懷孕已經有半個月了，可長公主提都沒跟她提過安排通房丫頭的事兒……

即使是這樣也不能掉以輕心，沒有哪個婆婆會喜歡太過強勢的媳婦，尤其是能左右自己兒子的媳婦，所以她跟甘氏說話時，能直接說「我不安排通房」，可跟長公主婆婆說話時，卻必須要婉轉。

正思索著，長公主屏退了眾人，獨留下柯嬤嬤和紀嬤嬤伺候婆媳倆說悄悄話：「妳不打算給靖兒安排個通房丫頭嗎？」

那絕美的唇角仍是含著笑，可目光卻帶著一絲審視和警惕。

郁心蘭垂了眼簾，柔聲道：「一開始曾問過夫君，夫君說他不喜歡人近身服侍，這麼些年都是這樣過的……」拿赫雲連城的話當擋箭牌，總是沒錯的。

聞言，長公主心中一疼，眼裡就泛起了水霧，拿出絲帕沾了沾眼角，輕嘆一聲道：「這中間，有個緣故。」

原來七年前的秋山之變後，赫雲連城就被投入天牢整整三年，四年前才被放出來。當時的赫雲連城已經成年了，回侯府後，因一時沒有尋著好人家訂親，長公主便作主將原本服侍他的兩名丫頭開了臉，抬作通房。

關在牢裡時，尚不用怎麼走動，所以跛足這個缺點倒也不怎麼礙事。回到府中後，被二爺三爺嘲笑過幾句，又從府中下人的眼中看到了或鄙夷或同情的目光，赫雲連城一時適應不了，極度頹廢，意氣消沉，卻又極暴躁，被別人看一眼就會大發雷霆。

這兩個丫頭是自小就服侍他的，赫雲連城當時雖沒那個心思，可與她們也算是有幾分主僕之情，所以並沒有反對。只是沒曾想，入了夜，他不過是在書房裡多坐了會子，回到園子裡的時候，正巧聽到兩個丫頭悲嘆命苦，跟了他這個倒楣鬼，早知道他不但被罷官，還瘸了腿，毀了容，不如早點想法子調到二爺或三爺的園子裡去。

可想而知，以當時赫雲連城的心態，那幾句話幾乎成了壓死駱駝的最後一根稻草。當時他便大發雷霆，將兩名丫頭丟出了園子……之後長公主又為他尋了幾名如花似玉的大丫頭，可那幾人無一不是看到他臉上的疤痕就嚇得眼都不敢抬，赫雲連城便乾脆不要丫頭服侍了，要麼在書房就梳洗好，要麼回到內院自己動手。

紀嬤嬤幫長公主抹了淚，笑著安慰道：「殿下還想那些個陳年往事幹什麼？如今可不同了，大爺擢升了官職，腿也好了，臉上的疤痕也沒了，現在府裡頭的丫頭婆子們，哪個看了大爺不是連道都忘了走？」

長公主聞言又破涕為笑，笑容裡有母親特有的自豪，「靖兒當年可是第一美男子呢！」

柯嬤嬤趕緊加上一句：「現在也是呀！這京城裡年輕一輩的宗室親貴們，老奴也識得一多半，哪一個比得上大爺的？相貌那是沒得說的，單論氣派，臉上淡淡的不見笑容，眼睛微瞇便不怒自威，無論誰看了都不敢小覷，真是讓人望而生畏，能與侯爺年輕時媲美呢！」

長公主聞言，笑容又深了幾分、明麗了幾分，然後主僕三人轉而看向郁心蘭，等著她自動地將話接下去。

接什麼呢？郁心蘭抿嘴輕笑，「夫君的確是人中龍鳳。」貌似某人就是這麼自誇過的。

長公主有些失望，卻又不好意思主動開口要求蘭兒給靖兒安排通房丫頭，只好淡掃了柯嬤嬤和紀嬤嬤一眼。

兩位嬤嬤會意，張嘴便想講一講大道理。郁心蘭忽地從座而起，退後幾步，鄭重地給長公主跪下。嚇得長公主趕緊起身去拉扯她，「快快起來，地上涼，妳有什麼話直管說好了。」

郁心蘭再三懇請，最後還是被她們給拉了起來，只得坐回原位，真摯而誠懇地道：「媳婦知道母親想說什麼，母親也是擔心夫君的身子，一片好意。請母親相信媳婦，媳婦是要陪伴夫君一生的人，自會將夫君的一切放在心上，此事，媳婦同夫君好好地談過，夫君並不喜歡旁人近身服侍，而媳婦……」她頓了頓，下定決心似的道：「也不希望夫君有別的女人。」

長公主面上的笑容滯了滯，剛想說話，又聽郁心蘭道：「媳婦懇請母親先聽媳婦說完。自古男人納妾、收通房，為的是繁衍子嗣，可是子嗣多了，一來，是日後會分薄家產；二來，嫡庶有別，這中間便會起紛爭。兩位嬤嬤應是最清楚京中各家各府的情況的，不知能否數出十家後宅平和、妻妾無爭、兄友弟恭的家族來？為了家族壯大才多納妾室，可生出嫡子庶子後卻兄弟鬩牆，這不是與初衷相悖嗎？這些鬩牆之禍，固然是因為人有貪念，可子嗣過多，也不得不說是個原因。」

「不知母親還記不記得媳婦交給您的那張藥單子，若不是為了這個侯爵之位，大娘何至於要謀害媳婦？媳婦捫心自問，願意一心一意服侍父母親和夫君，卻必定不會有心胸善待夫君的妾室。媳婦將夫君放在心裡，敬他、愛他，可卻不願與旁人分享他，媳婦要的是一生一世一雙人的婚姻。這些話，媳婦已經同夫君商量過了，夫君應允了媳婦，此生只會有媳婦一個女人，只會有媳婦所生的孩子，媳婦懇求母親成全。」

長公主愣愣地看著郁心蘭又站起身來，向著自己跪下，半晌都沒回過神來。

良久，長公主才吐出一口氣，捂著胸口道：「妳是說，靖兒已經允了妳？」

郁心蘭再磕一個頭，「是的。夫君允了蘭兒，一生一世一雙人，還求母親成全。」

長公主只覺眼睛一酸，眼前頓時模糊了……一生一世一雙人啊，當年待字閨中的她，不也曾經有過這樣的幻想，只是世事變遷，不敢再奢望了。

「罷了，妳起來吧。」

郁心蘭還沒得到長公主的准信，仍是伏在地上，怎麼也不肯起來。

兩位嬤嬤知曉主子的心意，忙上前，一左一右攙起大奶奶，笑道：「殿下若是想往大爺院子裡塞人，早便會開始挑人了，何至於等到現在？只不過是當母親的心疼兒子的身子罷了。」

長公主亦笑了笑，「是啊，靖兒這孩子我清楚，他不想要的東西，硬塞不到他懷裡，他不想承諾的事，誰逼也沒用。他既肯應允妳，便是心甘情願的，我又何必做這老厭物討人嫌？」

郁心蘭這才真正放下心來，忙笑著上前拉住長公主的手道：「母親哪裡老了？與媳婦站在一塊，人人都以為您是媳婦的姊姊，還是比媳婦漂亮得多的姊姊呢！」

長公主一個沒繃住，笑了出來，「這是跟誰學的，油嘴滑舌的！」

郁心蘭忙撒嬌賣癡，「哪裡要學？這都是媳婦發自真心的話兒！您若是不信，可以問柯嬤嬤和紀嬤嬤，您瞧著像不像媳婦的姊姊。」

兩位嬤嬤也忙湊趣兒，「可不是嗎？殿下風華正茂，怎能言老。」

婆媳倆說笑了幾句，長公主到底不放心媳婦的身子，讓她先回去好生歇息，又給了二十兩銀子，說是給錦兒添妝的。

郁心蘭回到靜思園，在寢房內躺下，真是覺得無比疲倦，這一大早的，就跟打了兩個仗似的。她原是想拖到赫雲連城回來後，由他自己向長公主說明，可後來一想，即便是赫雲連城去說，長公主也會覺得這是她的意思，還不如自己來說。

同是女人，總不會太為難女人吧？好在，長公主婆婆是個通情達理的。

郁心蘭倦意上湧，便闔上眼歇了小半個時辰。

朦朧中聽到外間隱約有人說話，郁心蘭便問了一聲：「誰在外面？」剛剛睡醒，嗓子又乾又澀，聲音不免分了岔。

紫菱帶著巧兒挑簾進來，紫菱忙服侍大奶奶著裝，巧兒倒了杯溫茶過來，服侍著大奶奶喝下，這才稟道：「是郁府來了帖子，說是二夫人想明日到侯府來看望大奶奶，同行的還有幾位堂小姐。」

明日是上巳節，未出閣的女孩兒們不是應該到白雲山去玩兒嗎？

郁心蘭尋思著，大伯父、二伯父至今沒回寧遠城，恐怕還是放心不下幾個女兒的親事。上回她相看的那幾個學子，也不知考得怎麼樣，只要人品好，就算是考不上，其實也沒有什麼，反正已經有了舉人的功名，日後父親幫襯著舉薦一下，至少在各衙門裡混個小差事，倒也不是難事兒。再退一步，在京城裡尋個師爺、文書之類的事做，也並不難。

不過，這是她這個現代人的觀點啦，古人能不能接受就不知了。

郁心蘭差錦兒去二門遞了帖子，一是應下明日郁家女眷來訪的事兒，二是傳安泰一家進府。

下晌時分，安泰帶著一家四口前來拜訪。郁心蘭在偏廳裡見了他們一家，問了一下兩個鋪子裡的情況，跟著，便問起安亦的年紀：「多大了，也不知訂親了沒有？」

安泰老實地回答了。這種事兒，女人總是敏感一些，況且安娘子跟兒子同在香雪坊當差，自然知道長子的小心思，又搶著補充了一句：「亦兒的婚事還請大奶奶幫著物色一下，我們一家才來京一、兩年，實在是不識得什麼人家。」

郁心蘭很滿意安娘子的識趣，唇角往上翹了翹，斜眼瞄了錦兒一下，錦兒的臉便騰地紅了。

郁心蘭故意躊躇了下，才遲疑地道：「我身邊倒是有幾個丫頭年齡正好到了……」

安泰這會子也聽出名堂來了，忙拉著家人一同跪下，大聲道：「懇請大奶奶給個恩典，許一個給我家亦兒！我家必定善待這個媳婦，拿她當閨女一般的疼！」

大戶人家到了年紀打發出來的丫頭，在普通人家那裡，行情可是極好的，就是一般的富商也願意娶這樣的女子為正妻，因為懂規矩、知進退，若是管過事務的，還能認識不少的貴婦人，所以安泰是真心想求這樣的親事。

郁心蘭此時心中有了底，越發要沉吟一下。

其實這事兒是她辦得不道地，按說，女孩兒未出閣前可是金貴得很的，應當是先知會男方一聲，讓安泰和安娘子主動來求她的恩典，她才勉為其難地將錦兒許給安亦。可是為了幫自己過道關，她已經先將錦兒給許出去了，錦兒連添妝禮都收了好幾份了。

待安泰夫婦求了又求後，郁心蘭才道：「我就把錦兒許給安亦吧。」

安亦一顆懸著的心撲通落地，欣喜地連磕幾個頭，「多謝大奶奶恩典！」

郁心蘭忍不住笑話他：「終於願意謝我了嗎？」

安亦的臉頓時紅了，安泰和安娘子亦是十分高興，謝過大奶奶後，當即拿出了十足的誠意，「明日一早，我便遣冰人來合八字。」

郁心蘭笑道：「可以。這事兒，你們就跟紫菱談吧，我讓錦兒認紫菱做乾姊姊。」

因為女孩兒出嫁總得有個娘家人，可錦兒的父親嗜賭，早就把妻女都輸了出去，這樣的父親自然是不認才好。安家四口忙告辭回去，請冰人和準備聘禮，明日好上府中來提親。錦兒和紫菱聽了主子的話後，相互見了禮。紫菱堅持從自己手上褪下一只純銀鎏金的鐲子，當認乾妹妹的見面禮，錦兒推辭不過，只得收了。

這下子，終於可以公開錦兒的親事了，園子裡的老老少少都來恭喜錦兒，紫菱則和郁心蘭商量著提誰上來當大丫頭。

千荷擅長交際；千雪慎言心思細膩；千夏機靈潑辣；千葉女紅極好，會揣摩人的心思。四個丫頭各有千秋，且都能當事兒。

郁心蘭沉吟了片刻，讓紫菱將千荷、千夏叫進來。

兩丫頭進了暖閣，心中都十分激動，這個節骨眼上被叫進來單獨談話，肯定跟晉升有關，兩人都不由得屏住了呼吸。

郁心蘭柔和的目光在兩人臉上溜了一圈，噗哧一笑，「這麼繃著幹什麼？坐吧。」

千夏和千荷推辭幾次，才在炕邊的腳踏上坐下，郁心蘭這才開口道：「錦兒已經許出去了，少則半年，多且八、九個月，就會嫁出府去，我身邊的一等丫頭便少了一人……」說到這兒頓了頓，觀察了一下兩個丫頭的表情，才繼續道：「我思慮良久，決定提千夏上來。千夏，妳現在手頭的活先分給其他三人做。」

只說把事分下去，卻不說怎麼分，這也是考一考她有沒有管理能力，畢竟一等丫頭也算是小管事，下面的小丫頭們是要聽她們調配的。

千夏忙站起來，向大奶奶磕頭，嘴裡道：「婢子多謝大奶奶的栽培，婢子必定不會辜負大奶奶，忠心耿耿為大奶奶辦差，盡心盡力服侍大奶奶。」

這個千夏表現得還算不錯，雖然很激動，卻也沒失了禮儀和分寸。

郁心蘭撫了撫茶杯蓋，漫聲道：「嗯，妳出去吧。」

千夏退出去後，郁心蘭才看向千荷，問道：「妳可知我不提升妳，卻將妳叫進來的原因。」

千荷忙起身回話：「婢子認為，大奶奶還需要婢子幫忙打探消息，所以不能提升婢子。婢子能得大奶奶賞識，感激不盡，必定會盡心盡力為大奶奶辦差的。」

郁心蘭含笑點頭，「沒錯，我的確是需要妳打聽消息。須知一等丫頭太過顯眼，旁人不會與妳說真話；三等丫頭和粗使丫頭，旁人又不屑與妳說話。只有二等丫頭，不上不下的正合適。之前交代給妳的差事，妳都辦得很好，雖然我不能升妳的等級，不過可以補妳銀子。妳現在是五錢銀子的月例，以後再從我這領五錢銀子，補足一等丫頭一兩銀子的月例。」

千荷欣喜地謝了賞，退了出去。

❖ ❖ ❖

下朝了，赫雲策直接回了靜念園。

二奶奶迎著赫雲策進了暖閣，服侍著赫雲策更了朝服，便將今日郁心蘭拒絕甘氏賜的丫頭一事說了，特意強調了郁心蘭壓根兒不準備為赫雲連城準備通房丫頭。

赫雲策聽了這話，心中油然生出一股厭惡，「不過是收個通房丫頭，連這點小事都要阻攔，心胸狹窄到了極致。我早說過，不是嫡出的小姐，必然不怎麼受教，聽說還是在外頭養大的，自是沒學過什麼規矩。」

轉念一想，這事兒其實對自己是有利的。將來的爵位繼承人，可不是男人出色就能成的，男主外女主內，家中的事務也必須有個賢慧淑良、寬容大度，卻又有幾分手腕和魄力的當家主母來主理，才能讓男人少了後顧之憂。

赫雲策瞥了一眼妻子，心道：晨兒雖說性子急些、定力差些，可相對於大嫂那個妒婦來說，卻是好上百倍了。三弟妹雖說手腕和魄力要強些，但娘家犯了大錯，這便是一個汙點。

於是點撥她道：「這事兒正是我們的機會，父親一會兒會去宜安居，我們去向父母親請安的時候，妳記得將這話兒帶出來，讓父親知道大嫂是個什麼樣的妒婦。」

兩人來到宜安居，甘氏正繪聲繪色地描述郁心蘭的潑悍，讓人將那兩丫頭帶過來給侯爺過目，「您瞧瞧，我這是虧了老大嗎？」

侯爺抬眼一看，竟是府中兩名忠僕的女兒，的確是很不錯的人選。

甘氏瞧了眼侯爺的臉色，便知道侯爺是滿意的，於是又加油添醋：「這般不能容人，怎麼能當咱們赫雲家的媳婦？侯爺，您若是覺得合適，不如就叫周總管親自送去靜思園。」

我看妳郁心蘭還怎麼拒絕！

二奶奶也在一旁幫了幫腔，赫雲策也蹙眉，似自言自語道：「大嫂怎麼這般不能容人呢？」

侯爺只是淡淡掃了一眼，放下手中茶杯，站起身整了整衫襬，抬腿便往外走。

甘氏一怔，「侯爺，您這是要去哪裡？」

侯爺停步側身，回答道：「要清容管教一下大媳婦。」

甘氏不是很滿意，她希望侯爺能直接將這兩個丫頭送到老大院子裡去，最好鬧得靜思園雞飛狗跳，看郁心蘭那死丫頭還敢不敢目無尊長……當然，能讓長公主挨頓罵，也算討回了點利息吧。

侯爺到了宜安居，並不如甘氏想像的那般直入主題，而是先問起了長公主明日會不會入宮。宮女們不能出宮，因而每年的上巳節，宮裡都會辦花展。

「不會去，蘭兒已經稟報我了，明日親家太太要帶幾位親家小姐過來玩兒，我怎麼也要去湊個趣呢。」

侯爺微微一笑，「那就置辦桌好點的席面，別虧了親家太太和親家小姐。」

長公主笑著嗔了侯爺一眼，「我怎麼會虧待親家太太？正好，蘭兒也說明日給錦兒辦席面。」

侯爺點了點頭，「我聽說了，蘭丫頭說，所有丫頭長大了都配人是嗎？」

終於拐到正題上了！長公主看著侯爺笑道：「她是這麼說的。」

侯爺道：「妳問過老大的意見沒？這事兒不能聽媳婦的，阿玨挑的那兩個人是還挺不錯的，妳可別因為是她挑的人，就一概地否決了。」

長公主聽了這話就有氣，「今日的事兒，侯爺弄清楚緣故了沒？就這樣扣頂大帽子給我？」

聞言，侯爺俊美的臉上露出幾分訝異，「那兩個丫頭是靖兒不喜歡嗎？」

長公主哼了一聲，「靖兒答應了蘭兒不納妾室和通房，所以什麼丫頭他都不會喜歡的。侯爺，您問都不問一下情形，便先給我派了個不是，是不是太偏心了一點？」

一涉及到偏心不偏心的問題，侯爺就頭疼，他覺得自己對兩個妻子挺公平的，可惜兩個人都不這麼認為，個個覺得他偏心，而且還是偏心到另外一邊。

提到這個話題，侯爺便不打算再深談下去，他本不過是來問問，若是拒絕甘氏挑的通房丫頭只是老大家的私心，那麼他就提醒清容一下，不能太縱著媳婦。若不是，就罷了，他並不是非要老大收下那兩個丫頭，不過是覺得甘氏挑那兩個丫頭的確是沒有存私心的。

可這話解釋來解釋去，長公主就是不依不饒，「若真是沒半點偏心，為何您來了後，不先問一問我今日到底是什麼情形？甘氏有沒有告訴您，蘭兒再三申明不用通房丫頭的時候，她還以目無尊長為由，要掌蘭兒的嘴？蘭兒現在有了身子，能掌嘴嗎？萬一有個閃失怎麼辦……哦，我倒是忘了，若是蘭兒有個什麼閃失，她是最高興的啦。」

侯爺頭疼得揉額角，「話不是這麼說，岳母大人的確是做了些出格的事情，阿玨應當也知道，可她已經答應我改了……」

長公主冷笑，「改？我看侯爺您不立這個世子，她就一天不安心。我本是不在意的，若我去皇兒那兒為靖兒請封，大了不說，一個清閒侯爵還是請得到的，皇兒不會這點臉面不給我！當靖兒多稀罕跟老二、老三爭嗎？只有她一個人在那裡竄上竄下，天天鬧得家裡不安生。」

侯爺輕嘆，「以前的事都別提了吧，日後我會管著她，不讓她胡鬧的。」

長公主嬌瞪了侯爺一眼，「不是我小看甘玨這個女人，她就那點子心思……蘭兒剛嫁入侯府，她就給蘭兒下藥，想讓蘭兒生不出孩子……」

侯爺猛地將頭一抬，「妳說什麼？說這話可要有證據！」

這件事，長公主本來是不打算提的，可是嘴一快就溜了出來。到這時候，也沒法子再瞞了，只得取了那張藥單子出來，遞給侯爺道：「您要的證據我沒有，是蘭兒自己發現的，請吳為驗了廚房給她燉的補湯。這張藥單就是吳為寫的，他現正住在府中，您若不信，大可以去問一問他。」

說這話的時候，長公主心虛得很，一張藥方能有什麼用，就算那碗湯還在都沒用，已經到了蘭兒的手中了，甘氏可以說是蘭兒自己下的藥，想汙在她身上。這種事，只有當場抓到廚師正在下藥，由廚師供出幕後主使，才有用。

這也是郁心蘭她們一直沒揭發這件事的原因，畢竟證據太單薄了。

哪知侯爺飛速地掃了一眼，當即俊臉緊繃，拂袖而去。

甘氏正在廳裡與兒子媳婦說話，忽地見侯爺氣沖沖地進來，心中一喜，忙上前問道：「是不是長公主惹您生氣了？」

侯爺怒瞪著她，揚了揚手中的紙問：「我且問妳，妳當年答應過我什麼，再也不用這個鬼方子，可妳為何下在給老大家的補湯裡？」

甘氏聽了心中一凜，難怪那時母親說，蘭丫頭已經知道自己下藥的事了，原來真的知道了，居然還將方子給查了出來。藥渣倒了，藥味入到了濃湯裡，蘭丫頭是怎麼知道其中成分的……對了，吳為，肯定是這個人驗出來的！

甘氏深吸了一口氣，強自鎮定道：「侯爺說什麼呢，我怎麼會幹那種事？這是絕赫雲家的香火，我也是赫雲家的人啊！」

侯爺怒得一把捉住她的手，力道大得幾乎捏碎她的骨頭，「妳滅了赫雲家多少香火，妳自己心裡有數！以前我覺得虧欠了妳，才放妳一馬，妳也答應過我，再不會用這個鬼方子的，妳居然言而無信！」

甘氏哆嗦著唇道：「侯爺，您要仔細想想，若是我真的給蘭丫頭下了什麼藥，她為何不來告訴您，非要等到今天？誰知道這張紙上寫的方子是真是假……就算是那個方子，難道不能是長公主她讓人抄寫的嗎？」

侯爺冷笑一聲，「當年的事我沒告訴她，妳又說這是張絕方，旁人不知的，她怎麼會知道？」

甘氏怔了片刻，見侯爺已經深信不疑了，她深知侯爺的秉性，若是妳直承錯誤，還能求得他的寬恕，若是死抵不認，只會令他更加厭惡。

她當即便流下淚來，哽聲道：「侯爺，我錯了，我不該這麼做……可是您要相信我，這是蘭丫頭剛入府時的事情，後來您教訓過我一次，我便沒再做了，真的，您要相信我……」

侯爺失望又傷心地看著甘氏，半晌才道：「下藥的廚子杖斃，妳給我到佛堂好好靜心思過，直到妳真心悔改為止……」說罷掉頭便走。

當年，侯爺也是無意之中發覺甘氏給幾位妾室都下了藥，令其不孕，覺得甘氏這般作為太過陰狠，曾經狠狠地責罵過她一頓，逼她發誓再也不用這種法子害人，才放了她一馬。

原來，他以為這是妻妾之間爭寵爭出來的風波，也沒怎麼放在心上。他本不在意庶子女，即使幾個妾室都不能生育，也沒什麼關係，而且甘氏為他生育了幾名子女，怎麼也是赫雲家的功臣，他總是念著往日的情分……卻不曾想，她反倒是變本加厲了。

甘氏大驚，侯爺平素公務繁忙，根本沒時間到佛堂來看她有沒有悔過，那她要到哪年哪月才能從佛堂出來？

一想到後半輩子都有可能青燈伴古佛，忙撲上去拽住侯爺的褲子，哀求道：「侯爺，您好歹看我們夫妻二十餘載，為我留點臉面！」

侯爺很失望地低頭看她，「我沒將妳趕出府，難道不是給妳留了臉面？放開！」

甘氏死活不放，扯得定遠侯的褲子幾乎掉下來。

赫雲策和二奶奶在一旁嚇得不敢言語，他們還從未見父親這般發怒過。

侯爺拉扯幾下，失了耐心，提腿就是一腳，甩開甘氏，大步離去。

這一腳當然是控制了力度的，只將甘氏踢開，有些疼，卻無傷。

甘氏怔愣片刻，隨即淚如雨下。她自嫁進侯府，侯爺或許也曾與她冷戰過、爭吵過，甚至責罵過她，可挨心窩一腳卻還是頭一遭，尤其當著兒子媳婦和滿廳下人的面，這叫她以後拿什麼臉見人？

❖　❖　❖

雕好最後一顆香木珠，郁心蘭讓千葉將木珠鑽孔，再用細紅繩穿好，在接頭處連打了一個蝶雙飛的絡子。這手串是準備送給娘親的，正好明日娘親會來府中玩耍。

郁心蘭看了看天色，已近掌燈時分，赫雲連城還沒有下衙，難道是大慶國使臣又有約？

邊想著，邊出了寢房，沿著抄手遊廊走到正廳，讓人將正廳的四扇大門大開著，一眼就能望到對面的大門。

巧兒快步從院外進來，見到小丫頭站在正廳外，便知大奶奶肯定坐在正廳裡，忙走進去，福了福，小聲稟報道：「剛才婢子去廚房催菜時，聽到廚房的崔嬤嬤說，侯爺罰甘夫人去佛堂靜修，周總管還拖了一個廚娘出去，聽說是要杖斃呢！」

郁心蘭嚇了一跳，去佛堂靜修，這可是個不小的處罰了，甘氏最近又幹什麼壞事了嗎？

「妳聽誰說的？」

巧兒十分肯定地道：「府裡都傳遍了。」

那就應該是真的了！郁心蘭想了想，遣了紫菱送幾塊剛做的手帕去宜靜居。不多時，紫菱轉回靜思園，附耳道：「是真的，紀嬤嬤說，長公主殿下將那份藥單交給了侯爺，侯爺當時便怒沖沖地走了。」

一紙藥方就能讓父親這麼生氣，直接定了甘氏的罪？

郁心蘭驚訝了一番，也就放下了，不管怎麼說，甘氏到佛堂裡靜修一下，只對她有好處。

殊不知，若不是因為之前侯爺便知有這份藥方，剛剛不久前又抓到過甘老夫人的把柄，侯爺是不可能僅憑一張紙就定甘氏的罪名的。

郁心蘭又等了小半個時辰，飯點都過了，赫雲連城還沒回來，也沒差人來送個口訊。她是孕婦，禁不得餓，不得不先吃了起來，邊吃邊等。

沒等回赫雲連城，倒是把長公主給等來了。

長公主是來拉她一起去宜安居，為甘氏求情的。

兩人擠在一頂小暖轎裡，長公主面授機宜：「一會兒妳勸侯爺幾句便成了，甘氏畢竟算是妳的婆婆，而妳現在也沒有事兒，那些藥材並沒傷到妳，若是不勸，則顯得妳心胸狹窄了。只是妳懷了身孕，不能跪拜，也不能情緒激動。」

就是說裝裝樣子而已，不裝顯得不孝順，並不是真的要勸父親打消送甘氏去佛堂的念頭。

郁心蘭會意地點頭。

婆媳倆到了宜安居的正廳外，裡面正熱鬧著，下人們都十分緊張，不知侯爺的火氣是不是會發到自己身上來。

長公主示意小丫頭先別忙著通報，側耳細聽。

甘老夫人也趕到了，正向侯爺求情：「都是我這個老婆子沒教得好，侯爺要罰就罰我吧，還望念在玨兒為您生兒育女的分上，寬宥了她這一次，老太婆給您磕頭了……」

於是，一通混亂，侯爺拉著甘老夫人不讓下跪，赫雲策、赫雲傑忙著勸父親勸外祖母，二奶奶、三奶奶則在為甘氏抹眼淚。

赫雲傑懇求道：「父親就原諒母親這次吧，她實在也是改過了，不然大嫂怎麼會懷上身子？」

長公主聽到這話，暗哼了一聲，示意丫頭稟報。

待聽得丫頭唱了名，廳內眾人都詫異地看向門口。

郁心蘭扶著長公主的手臂走進去，向侯爺盈盈一拜，柔聲道：「媳婦給父親請安。」

甘氏瞪著眼睛看向長公主和郁心蘭，心中憤恨，這兩個人必定是來看我的笑話的！

郁心蘭抬眸看清楚甘氏的目光，頓時決定不為她求情了，連孝順的樣子都不裝了。

二爺夫婦和三爺夫婦忙向長公主見禮請安，給大嫂行了禮。

赫雲傑滿懷希望地問：「不知大嫂來此有何事？」

郁心蘭輕輕一笑，迎上侯爺深不見底的眸子，柔聲道：「媳婦聽說父親令大娘暫居到小佛堂中靜修，特來送送大娘，看有沒有什麼可以幫得上的。」

赫雲策的臉立即變了，語氣不善地道：「大嫂這是何意？莫非妳還盼著母親去佛堂不成？此事雖是母親有錯在先，但母親畢竟也是妳的婆婆，妳如今懷了身子，並沒受任何影響，難道不該幫著勸勸父親嗎？母親年紀大了，若跟前無人盡孝，萬一有個閃失怎麼辦？」

郁心蘭怯生生地垂下眼簾，有幾分小媳婦膽小怕事的樣子，又露出幾分狡黠，「父親有令，不能不遵從呀。其實在小佛堂裡只是茹素，其他的與在宜安居也沒有什麼區別，況且小佛堂就在宅中後院，二弟下了衙就可以去堂前盡孝的。」

「妳——」赫雲策差點噴了一口血出來。

倒是侯爺的眸中露出幾分欣賞之色，沒裝模作樣地扮孝順、扮賢慧，也沒是非不分的心軟，倒是有幾分當家主母的氣度。

赫雲傑的神色變了變，開口之前先看了眼父親的神色，復又閉上了嘴。

侯爺最後拍板：「紅纓、紅箭，妳們快點幫夫人收拾行囊，趁入睡前搬過去，否則我就讓周安帶人過來了。」

蓋棺定論。

赫雲策還想說什麼，二奶奶忙暗踢了他一腳。

甘氏原本還存著一絲希望，如今也破滅了，不想在侯爺心中失去自己堅強的形象，尤其不願讓長公主看到自己狼狽的一面，便吩咐丫頭們道：「妳們快去收拾，多了不用，只要十身換洗的衣服，日常的用具便成。便是一時少拿了些，明日再回來取便是，妳們又不是不能離開佛堂。」這會子倒是有了幾分當家主母的爽利。

看完了熱鬧，長公主便叫上郁心蘭走了。

郁心蘭向長公主解釋道：「不是媳婦不想求情，只是覺得媳婦即使求了情，只怕大娘也覺得媳婦是在笑話她……」

長公主只是嗯了一聲，她本就是帶媳婦過去裝樣子的，免得被人說閒話而已。

郁心蘭回到靜思園，赫雲連城還沒有回來，直至深夜他才從軍營趕回來，拖著一身疲累。寢房裡，郁心蘭堅持為他留了一盞燈，光線雖然昏暗，卻照得他心裡暖暖的。更衣梳洗後，他輕輕地揭開被子躺進去，輕輕地將睡得香甜的小妻子抱入懷中。

一夜好夢。

郁心蘭再度睜開眼睛的時候，發覺連城正單手支頭，側著身子看著自己。她緩緩綻開俏麗的笑容，「昨晚什麼時候回來的？」聲音甜甜軟軟的，帶著晨起的嬌憨。

赫雲連城彎唇笑了笑，「子時三刻吧。怎麼不多睡一會兒？」

「營裡很忙嗎？」

「昨晚出了點事，官驛裡進了賊，似乎是要偷什麼東西，有一名大慶國使臣受了傷。」

郁心蘭吃了一驚，「進了賊？沒抓到嗎？」

「沒有。」

「對你會不會有什麼影響？」這是她最關心的問題。

赫雲連城笑了笑，「暫時不會，已經請了六扇門的高手來破案了。」

郁心蘭追問：「那萬一抓不到呢？會不會有影響？」

赫雲連城繞開這個話題，「怎麼會抓不到？妳要不要再睡一睡？我先上朝了。」

郁心蘭坐起身來，她現在一天睡十幾個小時，哪裡會睏。

服侍著連城更衣的時候，聽他道：「今天岳母會來吧？我早些回來陪妳。」

「有事還能早些回來？」

「已經轉到刑部的六扇門了，我這兒沒事了。」

雖說出了偷盜案，是由六扇門的人來破案，可畢竟是發生在大慶國使團下榻的官驛裡，使團的安全由赫雲連城負責，官驛外特意加強了兵力保護，這個失職之責怎麼也逃不掉的吧？

郁心蘭為此很是憂心，見到了娘親、幾位嬸嬸和諸姊妹時，笑得也十分勉強。今日春光正好，郁心蘭便帶著諸人到小花園裡賞花、曬春日暖陽。

大伯母于氏和六奶奶是自己強烈要求來的，二伯母藍氏則是被拖來的。幾位未出閣的姊妹都打扮得花枝招展，看著侯府的奢華，郁玨和郁瓊眼中都露出了嫉妒羨慕之色。郁琳也隨眾人來了，不過神情懨懨的，想是還沒從上回的打擊中恢復過來。

原本郁心蘭還想邀請吳為也到內宅來玩一玩，與幾位姊妹見一面的，可因為甘氏剛被打發到了佛堂，府中氣氛緊張，只得作罷，只在中午請眾人吃了一桌席面，便做出精神不好的樣子。

溫氏心疼女兒，便想帶著人先回去，可有話還沒跟她說，先使了眾人去院子中看桃花，這才道：「過幾日就是妳三姊的婚期，妳記得回來給她添妝。」

郁心蘭點了點頭，「娘放心，這事兒我心裡有數。」

溫氏又道：「上回妳要我查的和哥兒屋裡少炭的事，已經查出來了，是黃柏這小廝貪了許多，不但是拿了和哥兒的，還拿了瑞兒的，還有前院存放在小倉庫的一些……妳父親說，這事兒要讓姑爺知道。」

郁心蘭眉心一蹙，「黃柏就算是偷了府中倉庫裡的炭，犯的是家規，要怎麼罰便怎麼罰就是，為何要告訴連城？」

溫氏仔細說道：「拿了不少，還換了不少。你父親說，他一個下人便是想貪一些，也應該多半是拿下人們用的木炭，而不是銀絲炭，想是為了給什麼人用才對……」

這話裡頭有話呀！郁心蘭想了想道：「這話我帶給連城，讓連城去找父親便是了。」溫氏立即笑了，老爺可不就是等著女兒這句話嗎？而後，她便帶著眾人回府了。

赫雲連城今日的確是提早了些回府，不過剛好與岳母錯過了。聽到郁心蘭說起黃柏偷炭之事，一開始還不大以為然，想著是岳父大人的意思，總要去問一問，給岳父一點面子，便趁著時間尚早派賀塵去了一趟郁府。

賀塵再轉回來的時候，臉色似乎與平常沒有什麼兩樣，可回話的語氣卻有幾分不以為然：「郁老爺說這事必須跟您說。」

赫雲連城微感詫異，他現在忙著使團的接待事宜，白天陪使臣們遊山玩水，晚上還要參加各式各樣的宴會，很難抽開身，再加上昨日夜裡的盜賊還沒任何蹤影，這幾日肯定是抽不出空的。便跟郁心蘭商量，提早一天去給郁玫添妝，那時客人還不多，正好可以問問岳父。

郁心蘭想著父親要娘親帶這句話，可又言明了非要告訴赫雲連城不可，怕是有什麼深意，本想勸他早些去趟郁府，可看到赫雲連城眉宇間的疲色，這些話便又嚥回了肚子裡。

❖　❖　❖

甘氏被罰入佛堂靜修、大奶奶說不給大爺安排通房丫頭，這兩個消息就跟長了翅膀一樣，飛快地傳遍了整個侯府。

前來靜思園打聽八卦消息的丫頭婆子數量劇增，但凡有靜思園的人外出辦差，總會有人拉著問：「大奶奶真的不給大爺安排通房丫頭？大爺沒有意見？」待聽到回答說「大爺沒意見」時，又一齊搖頭咋嘴。

大奶奶不許大爺收通房，侯府裡的丫頭們可就真真是著急了。多少人盼著能飛上枝頭，這不是生生地斷了路了嗎？

巧兒從繡房回來時，俏臉繃得緊緊的，一溜煙地進了寢房，向大奶奶回話道：「婢子剛剛在小池塘的假山那兒聽到彎月挑唆小茜呢。」

一番耳語後，郁心蘭也不著惱，只是笑道：「這回辛苦妳了，沒人來找妳嗎？」

巧兒搖了搖頭，「沒有，冬荷今日遇到婢子，只問了問大奶奶的身子可好。」

看來三奶奶準備先讓二奶奶出手了。

正在此時，二奶奶和三奶奶又一同來看望郁心蘭，提及幾兄弟好久沒在一起聚過了：「想在大嫂這裡辦兩桌，讓爺們也樂呵樂呵，不知大嫂同意不同意？」

郁心蘭挑眉笑了笑，「成啊，兄弟姊妹間本就該多親近，我有什麼不同意的？銀子都由我來出，算大爺和我請弟弟、弟妹們的。」

二奶奶抿嘴笑，「那我就卻之不恭了。」又看向錦兒道：「錦兒姑娘的婚期定了，也是大事，日後出了府，返了自由身，只怕難得再見了，不如讓她們這些丫頭也到一旁樂一樂，咱們一家子就自斟自飲，不用伺候了。」

三奶奶道：「可不。父親行軍打仗時，也常與士兵們同吃同住，並不是什麼落臉面的事，就讓她們在旁邊擺上一桌好了。」

說得多體貼下情呀！郁心蘭哪有什麼不答應的，「也好，只要妳們覺得方便就成。」

想到是兄弟聚會，郁心蘭便請赫雲連城寫了四張請柬，分別送給赫雲策、赫雲傑、赫雲飛和赫雲徵。原本聚餐就是二奶奶和三奶奶提出來的，自是立即應允。赫雲飛不知是何事，還特地來一趟靜思園問原因，以為是大嫂的生辰之類，而赫雲徵則央求要請郁心瑞來參加，赫雲連城也允了。

郁心蘭便想，既然請了弟弟郁心瑞，不如將郁心和也一起請了，兩個弟弟，不好厚此薄彼。為此，赫雲徵去童子學時，特意繞道國子監，給郁心瑞和郁心和送請柬，又約好下了學一同回侯府。

此時，靜思園的正房裡，氣氛正壓抑著，暖閣裡至少站著七、八名丫頭婆子，除卻一道時斷時續的抽泣聲，再無別的聲響。

郁心蘭舒舒服服地靠在引枕上，手捧著青花折枝牡丹紋的茶杯，有一口沒一口地慢慢品著。小茜跪在她身前不遠處，大大的杏眼已經哭得微微紅腫了，鼻頭也是紅通通的，看上去平添了幾分柔弱的氣質。

郁心蘭將目光掃過去，細細端詳一番，鵝蛋臉、柳葉眉、杏仁眼、直鼻小嘴，乍看上去，眉目裡嬌俏之外，還有幾分高貴，並不像個丫頭，倒有幾分像是小姐……這難道是她生出別樣心思的原因？

屋裡其他的丫頭都用鄙夷的眼神看著小茜，鼻子裡重重地「哼」著。

擱置得差不多了，郁心蘭便挑眉問：「妳說那支簪不是妳偷的，可有憑證？」

小茜急道：「回大奶奶話，婢子是昨日清晨去廚房催飯食時拾到簪子的，當時只有婢子一人，真的沒有人可以作證！」

錦兒冷哼了一聲，「真真是可笑，前晚上大爺陪奶奶去院子裡散步時，奶奶還將簪子取了出來，原是想戴的，後來又覺得麻煩，沒戴。我急著服侍大奶奶，只便隨手將簪子放在梳妝台上，回頭我發現不見了，還以為是奶奶親自收好了，詢問了奶奶後，才知道不是。當時蕪兒便同我說，妳單獨進過屋子，昨日奶奶還叮囑我先好好找一找，不急著問人，今日就在妳房裡發現了簪子，妳可真是拾得巧。之前問妳之時，也沒聽妳提上一句呀。」

小茜惶急地道：「我進屋子，是放火盆和熱水的，燕兒又不是不知道。」

燕兒慢悠悠地道：「妳是放火盆和熱水，可有沒有拿東西走，我卻是不知道的，我可沒法子為妳作證。」

小茜心中暗怒，卻又不敢發作，又將視線調向巧兒，她同巧兒一向交好，這種時候，只要巧兒說一句「她不是這種人」，就成了。

悔不該起了貪心呀！其實這簪子是小茜拾到的，前日是上巳節，郁家的幾位堂小姐都來了，她親眼看見大奶奶送了幾位堂小姐一人一支點翠鑲藍寶的鎏金蘭花簪。昨日清晨起得早，竟在花叢中拾到一支，想是郁家哪位小姐失落的，她便十分自然地據為己有。沒曾想，這支蘭花簪竟是內務府監造，皇后娘娘賞賜給大奶奶的，根本不是堂小姐掉的。

若是早些知道了原由，她或許就交上去了，偏偏之前錦兒來問話時，並沒提及簪子是御賜的，她還以為是失主請奶奶過來問一問，並不確定一定是掉在這裡，所以……

如今後悔已經來不及了，只有求大奶奶寬宥，想著大奶奶對下人素來柔和，應當會原諒自己才對。小茜忙跪行幾步，來到炕邊，攀著炕邊兒懇求道：「大奶奶，婢子真的是拾到的，婢子原以為是哪位堂小姐的，原想著哪天陪奶奶回郁府時問一問，真沒想過要貪墨下來。婢子是奶奶的陪嫁丫頭，萬事都以奶奶為念，只忠於奶奶，萬不敢做這等事來落奶奶的臉面。」

原來妳也知道妳偷東西的事兒傳了出去，於我的臉面也有礙的。

郁心蘭挑眉細看了小茜一眼，直視著她的眼睛問：「哦？我問妳最後一次，妳真的是萬事以我為念，忠心耿耿？」

大奶奶的目光實在與平時沒什麼兩樣，可小茜就是覺得心中一凜，難道說，那件事奶奶知道了？不會不會，每一次我與彎月見面，都是趁著出院子辦差的空檔兒，還專挑僻靜的角落裡說話，奶奶不可能會知道。

若是現在向奶奶說明了，奶奶必定會發作了我，她可是容不下通房丫頭的人。若是今晚的事兒成了，我成了大爺的人，大爺怎麼也得給我個名分，就算奶奶壓著，抬不了妾室，至少也是通房丫頭，比一般的丫頭還是要矜貴得多了。

她定了定神，不自覺地嚥下一口口水，勉強擺出一抹笑，「當然，婢子一心一意服侍奶奶，萬事都以奶奶的意願為瞻。」

郁心蘭在心中嘆了口氣，該給的機會都已經給了，如果有什麼事也不能怪我了。

面上卻笑道：「也是，我平日裡也沒少打賞妳們，或許真不是妳偷的，這事兒先放在這兒，一會兒客人都要來了，妳們先去辦事，回頭我問過大爺再處置。」卻也沒說就這麼放過小茜。

小茜卻以為這事兒已經算是過去了，眸中露出狂喜來，忙磕了兩個頭，隨安嬤嬤一同去廚房點菜了。

待旁人都退下後，紫菱重重地哼了一聲，「這個死丫頭，一條道走到黑！」

郁心蘭有些無奈，「人各有志，沒有辦法的事。」

這個世間，女人一生的榮辱都繫在男人身上，若是能跟著赫雲連城這樣的男人，對於喜歡富貴的女人來說，的確是比當普通人家的正妻要強得多了。小茜有這種想法，其實她也能理解，不過，把主意打到她的男人身上，那就不行。

小茜她們走了沒多久，門房處的婆子便來回話：「稟大奶奶，五爺和兩位親家少爺過來了。」

郁心蘭忙笑道：「快請。」

話音剛落，赫雲徵就拖著郁心瑞一路飛跑了進來，草草行了個禮，便嬉皮笑臉地湊上來，央求道：「大嫂，上回的那種玫瑰玉容糕還有沒有啊，好餓啊！」

郁心蘭挑眉笑道：「那可是女子吃了養顏的，不然為什麼要叫玉容糕啊！」

自打郁心蘭懷孕，皇后娘娘一有了玫瑰玉容糕，便會差人賜些來給她。因為食材不多見，所以每回也就只有一小碟，六至八塊，味道極好，清香細膩。不過因為裡面放了些玫瑰花瓣，玫瑰有活血的功能，容易對早期胚胎有影響，所以郁心蘭只嚐過一塊，後來賜的都讓赫雲連城吃了。

上回赫雲徵來靜思園玩時，正好遇上還有，便也嚐了一塊，哪知他竟念念不忘，小孩子果然愛吃甜食。

紫菱取了玫瑰玉容糕，擺放在小圓桌上。錦兒服侍兩位少爺淨了手，赫雲徵立即拉著郁心瑞坐下，自己吃了一塊，還不忘遞給郁心瑞一塊，嘴裡含糊地道：「快吃，這可是皇后娘娘賞賜的，我母親都沒嚐過的！」

郁心瑞一聽說這麼金貴，立即推開不要，另取了一塊芙蓉酥，笑道：「我喜歡吃這個。」

郁心蘭知道弟弟是想讓給自己吃，笑道：「皇后娘娘時常會賜下來，我總有得吃，你嚐一嚐，一會兒帶兩塊給母親也嚐嚐。」前日人太多，她不好將這糕拿出來。

兩個小傢伙各嚐了兩塊，都自覺地收了手，這時，郁心和才在小廝和婆子的陪伴下走了進來，規規矩矩地請了安。郁心蘭讓他也坐到小桌旁，遞了塊玫瑰玉容糕給他。

赫雲徵又在一旁推銷，因是宮外沒有的，郁心和便嚐了一塊，他並不愛吃甜食，淺嚐即止。

郁心蘭想起上回郁心和說的事兒，似乎裡面還有些什麼古怪，便使了赫雲徵帶郁心瑞去小池塘那邊餵魚，獨留下心和問話。

郁心和道：「弟弟年前便覺得炭比平時的要少，還曾問過黃柏，他只道是過後會送來。後來弟弟發覺炭裡煙塵比較重，不像是銀絲炭，所以就留心了他，發覺他出府回家的時候，兩袖總是鼓鼓的，想是偷偷塞了炭。弟弟有一回跟在他身後，發現他並未直接回他家，而是去了左近的一處小院，出來的時候，袖子便空了。」

「弟弟後來找人來問過，那處小院是大夫人的幾房陪房住的地方，已經隨大夫人去往寧遠了，房子空了出來。弟弟心裡覺得奇怪，黃柏若是自己想偷些炭回家用倒也罷了，卻原來是偷偷養了個人的。只是弟弟後來白天去過那處小院，裡面並沒有人，甚至連住人的痕跡都沒有，所以才……其實應當先同父親說的，不過弟弟怕父親不放在心上……」

郁心蘭點了點頭，又問：「這些話，你後來同父親說過沒？」

「說過了，父親要弟弟不要再管。」

就是說，黃柏供養的那個人有問題了，難道是飛天大盜？

郁心蘭得不出結論，便放到一旁，談起郁心和的學業：「下次的秋闈在兩年後，期間是一直在國子監讀書嗎？」

「是在國子監上學，父親曾說，再幫弟弟尋找西席，待下了學後，回府中請西府教導。」

「這樣也好，就是辛苦一些。」

「只要能有所成就，弟弟不怕辛苦。」

正說著話兒，赫雲連城下了衙回來，郁心和忙起身見禮，「四姊夫。」

赫雲連城本就話少，與郁心和又只見過兩面，更不知說什麼，於是只點了點頭，便直接進了寢房更衣。

郁心和臉上閃過一絲尷尬，郁心蘭笑著解釋：「你姊夫他不太愛說話。」

隨後赫雲徵和郁心瑞回來，赫雲連城換了衣出來，也僅是與他二人點了下頭，郁心和這才放下心來。

郁心蘭看著郁心和小心翼翼的樣子，不由得皺了皺眉頭，這孩子也太在意旁人的看法了。

吃了兩杯茶後，赫雲飛也從宮中回府了，赫雲策、赫雲傑攜妻子也趕了過來。郁心蘭將客人都讓到暖閣，雖是三月初了，但氣溫還是偏低的，因而暖閣裡還是升了火盆。

赫雲連城和二弟、三弟、四弟坐在炕上聊時政，赫雲徵和郁心瑞、郁心和旁聽，郁心蘭則帶著兩位弟妹坐到了次間，邊磕瓜子邊聊閒天。

二奶奶問：「大嫂有沒有聽說，大慶國使團住的官驛進了賊？」

二奶奶素來喜歡落井下石，看人笑話，無端端問這種問題，怕是這事兒對赫雲連城有影響。

郁心蘭垂了眼簾，滿不在乎的樣子道：「聽說了。」

二奶奶有些訝異，她原以為一提這個話題，大嫂會心急如焚的。

「大嫂就一點也不怕嗎？二爺說，大哥是負責使團安全的，卻令使臣受了傷，若是抓不到那名賊人，怕是會……」故意消了後面半句話。

郁心蘭淡淡一笑，放下手中的瓜子，讓錦兒幫著擦了手，喝了口茶，才慢悠悠地道：「不可能抓不到，六扇門的高手都來查案了，那賊人又不是神仙，還能上天入地不成？」

二奶奶心中冷笑，面上卻流露出關心之色，「難說呢，破不了的案子也不是沒有？呸呸，我不是故意詛咒大哥，我是一片好意，唉，不會說話！」

三奶奶接口道：「是啊，二嫂其實是刀子嘴豆腐心。大嫂，這事兒還是趕緊做好安排才好。」

郁心蘭奇了，「怎麼安排？沒聽說抓賊，我一個女眷還能安排什麼的。」

二奶奶和三奶奶對視一眼，將腦袋湊過來，神祕兮兮地道：「自然是多多與其他夫人們聯繫，日後若是……也有人幫著在皇上面前說說話兒。」

原來是幫皇子做說客的，拉她結黨呢。

這次接待使團，皇上著與莊郡王和仁王、永郡王三人負責，卻不知她二人是向著誰的。

郁心蘭淡笑，「還有誰比長公主與皇上更親的？再者說，男主外，女主內，我只要管好院子裡的事兒就成，插手爺們的政事反倒讓人說閒話。」

她這麼一說，二奶奶、三奶奶後面的話便不好出口了，只得訕訕地改了話題，心裡卻都罵她不識抬舉。

管事婆子過來回話：「回大奶奶，席面已經準備好了。」

郁心蘭忙道：「快去暖閣請幾位爺。」又衝兩位弟妹道：「我們走吧。」

天氣寒冷，桌面就擺在偏廳裡，主子們正好十人，圍坐了一桌，旁邊還有兩桌矮一些的，是給大丫頭們和管理媳婦、婆子們準備的。

紫菱原想在郁心蘭的身後服侍著，二奶奶將她往那邊席面上推，嗔怪道：「說了今日咱們自己動手，妳們且好好吃上一回。」回身後，自然是先幫赫雲策滿上酒。

郁心蘭已經幫連城和赫雲飛、郁心和滿了酒，卻不許赫雲徵和郁心瑞他倆喝，「你們還小，日後再喝。」

赫雲飛笑道：「大嫂這話說的不對，男人就是應當喝酒。」

郁心蘭笑話他：「知道你月底就成親了，心情好，你想喝多少，我都不攔著你。」

眾人哄笑，赫雲飛臉一紅，不敢再說了。

丫頭們那邊，靜思園的四個大丫頭、四個二等丫頭，安嬤嬤和四個管事婆子，以及赫雲策、赫雲傑等人帶過來的隨身大丫頭，坐了滿滿兩桌。都是主子身邊得力的，聽到主子們哄笑，各人也掩了嘴輕笑，並不怕被責罰。

正笑鬧著，外面聽到一串報名聲，屋裡頭眾人皆是一愣，因為外頭還擺了兩桌，將靜思園的下人都請了，個個有好菜吃有好酒喝，所以看門的事兒就交給了四名侍衛。

侍衛們特意進來稟報，難道是來了大人物？

赫雲連城和郁心蘭忙起身往外走，正與進屋的人撞上，那人笑道：「好熱鬧，看來我來得正是時候呀。」

屋裡眾人忙起身行禮：「見過王爺。」

竟是明子期和明子信來了。

明子信瀟灑地擺了擺手，「我和十四弟是來蹭飯吃的，快快請起，莫怪我們不請自來便成。」

赫雲連城道：「豈敢！請坐！」

赫雲策暗怪大哥說話太硬，忙又在一旁補充道：「兩位王爺大駕光臨，實乃我等之福，真是蓬蓽生輝啊！」

安嬤嬤和紫菱便欲帶著人退出去，明子信忙擺手道：「不必不必，你們原來怎樣就怎樣，不可因為我倆就壞了你們的樂趣。」

話雖是這麼說，平時主子心情好賞了菜時，丫頭跟主子一同用飯，也是有的，但跟兩位王爺也坐在一堆，就有些尊卑不分了。

只不過，仁王刻意要親民，將人趕走了也不好，傳喚服侍也不方便。

郁心蘭想了想，便令婆子們將暖閣裡的那幅六扇的繪牡丹屏風搬過來，將偏廳劃分為兩個小廳，這樣誰都覺得自在一些。

主子那桌，桌面大，加了兩個位子，重新依著身分坐下。明子期已經開始大快朵頤了，明子信也再三表明自己不拘這些虛禮，席面上才又再度熱鬧了起來。

反正今天是親民，郁心蘭也就沒拘著那些規矩了，提著個茶壺，一手端著個空茶杯，到丫頭們坐的那一桌敬茶，「平日裡妳們都辛苦了，今日難得聚聚，就好好樂一樂，別操心些有的沒的，讓外頭的人忙著去。」

二奶奶瞧在眼裡，樂在心中，眉梢眼角都是笑意，不住地幫大嫂夾菜，嘴裡還殷勤地道：「大嫂如今不同，是有身子的人，沒人服侍可不行，就讓小妹我來服侍大嫂，盡盡心意。」

郁心蘭由著她忙乎，赫雲連城坐在妻子身邊，不住被赫雲策、赫雲傑拉著喝酒，還要照顧兩位王爺，不知不覺便喝高了。喝酒最是消磨時間，尤其中間還要談論些時政的話，這時辰一晃眼便過去了。

郁心蘭懷了孕，禁不得累，不多時便覺得頭暈睏乏，便向在坐諸位告了罪，先回內室休息。大嫂走了，二奶奶和三奶奶便不好意思再留，也尋了機會向兩位王爺告了罪，提前走了。赫雲徵和郁家兄弟明日還要上學，赫雲連城著人送他們各自回去。丫頭們自覺地撤了席，到外面與粗使丫頭婆子們瘋去了。

偏廳裡只留下了赫雲家四兄弟和兩位王爺。小茜悄悄走進來，提起酒壺為主子們添酒。篩好的酒不夠了，小茜去次間提了一桶過來，慢慢地篩，只要有人的酒杯空了，她就殷勤地添滿，男人們漸漸都喝高了，頭晃得厲害。

明子期舌頭都大了，嘟囔道：「不行了，我今晚就宿在這裡了。十二哥，你自己回去吧。」明子信原本是想硬拉十四弟走的，忽地想到，這也是跟赫雲連城親近的一個好機會，便也趁醉道：「我也宿在此處吧。」

赫雲連城醉得兩眼迷濛，但身為主人還是要打理一下，揚聲問：「誰在外面？」

安嬤嬤忙躬身進來，「大爺有何吩咐？」

「快去收拾兩間客房給兩位王爺住。」又看向三個弟弟，似乎都晃得厲害，索性道：「不如今晚就都住在這裡了，再去收拾三間廂房出來。」

今日的確是開心了些，外面的丫頭們吵著向錦兒道賀，也都喝得高了。錦兒、燕兒幾個已經醉得站不直了，只能由安嬤嬤和另外兩個婆子親自動手收拾房間，很快便安排好了，安嬤嬤忙回來回話。

赫雲連城起身，由侍衛引著路，親自送兩位王爺去客房休息。

侯府有專門為客人準備的小院，裝修豪華，家具齊全，服侍的丫頭也是現成的。赫雲連城將兩位王爺送到客房後，明子信拍著他的肩膀道：「盜賊的事，你只管安心交給刑部去查，若有什麼事兒，小王給你撐腰，必不會讓你受委屈。」

赫雲連城卻繞開仁王這番拉攏交好的話，沉聲道：「微臣一定會捉拿到盜賊，給大慶國使臣一個交代。」說罷吩咐丫頭們好生伺候，自己搖搖擺擺地走回了靜思園。

❖ ❖ ❖

赫雲策和赫雲傑、赫雲飛已經走不動路了，由侍衛扶著，到安嬤嬤收拾出來的廂房睡下。安嬤嬤安排了小丫頭為三位爺淨面淨手，脫衣脫鞋，收拾妥當後才退出去，關上房門。

赫雲策剛睡下，就覺得下腹漲痛，只得掙扎著起來解決。可在房裡轉了一圈，竟沒找到恭桶，他只得打開門喚人：「恭桶在哪裡？去拿一只來。」

安嬤嬤陪著笑道：「院子裡沒恭桶了，二爺若是要解手，老奴帶您去茅廁可好？」

赫雲策雖然醉得厲害，卻也知道讓個婆子帶自己去茅廁多有不便，便問了路，自己搖搖晃晃地去了，再搖搖晃晃地折回來。

❖ ❖ ❖

寢房的門已經從內門上了，燈也滅了，大爺只能在廂房休息，現在只有這間西廂房是空的，大爺要來也只能來西廂房……小茜滿心歡喜，站在窗邊張望，果然見到大爺頎長挺拔的身影，披著月光，慢慢走過來。她忙悄悄從懷裡掏出一支香，輕輕點燃，放入青銅鎏金的童子拜壽香爐中，然後轉身藏到床後。

黑暗中，大爺推開了房門，搖晃著走進來，反手關上房門，衣裳也不解，直接倒在了床上。

小茜的心怦怦直跳，靜悄悄地從床後轉出來，輕手輕腳地來道床邊，喚道：「大爺，您要喝點醒酒湯嗎？」

屋裡都是熏香的香味，溫暖而濃郁，聞一聞便會耳熱心跳，多聞一點，渾身的血液則會奔騰。大爺在床上翻了個身，小茜大著膽子伸手拽了拽大爺的衣裳，「大爺……」話未說話，小手便被他握住。他用力一帶，小茜嬌小的身子便跌到了床上，他也隨即覆身上來，將頭埋在她的頸間，含糊道：「真香……」

周圍都是男人的氣息，小茜只覺得手軟腳軟，也不知是熏香的威力，還是大爺的魅力所致。壓在身上的男人開始上下其手，狂野中又帶著一絲溫柔……

對二奶奶能將事情推算得這般精準，小茜滿懷感激。能被大爺收用，她只覺得滿心都注入了甜水，濃得化不開，不由得輕吟道：「大爺，我真的好喜歡你！」

男人用力吮著她的肌膚，聽到她的表白，忽地心生不滿，「叫我二爺！」

郁心蘭斜靠在引枕上小睡，赫雲連城回到房內，不由得蹙了蹙眉，隨即失笑，莫不是在等我吧？想到這兒，心又軟成一團，彎腰將她抱起來，送到床上躺好。

這麼一搬動，郁心蘭便醒了，張開眼睛嬌聲道：「回來了？」忽然說話，聲音還有些沙啞，卻帶著一絲誘惑，赫雲連城不禁情動，深深地吻下去。

兩人正如膠似漆之際，隔壁廂房忽然傳出一聲驚叫：「啊——」

赫雲連城忽地抬頭，習武的警覺讓他隨即繃緊了身子，蓄勢待發。

郁心蘭噗哧一笑，拍了拍他堅硬如鐵的臂膀，柔聲道：「沒事兒，讓紫菱去看看就成了。」不多時，紫菱站在門外稟報：「稟大奶奶，是……二爺對小茜用強。」

赫雲連城聞言，瞇了瞇眼睛，挑眉似笑非笑地看著小妻子，這事兒肯定與她脫不了關係。

郁心蘭微微一笑，「現在不是解釋的時候，咱們去看一看，先聽聽二爺怎麼解釋吧。」

到西廂房，赫雲策的酒已經被小茜那一嗓子叫醒了一半，正懊惱地坐在床邊，小茜則擁著被子哭得梨花帶雨。

早有人點上了燈，郁心蘭打量了一眼，沉聲問：「二弟，這是怎麼回事？」

屋裡突然衝入這麼多人，小茜一時嚇懵了，只知裹緊了被子發呆。被大奶奶這麼一問，才回過神來，再笨也知道自己清白已毀，而且還是沒有主子同意的情況下，跟了府中的男主子，這在哪個府中都是不允的，若是不想以狐媚惑主的罪名給發賣出府，就只有大奶奶能幫她了。

畢竟，她在這房中下了女兒香，若是被人知道，那就死定了……好在，彎月給的香並不多，只有一小截，此時早已經燃完了。

小茜立即裹著被子下床，撲到郁心蘭腳邊，眼淚汪汪地哽咽道：「大奶奶，求您救救婢子……婢子來問二爺要不要醒酒湯，可誰知二爺他……他……婢子哪還有臉見人啊……婢子不要活了，嗚嗚嗚……」

郁心蘭心頭一鬆，還好，這丫頭沒笨到底，還知道說出二爺強迫她的話來，若是像電視裡常演的那樣，喃喃幾句「怎麼會是你」這類的，今晚這事兒還真是不好擺平了。

赫雲連城扶著妻子先坐下，紫菱忙給兩人沏了茶，赫雲連城輕啜一口茶後，才道：「給二爺準備些醒酒湯。」

春季的厚被怎麼裹，都會留條縫，明眼的人一看就能發覺，小茜的身上沒有任何衣物，再看向床鋪上，深藕色的織錦床墊上，一抹醒目的暗紅……還有什麼不明白的？

所有人看向二爺的目光，就帶上了那麼幾絲不屑和輕忽。

赫雲策難得的覺得羞愧，撇了臉向內側，不發一語。

紫菱將詢問的目光轉向小茜，這東西她應該準備了吧？

果然，小茜用目光一指小桌上的青瓷荷葉紋的八瓣碗，「那裡有，婢子特意去熬的。」

這證明她的確是進來送醒酒湯的……

赫雲策自己也的確是有這個毛病，喝了些酒的話，在床事上就格外容易動情，再者，以前在後園子裡遇上過幾次，對小茜這個丫頭是有幾分喜歡的。

只不過，若是靜念園的丫頭，睡了就睡了，即使事先沒知會晨兒一聲，事後再提便是了，可是小茜是大嫂的陪嫁丫頭，這其中的分別就十分大了。若是之前就向大嫂提過要人的話，倒還說得過去，可他提都沒提過，人家小茜也只是過來服侍的，他卻把人給強了……傳出去，對自己的名聲都有大礙。

赫雲策的臉色極其難看，平白擔了這麼一個狼狽的名聲，還什麼都沒享受到。真冤枉，的確是什麼都沒享受到啊。他才剛剛攻入城門，就被小茜那一嗓子嚇得又倒退出來，跟著就被小茜一通狂捶猛打，又哭又罵，再然後，紫菱帶著幾個丫頭衝了進來……如今他的旗杆還豎得高高的，似乎要幫著小茜證明，的確是他用強的。

赫雲連城沉了沉，見二弟還沒有說話的打算，便側目去看小妻子的表情，那小臉繃得緊緊的，眼中憤怒、失望、不屑……各類神情交織著，就不知道她真實的想法到底是什麼。

赫雲連城忍不住低頭彎了彎唇角，而後才收斂了笑意，抬頭看了眼小茜，又朝二弟道：「二弟，想必你也聽過了，你大嫂很是疼愛這幾個陪嫁丫頭，早許諾了她們，待過幾年都會給她們配個好人家，還陪送上一份嫁妝，就像嫁自家妹子一樣。這個小茜……」

郁心蘭忽地接口道：「小茜的親事，我已經在與人家談了，是我娘親家鄉的鄉紳之子，還是有功名在身的。我準備若是談妥當了，就除了小茜的奴籍，認她作乾妹子。」

認作乾妹子，這話兒說得就有些重了。這個時代，簽了死契的丫頭們的命是不值錢的，雖說律法也不許隨意處死奴婢，但丫頭們吃穿用住都在主人家，便是杖斃了，主人家到官府報個暴斃，或者罰點銀錢也就了事了。

所以，赫雲策強了個丫頭，名聲是不大好聽，但家人若是揭過不提，這事兒也就抹去了，可聽大哥大嫂的意思，日後這幾個丫頭是要當大嫂的妹子那般嫁出去的，那就相當於是強了良家子……

前面有個錦兒的先例，那般豐厚的嫁妝，也由不得赫雲策不信。

赫雲策喝下了醒酒湯，這人也清醒了不少，知道自己若不拿出個章程來，只怕大哥和大嫂會不依不饒地鬧到父親那裡去。今日仁王和賢王還在府中做客，明日又是休沐，想到兩位王爺一時不會就走，若是今晚的事兒傳到兩位王爺的耳朵裡……這兩位可都是新君的最有力的人選啊，日後自己還要不要在官場中混了？

赫雲策深吸了一口氣，勉強笑了笑，「大哥，你也是清楚小弟為人的，小弟豈是那等貪花好色之人？今日的確是喝得過多了一些，又偏巧屋裡沒有恭桶……」

當然沒有，我都讓人收起來了。

「所以小弟才會出了屋子，回來時又醉得厲害，沒看清楚房門……」

當然看不清啦，你老婆讓小茜把走廊上的燈都滅了。

「這只是酒後失德，並不能當作小弟習性如此。要麼這般，大哥，你看是否可行，我便向大嫂討了小茜姑娘去，讓晨兒認了她的身分，給她開臉做個通房丫頭……」

郁心蘭冷冷一笑，做個通房丫頭好像還是開了恩一樣的。

赫雲連城知曉了她的意思，便微蹙了眉，沉聲道：「小茜日後是要許給人家做正妻的，雖說比不得咱們侯府的富貴，卻也是個少奶奶的命。你只說做個通房丫頭，你大嫂如何會應允你？」

難道要抬為妾？

赫雲連城已經繼續道：「若是準備了納娶，從側門正正經經抬進來，或許我可以幫你向你大嫂求求情。」

居然是……要為貴妾！貴妾的身分要遠高於一般的妾，若是正妻亡故或是休棄了，貴妾是可以扶為正妻的。所以，京城中，各勳貴子弟的貴妾可不是一般人能當得上的，基本都是低品級的官宦家中的嫡女，比如方姨娘那樣的。

小茜的陪嫁丫頭身分，就是大嫂現在將她收為乾妹妹，也當不得貴妾。赫雲策心中總是將自己當成了未來的定遠侯，身邊的貴妾自然也得是身分高貴的官宦女子才適合。

可瞧著大嫂陰鬱的俏臉，赫雲策知道大嫂正怒著，怕是一時無法回轉，他也怕鬧將起來，被父親知曉。父親很討厭這種不潔身自好、沒有自制力的行為，若是因此讓父親厭惡了，怕是離那爵位會愈來愈遠。

便是多納一個貴妾，也沒什麼的吧？只是晨兒那裡肯定不依，總是自己的髮妻，不能不敬重，再者，岳父又是兵部尚書，官位顯赫……

赫雲策這會子一時半刻拿不定主意，頗為躊躇，赫雲連城倒是可以跟他耗，可瞧著小妻子臉上顯出了幾分疲倦之色，不禁心疼。正要讓人將小妻子扶回屋去，又不知小妻子最後要的是什麼結果，怕自己處置得她不滿意。

正巧這時，二奶奶久候二爺不歸，便差了人過來詢問，郁心蘭便趁機道：「二爺想必已經明白我們的意思了，這會子二爺想必困乏了，正好二弟妹使人抬來了肩輿，靜思園就不留二爺了。不如二爺回去好生與二弟妹商量商量，反正明日休沐，家人都在府中，有什麼事都可以說個明白。」

這話裡的意思就是，明日你給我的結果不能讓我滿意的話，我就必拿到父親面前去，請長輩來評評理。

靜念園的人進來向大爺大奶奶行禮，赫雲策一臉憋屈，扶著她們的肩出了屋，臨出門前又回望一眼，小茜裹著被子跌坐在地上，巴掌大的小臉上掛滿淚珠，嬌怯怯的，惹人憐愛。赫雲策眸光一暗，轉身出了門，坐著肩輿走了。

赫雲連城忙扶著小妻子站起來，沉聲道：「先都散了，誰也不許出去嚼舌根，否則打了板子發賣到鹽場。」

這一夜，郁心蘭睡得格外香甜，夢裡都笑出聲來。

清晨，赫雲連城一張開眼，就看到懷中小妻子的嘴角是彎彎的，眉目亦是舒展的，小臉兒睡得紅紅的，彷彿新鮮誘人的水果……赫雲連城眸光一暗，將手伸進她的衣襟，握著她胸前的柔軟，輕輕撫摸。

郁心蘭好夢正香，對這隻妨礙她清夢的賊手很是不滿，嘟囔了一句什麼，握住他的手腕，用力拔出來，繼續呼呼大睡。

赫雲連城不禁又好氣又好笑，挑起床簾看了眼窗外的天色，尚早，便又抱著她睡了回籠覺。

肆之章

夫君賦閒妙作戲

赫雲連城、郁心蘭夫妻倆睡得香甜，靜念園裡的赫雲策可就沒這麼好命了。

昨晚回到園子裡，時辰已晚了，二奶奶本已睡下了，見赫雲策回來，勉強撐著起來服侍他梳洗，卻被他拒絕了，「妳累了，先去休息吧，我自己來。」

赫雲策平日裡可沒這麼體貼，二奶奶心中感動，更要顯示自己的溫良賢慧，「今日嫵月和彎月兩個都喝多了，二爺沒個人伺候怎麼行？」

說著看向他腰間鬆散的腰帶隨意繫著，衣襟也不平整，似乎是胡亂穿的衣……

二奶奶心頭一緊，喝個酒，便是要解手，也不會拉扯腰帶。

二奶奶的指尖瞬間凝冰，抖著聲音問：「二爺這是怎麼了，喝酒喝得脫了衣裳嗎？」

原是打算先休息一晚，明日一早再好好與妻子商量的，眼見瞞不過了，赫雲策便索性將事情原原本本告訴了她。

二奶奶只覺得五雷轟頂，這件事情怎麼算來算去算到了自家夫君的頭上？

她不敢置信地緊緊追問：「那房間是二爺自己走進去的？」

赫雲策重重地嘆一聲，「是。」

他到現在還不知道自己走錯了房間。

二奶奶卻是知道，給小茜洞房用的房間，要將大哥引進去，她是特意給銀子給小茜，在靜思園裡收買了一個丫頭、一個婆子的。

為何會沒有引路的人？為何沒有人出來阻止二爺進那間屋子？

「那，您進去後，就沒覺得有什麼異常？」

赫雲策聞言猶豫片刻，搖了搖頭，「沒覺得。後來我酒也醒了，沒發覺什麼不對。」他不是沒想過，是不是大哥、大嫂特意來諂害他，所以細細地觀察過了。

二奶奶眼前發黑，掙扎著再問一句：「小茜呢，小茜怎麼說？」

面對妻子，赫雲策倒是沒什麼羞愧的，只是覺得妻子問來問去，問不到重點。小茜一個丫頭，她能說什麼？於是蹙眉道：「大嫂說必須將小茜抬為貴妾，否則，怕是要鬧到父親那裡去。」

二奶奶的眼睛陡然瞪大，尖聲叫道：「就憑她一個小丫頭也想當貴妾？」跟著不死心地追問：「您沒答應吧？這事兒不成不成，您絕不能答應！」

赫雲策點了點頭，終於聽到妻子說了一句令他滿意的話了，「明日一早，妳先去靜思園代我道個歉，想法子周旋一下。小茜若是想當個侍妾，倒是可以成全她，貴妾卻是不成的，傳出去，我不是成了笑話了？」

二奶奶順從地點了點頭，赫雲策覺得妻子今天真是好說話極了，難得的賢慧，正好酒勁還在，便一把摟緊了妻子的纖腰……

赫雲策滿足之後，仍是憂心，輾轉良久才勉強睡下。二奶奶卻一直睜著眼睛，心裡亂成了什麼樣子，氣小茜辦事不力，卻也怕被夫君知道這事兒是她一手安排的。若是被夫君知道了，可沒她的好果子吃。

事到如今，只能等明日去靜思園瞅瞅情形了。

於是，夫妻兩人誰都沒睡好，一個擔心鬧到父親那兒去，一個擔心夫君責罵……好不容易挨到天亮，二奶奶忙起來梳洗打扮，扶著嫵月的手徑直去了靜思園，結果吃了一記閉門羹。

看門的婆子往裡傳了話，紫菱老遠便迎了上來，笑吟吟地道：「請二奶奶安，二奶奶安好。可是不巧，昨晚大爺醉得厲害，我家奶奶又懷了身子，渴睏，到這會兒都還沒起身呢。」

二奶奶徑直往裡走，嘴裡道：「那我去暖閣等著。」

紫菱忙攔在二奶奶前方，擺出為難的樣子，「您看，三爺、四爺昨晚都宿在這兒，這會兒也還沒起，一會兒仁王殿下和賢王殿下也會過來，實在是不方便……婢子罪過，不敢留二奶奶在這兒等候，還請二奶奶寬宥。」

若是這麼多人在，這事兒還是不好開口。二奶奶深吸一口氣，擠出一抹寬容的笑，「不怪妳，那我先回了，若是三爺他們走了，妳記得使人給我個信兒，我好過來找妳家奶奶商量事情。」說罷深深地看了紫菱一眼。

紫菱會意地笑，「二奶奶放心，不會誤了您的正事兒。」

二奶奶這才安心地走了。

其實郁心蘭早已醒來了，正與赫雲連城窩在床上說悄悄話兒。

「都怪你，沒事惹這麼多桃花債！」

面對小妻子的指控，赫雲連城覺得很無奈，「我何時給過小茜好臉色？是她自己要想歪，與我何干？」

雖說的確是這麼回事，可郁心蘭就是覺得心裡不舒坦，「誰要你生得這麼好看的！」纖長的蔥指沿著連城濃郁英挺的眉毛，劃到深如大海的俊眸，再一路沿著光滑細膩的皮膚，劃到稜角分明的薄唇。

斜眉入鬢，鳳目瀲灩，挺鼻薄唇，下頷精緻。

他的肌膚瑩白光潔，甚至比女孩子還要晶瑩剔透、嬌嫩細緻，真真是絕世傾城。

郁心蘭喃喃地道：「你應該叫赫雲傾城。」

赫雲連城俊眸一瞇，大手不客氣地伸入衣襟，握住她的柔軟，語氣不善地道：「不許再說！」男人怎能叫傾城！

郁心蘭被他捏得倒抽口涼氣，只好順著他的話道：「好好好，再也不說了！」

赫雲連城看著她小意兒討好的笑容，忍不住也跟著彎眉一笑。他的笑容像雪後初晴的太陽一般耀眼，郁心蘭失神了片刻，才悻悻地想，這傢伙就是個禍害，不由嘟嘴命令：「以後只許對我笑！」

赫雲連城淡淡地看了她良久，才微微一笑，猶如風吹一池春水，漾起層層漣漪，笑意一點一點從他臉上擴散，漫至她的心海，「我盡量。」

郁心蘭又失神了一次，暗恨自己定力不足，衝他吐了吐舌頭，以示抗議。赫雲連城卻趁機含住了她的唇，直吻得佳人嬌喘吁吁，才得意洋洋地放開。

兩人笑鬧了一場，郁心蘭這才問到正經事：「昨晚的事，告訴父親嗎？」

赫雲連城眸光閃了一下，輕喟道：「只是二弟妹的主意，二弟似乎並不知情。」

就是不想為難二爺了！郁心蘭咬了咬唇，隨即也就釋然了，反正以這個時代的觀念來看，這事兒也就這麼大，侯爺知道了，頂多對二奶奶的印象差點，總不能將其罰去佛堂，還不如把小茜許給二爺。

男人總是貪新鮮，至少一段時間內，小茜能給二奶奶帶來威脅，讓二奶奶沒功夫算計自己。

可還沒等郁心蘭美完，赫雲連城又接著冷聲道：「小茜要打發出去，其心可誅。」

郁心蘭面色一僵，抱著他撒嬌，「別這樣，女人活著多不容易，給條生路吧！讓她跟著二爺，也好為赫雲家開枝散葉嘛！」

赫雲連城怎會不知她打的什麼主意，笑話她道：「對別人，妳還是挺賢慧的嘛！」

郁心蘭臉一紅，厚著臉皮道：「你就不用了，我會為你生孩子的啦！」

赫雲連城咬著她的耳垂笑道：「這可是妳自己說的。」

郁心蘭一扭身掙脫他的雙臂，鑽出了被子。

赫雲連城忙將她拉回來，責怪道：「著涼了怎麼辦？」隨即喚了丫頭進來服侍。

紫菱折好被子，細聲稟道：「三爺、四爺一早醒來，各自回去了。二奶奶之前來看望過大奶奶，還留言說若是奶奶醒了，使個人去告訴她。小茜一早來了三次，想見大奶奶。」

郁心蘭對著鏡子笑笑，「不急，先用飯。」

待夫妻兩人用過早飯，赫雲連城便去前院向父親請安，然後去大書房看書，郁心蘭則讓人將小茜傳進暖閣來。

小茜一進來，便撲通跪下，眼淚又汪了出來，「求大奶奶為婢子做主！」

她想了一晚，終於想通了，若真能像大奶奶說的那樣，當個貴妾，跟著二爺也是很不錯的。

郁心蘭冷笑一聲，「妳要我為妳作主？妳倒是先給我解釋一下，為何昨日大爺還沒回房，妳就將寢房的大門給閂上？為何妳要給張婆子和小芹每人十兩銀子？為何沒有人吩咐妳去煮醒酒湯，妳卻去煮了？平日裡也沒見妳這麼操勞過。」

小茜心房一顫，怎麼這些事兒大奶奶都知道了？

她急忙跪行幾步，伸出手想抱住郁心蘭的大腿，郁心蘭猛地一拍炕桌，「放肆！我問妳的話，妳為何不答？真當我是傻子，想使計爬上大爺的床，卻弄錯了人。我若是告訴二爺，妳說二爺還會要妳嗎？妳以為侯府還能留妳這個狐狸精？剛才大爺已經留了話，其心可誅，必不能留。」

紫菱在一旁將一塊手帕丟到地上，裡面團團滾出兩個大大的銀錠，冷笑道：「這是張婆子和小芹請我轉交給妳的，她們要我告訴妳，她們是靜思園的奴才，只知一心一意為主子辦事，決計不會背地裡算計主子。」

小茜嚇得眼都暈了，腦中一片空白，只想著，她要被發賣了，這可怎麼是好？別的話都不會說了，她只能反覆地哭求道：「求奶奶饒命！」

郁心蘭將小茜嚇夠了，這才道：「妳先寫份供詞，按上手印，我再想想怎麼處置妳。」

小茜這會子哪還敢有別的什麼心思，忙寫了份供詞，字雖然一般，文法倒是通順，字字句句指向二奶奶。

郁心蘭看後暗樂，臉上卻端出又是失望又是心痛的表情，「我原還想著為妳說門好親事，是妳自己生生毀了。若是妳真願意跟著二爺，我就想法子幫妳周全周全。」

紫菱從旁助言道：「二奶奶為人如何，想必妳也聽過的，琴操姑娘可就是個例子。」

小茜忙拚命磕頭，「婢子縱使到了靜念園，也會一心一意侍奉大奶奶！若是二奶奶再敢來害大奶奶，婢子一定報與大奶奶知曉！」

郁心蘭垂了眸不說話，紫菱幫襯著道：「妳自己心裡有數就好。」

正說著，門外傳二奶奶來了。

紫菱去門邊打起簾子，二奶奶扶著嫵月的手走了進來。

郁心蘭也沒起身迎接，淡淡地指了指炕桌對面，「二弟妹坐。」

二奶奶自然是為了小茜的事兒來的，態度並不低順，反倒帶著幾分囂張，言語裡的意思，竟是郁心蘭在算計她們二爺。

郁心蘭冷冷一笑，將手中供詞甩到二奶奶眼前，「仔細睜大妳的眼看清楚，這是什麼！」

隨即又從桌下的小抽屜裡拿出幾份供詞，扔過去，「別說小茜是我的丫頭，她的話不可信！院子裡灑掃的婆子可是大娘的人，她的供詞還不可信嗎？彎月是怎麼指使小茜的，一字一句記錄得清清楚楚，妳若是想與我到父親面前對質，我隨時奉陪！」

二奶奶一張一張看過去，嘴唇都哆嗦了起來，怎麼會被這麼多人偷聽到？

這事兒傳到父親的耳朵裡，肯定會責罵她，二爺必定也會怪她……想撕了這幾張紙，可這幾個人都是府裡的，大嫂再要她們寫份供詞便是，有什麼用？

轉瞬間，二奶奶的氣焰立即蔫了，陪著笑道：「不知大嫂想要如何？」

郁心蘭慢條斯理地品了茶，而後微微一笑，「既然二弟妹覺得男人身邊的女人應是愈多愈好，我也不敢攔著弟妹賢慧，就幫妳再多往二爺身邊添個人就是。小茜以後當然是要跟著二爺的，妳回去準備納娶貴妾的彩禮吧。」

二奶奶心中著急，「納貴妾，可是要父親同意的。」

郁心蘭挑眉，「這就是你們的事了。」

一點商量的餘地都不留。

二奶奶求了半晌，最後只能愁眉苦臉地走了。

郁心蘭懶得再看小茜感激涕零的蠢樣，使了個眼色給紫菱，紫菱立即將小茜拖了出去。

小茜猶不死心，滿懷希望地問著紫菱：「紫菱姑娘，大奶奶一定會幫我的吧？我能做二爺的貴妾吧？」

都這時候了，還想著富貴！紫菱壓著心頭的厭惡，勉強答道：「這要看二爺和二奶奶能不能讓侯爺點頭，若是不成，奶奶也會給妳配個小廝的。」

小茜立時急了，「二奶奶不是答應回去想辦法的嗎？若是……實在不成，就是侍妾也行啊！」

紫菱冷笑了一下，再懶得理她。

小茜不死心地將巧兒拖進自己屋裡，壓低聲音問：「妳說，二爺會不會要我？」

巧兒哼了一聲，「要是會要的，不過嘛，二奶奶手段可多了，妳若是想日後能生個孩子，有個保障的話，還得多用點心思。」

小茜立即央求道：「巧兒，我知道你家以前……啊，不是，我的意思是，要怎麼才能給二爺生個孩子？」

巧兒清了清嗓子，看了看天。小茜會意，轉身去翻自己的首飾匣，咬了咬牙，挑了一支最貴重的純銀鎏金點翠簪子送給巧兒，「好巧兒，妳一定要幫我想想法子。」

巧兒收下簪下，這才道：「很簡單，正室夫人從來都看不慣小妾的，可有一句話，一根筷子易折斷，十根筷子折不彎……」

小茜恍然大悟，「妳是說，我應當與方姨娘聯手？」

❖ ❖ ❖

得知女兒女婿要回門的消息，郁老爺用過午飯，便差人守在大門口。一見到侯府的馬車，立即有人上前迎接，另一人則飛奔回書房稟報郁老爺。

門房卸了門檻，讓馬車直接駛入府中，郁老爺早已在二門處候著。

赫雲連城先下了馬車，然後回身將小妻子抱下來，輕輕地放在地下。郁老爺瞧著，笑得眼角的細紋都深了幾分，拈著鬍鬚道：「難得你們過來，老祖宗說留晚飯，賢婿先與老夫到書房一敘吧。」

赫雲連城躬身道：「悉聽岳父大人吩咐。」

郁老爺引著女婿往書房而去，而郁心蘭則在二門處換了府內的小油車，先去梅院向老祖宗請安。溫氏和郁玫、郁琳，以及郁家的幾位堂姊妹，都在老祖宗跟前盡孝，陪著老祖宗說話兒。郁心蘭進了屋，先跟老祖宗和母親請了安，幾位姊妹相互見了禮，才在溫氏身邊坐下。

老太太笑問：「接到妳的帖子時，我還以為老眼昏花，看錯了，怎麼想著今日來？」

郁心蘭笑道：「三姊不是後日大婚嗎？我怕那日親戚朋友人太多，所以先將添妝禮送來。正巧三姊也在，省了我跑一趟。」

老太太點點頭，「也是，妳有了身子，可得好好保重。到時妳坐在我身邊，不怕被人擠著。」

郁心蘭讓錦兒拿出自己準備的小匣，親手遞給郁玫。郁玫溫婉地笑道：「讓妹妹費心了。」

郁瓊立即笑問：「不知蘭妹妹給玫姊姊送的是什麼，真想開開眼界。」

郁玫原是不打算當面看的，她還想將郁心蘭邀請到自己的院子裡，好好談一談，可郁瓊這麼說了，她也只得將匣子打開，裡面擱著一支嬰兒抱葫蘆的赤金鑲紅藍寶石的簪子，有子孫抱福祿的喻意。

郁玫看著心中一喜，「這簪子我很喜歡，謝謝四妹！」

哪個女人出嫁後不想著一舉得男，鞏固自己的地位？何況她嫁的是皇子，與她同一天嫁入仁王府的，還有祁柳這名側妃，亦是皇上親點賜婚的，地位並不比她差多少……日後，比的就是誰能先生出個兒子了。

郁琳卻被簪子上碩大的寶石閃花了眼。赤金打造的小童，身上用細碎藍寶石鑲成一件小肚兜，葫蘆是用兩顆小拇指尖大小的紅寶石鑲成，整支簪子不論是做工還是用料，抑或款式造型，皆屬上乘。

至少也得五百兩紋銀吧！郁琳在心中估了個價，又細細打量郁心蘭。

只見她一身粉藍色百合妝花刻金絲褙子、一條薑黃色八幅百子裙，頭頂隨意綰了一個流雲髻，髻底插了一排十個赤金鑲紅珊瑚的梅花小簪，其餘的頭髮在腦後綰了一個婦人髻，僅插了一支孔雀銜珠的翡翠步搖，垂下的珍珠由小及大，最底下的竟是一顆龍眼大小的渾圓粉紅南珠，色澤光潤，散發著瑩瑩珠輝，光是這顆珠子就價值千金；兼之耳上的赤金托底六瓣紅鑽的桃花耳扣，以及肚子上拇指粗細的瓔珞項圈、左手腕上一溜兒的三串密蠟手串、右手腕上的一對極品羊脂玉手鐲……這渾身上下的行頭，至少價值五千兩銀子。

郁琳倒吸了一口涼氣，定遠侯府竟然如此富貴！

她不禁暗恨，雙手死死地絞著手中的絲帕，憑什麼！憑什麼這麼一個小婦養的庶女，也能嫁得如此顯貴！而她年將及笄，卻連一門親事都沒訂下來。原本她若是嫁給秦小王爺，必定會比郁心蘭更富貴，可是……

一想到秦肅的絕情，郁琳的心就抽痛了起來，真是不甘心啊，為什麼自己心心念念的那個人竟會對自己不屑一顧。

郁琳在這廂自艾自怨，恨命運對自己不公，怨郁心蘭在皇后娘娘面前使壞水，將母親王氏軟禁到了寧遠城，連個幫她操心的人都沒有。她又恨又怨，卻忘了一件事，並非沒有人上郁府來求娶，而是她眼界太高，自認為是仁王妃的親妹子，她的夫君也必須是勳貴之家的嫡子，日後能繼承爵位之人才是，所以她又哭又鬧，使盡手段，拒了幾門郁老爺覺得不錯的親事。

郁心蘭與老祖宗和溫氏相談甚歡，自是不知郁琳心中在想些什麼，不過郁琳間或落在她身上的目光，卻令她無端端起了一層雞皮疙瘩。

應該是對她有什麼意見吧。也沒什麼大不了的，反正郁琳與自己是不可能和睦相處的了。

郁心蘭正分神想著，郁玫忽然喚她：「咱們姊妹去花廳聊一聊吧。」

郁心蘭不大願意，可老祖宗和溫氏都贊成她們姊妹多親近親近，郁心蘭也不好顯得太疏離，只好隨著郁玫到花廳，婢子們奉上茶盅後，郁玫便令她們退下。

郁心蘭並不急著問什麼原由，只是低了頭，輕輕轉著杯蓋，神色寧和淡然。郁玫細細地打量了她許久，心裡頭不得不承認，四妹的確是生得俊俏，與自己相比也不遑多讓。

她凝神斟酌了一下言詞，才抬眸溫婉地笑道：「得知四妹妹有喜，做姊姊的還沒向妳道聲恭喜的。願妹妹一舉得男，生個大胖小子。」

郁心蘭抿唇一笑，「謝謝。」

紅蕊將一只小匣子放在桌面上，郁玫推給郁心蘭，「一點心意，還請妹妹不要嫌棄。」

郁心蘭打開一看，是一只赤金的長命鎖和一對小孩子用的赤金手環腳環。她合上蓋子，淡淡地道了謝。

郁玫笑得親切，「都是自家姊妹，以前姊姊做過一些對不起妹妹的事，還請妹妹不要放在心上。這世間女子活得艱難，所作所為，不過是怕失了夫君的心罷了。妹妹如今嫁為人婦，想必也有些心得，還望能多多體諒母親和我的過錯。」

她這番話說得合情合理，表明以前為難溫氏和郁心蘭，只不過是王氏怕失去郁老爺的心。她猜著郁心蘭如今有了身子，一定也被逼著安排了通房丫頭，應當能理解王氏的行為了，況且她將姿態放得這麼低，大有委曲求全、一笑泯恩仇的意思。

郁心蘭點了點頭，「我的確是有了心得，若是連城有了外室，我必定是死也不會讓她進門的。我已經跟連城言明了，他的身邊只能有我一個女人，否則我寧可和離。我做人自有原則，斷不會故作賢慧地讓人進門，又背地裡使些陰損的招術。」

郁玫的臉一白，笑容變得十分尷尬。當初王氏並沒想讓溫氏進門，只是想接郁心瑞進京而已，卻被父親給利用了，弄得如今這般境地。若是郁心蘭沒有進京，或許她能想法子讓赫雲連城娶了郁琳，連城助了夫君，那麼她在夫君面前的地位就更有保障了。

心思這般疾轉，面上，郁玫應變極快，轉瞬就一臉心有戚戚然的樣子，接著這話道：「妹妹是個有福的，妹夫是個會疼人的。若是妳像姊姊這般，皇上一早就指了個側妃，或是像母親那般，父親偷偷地養了外室，自己卻已為他生育了三個子女了，和離……哪有這般容易？別的不說，和離之後，只怕都會被唾沫給淹死。」

郁心蘭微怔，這倒也是，寡婦可以改嫁，可和離或休棄的女人反倒不好改嫁，旁人總會覺得是這女人有什麼缺點，世俗又不給女人獨立自主的機會……說來說去，還是這個世間女人的地位太低了。不過，郁玫是這個世間土生土長的女人，嫉妒是嫉妒，但心中並不認為夫君要納妾是不對的，只是會將恨意轉嫁到小妾們的頭上，這樣的行為她一點都不認同。

郁玫繼續煽情道：「咱們做女人的，就是命苦。」說著，目光盈盈地看向郁心蘭。

郁心蘭繼續玩茶杯，不為所動。

郁玫只好自己接下去：「所以咱們姊妹才應當齊心，相互幫襯著。妳幫我說服妹夫幫襯仁王爺，我日後的地位便會鞏固；有我這個當王妃的姊姊襯著妳，妳若是堅持不讓妹夫納妾，赫雲家也不敢輕易得罪妳……妹妹，妳要放開眼界想一想，妳如今青春貌美，妹夫自然事事順著妳，可過個幾年後呢？若是沒有娘家人給妳撐腰，妳的日子也難。」

郁心蘭輕笑，「言之有理。」然後在心裡補充，可我不想幫妳。

郁玫鬆了口氣，滿意地笑道：「就知道妹妹是個聰明的。其實，在這世界上，還真的只有自家的親姊妹，才能真心助妳。」

是說王姝即將嫁給永郡王，所以表姊妹間有了隔閡嗎？

而後，郁玫又委婉地提醒道：「其實仁王殿下一心想幫妹夫，若是盜賊的事兒有什麼難處，妹夫千萬別自己悶著擔著，著了旁人的道。」

郁心蘭心中驚疑，面上卻不動聲色，只是淡笑著應對。

郁玫目的達到，便與郁心蘭一同回了正廳。

與家人談了大約一刻鐘左右，赫雲連城便在岳父的陪伴下，來到梅院向老祖宗請安，然後帶著小妻子告辭了。

出了郁府，赫雲連城便將賀塵喚到一邊，從腰間解下一塊腰牌，耳語一番，賀塵領命離去。

想是與黃柏的事兒有關，郁心蘭乖巧地沒開口詢問，只問他：「後日便是三姊的婚期，你可以請到假嗎？」

赫雲連城想了想道：「送親只須半個時辰便行了，我先去軍營，中途過來一趟吧。」

回到侯府，紀嬤嬤早早地候在二門處，見到馬車停下，忙上前見禮：「給大爺請安，給大奶奶請安。侯爺和殿下在宜靜居，請大爺和大奶奶回府後速速過去。」

郁心蘭笑問：「不知還有誰在？」

紀嬤嬤如實回道：「還有二爺和二奶奶。」

必是為了小茜的事，郁心蘭心中有底，腳步也輕快，跟在赫雲連城身後進了宜靜居的正廳。

侯爺果然是為了小茜的事來問郁心蘭的意思，不過話卻是由長公主說的：「侯爺的意思是，雖說妳打算給小茜除了奴籍，但想當侯府的貴妾還是不成，不如改為良妾，妳覺得如何？」

郁心蘭一聽，就知道赫雲策肯定不敢將自己酒後亂性的事說出去，大約是說他看上了小茜，自己卻要給小茜一個貴妾的身分如何如何。不過良妾也是不需要賣身契的，有了自由之身這個憑仗，二奶奶就不能隨意發作小茜……

郁心蘭趕緊站起身，恭順地回道：「一切依父親母親的意思。」

侯爺滿意地點了點頭。二奶奶頓時覺得自己虧了，一開始她是怕大嫂鬧將起來，不得已給了小茜一個良妾的身分，可剛才看大嫂的這番作派，竟是十分懼怕父親的，若早知如此，就應當只說給小茜一個侍妾的身分，想來大嫂也不敢反駁。

可如今事情都已經定下了，再沒迴旋的餘地，她也只能笑著將苦水吞下肚去。

侯爺隨即將心思放在官驛的案件上，問連城那名賊人的下落，是否有了眉目。連侯爺都關心了，想來這事兒必定不會小。

郁心蘭抬眸看向赫雲連城，只見赫雲連城的眼波如常，臉色沒有半分不安或焦慮，只恭敬地回話：「查出此人輕身功夫極佳，必不是一般的盜賊，而使團來京後，朝貢的賀儀都已經呈給禮部，也沒有什麼重要的文書，想來此人並非為財或是事進入官驛的。龍捕頭說，應當是進來尋人的。」

侯爺的鳳目一睇，「你可發覺了使團中有些什麼特別的人？」隨即淡掃了長公主和兩個兒媳婦一眼。

三個女人立即自覺地起身告退，將正廳留給男人們商量正事。

郁心蘭覺得有些乏，向長公主告了罪，先回靜思園休息了。

紫菱跟著大奶奶進了內室，服侍她更了衣後，稟道：「千荷打聽到，今日彎月摔壞了一尊青花琺瑯彩的美人聳肩斛，被二奶奶罰了二十板子，扣了三個月月錢。」

郁心蘭彎唇輕笑，「怕是罰其他事。」

紫菱也笑，兩人心知肚明。

不多時，赫雲連城也回來了，郁心蘭忙跟上去服侍，問道：「盜賊的事，真的沒關係嗎？」

赫雲連城知她敏慧，若是不說，只怕她自己疑神疑鬼，憂思過重，對胎兒不利，只得坦言相告：「本來不算是大事，但不知誰在大慶國使臣面前說了些什麼，現在使臣認為那名盜賊是我朝派出的奸細，去搜尋大慶國機密文書的。所以，現在必須抓到那個盜賊，才能將事端給平息了。」

郁心蘭的心頓時揪了起來，「可是，你不是說沒有眉目嗎？那個龍捕頭是不是有真本事的？」

赫雲連城握住她的手，溫柔地注視著她，和煦的目光有著安定人心的作用，「若是龍捕頭沒有真本事，這刑部的人可就沒有一個有真本事的了。」

郁心蘭咬了咬唇，「可是，王奔是刑部侍郎，你也說過，就是刑部尚書也是反過來聽王奔的，我怕他公報私仇。」

「不是不破案，而是將破案的時間往後推。當大慶國使臣的不滿累積到暴發的邊緣，玥國就只能推出一人當替罪羊，先滅了大慶國使臣的火再說。而你，就是替罪羊的不二人選。你本就是負責保護使團安全的，甚至……」郁心蘭小人地猜測，「會不會那名盜賊就是王丞相派出來的，只是為了打壓你？上回你不是說，永郡王邀請你，被你給拒了嗎？他可是王丞相嫡親的孫女婿，王丞相恐怕是擔心你會輔佐仁王殿下，所以乾脆除了你吧？」

赫雲連城星眸深邃，安撫她道：「即便如此，我亦能應對，妳要相信妳的丈夫。」

郁心蘭咬了咬唇，靠在他的胸膛，綻放一抹堅強的笑容，「我相信你，寶寶也相信父親。」眼梢略挑的杏目波光瀲灩，濃密的長睫如扇，輕輕一搧，彷彿就搔了你的心裡，可是那眼仁卻潔淨得如同完美的水晶，映著小小的他，如斯清晰。

赫雲連城緩緩地漾開笑容，將小妻子緊緊攬入懷中。

第二日一早，二奶奶便打發了人將彩禮送了過來，單子列了一長串，倒也算大方，大約是見識了上回郁心蘭給錦兒的嫁妝，想著這錢總是會流回自己腰包的，一個小妾的嫁妝還怕自己要不到嗎？

郁心蘭對紫菱道：「既然二奶奶說想明日就將小茜接過去，那就依了她的意思吧，想是怕我教唆小茜什麼。妳記得一會兒讓巧兒去敲打小茜幾句，我懶得見她了，賣身契就當是我給她的嫁妝，這些個彩禮也給她。再拿十兩銀子，置辦兩桌席面，請園子裡的丫頭婆子們樂一樂，算是給小茜送嫁了。」

紫菱領命退下了，讓人將彩禮單子謄寫了一份，變成嫁妝單子，又著千荷拿銀子去廚房，自己則帶著嫁妝單子去找小茜。

小茜還不知自己到底會如何，聽了紫菱的一番話後，喜出望外，忙躬身道謝，又大方地褪下腕上分量十分的銀鐲，送給紫菱。紫菱哪會要她的東西，笑著拒了。

待紫菱走後，巧兒和一眾小丫頭們笑嘻嘻地跑了進來，圍著小茜打趣。小茜心情極佳，任她們打開箱子翻看二爺給的彩禮，得意地欣賞眾人眼中的豔羨。巧兒將小茜拉到一旁，好心告誡：「跟了二爺後，自己的東西可要看好呀……」

當晚，小茜從大奶奶的手中接過賣身契，向大奶奶磕了三個響頭，坐上了靜思園派給她的小轎，被送出府外，安置到一家四合院中。第二日一大早，小茜就被靜念園的喜轎接進侯府，順順當當地從側門而入，成了赫雲策的良妾，地位比甘老夫人賜的蘇繡、湘繡還要高幾分。

到了晚間的時候，千荷興沖沖地來稟報八卦：「芝姐兒傍晚起就開始哭鬧，剛剛已經去請了大夫，似乎是腹瀉了。蘇姑娘也總是吐，懨懨的，二奶奶猜是有了身子呢。」

反正就是拖著二爺不讓洞房就對了。

❖ ❖ ❖

次日是仁王明子信與郁玫的大婚之期，郁心蘭早早地穿戴妥當，乘車前往郁府，直到用過中午的喜宴，才與赫雲連城一同告辭了出來。她想著，反正已經出來了，不如去店鋪裡看一看，央了赫雲連城同意後，便令馬車改道。

酒樓林立的繁華大街上，一名寶藍錦服的男子搖著摺扇邊走邊凝神思索著什麼。

忽然，街道上的人群一陣騷動，一名十歲左右的小童從他身後竄過，撞得他往前急衝了幾步，定住身子正想理論，那孩子一把抓住他的手，急切地大叫：「爹，交給你了，我先走了！」

男子一怔，小童泥鰍般的溜遠了，轉眼就不見蹤跡。而此時，幾名大漢趕了上來，一把揪住男子的衣襟，氣哼哼地道：「總算抓住了一個同夥，快把老子的錢袋交出來。」

男子是個睿智之人，剛才就已經發覺被陷害，可沒抓住那名小童，又有什麼辦法？他臉色一沉，威嚴立現，唬得那幾個漢子不自覺地鬆開了手，卻依舊圍著他討要錢袋。

男子怒道：「你看我像那名小童的爹嗎？你們不快去抓他，還在這裡磨蹭什麼！」

「休想藉機逃走！」這幾個漢子哪裡肯聽，叫罵著要抓他見官，只是懼於這名男子的威嚴，不敢上前撕扯。

一旁圍觀的人也愈聚愈攏，將幾人團團圍在當中，七嘴八舌地議論：「嘖嘖嘖，一副大老爺的打扮，卻是個賊。」

郁心蘭挑起車簾，往人群中看了一眼，心中一驚，忙示意連城看。

那名男子暗自咒罵，早知道會遇上這種事，真該帶侍衛出來。

正糾纏不清之時，赫雲連城拎著那個小童擠入人群，來到場中央，衝小童冷聲道：「是你自己交出來，還是要我搜？」

小童被他嚇得一哆嗦，乖乖地將一個油兮兮的錢袋往漢子懷裡一扔，「你的！」

這幾名漢子這時才知道冤枉了好人，見赫雲連城又是一副貴族打扮，怕惹麻煩上身，忙點頭哈腰的賠禮，當然不忘將始作俑者拖來墊底。

大漢扭著小童的耳朵罵道：「你個小賊居然敢諂害這位大爺，看老子不把你送到官衙去！」

「哥……」那小童還想故技重施，伸手捉住赫雲連城的衣袖，卻被赫雲連城一個輕飄飄的眼神給瞪得怔怔地收回手，抖著嗓子道：「實在是因為娘親生病無錢醫治，我才行竊……求公子寬恕！」

赫雲連城懶得跟他囉嗦，直接丟給賀塵去處理。

賀塵立即帶著小童走了，赫雲連城這才深深一揖，「舅父。」

方才被冤的男子正是當今聖上建安帝，今日仁王和永郡王同時大婚，他一時心血來潮，想到民間來聽一聽百姓們對兩位皇兒的評價，固執得不帶侍衛，卻差點被抓進官衙……

這一會兒，建安帝已經失了私訪的興致，在赫雲連城的邀請下，坐進了侯府的馬車，隨他二人一同回了定遠侯府。

皇上御駕親臨，讓整個侯府好一通忙亂，長公主一面分派手下的幾位嬤嬤準備膳食，一面又派人去兵部通知侯爺回府接駕，一面又差人遞摺給皇后，告知皇上在侯府。

侯爺不過小半個時辰便從兵部趕了回來。建安帝興致勃勃地遊覽了侯府的後花園，與赫雲家幾兄弟親切地交談了時政，直至初更才擺駕回宮。

皇上的儀仗走出很遠，侯爺才領著家人回府。赫雲策得了皇上的幾句讚賞，心情極佳，想到昨日才納了小茜，可還沒洞房，便抬腿往小茜的房間走去。

二奶奶在半道上將其截住，硬拽回了自己的上房，興奮地道：「二爺，剛才皇上讚你處事沉穩，使臣們都交口稱讚呢！」

赫雲策面有得色，故作矜持地道：「為皇上效力，本是為人臣子的責任。」

見赫雲策總往外張望，似乎急著要走，二奶奶笑容一滯，輕哼了一聲道：「有件事，跟大哥有關的，我也不知當不當告訴二爺。」

聽說與大哥有關，赫雲策立即來了興趣，忙問：「何事？」

二奶奶慵懶地坐到梳妝台前，卸了簪子，開始梳理秀髮，嘴裡慢悠悠地道：「不就是關於那個盜賊的事……」然後又不再說了。

赫雲策知道妻子這是要留宿，便令嫵月為他寬衣梳洗。兩人恩愛了一番後，二奶奶才附在他耳邊一陣低語。

赫雲策聽得一驚，「什麼？這是聽誰說的？」

二奶奶輕笑，「二爺不知道嗎？刑部與兵部僅一牆之隔，有些事兒碰巧聽到了。我娘家大嫂今日特意來告訴我這個消息。既然是人家下的套子，二爺，您便好好想一想，若是您去揭發，可是大功一件，還能把大哥給拉下來，您去當這個禁軍一品大將軍。」

赫雲策心動極了，「若是妳剛才說的話能找到證據，這還差不多。」

二奶奶道：「父親已經幫著去尋證據了，您可別在大哥面前漏了底，讓大哥給察覺了。」

❖　❖　❖

「退朝。」隨著黃公公的唱喏聲，正和殿中的大臣們，除了剛剛被點名的兵部以及刑部的幾名官員外，其餘人都跪伏在地，恭送聖駕。

赫雲連城沉穩地走出佇列，隨在王奔的身後，跟著龍輦來到御書房外。

建安帝下了輦，頭也不回地道：「靖兒隨朕來。」

赫雲連城跟在建安帝身後進了御書房，其餘官員則在內侍的引領下，到西廂的房間休息候見。

待宮女奉上新茶，躬身退出後，建安帝亦不拐彎抹角，直截了當地問：「對於幾位大臣所奏之事，你打算如何應對？」

昨日，大慶國的使臣發出最後抗議，要求玥國迅速交出那晚潛入傷人的盜賊。今日一早，幾名大臣就聯名上書，請求將禁軍一品大將軍赫雲連城革職查辦，以平息使臣的怒火。

有要求查辦的，自然就有為其開脫的，朝堂之上吵了個不可開交，最後還是由建安帝先行壓下，叫上赫雲連城，問他自己的意思。

赫雲連城沒有一絲遲疑，立即單膝跪下，回話道：「微臣願意自行掛起金印，以平息使臣之責問。但微臣請求皇上，請皇上准許臣私下繼續徹查此案。」

建安帝手捧汝窯粉青釉瑪瑙茶盅，盅裡是他最愛的滾燙的大紅袍，他的眸光在氤氳的水霧中微微一閃，隨即一聲輕嘆，「朕也知你冤屈，但國無信不立，使臣在我朝官驛受傷，必須給大慶國一個交代。你暫且掛印，日後待查出真相，再官復原職吧。你若想親自查案，朕也允了你，一會兒你就將金印交至吏部，這就先下去吧。」

赫雲連城叩謝龍恩後，退出了御書房。

刑部侍郎王奔正與尚書井大人低聲耳語著，眸光從雕花門楹的鏤空方格中，瞥見赫雲連城大步走了出去，便直起身子，與井大人拉開距離，輕聲道：「要見駕了。」

不多時，黃公公果然來傳見，幾位大人各揣心思，靜默地垂頭步入御書房。

正和殿那邊，諸大臣在聖駕走後，便各自回了衙門，各人心中都有思量。定遠侯眉心微蹙，赫雲策卻暗自得意，勉強繃著臉，不讓父親看出自己的幸災樂禍來。好在軍馬場建在京畿，並不在兵部衙門內，赫雲策出了宮，便與父親作別，直接去了馬場。

仁王暫時沒有官職，只是在一旁聽政，下了朝，便與秦小王爺一同回了自己的王府，到了書房，立即招來府中幕客，商議對策。

秦肅直陳利弊：「雖說赫雲連城一直不願相助王爺，但他若是官職不保，對我們來說並不見得是好事。禁軍乃是京城的屏障，一品大將軍的職位何等重要？王丞相、永郡王那邊肯定會有所動作，若將來換上來的人是王系官員，只怕會對我們不利。」

幕僚們紛紛點頭，「小王爺所言極是，王爺多多在聖上面前為赫雲將軍美言幾句吧。」

明子信沉吟不語，非是他不願幫助赫雲連城，而是他幾次暗示，赫雲連城都置若罔聞，總不能他出手幫了這麼大一個忙，人家連人情都不記得他的吧？

正在商議著，隨身太監洪進在門外稟報：「啟稟王爺，宮裡派人來傳，皇上詔見王爺。」

明子信一愣，這才回府多久，父皇為何要宣他覲見？

秦肅思忖道：「極有可能是赫雲連城已經被罷官了。」

明子信點點頭，忙又換了朝服，乘馬車入宮。

出宮建府的皇子，入宮也是要等待侍衛驗查入宮腰牌的。明子信極有耐性地靜坐在車中，微微闔目，心裡細思著各處收集來的情報。

他的貼身侍衛唐潛在車外輕叩車壁，「王爺，赫雲將軍。」

明子信打開車窗，挑起車簾，探頭向外望去，果然見赫雲連城在宮門處查驗，再一看赫雲連城的腰間，已經沒了玉笏。

恰好侍衛驗過了他的腰牌，趁著換乘宮內馬車的時機，他走近赫雲連城，溫和地笑道：「莫急，父皇宣小王入宮，小王定會為卿美言幾句。」

赫雲連城道了聲謝，淡淡地道：「有勞王爺掛念，連城是自請免官的。」說罷，拱手施禮，頭也不回地走出宮門。

明子信心頭一震，自請免官，這麼說沒有迴旋的餘地了。

他在心中迅速將幾個策略對比一下，拿定了主意，才登上馬車，直奔御書房。

御書房內，除了早朝後傳來御書房議事的幾位大臣外，還有莊郡王和永郡王，片刻後，賢王也趕了過來。建安帝見人到齊了，便問：「赫雲將軍已經自請免去了禁軍一品大將軍一職，諸位愛卿心中可有合適接替的人選？」

御書房內一片沉默，建安帝深不見底的眼仁在諸人臉上一一掃過，十四心不在焉，老九唇角含笑，十二滿面謙和地看向兵部尚書李詞，彷彿在等兵部的人自己拿章程，十三則低頭看地，瞧不清面上的表情。而幾位朝中大臣想是心中各有人選，只是在相互打量，希望由旁人先說，不想當這第一人而已。

雖說舉賢不避親，可往往「舉賢」之時，也是擴充自己勢力的最好時機，各人都有自己的思量，到底誰才是真正為朝廷著想的？

建安帝垂下眼簾，心中又是期待，又怕受傷害。

最後，還是兵部尚書李詞率先發言：「臣以為左都校尉馮炅適合。」

王奔掃了一眼李詞，淡聲道：「就是那個輸給前科武狀元的馮炅？」

言下之意，沒有本事的人，怎麼能當禁軍首領？

李詞憋紅了臉，冷聲道：「倒要聽聽王大人的人選。」

王奔則道：「都騎校尉許立昌。」

李詞立即找到理由反駁回去：「去年操練之時，帶頭喝酒，考評不良。」

其後幾位大臣各提了幾個人選，最後不知誰提到了赫雲策：「定遠侯爺的兒子，虎門之後，年年考滿。」

李詞和王奔搜腸刮肚地想了一番，沒找到可以抨擊的弱點，只得默了。

建安帝眸光遽冷，面上卻是不動聲色，淡聲道：「再給眾卿兩日時間，推舉一個合適的人選出來。」然後端茶。

諸臣忙叩首退出。

李詞與王奔出了御書房，誰也看誰不順眼，相互哼了一聲，分道揚鑣。明子信瞇眼看了看，心中冷笑，好一齣雙簧，藉著爭吵之機，將兵部能上任的人選打擊了一個遍，最後卻推了赫雲策出來……他心中一動，赫雲策若是能被王丞相拉攏，那麼他也一定可以。

赫雲策此時還在軍馬場，交代完事務，便騎了馬準備回府。剛出馬場大門，便瞧見了遠處的李彬，忙打馬過去。

李彬壓低聲音道：「隨我來。」

兩人一前一後進了城，在不大繁華的西直大街的德馨小築門前下了馬，直奔二樓的雅間。

雅間裡，永郡王赫然在坐，赫雲策忙躬身行禮：「見過王爺。」

明子岳笑得溫和，眼神卻銳利，與平時的畏縮完全不同，「赫雲將軍請起。」

赫雲策臉色尷尬，「不敢稱將軍。」

永郡王笑得越發溫和，「不日之後，就是了。」

❖　❖　❖

郁心蘭將手中的帖子放下，點了幾樣瓷器，取了腰間的鑰匙給紫菱，吩咐道：「一會兒妳親自送禮品去仁王府，就說我身子不適，不能參加了。」

陽春三月，姹紫嫣紅，正是賞花的好時節。京中百年承爵的王侯之家不在少數，府中都有大型花園，配了花匠精心打理，因而隨著天氣愈來愈暖和，各府投帖請賞花宴的也愈來愈多了。一般郁心蘭都只送了回禮過去，人是不動的，長公主和赫雲連城也不讓她隨意出府。

郁玫嫁入仁王府已經有好幾天了，回門的時候，郁心蘭沒回郁府恭賀，只差人送了禮品給她，郁玫竟發了帖子，請郁心蘭明日到仁王府賞花。

郁心蘭實在是不想跟郁玫打交道，只得讓紫菱前去送禮。紫菱去後，不到一個時辰，郁玫竟跟著紫菱一同來了定遠侯府。

「妹妹哪裡不舒服？若是身子不爽利，可一定要盡快請太醫啊，平日裡少動一點，可別動了胎氣。我前幾日入宮請安，聽說淑妃娘娘就是動多了，才小產的。」郁玫一坐下，便滿面焦灼地關心道。

郁心蘭心道：妳要真的關心我，就少出現在我面前，不然我還得給妳行禮，一蹲一站的，這才會動了胎氣呢。

面上，郁心蘭柔柔地一笑，「多謝王妃關心。」

郁玫嬌嗔道：「自家姊妹，叫我姊姊就是了，怎麼這般見外？」

郁心蘭從善如流：「姊姊，既然來了，不如留了飯再走。」

郁玫笑道：「好呀，正好嚐嚐侯府廚子的廚藝。」

兩姊妹便彷彿親密地說起了家常，紫菱在一旁服侍著。

郁玫四處張望了一下，「怎麼沒見著妹夫？」

郁心蘭道：「這會子還在上衙。」

郁玫欲言又止：「今日還上嗎？」

郁心蘭也不接她的話，將盛了水果拼盤的瓷碟往她跟前推了推，「姊姊嚐嚐這個。」

郁玫只得用籤子插了一小塊嚐了，隨即睜大眼睛問：「味道極好，這紅果上裹的是什麼，有些牛奶子的味道，又有些別的。」

郁心蘭但笑不語，這是她沒事試驗出來的沙拉醬，帶點酸味，正合她現在的口味。

郁玫又嚐了幾塊，說了幾句閒話，見郁心蘭始終不往自己想談的話題上繞，只得挑明了道：「今日妹夫被免了官，妹妹還不知道嗎？」

郁心蘭一怔，隨即笑道：「連城還沒回來，我自然是不知的。」

再沒別的話了，郁玫不禁氣餒，「妳怎麼一點也不關心妳夫君的事兒？我並非是要賣妳人情，實是這件事可大可小，妳讓妹夫尋個時間到仁王府去一趟，跟王爺好好合計合計，看有什麼辦法官復原職沒有。」

郁心蘭依舊是雲淡風輕地笑，「這回的事，事關兩國之間的邦交，連城只是免了官，沒有受罰，我已經很感激皇上了。至於能不能官復原職，就看皇上的恩典和個人的造化，強求不得的。」

竟將她的好心再次推拒在外，郁玫的心中頓時怒火翻騰，只不過她城府極深，俏臉上仍是端出親切的笑容，「妹妹這般淡泊的性子，實是好事，只不過男人都想求個封王拜相，妹妹還是待妹夫回來後，問問妹夫的意思。」

郁心蘭虛應了。

用過了午飯，郁玫才依依不捨地告別，臨走還道：「若妹妹實在是身子不便，那麼過幾日，我約上手帕交，到侯府來尋妳說說話兒。」

郁心蘭只得應承：「那就勞動姊姊請幾個人一同來玩吧。」

有禮地送至二門，待馬車走遠了，郁心蘭才轉回身來，對紫菱道：「差個婆子到前院去看看大爺回來了沒，再者，若是在府中聽到了什麼傳聞，立時打聽清楚告訴我。」

紫菱忙去張羅，郁心蘭則扶著錦兒的手，慢慢地走回靜思園。她剛才雖然一派淡泊寧遠之狀，其實心中還是很擔憂的，這個時代可不講什麼證據，皇權凌駕於律法、習俗、道德之上，若是皇上要處罰某人，罪名是可以莫須有的。

好在她並不求什麼大富大貴，若赫雲連城只是被罷了官，遠離君側，倒還是件好事呢。怕就怕，這事還有什麼後續……

回到靜思園的上房，巧兒立即跟了進來，郁心蘭隨手打發錦兒守在門口，巧兒忙上前耳語：「婢子剛才去廚房傳菜時，正巧遇上了小茜，小茜要婢子告訴奶奶，她聽到二奶奶和二爺在商量什麼事兒，跟大爺有關的。聲音很小，她聽得不太分明，只聽到說，有人從百歲胡同穿過，進了謹王府的後園子這些。二奶奶還說，要晚點再上奏，等大爺的官職被免了之後這類的。」

免職？郁心蘭心中一跳，看向巧兒問：「小茜是不是一直沒圓房？」

巧兒點頭道：「是，她剛才還跟婢子哭訴呢。」

那就是了，也不知二奶奶到底用了什麼手段，居然拘著二爺到現在都沒進過小茜的房，就是正妻，新婚頭幾天大君不進房的話，這身分都會掉到泥地裡，何況還只是個妾。必是小茜見到二爺和二奶奶神神祕祕，所以刻意去偷聽的，到自己面前來賣好，想讓自己幫她一把。

那麼，這些話就應當是真的了。

這事要盡快同赫雲連城商量，只不過，赫雲連城去了哪裡？

郁心蘭在府中焦急地等待，而赫雲連城此時卻正打馬飛奔，出了南城門，直接往朝霞山而去。賀塵和黃奇緊緊跟在主子身後，黃奇的馬鞍前方還坐著一個瘦小的男孩。眉清目秀的小臉，赫然正是前幾日在大街上冤了建安帝的那個小偷。

男孩沒騎過馬，已經被顛得面如土色了，黃奇卻還不放過他，威脅道：「你若是敢說謊，延誤了時機，到時有你好看。」

男孩硬氣得很，梗著脖子道：「我沒說謊，朝霞山半山腰的確有個小洞可以進到那間宅子！」

這男孩姓仇，叫二子，是個無父無母的孤兒，跟著一個地頭蛇混。那天赫雲連城本是要將他送去官府，但賀塵也是孤兒出身，對仇二起了側隱之心，向赫雲連城求了情，給他一條生路。

赫雲連城派了幾名暗探在郁老爺指點的宅子門前蹲點，一連幾天都沒瞧見那宅子中有人出入。正巧今天是賀塵輪崗，又遇上了仇二，仇二感激賀塵，便湊上去跟賀塵說話。他也是個機靈的，見賀塵的目光總是若有若無地掃向那間宅子，立時明白賀塵在盯梢，當下就告訴賀塵，那間宅子有條暗道通向城外的朝霞山。

賀塵立即提著仇二去找主子，主僕三人這才會往城外趕。

直到夜深人靜之時，赫雲連城才疲憊不堪地回到府中。郁心蘭看著他這個樣子，所有的話都嚥回肚子，先服侍了他沐浴更衣，用了些宵夜，便先睡下了。

次日，郁心蘭睜開眼睛的時候，赫雲連城並不在身邊，她忙問：「大爺呢？」

紫菱回道：「大爺去功房練功了，說一會兒回來陪奶奶用早飯。」

果然不用去上朝。

郁心蘭嘆了口氣，穿衣梳洗。不多時，赫雲連城已經練功回來，先去淨房沐浴更衣，復轉回來，攜著小妻子的手到膳廳用飯。

郁心蘭問道：「你被罷官了嗎？」

赫雲連城邊為她布菜，邊解釋道：「不是罷官，是免官，是我自己請求皇上暫免了我的職務，待我捉到那名賊人後再復職。」

原來如此，郁心蘭放下心來，「那昨天你怎麼那麼晚才回來？」

赫雲連城眸光一亮，面帶笑容，顯然心情極好，「這一回，岳父大人可立下大功一件了。妳家的小廝暗中送炭的那戶人家，竟藏了名要犯。」

說到這兒，他賣了個關子，待郁心蘭心急地追問，才笑道：「妳怎麼也猜不到，竟是梁王。也恰好去歲銀絲霜緊俏，城中的銀絲炭都被各府包了，市面上沒有賣，梁王受不住寒，又受不得普通炭火的煙氣，才令黃柏給他偷些銀絲炭來，否則，還真不會有人想到，梁王竟早就悄悄潛入了京城。」

梁王？在秋山獵場刺殺皇上，後又起兵謀反，待梁州城攻破之際，又不見蹤影的梁王，竟被連城給捉住了！

郁心蘭睜大了眼睛，好半天才消化了這個消息，隨後又升起一股不安，訥訥地問：「黃柏……怎麼會認識梁王？」

赫雲連城微微蹙眉道：「這還要等到審訊過後才會知道。不過妳放心，這事兒是岳父大人揭發出來的，黃柏又是七年前才從人牙子手中買到的奴才，郁家不會受到牽連。梁王在郁府安插眼線，也是有可能的事。」

郁心蘭心中一緊，試探地問：「那你覺得梁王為什麼要在郁府安插眼線？」

赫雲連城眸光微閃，「這我就不知了。」

他和賢王明子期、莊郡王明子恆都覺得奇怪，岳父大人只是一名戶部的官員，就算梁王要銀子，可銀子都鎖在國庫裡，在郁府安插眼線有什麼用？

除非是岳父大人與王丞相曾經密謀過什麼，梁王特意安插人去打聽這事兒。

只不過，這些都只是猜測，赫雲連城不想說出來讓小妻子擔心。

可他不說，郁心蘭自己會思量，想來想去，最後決定直接去問郁老爹，免得猜來猜去地心煩。

她丟開這事，跟赫雲連城談起了小茜偷聽到的消息。

赫雲連城怔了怔，「確定聽清了？這些消息，二爺和二弟妹又是從何知曉的？」

郁心蘭直撇嘴，「我怎麼知道？但小茜不會在這時候騙我。」

多少是條線索，赫雲連城再也坐不住，匆匆用過早飯，便出了門，走時告訴郁心蘭：「梁王被擒一事還要壓一段時間，怕他仍有餘部。」

郁心蘭立即點頭，表示明白。

結果，直到華燈初上，郁心蘭也沒等到夫君回府，不由得心中焦躁，忙穿戴妥當，到宜靜居詢問長公主。

因著甘氏被禁足，侯爺如今回到內宅，都是在長公主這裡用飯。郁心蘭進了正廳，正聽到赫雲策在向侯爺稟報什麼事情：「……兒子也是機緣巧合，否則哪裡有這般幸運？」

侯爺欣慰道：「也要你有心機有膽識，才能時時注意這些細節。」

長公主也感激地道：「若是真能洗清靖兒的冤屈，那可就是太好了。」

見到郁心蘭進來，長公主立即笑道：「蘭兒，快過來坐。你二弟有心了，幫著捉到那名潛入官驛的賊人，是名江湖殺手，拿銀子辦事的。」

赫雲策邀功似的又將事情說了一遍，他昨日與朋友到酒樓吃酒，聽到隔壁房有人壓低了聲音在爭吵，似乎是為了酬金的事，他聽到了幾個關鍵字，似乎與大慶國使臣們住的官驛有關，便留上了心，派出自己的貼身侍衛，緊緊跟蹤屋裡的人，終於抓住賊人，弄清了來龍去脈。

原是使團中有一人到醉鄉樓吃花酒，與人爭花魁，惹上了麻煩，那人沒爭贏使臣，心中憤恨，便花錢請了江湖中的殺手，去官驛尋那名使臣的穢氣。不過人沒尋到，就被禁軍發現了，逃跑時誤傷了另一名使臣……

郁心蘭面帶感激之色，問道：「二弟親自去捉的嗎？」

赫雲策道：「正是。得了確切的地址，我就去了，還好一舉擒獲。」

郁心蘭讚嘆道：「二弟好運氣，又好功夫。那名賊人在數百名禁軍士兵的包圍下，與賀塵大戰了數十回合，還能安然逃走。連城還說他武功高強，不曾想，二弟的侍衛卻能跟蹤他一天而不被他發覺，今日還在家中被二弟捉拿歸案……難怪聽我三姊說，二弟被保舉為禁軍一品大將軍，這樣好的身手和膽識，你的確是比連城更適合這個職位。」

這話聽著是讚美，卻一針見血地指出了赫雲策一番說詞中的漏洞：一是那人武功高強，要跟蹤他可不容易；二是哪裡有這麼巧，昨天聽到隻字片語，派人跟蹤，就正好是那人，那人還老實地坐在家中等探子給赫雲策報了訊，再被順利地捉拿歸案。再者，連城和六扇門的人查了這麼久都沒消息，待赫雲連城一下崗，接替的人選未定之際，赫雲策就破了案……

赫雲策心中一慌，臉上卻不能流露，勉強笑道：「的確是運氣好，那人昨日才喝了花酒。」

侯爺的目光一下子就深沉了起來，他之前沒覺得可疑，因為赫雲策是他的兒子，兒子立了功，做父親的高興都高興不過來，哪裡會去想這中間是不是有詐。可聽了郁心蘭的一番話後，卻覺得這中間的確是有些不為人知的彎彎繞繞。只不過，功勞已經上報至兵部，他自然不會當著兒媳婦的面去揭穿什麼，看了眼几案上的漏刻，定遠侯蹙眉問：「晚飯還沒擺好嗎？」

用過飯，侯爺要歇在宜靜居，郁心蘭不好再拿赫雲連城的事問長公主，只得施禮退下。

赫雲連城又是將近半夜才回府。郁心蘭一直等著，迫不及待地將二爺捉拿到賊人的事說給他聽。赫雲連城淡淡一笑，「我已經知道了。」又安慰她道：「不必多想，我閒下來，正好在家中多陪陪妳。」

郁心蘭「哦」了一聲，心中卻是堵得慌，很明顯啊，這就是有人為了拉赫雲連城下馬而定的計謀，可為什麼上位的人會是赫雲策？赫雲策投靠了誰？

以前在公司裡，這樣貶低別人抬高自己，踩著別人肩膀上位的人也不在少數，可是踩了人家，還想要人家感激他，就未免太噁心了一點。

郁心蘭窩在連城的懷裡，閉著眼睛想，得讓小茜幫二爺在後院燒點火了。

次日一早，二爺智破懸案、勇擒盜賊的光榮事蹟就傳遍了整個定遠侯府，連帶二爺會取代大爺，成為禁軍一品大將軍一事，也在暗地裡悄悄地流傳開來。

二奶奶人逢喜事精神爽，走路都帶著一陣風，一早去佛堂和松鶴園向甘氏和甘老夫人請過安，就徑直晃到了靜思園。

雖說赫雲連城已經無官一身輕了，可也沒閒著，早起練了劍，陪著小妻子用過早飯，便又去前書房研習兵法。二奶奶趕到靜思園的時候，赫雲連城已經去了前院，這讓成心來看大哥憂傷的俊顏的二奶奶，內心無比失落，於是便想在郁心蘭的身上找補回來。

「大嫂，真對不住，其實我們二爺也不想搶大哥的差事，可兵部和刑部的大人都向皇上舉薦了二爺，若是皇上允了，二爺也不能推辭不受。妳也莫著急，大哥也不會像三弟妹娘舅那樣一閒就是大半年的，父親總會替他想辦法的，妳可千萬要緊著自己的身子。」二奶奶滿面關切地勸慰道。一雙水汪汪的眼睛，仔細地觀察大嫂的每一個面部表情，心中吶喊著，快哭吧快哭吧，我一定會記下來，時不時拿出來取悅一下自己。

郁心蘭姿勢優雅地捏起一塊桃花糕，放入口中細細嚼了，又取絲帕擦了擦嘴角，方渾不在意地笑道：「我自然是緊著自己的身子，這肚子裡多半是咱們府上的長孫呢！再者說了，夫君的官職只是暫免，又不是罷官，有什麼可擔心的？」

這話即是說，我老公只是暫時離開了那個崗位，皇上不見得會讓人頂崗，我有什麼可擔心的？妳有什麼可得意的？

二奶奶暗恨地絞了絞手中的絲帕，卻又不能當面直陳大哥的職位肯定是不保的。她正絞盡腦汁想著怎麼再挫挫大嫂的銳氣，門外又聽錦兒笑道：「大奶奶，三奶奶來看您了。」

錦兒隨即打起門簾，三奶奶笑盈盈地走了進來，向炕上的兩人福了福，「大嫂安好，二嫂也在啊，在說什麼呢？」

郁心蘭往炕裡挪了挪，將炕邊讓出來給三奶奶坐，嘴裡應道：「剛剛二弟妹在安慰我，說妳們大哥絕不會像三弟妹的娘舅那樣，官職一閒就是大半年。」

三奶奶的笑容立時僵硬了，接過巧兒奉上的茶盅，低頭啜了一口，不肯抬頭看二奶奶一眼。

二奶奶差點尖叫，我哪裡是這樣說的？我說的是……好像意思也差不多。

二奶奶頓時洩了氣，趕緊想法了補救：「若是日後我家二爺在兵部能說得上話的話，一定想法子為妳娘舅說說情。」

郁心蘭補充道：「還得在吏部也活動活動才行。」

兵部只能管兵部的事，相關人員的升遷可以上報天聽，請摺擢升或是罷免，但最後做決定的通常是吏部，皇上也多半會聽吏部的意見。

這是在委婉地告訴三奶奶，二奶奶是在做虛假承諾。

三奶奶哪有什麼不懂的，再者說，娘舅不論怎樣飛黃騰達，到底與她隔了一層，起復不起復的，她才不會在意，她在意的是相公日後能否平步青雲。

二奶奶幾次三番想給郁心蘭難堪，都給郁心蘭避了過去，卻輕輕幾句話就將她與三奶奶對立了起來，讓二奶奶心頭無比失落，比剛來的時候還要失落。三奶奶原也是想看二嫂怎麼擠兌大嫂的，哪知戰火會燒到自己身上，瞬間失了談興。

兩人喝了幾口茶，便尋了由頭告辭了。

出了靜思園，二奶奶便熱忱地邀請三奶奶到小花園裡走走。

今日陽光正好，小花園裡春光明媚，二奶奶親熱地攜了三奶奶的手，一路不停地說笑。

其實對三奶奶，二奶奶心裡是頗有怨言的。這個三弟妹平日裡不聲不響，可婆婆卻對其言聽計從，每回有什麼事，婆婆都是問三弟妹的意見，而讓她當跑腿的。辦好了，是三奶奶的主意高明；辦不好，是她沒本事。就連二爺都時常罵她沒腦子，被三奶奶給比了下去，沒個當家主母的風範。

想到因為大嫂的一句話，三奶奶就甩臉子給自己看，二奶奶心氣就不順。二爺可是馬上要升為正三品的禁軍一品大將軍的人了，這樣步步高升，爵位極有可能承繼在二爺身上啊，那時，自己的身價也是水漲船高了，三爺和三奶奶都是要靠著二爺和自己過活的，這個破落戶的女兒居然敢給自己甩臉子！

昨晚二爺說的那件事兒……今天，怎麼也得扳回一城。

到涼亭處坐下後，二奶奶便打發走了丫頭們，悄聲向三奶奶道：「過幾日是太后娘娘生辰，應當可以將母親接出來了，妳可要記得在母親面前提提這回的事情。」

三奶奶輕笑道：「這可是二哥露臉的事兒，當然得由二嫂去提呀。而且要說起來，二哥這回幫的也是大哥……」

二奶奶謙虛地笑道：「一點子小事，說什麼幫不幫的？要說幫，二爺和三爺可是嫡親的兄弟，我家二爺最想幫的還是三爺呢。」

三奶奶挑了挑眉，露出一臉好奇之色，「我家三爺有什麼事兒嗎？」

二奶奶立即傾身湊過來，壓低聲音道：「妳不知道嗎？昨日夜裡，大內侍衛副統領沈照的父親過世了。」

三奶奶心頭一跳，父親過世就得丁憂三年，那樣就必須從大內侍衛中提拔一人上去當副統領。即便不能升到副統領，三爺也可以從二等侍衛升為一等侍衛，這樣一來就能常伴君側，摸清了皇上的喜好，對日後的前途大有好處。

只不過，昨晚三爺輪值，回來也沒聽他說起過這事兒，二奶奶是怎麼知道的？

二奶奶彷彿知道三奶奶心中所想似的，仍舊壓低了聲音，神祕兮兮地道：「這事兒可沒幾人知道，沈照的父親沒住在京城，沈照還想再拖上幾日，畢竟太后就要生辰了，宮裡會有恩典……」

三奶奶這便明白了，沈照的女兒在太后身邊當女官，今年也有二十了，可以指婚出宮了，若是在這節骨眼上傳出祖父亡故的消息，又得再拖三年。三年後，可就是二十三歲了，就算有太后的恩典，也不可能嫁得多好了，再者，那時太后在不在，還另說了。

二奶奶揚著眉看向三奶奶。大內侍衛由皇上直接管理，但是兵部也能從旁建議幾句，若是想讓三爺順利升職，三奶奶就應當向她求助。

三奶奶點了點頭，感激地拉著二奶奶的手道：「多謝二嫂告訴我這一消息，我回頭就跟我家三爺說去。」

二奶奶抽了抽嘴角，「妳打算讓三爺自己去尋門路？其實，我可以讓我父兄……」

三奶奶截斷她的話，表情誠懇地道：「二爺馬上要升職了，有多少事要忙？二嫂也得與各府的夫人們周旋，我們怎麼好用這點子小事來煩二嫂？」

二奶奶聽了心中懋悶得慌，她原是想用上下打點的藉口，找三奶奶多要些銀錢的，沒曾想這個三奶奶居然想撇開她，自己去尋門路。哼，也得妳尋得到才行！

二奶奶意興闌珊地起身，隨口道：「既然弟妹不願，那我也不勉強，你們自己看著辦吧。」

伍之章 天候劇變搶先機

二奶奶回到靜念園，便尋了方姨娘和茜姨娘、蘇繡、湘繡兩位妾室過來，要給她們立立規矩。沒訓斥得幾句，嫵月在門口打了個手勢，二奶奶立即道：「今日先說到這裡，二爺馬上要升官了，日後來往的夫人們可至少是三品以上的誥命，妳們都給我安分一點、規矩一點。」說罷，打發幾人從後門回去。

侯府中幾個大些的院子都是三進的，格局都差不多。正門處由侍衛守著，門邊有一間較大的花廳，一間休息室，用來招待二爺的客人。進大門後，沒有照壁，直接是一條青石甬道，直通正廳，正廳西側是偏廳、膳廳，東側是暖閣、正房等。過了正房，就是抄手遊廊，後面的廂房是給妾室們居住的。再後面，就是倒座房和抱廈，是用來存物件的倉庫和奴婢的居所。

二奶奶經常讓妾室們從後門回去，目的是不讓她們撞見二爺。這些妾室可沒一個省油的燈，嘴裡應承了，從後門走出去後，便轉個彎兒，從穿堂直接繞到了前院，站在青石甬道上等候二爺。

平日裡，二爺總會跟她們親熱幾句，今日原本應當意氣風發的二爺卻板著臉，呵斥道：「誰許妳們攔在這裡的？沒規沒矩的，還不滾回後院去！」

幾名妾室觸了霉頭，都依言滾了，只有方姨娘蹙眉站在原地，臉上帶著幾許委屈。她娘家如今硬氣了，她在二爺面前也就硬氣了。赫雲策也知道剛才的話重了點，安撫地拍了拍方姨娘的手，「妳先回去，一會兒我去看看姐兒。」

方姨娘這才柔順地一笑，作勢給二爺整了整領扣，柔聲道：「二爺若是有事，慢慢與姊姊商量便是，妾身反正是要等二爺的。」

這話說得，是個男人聽了心裡都舒坦，赫雲策板著的俊臉終於鬆了鬆，露出一抹笑來。

二奶奶坐在暖閣的炕上，趴在窗邊看得清清楚楚，咬著後槽牙咒罵：「狐狸精！」

目送走方姨娘，赫雲策轉身進了暖閣，二奶奶迎上去，笑咪咪地問：「今日上朝有何消息？」

赫雲策眉頭一蹙，「皇上倒是讚了我幾句……可幾位大臣提名讓我頂上大哥的缺，皇上卻不置可否，只道稍後再議。」

二奶奶臉色也是一變，不滿地道：「到底是護著自己的外甥，大哥立點子小功，立即就是升官發財的，您立了這麼大的功勞，卻只幾句讚揚，有什麼用！」

赫雲策瞪了她一眼，「不許亂說！聖上的意思，豈是妳能非議的！」

二奶奶被他的厲色唬了一跳，忙輕聲道：「我曉得厲害，這不就是在房裡給您抱屈幾句嘛！」

赫雲策這才緩和了幾分，又道：「上頭說這事兒不急，他自有主張。過幾日是太后生辰，妳們外命婦都要入宮賀壽，到時妳這般這般……。」隨即又挑眉笑道：「雖然抓到了盜賊，但大哥的失職之責仍不能免。朝中許多大臣都在彈劾他，連周御史都上書了，他想官復原職還是難。」

二奶奶十分興奮，「皇上也不能罔顧大臣的意願吧！」

夫妻倆商量完，赫雲策便出了暖閣，依言去看方姨娘和長女。二奶奶轉到正廳吩咐下人們做事，一道嬌小的身影從暖閣的後角門轉出來，此人正是小茜。她溜著邊兒回到自己的房間，提了只小籃子，從院子後門閃了出去。

先在園子裡摘了一籃火紅的鳳仙花，小茜這才溜溜達達地往廚房的必經之路而去。

不多時，便瞧見前去廚房提菜的巧兒和千葉，小茜忙湊上前去笑道：「兩位姊姊這是去提飯呢？我剛才採了些鳳仙花，分妳們一些，拿回去做蔻丹吧。」

巧兒見她如此，便知她是有話要說，於是對千葉道：「妳先去廚房看著，我挑幾朵花，一會兒分妳些。」

千葉應了一聲，徑直去了，小茜忙拉著巧兒躲到樹叢裡，將剛才所聽到的話複述一遍，又表白道：「請大奶奶只管放心，大奶奶是我的恩人，若是有什麼事兒，我必定會告訴大奶奶的。」

巧兒笑著道了謝，去廚房取了飯，回來後，便悄悄將小茜的話轉述給大奶奶。

郁心蘭滿腹疑問，二爺要二奶奶想法子，在郁玫面前提西郊那個果莊幹什麼？二奶奶的娘家嫂子李大奶奶一直想買下果莊，她堅持非一萬兩銀子不賣，李大奶奶拿不出這麼多銀子來，所以一直沒再露面，可聽佟孝的意思，李府仍是經常派人到莊子附近打聽，想是仍不死心。

昨晚聽連城提起的，二爺只怕是搭上了永郡王，牽線之人極有可能是李府的大爺李彬。這麼說，李府也是站在永郡王這邊的。那麼，二爺這般作為，應當也是永郡王的意思。是試探仁王嗎？總不會是拉個人來競價，讓自己再將交易價格提高才對。

郁心蘭正思索著，連城帶著吳為進來了。吳為現在就住在侯府的客房中，連城請他每天來為郁心蘭診一次脈。不過，吳為此人極講規矩，來時必定有連城在，前兩日赫雲連城忙得腳不沾地，他便沒有來。

郁心蘭的身體不錯，胎兒懷得很穩，吳為只是照常關照了幾句飲食，便沒其他的話了。郁心蘭忽地想到上回吳為所託之事，便問道：「上回吳大哥說要借我的莊子種些藥材，不知種下了沒？」

吳為笑道：「妳不是指了個管事的給我嗎？那人辦事挺麻利的，我已經讓他種下了，能不能種出來卻難說。」

這種藥材的種子是吳為的師傅從異邦弄來的，試種過幾次都沒活成，吳為上回請託了一句，郁心蘭正好有空地，便答應幫他種種看。她目前將自己果莊的人，調了大半管事去東郊，幫她打理皇上賜的五十頃良田。種作物與種果樹不同，一片果林一、兩個人照看就成了，而作物卻是一畝地就得要一個人。

現在果莊的管事少了，不過果農還在，郁心蘭想著反正是要賣出去的，也就沒多上心。

用過了飯，郁心蘭便將小茜的話轉述給赫雲連城。赫雲連城想了想道：「讓她說去，看看她們到底是什麼意思。」又笑道：「本大爺賦閒在家，不如陪夫人去鋪子裡看一看吧。」

郁心蘭眼睛一亮，「你願意陪我出府？」

赫雲連城寵溺地一笑，「再不讓妳去看一下鋪子，只怕妳要生病了。」上回在半路上遇到了皇上，便沒有去成。

郁心蘭忙去換了衣裳，兩人同乘一輛馬車，徑直去了店鋪之中。

到了香雪坊，正巧佟孝正要遞帖子進府，郁心蘭便問有何事。

佟孝猶豫了一下道：「前陣子，奶奶是不是讓章全拿了些藥材去果莊種？」

「是啊。」

佟孝猶豫了一下道：「今日一早，奴才回果莊例行巡查，發現那些藥材似乎是象穀。」

聞言，赫雲連城猛地抬頭，「象穀？」

郁心蘭忙問：「象穀是什麼？」

赫雲連城解釋了一番後，她才明白原來是罌粟子。這世間數十年前流行過福壽膏，後來發覺有極大的危害，先皇便下了嚴令，禁止種植象穀，只從異邦進口少量的象穀，做為藥材使用。

難怪二爺要二奶奶去提果莊了，若是果莊裡種了象穀，這個罪名可不小，就算連城是皇上的親外甥，流放也是不可避免的。

夫妻二人再無心盤算帳目，回到府中後，立即找來了吳為，問他種的是不是象穀。

吳為蹙眉道：「明知不能種，我怎麼會害你們？我要種的是蟲草。」

赫雲連城對這個朋友極為信任，立即喚來了賀塵，讓他速速去查清此事。郁心蘭則道：「還是先麻煩吳大哥去果莊看一看，若的確是象穀，就立即讓人剷除了，別被有心人利用了。」

賀塵剛走不久，回事處的小廝便急急地跑來傳話：「內廷總管秦公公來傳聖上口諭，請大爺速去正堂。」

郁心蘭的眼皮連跳數下，頓時覺得不妙，邊服侍赫雲連城更衣，邊道：「皇上怎麼忽然有口諭？會不會是果莊的事？若是的話，你打算怎麼回話？一會兒賀塵查清楚了，我讓他到宮門外候著？」

赫雲連城握了握她的手，「不一定是。不必慌，只要不是我們做的，總有法子證明。」

看著他平靜的雙眼，郁心蘭浮躁的心暫時沉靜了下來，是啊，愈慌愈想不出解決的辦法，若真是為了種植象穀的事，目前最重要的是查清楚被什麼人換了種子。

四顧無人，赫雲連城又附在郁心蘭的耳邊，悄聲道：「那日免官之時，皇上派了我一個差事，這幾日查了些眉目出來，卻又有些棘手，我昨晚連夜回了皇上，恐怕是那件事。」

郁心蘭不由得好奇，「什麼差事？」

「官員貪墨的案子。」赫雲連城卻不說是什麼官員，「我一會兒打發黃奇去尋子恆和子期，做個防備，若是有什麼事，妳就去尋他二人。」

若是在免官的同時，還派了件這麼重要的差事給赫雲連城，說明皇上還是信任赫雲連城的。

郁心蘭定了定神，陪著赫雲連城到正堂聽旨，秦公公只說是聖上詔見。目送連城的駿馬走遠，郁心蘭再坐不住，去到宜靜居，請求長公主調派幾名女侍衛陪她去果莊。

不論皇上找赫雲連城何事，總要先將果莊的事給解決了。郁心蘭瞇了瞇眼，將岳如叫到身邊，低聲吩咐：「有李侍衛陪著我，妳不必隨我去了。妳留在府裡，給我注意一下院子裡有哪些人神色不對。」

她想來想去，這事兒哪裡會這麼湊巧？

原本因想著果莊是要拋售的，所以有一畝田荒在那兒，那些人沒法子下手種象穀，因為現在果莊的管事章全是個細緻的人，懂農事、辦事認真踏實，為人也忠厚老實，若是發現田裡忽然種了作物，必定會去查看，還會報與她知曉。可偏偏湊巧，吳為想借她的閒田種點藥材，而且是章全沒見過的作物，這才讓人得了便宜。

必定是她囑咐人叫章全去見吳為時，讓人留了心，告了密，而能得到這種消息的，只有她院子裡的人。

不論是誰，抓到了，必不輕饒！

出了城門，還沒到果莊，馬車便停了下來，郁心蘭挑起了一點車簾，李采趕緊解釋道：「前方已經被官兵封路了，姊姊去詢問了。」

過了片刻，李杼上前來回話道：「大奶奶，他們是御林軍，說是奉了上司的命令，封鎖了您的果莊，沒有皇上的手諭，任何人都不能過去。」

御林軍？郁心蘭的心一沉，「說了是什麼緣故沒？」

「沒說，只說奉主子之令。」

郁心蘭想了想，便讓車夫轉道回府了。

紫菱服侍著郁心蘭換了身家常服，沏上一壺濃茶，跟她說起在府中聽到的流言。赫雲連城這般被忽然傳入宮中，自然會有流言的，何況還有二爺和二奶奶等人，巴不得連城多出點事情，好與爵位愈來愈遠。

郁心蘭聽完後，淡然地道：「由他們說去。」

岳如一直安靜地守在郁心蘭身邊，見主子望了過來，便輕輕搖了搖頭，時間這麼短，她沒能發現什麼不妥當的人。

千夏在錦兒的指點下，捧著一套茶具走進來，向郁心蘭屈了屈膝，「大奶奶，錦兒姊姊教了婢子茶藝，婢子想請大奶奶嚐一嚐。」

郁心蘭露出一絲笑容，「好。」

千夏忙將茶具放在小几上，清泉初沸、溫熱壺盞、王子入宮、懸茶高沖……整套動作一氣呵成。隨即，千夏放下茶壺，雙手捧起一杯香茗，恭恭敬敬地奉給大奶奶。

岳如先接過一杯，嚐了嚐，點頭示意，郁心蘭才接過來品了一口，笑讚道：「手藝不錯。」又問：「這是妳第一次沖茶？」

千夏不好意思地點了點頭，「回奶奶，婢子是第一次沖茶，不過之前婢子就羨慕錦兒姊姊的茶藝，偷偷學過。」

郁心蘭又喝了一杯，再讚：「很難得了。妳們先出去，我跟千夏說說話兒。」

紫菱立即領著丫頭們退了出去，郁心蘭往後一靠，千夏體貼入微地調整一下錦墊的位置，讓她靠得更舒服，又轉身取來美人錘，輕輕幫她敲著腿。

郁心蘭瞇眼享受了一會兒，才問道：「這幾天跟著錦兒學了些什麼？」

千夏一一答了。郁心蘭聽完後，沉聲道：「一等丫頭在外面辦差時，就是主子的臉面，除了要會做事，還得有忠心、有心機、有眼色、有氣魄，有時我不方便說的話，就得從妳們的口中說出來。」

千夏忙答道：「婢子省得，錦兒姊姊仔細叮囑過婢子了。」

還真會說話，既表明了自己聰明機靈，又捧了錦兒辦事嚴謹可靠。

郁心蘭滿意地看了千夏一眼，隨口問起她的身世。千夏低聲道：「婢子自小家貧，去年娘親又生了一個弟弟，家裡實在是揭不開鍋了，才將婢子賣了。婢子跟人牙子學了一個月規矩，正巧郁府要買人，要挑機靈點的，人牙子便將婢子賣到了郁府，簽的是死契。」

不是死契，也不可能陪嫁。

郁心蘭見她神色悽楚，便安慰了幾句，千夏展顏道：「雖說現在沒了自由身，可至少衣食豐足，還能貼補家裡，婢子很滿足了。」

郁心蘭笑了笑，再度瞇上眼睛，千夏便靜靜地為她捶腿。

舒服得有些想睡了，郁心蘭的呼吸漸漸輕淺。這時，紫菱在門外回話道：「殿下差了人來傳話，請奶奶去宜靜居用飯。」

郁心蘭答應了一聲，起身整理妝容。千夏機靈地跟進內室，邊為郁心蘭梳髮邊道：「奶奶的臉色看起來有些蒼白，要不要婢子幫您上些妝粉，也免得殿下擔心您。」

「妳會化妝？」

「婢子平素便喜歡弄這些個。」千夏有些害羞。

郁心蘭看了看她的妝容，清雅、精緻，於是點點頭。

千夏打開梳妝台上的各色粉盒，只隨意看了一眼，便十分熟練地取了些薔薇硝，用掌心的溫度揉開，細細抹在郁心蘭的臉上，先潤了膚，這樣才能將粉抹均，隨後抹上香粉，再抹上一層珍珠粉，然後才上了胭脂，畫了眉，點了唇。

郁心蘭拿過靶鏡一照，果然明麗許多，於是淡笑著讚道：「手藝不錯。」

千夏得了稱讚，臉上是抑制不住的喜氣。

郁心蘭乘小轎來到宜靜居，柯嬤嬤親自上前來掀門簾，趁機悄聲道：「皇后娘娘身邊的女官剛剛跟殿下聊了一會兒，現在，殿下的心情很不好。」

進到內裡，果然見到長公主一臉淒色，秀美的眉頭緊緊攥在一起。郁心蘭要蹲身福禮，長公主忽地醒過神來，忙起身拉住她，「我的兒，說過妳身子要緊，這些個虛禮都免了，快過來坐。」

郁心蘭坐到長公主身邊，柔聲問：「母親為何事煩惱？」

長公主本不想說，可一想到兒子已經入了宮，只怕到了晚間兒媳婦就會知道，還不如早些告訴她，免得她亂想。於是揮手屏退左右，輕嘆一聲，拉著郁心蘭的手道：「有人給皇兄上了密摺，說了些靖兒的壞話……」

郁心蘭低頭道：「媳婦知道，媳婦的陪嫁莊子種了象穀，御林軍已經封鎖住莊子了。」又將事情說了一遍，「都是媳婦手下的人不謹慎，可莊子是媳婦的，皇上為何只宣夫君入宮問話？」

長公主明顯地發怔，「怎麼又出了這麼一樁子事？」

郁心蘭心一沉，「難道不是這件事？」

長公主道：「又有人將七年前的秋山之事拿出來做文章。」

若是這事，反倒還好了。想到皇上將那麼重大的案子，祕密交給赫雲連城去查，就必定是信任他的，應當會聽聽赫雲連城的解釋。郁心蘭擔心的倒是象穀的事，畢竟是下了嚴令，禁止種植的。

「妳的事不就是靖兒的事？也是我的事。我想法子遞個話給皇嫂，請皇嫂在皇兄面前幫忙寬解一下。」長公主嘆了口氣，又追問：「賀塵可有來回話？」

「還沒，去了沒多久，現在御林軍又守著，他要進莊子也不容易。」

長公主點了點頭，「有消息立時告訴我。」頓了頓又道：「以後莊子上還是不要種亂七八糟的東西了，五穀雜糧便好。」

郁心蘭恭順地應了，長公主又安慰道：「也不必太過擔憂，皇嫂應了我，會從中周旋。妳的莊子上，只要能拿到旁人偷換種子的證據，總不會有什麼問題。」

就怕是被高手在夜間偷偷換的，根本就拿不出證據來。

婆媳倆談完了事，一起用過午飯，郁心蘭便回了靜思園。

如今只有等，等喜來傳宮中的消息回府，等賀塵將莊子上的事查清楚。歇了午覺，郁心蘭再醒來時，精神好了許多，她不喜歡將事情往死角裡想，遇事多半會先寬慰自己，這是多年來養成的習慣，能讓自己不慌張，冷靜地處理突發情況。

紫菱聽到屋裡的動靜，將簾子挑開一條縫，發現大奶奶半坐了起來，忙帶著錦兒等人進來，服侍她漱口淨面，又沏了一壺滾茶，這才回道：「剛才仁王府送了帖子過來，上回您答應讓仁王妃帶幾個手帕交過府耍一耍的，您還記得嗎？仁王妃的帖子上說，就定在明日。您的意思呢？回事處還等著回話。」

郁心蘭的眸光閃了一閃，「帖子什麼時候送來的？」

「您歇午沒多久就送來了。」

那就是仁王府確知赫雲連城入宮之後了。郁心蘭輕笑一聲：「告訴回事處，我應了。」

紫菱立即交代旁人去傳話，回頭又陪著郁心蘭做針線活。

其後二奶奶、三奶奶都親自來探望郁心蘭，話語裡都在探口風，郁心蘭打著太極應付了過去。

到了掌燈時分，赫雲連城還沒有回來，賀塵和吳為也沒回來，郁心蘭的眉間終是擰了起來，靠在炕裡頭，向窗外張望。

紫菱輕手輕腳地退到門口，吩咐岳如去取份糕點來，勸著郁心蘭先吃一點，墊墊肚子，「若是大爺回得晚，您可得先吃飯。」

正說著，柯嬤嬤由千葉領著進了正廳。

錦兒忙迎上去福了一禮，「嬤嬤安好，可是殿下要找大奶奶？」

柯嬤嬤點頭道：「賢王殿下過府來探望殿下，殿下說讓大奶奶一起過去見見。」

明子期隔三差五的就能見到，哪裡欠了這一次？必定是赫雲連城託他帶了什麼話兒，他不方便到靜思園來說。郁心蘭忙更衣梳妝，乘著小轎到宜靜居。

明子期不知說了些什麼話，哄得長公主開懷大笑，直拿手帕抹眼睛，「你這個皮猴，你父皇沒打你板子？」

明子期嘻嘻一笑，「父皇不知道呀，皇姑母可別去告狀啊！」

柯嬤嬤唱名道：「大奶奶來了。」

郁心蘭提裙進去，盈盈行禮。

長公主果然道：「子期有事同妳說，你們去次間說話吧。」

次間就在暖閣後面，紀嬤嬤親自奉了茶，又退了出去。郁心蘭和明子期隔著一方几桌坐下。

明子期這才道：「表兄怕嫂子妳多想，讓我來跟妳說一聲，父皇讓表兄暫在宮中住幾日。」

暫住？只怕是變相看押吧？郁心蘭蹙起好看的眉頭，「怎麼又會說到七年前的事？」

明子期頓了頓道：「姑父的黑雲騎都調給父皇用了，妳知道嗎？」

郁心蘭點頭，他又繼續道：「這是因為父皇將他的劍龍衛都留在了秋山，仔細搜山。」

郁心蘭微驚，原來抓到了刺客，刺客供出主謀之後，皇上仍是沒有全信，還在秋山搜尋證據。

明子期接著道：「前幾日搜尋到了半山崖那兒，許是經年風吹雨淋，半崖壁上露出了一個小洞，原是被滾下的山石堵住了。這次被發現了，劍龍衛發現那個小洞可以通往後山。」

郁心蘭斜視著几上的茶杯，不滿地輕哼：「有條隧道，與連城有何干係？」

明子期輕聲道：「雖是被山石堵了幾年了，但若是當年先進了那條隧道，就可以從後山安全出來了。」

郁心蘭一怔，難道，皇上是懷疑赫雲連城和莊郡王是用這種方式活下來的？若是提前就鑽進了這條隧道，只怕連山崩也是事先知道的了……

她的手心突然冒出了細汗，有的事情真的不必要證據，只要皇上起了疑心，你就百口莫辯了。

明子期打量了郁心蘭一眼，無聲地嘆息，斟詞酌句地道：「恐怕還不止這一點，父皇接了一道密摺，具體寫的什麼，我也不知道，只知道父皇看後龍顏大怒，立即就讓秦公公來傳表兄。不過，沒有宣九哥入宮。」

郁心蘭怔怔地不知如何是好，這事兒來得太快又太突然，她細細地濾了一遍，這才慢慢地問道：「你知道我的莊子裡種植了象穀嗎？」

明子期蹙了蹙眉，「不可能是這種事，象穀種了，燒了就是，大不了罷了官職，罰點銀錢。況且，他們在妳的果莊種象穀，為的應當只是壓價收購。」

郁心蘭也覺得是，於是問他：「你能估摸是什麼事嗎？」

明子期神色複雜地看了她一眼，「不能。不過，妳其實有辦法知道一點。」

郁心蘭忙問什麼辦法。明子期遲疑半晌，才道：「其實這方法，出了盜賊一事後，我就同表兄說過，我們一直懷疑是朝中人故意為之，為的就是換禁軍將軍。可是，表兄總擔心妳身子……」

郁心蘭截斷他的解釋，不耐煩地道：「什麼方法你快說。」

「其實，最近春光正好，妳為何不出席各府的賞會宴呢？與各府的夫人們閒談一下，總能探聽些消息。男人們在外謀事，想瞞過枕邊人並不見得容易，這些夫人們便是不說什麼，看各人的臉色也能透出些端倪來。」明子期補充道：「很多女人都守不住祕密。」

郁心蘭瞬間就想到了二奶奶，二爺稍有些成績，她就滿臉喜氣，生恐旁人不知道二爺被皇上讚了，若是二爺受了點挫折，她就立時換上一張晚娘臉。

郁心蘭笑了笑道：「正好明日仁王妃要帶幾個朋友過來玩，我一會兒馬上讓人送帖子出去，辦個大些的宴會好了。」

雖說晚上送帖子請客是挺怪的，不過接到帖子的人心裡肯定有數，來與不來都能看出朝中的某些風向，這京城裡，哪家府第不派人到宮門前打探消息？

明子期話已帶到，正好飯菜也擺好了，長公主招呼二人一同用過飯，這才散了。

郁心蘭回到靜思園，從匣子裡取了一百兩銀子，讓廚房給置辦三桌上好的席面。

入了夜，郁心蘭在床上翻過來覆過去。這張床少了一個人，就覺得空落落的，心裡也是空落落的。赫雲連城在宮中不知如何了，她只能在府裡從旁助他一把，總要先知道是什麼事，才好對症下藥。

皇上不讓赫雲連城回府，應是怕走漏了消息，但總會有人知道些端倪，比如，上密摺的人。明子期說的沒錯，從各人的神態上總能看出些端倪來。他們之後又商量了一下，將可能與事情有關的府第挑了出來，只宴請這些夫人。

也不知輾轉反側了多久，郁心蘭終於朦朦地睡去，直到日上三竿，才悠悠地醒來。

紫菱帶著人守在床邊，聽到動靜，忙挽起床簾，服侍她梳洗。

郁心蘭看了眼窗外的天色，「現在什麼時辰了？」

紫菱回道：「辰時初刻，怕是各府的夫人們快來了。」

郁心蘭點了點頭，「賀塵還沒來回話？」

紫菱道：「回來了，吳大夫說等您起來再過來，婢子已經吩咐人去請了，賀侍衛去宮門處了。」

郁心蘭點了點頭，到了暖閣，吳為便趕了過來，說道：「昨日去的時候，妳的莊子已經被御林軍給圍住了，派了人將那塊地圍了起來。問了章全，他說那天他跟我拿了種子，從府中出來後，遇到個同鄉，請他去喝了幾杯。我給他的包袱，他一直壓在手邊，期間就去過一趟茅廁，再沒離過身。」

郁心蘭道：「那個同鄉呢？」

吳為道：「我跟賀塵按章全說的地址去找了，沒人。章全說了那人的相貌，賀塵畫了像，總有辦法查問出來的。」

人家既然是有備而來，只怕沒那麼容易找到，別的不說，若是哪個府中的奴才，就算問出有人看到那人進了哪個府中，總不能沒憑沒據地去搜查。郁心蘭尋思了一會兒，沉聲道：「我想請吳大哥幫個忙，你看了那罌粟的苗兒，不知能不能找到相似的作物，也就種了一畝左右，才剛發芽，只要換成別的作物，就不怕了。」

吳為一怔，隨即又喜，也對，不少植物剛發芽的時候，樣子都差不多，若能神不知鬼不覺地換掉……

「我馬上去西街菜市去尋一尋，那裡有秧苗賣。」

郁心蘭道：「實在不行，從我東郊的田裡拔些麥苗也成，只是果莊有那麼多的御林軍……」

吳為自信地笑道：「不難。我這就去配些迷藥，只要將附近看守的御林軍迷倒，我、賀塵和黃奇三人，應當能在一個時辰時將秧苗換完，一畝地並不大。」

郁心蘭喜不自勝，「那就麻煩吳大哥了。」

吳為立即出府去尋相似的秧苗。

❖ ❖ ❖

郁心蘭用過早飯，就有人提前到了。最先到達侯府的，是仁王妃郁玫和側妃祁柳，她倆的身後還跟著郁琳。

郁心蘭迎上去，笑著施了禮，將人往園子裡引，「我在花園裡擺了席面，咱們到那裡耍。」

祁柳熱情地挽起郁心蘭的手臂，一路讚嘆：「侯府從不顯山露水的，京城中的名園也沒排上分兒，卻不曾想竟是別致如斯，我瞧著，一點也不比晉王府的梅園、平王府的迎春花園、謹王府的菊園差呢。」

祁側妃如此熱情，反觀郁玫，卻比上回來時矜持得多了，只與郁琳相攜著，慢慢跟在後面。這可不合規矩。郁心蘭不動聲色地抽出手臂，側身頓住，讓郁玫走到前面，自己在她身後半步跟著，四人之中，郁玫的身分最尊貴，這才是合乎禮數的次序。

郁玫的眼中不禁露出些笑意，這個祁側妃，熱臉貼上了冷屁股，活該！

到了小花園，涼亭和曲廊早被丫頭們用錦幔圍上，隔半丈開了一個窗，既能賞花，又能擋寒。亭子裡的石桌上放置了幾碟新鮮的水果和精美的糕點。郁玫坐下後，讚句：「妹妹真是精心。」一轉頭，發現曲廊的中間隔幾步放置了一張小几，也同樣擺著水果和糕點，眸光一閃，便問道：「妹妹這是請了多少人？」

郁心蘭微笑道：「想著這個月的賞花宴，我都沒去，便趁這回多請了幾位夫人過來。」

郁玫深深地看了她一眼，笑了笑，便沒再問。

過得一刻鐘，受邀的夫人們陸續地來了，不來的，也差人來送了回禮。發現永郡王妃王姝也在受邀之列，郁玫看向郁心蘭的目光更為深沉了。

王姝依舊如常地高傲，不過她現在的品級比郁玫低了半級，不得不向郁玫福了福。

郁玫輕笑道：「難得弟妹也來了。」

王姝傲然笑道：「原是不想來，可我家王爺說，總悶在府裡做什麼，不如出來透透氣。」語氣裡盡是矖幸福、矖恩寵的意味。

有幾位夫人小聲地議論：「聽說永郡王爺非常寵愛王妃，只在側妃房中歇過一宿呢。」聲音雖小，卻也讓這邊聽見了，王姝的笑容更加得意。

郁玫心中怒極，是了，仁王爺雨露均霑，王姝就是來氣我的！

這兩個表姊妹在入宮待選的那段日子裡，幾乎成了仇人。郁玫不論容貌還是才情都壓了王姝一頭，嫁得也比王姝要好。王姝自幼被人捧在手心，哪裡能容人壓在自己頭上。這會子發現郁心蘭對郁玫並不熱情，覺得找到了打擊郁玫的方法，一改往日的高傲，拉著郁心蘭的手道：「真是個美人兒，難怪爹爹總誇妳呢！」

王奔會誇我？

郁心蘭謙虛又羞澀地笑了笑，「我哪能跟郡王妃相提並論。」

王姝聽了十分受用，心道：王爺做什麼要我防著她，我看她人還不錯呀！

瞥見郁玫笑得僵硬的臉，王姝心中更是痛快，拉著郁心蘭到一旁說話。剛坐下，便有幾個夫人湊過來打招呼，王姝不耐煩地打發了她們。

見身邊無人，郁心蘭便羨慕地道：「郡王妃真是高貴如天上的雲彩，我們都只能仰望著您呢，剛才的那位賀夫人平日裡都不大搭理人的。」

王姝輕輕一笑，帶著幾分不屑，「她敢不搭理我，不止是她，還有玉夫人、龍夫人，我家王爺可沒少給她們老爺好差事。」說著面色一僵，見郁心蘭懵懂的樣子，也就放了心，轉到花園的布局上。

郁心蘭陪了王姝一會兒，便起身去招呼其他人，赫雲彤也幫著她調節氣氛，二奶奶和三奶奶則忙著幫夫君進行夫人外交，談笑風生。郁心蘭轉了一圈下來，將有用的資訊一一記在心裡。

而郁玫則有些心不在焉，趁中午要開宴之前才得了個空，將郁心蘭拉到一邊，問她：「妹夫入宮不歸，宮裡可有什麼說法？」

這個問題，一上午還沒有一個夫人問過呢，卻是她最先耐不住。

郁心蘭輕笑道：「不知道呢，女人又不能干政，我只在家中等他回來就是了。」

郁玫嗔怪地看向她，將聲音壓得更低些：「雖說女人不能干政，可妳也得為妹夫著想呀。我聽王爺說，妳的莊子裡種了象穀？」

郁心蘭無辜地睜大眼睛，「姊姊這是從哪裡聽來的謠言，象穀可是禁止種植的，我怎麼會幹這種犯法的事？」

郁玫臉色一滯，隨即低聲道：「妹妹可別誆我，昨日皇上都派了御林軍了……妳跟我說說，到底是怎麼回事，一人計短兩人計長，說不定姊姊能幫得上點兒。」

能這麼快得到消息的人，不是幕後指使者，就是合謀人。

郁心蘭的表情冷了下來，「姊姊為何總要將這罪名冠到妹妹頭上？」說罷更為冷淡地道：「快開席了，姊姊還是回座吧。」轉身進了屋。

郁玫恨得直咬牙，幫她頂下莊子，自己來幫她處理的話都還沒出口呢！

用過了午飯，有的夫人便告辭了，留下來的，郁心蘭在臨水的清荷榭擺了牌桌，讓她們自娛自樂，直玩到下晌，眾人才散了。

赫雲彤臨走前拉著郁心蘭的手道：「都是自家人，有什麼要幫忙的，直管開口。」

郁心蘭笑笑，「這是自然。」

送走了客人，回到靜思園，郁心蘭感覺有些疲憊，用過晚飯便梳洗更衣，歪在床上，打發走丫頭們後，才將今日的訊息整理了一遍。

聽郁玫的口氣，應當只是摻和了換象穀種子的事，這倒不足為懼，倒是王姝那裡透露的訊息比較重要。

幾位王爺都沒有官職，只是上朝聽政，永郡王憑什麼給人好差事？那位賀夫人是鴻臚寺卿的夫人，而鴻臚寺卿是負責接待使團的官員；王夫人是刑部郎中夫人，上回秋山刺客的案子，王郎中就參與了審訊；龍夫人是宗正寺卿的夫人，那可是專門與皇族打交道的部門……

這永郡王的手伸得還真夠長的，不知是他自己的布署，還是王丞相的勢力？

又過了兩天，赫雲連城一直被留在宮中，沒有回來。關於赫雲連城的各類傳言，再度傳得整個京城都知曉了，二奶奶和三奶奶時常過來陪郁心蘭，說著安慰的話兒，不過心裡應當是期望看到她愁眉不展的。

可郁心蘭偏偏跟個沒事兒人一樣，淡定從容，還時常反過來安慰二奶奶：「皇上還是不允二爺接替夫君的職位？別急，慢慢來吧。」

這一天，宮中傳出來消息，太后鳳體違和，今歲的壽辰不辦了。到了下晌，皇后差人來宣郁心蘭進宮，給連城送一套換洗衣服。

郁心蘭急忙打點好包袱，拿著腰牌進了宮。先去向皇后娘娘請了安，才由太監帶著，到了靠近禁門的一處小宮殿。那名太監躬身道：「皇后娘娘說了，請赫雲少夫人自行進去，但莫久留。」

郁心蘭道了聲謝，塞了一塊銀錠給他，轉身推開房門。

赫雲連城正靠在窗邊看書，聽到門響，抬眸一望，眸中頓時笑意盈然，「妳來了。」

郁心蘭心中一澀，便覺得鼻腔一酸，一股熱流衝擊了眼眶，臉上便蜿蜒出兩行清淚。赫雲連城輕嘆一聲，忙抱住她，邊抹淚水邊安慰：「我沒事。妳……還好嗎？」

郁心蘭揪著他的衣襟，用力點頭。她其實並不想哭，不過是這幾天人繃著，乍一見到他，情緒一下子宣洩過度，眼淚流出來便有些止不住。

赫雲連城不知如何安慰，只好道：「別哭了，對寶寶不好。」

郁心蘭嗔他一眼，「你就只關心寶寶！」

赫雲連城覺得非常無辜，可也不想辯解，只是抱著她，將臉貼在她的臉上，「也想妳。」

郁心蘭哽咽一聲，啞聲道：「我也想妳，晚上都睡不好。到底是為了什麼事情？」

赫雲連城淡聲道：「還是七年前的事。但我想，主要還是皇上交給我辦的貪墨案子觸到了一些人，有人狗急跳牆了。」

郁心蘭皺眉問：「不是只交代你暗訪，並沒公諸於眾呀。」

「只要我去查了，總會有人察覺，這些人都防著呢。」

「那皇上是什麼意思？不會真的懷疑你吧？」

赫雲連城的表情有絲黯然，「也不是全信。」

「你不是剛抓了梁王，這還不能證明你是忠於皇上的？」

「忠於皇上，與幫著莊郡王爭儲位，是兩回事。」

郁心蘭默了，安慰道：「皇上的疑心重，又一下子亡了五名皇子，有了線索，不可能不懷疑。只是，到底是要怎樣，總得拿個章程出來，這麼關著你也不是辦法吧。」

赫雲連城道：「我早已經稟明皇上，若當年的事真是有人故意為之，我願意去查明真相，還自己一個清白，皇上說……他要考慮考慮。」

郁心蘭便將自己打聽到的一些消息告訴赫雲連城，「你覺得會不會與永郡王有關係？我想，王丞相應當不會一下子將自己的勢力都顯露給永郡王，那麼永郡王為其他官員謀的差事，應當是他自己的人脈。」

赫雲連城的眸光一閃，「若不是七年的秋山之變，皇后娘娘所生的兩位嫡皇子都葬身山底，只怕現在也沒有什麼可爭的。」

這麼說起來，現在活下來的四位皇子，除了明子期外，都有可疑了？

郁心蘭心中一緊，看向赫雲連城，「莊郡王算不算得了好處？」

赫雲連城沉默了，沒說話。門外，太監開始催了，郁心蘭只得幫他換了衣服。

臨走前，赫雲連城拉著她的手道：「不用擔心我，過幾日應當就會出去了。」

郁心蘭站著不動，赫雲連城便親暱地吻了吻她的額頭，輕聲安慰：「真的不用擔心。皇上英明，只要是一心一意為皇上辦事的，他老人家都會明白。」

郁心蘭「嗯」了一聲，深深看了丈夫一眼，這才轉身，隨著太監走了出去。

郁心蘭一出宮門，建安帝便得知了，沉聲問：「他們談了些什麼？」

黑衣人一一回了，建安帝一揮手，那人便像輕煙一樣，不見了蹤影。

皇后從屏風後走了出來，親手奉上一盅新茶。建安帝淡淡地問：「妳怎麼看？」

皇后溫和謙遜地笑，「臣妾哪有皇上英明，皇上明明已經有了聖裁，還要臣妾出醜嗎？」

建安帝也笑了笑，不過笑容中多了幾絲狠厲，「這幫臣子，話都說得動聽，有幾個是一心一意為朝廷辦事的？不過是打著忠君的幌子，行中飽私囊的勾當罷了。」

皇后按住建安帝的手，柔聲笑道：「哪個臣子的私心能逃得過皇上的聖眼？一切不都在皇上的掌握之中嗎？」

聞言，建安帝微微一笑，回握住皇后的手，拉她坐在自己身邊，喟然道：「還是妳懂朕，又賢淑敏慧，從不干涉政事。」

皇后緊靠著皇上，將要出口的為赫雲連城說情的話語悉數吞回肚裡。

說多錯多，還是順其自然吧。

❖　❖　❖

郁心蘭回到府中，便將皇后娘娘賞賜的香粉和胭脂拿出來，交給千夏，說道：「妳懂這些個，香粉這類的就由妳來保管了。妳挑些好用的、氣味不重的出來，這幾日恐怕我會多在府外走動，總不能素著一張顏。」

千夏忙答應了，將幾個香粉盒子打開，聞了聞，便隨手歸了類。

郁心蘭一邊喝著茶，一邊暗暗打量，見她做得熟絡，便笑道：「喜歡哪個，自己拿著，我用不了這許多。再幫錦兒挑一套，要當新娘子了，怎麼能不打扮打扮。」

千夏有些受寵若驚，宮裡賜的可都是好東西，她也知大奶奶不喜歡客套，忙謝了賞，挑了一盒桃紅的胭脂給自己，又挑了一套護膚和上妝用的胭脂給錦兒。

郁心蘭示意紫菱進來說話，千夏和錦兒便施禮退了出去。

錦兒手裡捧了五、六個小竹盒，小心翼翼的，生恐掉下一、兩個，千夏便熱情地幫她拿了一半，送回她的屋子。

錦兒請千夏坐在炕上，倒了杯茶給她，又塞了幾塊精美的糕點，不好意思地指著香粉盒子道：「這些東西我不太會用，還想請妹妹指點一二。」

吃了人的嘴軟，千夏自是熱心為錦兒講解。錦兒再三道了謝，兩人又一同回前院聽差。

錦兒抽了個空，進到主屋裡，向郁心蘭福了福道：「給婢子挑的都是市面上能買到的，沒挑宮中特供的。不用看盒底的招牌，也能知道是集美齋的還是玉容堂的。」

紫菱抿了抿唇道：「愈是這樣，反倒愈是古怪了。宮裡賜的東西，自然都是極好的，她卻還能分出市面上有的和特供給宮裡的來……」

郁心蘭別有深意地笑了笑，「正是這個意思。」

昨天見千夏對各類香粉那麼熟悉，化妝手法那麼熟練，郁心蘭心頭就有些怪異的感覺。千夏是貧家女，怎麼可能熟悉這些？自買進郁府，後又陪嫁到侯府，當高等丫頭的也有香粉的月例，可給丫頭們用的都是很普通的貨色，她卻連薔薇硝這樣的高檔品都知道怎麼使用。

當然，現代社會裡也有些買不起名牌，卻對名牌如數家珍的時髦女子，也許千夏是喜歡這些，四處打聽的。所以今日，郁心蘭才特地再試了試她，畢竟之前見她行事俐落、頭腦機靈、謹言慎行，心裡還是挺喜歡的，總不希望手氣這麼好，一挑就正好挑個奸細出來。

可是，連妃主們用的高級胭脂都能分得出特供和常供的來……

「讓佟孝再去查一查千夏的身世，你們給我盯緊了她，哪怕是她隨手扔了一根紗，也要記下來，報給我。」

郁心蘭吩咐完畢，便不再糾結。吳為已經傳了話過來，今晚就能將果莊的事情搞定，現在她唯一要擔心的，就是七年前的事了。

山崩的事不知道能不能查得清楚，但不論怎樣，目前最重要的就是讓皇上信任赫雲連城，只要皇上信任他，些許謠言和揣測就可以完全無視了。

只是要怎麼做，才能讓皇上相信赫雲連城是一心一意為皇上，並沒參與到朋黨之爭中的？

郁心蘭凝神思索著，沒注意到外間有人影晃動。紫菱輕手輕腳退出門，一會兒轉回來，遞上一張描金帖子，輕聲稟道：「仁王妃約您未時二刻在天香樓會個面。」

郁心蘭瞅了眼帖子，「回話說我準時到。」

天香樓是一座三層高的酒樓，不過接待的是高消費群體，所以裝飾得十分雅致，壁上的書畫、靠牆的長條几案上擺放的青瓷花瓶和巴林石的盆景，無不顯示著低調的奢華。

郁心蘭扶著錦兒的手，站在大堂裡打量了幾眼，面露微笑。仁王殿下名下的鋪子，也跟他本人一樣，又要華貴，又要不張揚。

世間哪得兩全法。

郁玫包下了整個三樓，早就候在樓梯口，見到郁心蘭，忙忙地迎上前來，輕聲致歉：「我不方面露面，不然必定到樓下迎妹妹了，還請妹妹別見怪。」

郁心蘭輕笑，「包下了整個三樓，可見王妃的誠意了，心蘭哪敢見怪。」

姊妹二人在方桌兩側坐下，待丫頭們奉上茶水果品，郁玫便將眾人打發走，開門見山地道：「妹妹今天可別再瞞我了，一早已經有言官在朝上遞了摺子，已經從妳的果莊裡採了秧苗，請管農事的大臣驗看過，的確是像穀苗。」

郁心蘭沒有答話，可臉上卻露出幾分慌張來，放在膝上的玉手也縮回到廣袖裡。

郁玫見恐嚇有了成效，便透出幾分關心的樣子來，伸手越過桌面，拍了拍郁心蘭的肩道：「這事兒可大可小，端看朝中是否有人幫著妹夫說說話了。我跟王爺商量了一下，想著，要麼，我把妳的莊子盤下來，由王爺去跟皇上解釋，種那些象穀是為了給貴妃娘娘治胃病的。雖說那個莊子於我來說可有可無，但為了妹妹妳，姊姊便多吃些水果好了。況且沒了這樁事兒，誰也動搖不了妹夫的職位，妳看如何？」

這話兒裡外都是套兒，應承下來，一是欠了仁王一個天大的人情，二是落下種植象穀的口實。

看起來是處處在為郁心蘭打算，其實還是為了拿住她的把柄，日後好敲竹槓，敲竹槓的對象自然是赫雲連城了。

這才是郁玫的目的。之前她倆好似親姊妹那般的親暱，其實郁心蘭不會拿郁玫當姊姊，郁玫又何曾相信過郁心蘭隨口的應承？總要捏著她的短處才會安心，沒有短處，也要栽一個短處給她。

郁心蘭理了理裙襬上的褶皺，優雅地站起身來，嬌聲道：「謝謝姊姊的茶，妹妹還要去店鋪看一看，這就失陪了。」一說罷也不待郁玫有所表示，徑直走了。

郁玫恨得咬牙切齒，她花了多大的力氣才布下這個局，只要郁心蘭肯鑽進來，就能將這倆口子捏在掌心，也能鞏固自己的地位，可這死丫頭居然敢置之不理！

不理是吧？那就等著瞧吧，看妳是喜歡坐大牢，還是傾家蕩產！

郁心蘭可不管她有多氣惱，該走的還是要走。出了天香樓，再往東去兩里地，便是香雪坊了。佟孝早接到訊兒，已經將後門前清空，親自帶著幾個管事在門前迎接。

郁心蘭到了樓上的執事房，佟孝先稟報了兩家店鋪的營利和香露的生產情況，再躬身稟道：「上回奶奶要小的贖回陳順和其子陳社，小的已經辦妥了，這其中賢王還幫了大忙。奶奶您看，人是您帶回府中，還是由小的安排差事？」說著，取了兩張身契過來。

郁心蘭看了看，好奇地問：「怎麼還要賢王幫忙？」

「陳社被賣入了鴻臚寺卿賀大人府中，原是安排在門房，因為人機靈，被賀大人看中了，調到自己身邊服侍，以小的之力是沒法子替他贖身的。正巧那天在樓外樓遇上賢王，賀大人也在，王爺便幫了一把，說是自己看中了。賀大人連銀子都沒收，直接就將人和契書給了賢王。」

鴻臚寺卿賀大人？

郁心蘭心中一動，「帶他二人過來。」

不多時，陳順與陳社一前一後走了進來，見到郁心蘭，就砰砰砰連磕三個響頭，滿口感激之詞。當奴婢已經很苦了，還要一家子拆散，那感覺真是生不如死，如今郁心蘭將他二人贖了回來，又能一家團聚，想的自然是如何報答。

郁心蘭見這父子倆厚道，心中也是喜歡，先關心了幾句冷暖，才問陳社：「你在賀大人府中當什麼差？」

陳社回道：「原是在門房幹了一個月，後來賀大人將小的調到外書房，不過不是長隨，只在房外服侍。」

那就是個二等小廝，雖聽不得書房裡說些什麼，但也能知道什麼人進出過……

郁心蘭和善地問：「賀大人府中門客多嗎？」

那陳社果然是個機靈的，想到大奶奶總不會無緣無故打聽旁人府中的事情，忙將近期的種種過濾一番，分類稟報，哪些大人來得勤、哪些大人是入夜後來的，頓了頓，又道：「賀大人上有病重的高堂，下有癡傻的兒子，銀錢上素來著緊，不過，前些日子倒是置辦了兩套金鑲藍寶石的頭面給林姨娘，東西還是小的去祥鳳銀樓取的。」

郁心蘭心中一動，「林姨娘是什麼人，受寵嗎？」

「林姨娘是兵部主薄的庶女，算是貴妾，賀大人最寵的就是她了，賀夫人沒少為這個與賀大人置氣。」

郁心蘭點點頭，「以前在賀府，沒受旁人欺負吧？」

陳社忙道：「哪能呢，小的與同府的小廝都是兄弟相稱，便是現在離開賀府了，請他們幫點子忙，都沒一點問題。」

只點了一下，就知道怎麼接話，是個機靈的。

郁心蘭十分滿意，安排道：「侯府那邊要告知後才能安排差事，你們倆就先在店鋪裡幫忙。陳順去作坊，陳社去樓外樓，月錢照給，晚上我讓陳嫂子過來看你們。佟孝，我記得後院的房間還有，拔兩間給陳順一家住。」

佟孝忙應道：「已經給安排兩間房了。」

郁心蘭便站起身，準備打道回府，還沒出執事房，又有人急匆匆地跑來找佟孝，低語一番後，佟孝向郁心蘭稟道：「大奶奶，東郊封地的管事季福說有要緊事，想求見大奶奶。」

郁心蘭頷首同意，復又坐了下來。

季福在門檻外跪下磕頭，一臉的嚴肅且焦急，「大奶奶，小人的婆娘今日一早便腿痛得厲害，床都下不了，想是過幾日京中會有暴雪。」

屋裡所有人都是一怔，扭頭去看窗外明豔的春陽，已是三月下旬，中午穿夾薄棉的襖子都有些受不住，晚上早不用火盆了……還會下暴雪？

季福見大奶奶不信，更是焦急了，「小人的婆娘得了老寒腿，這是祖上就有的病，一痛準是會變天！」

旁人還是不信，郁心蘭卻有些信了，前世她的奶奶也有這種風濕病，一痛就變天，比天氣預報準得多，於是便問道：「為何不是下雨而是下雪？」

季福鬆了口氣，忙回道：「小人的婆娘說，她還沒痛過這麼厲害的，下雨只是隱隱的痛，以前也犯過一次痛的，所以肯定是下雪。小人的婆娘還說，最多四、五日就會下了，得早些防範，地裡的秧苗都已經三寸長了，若是經場暴雪，今年就會顆粒無收了。」

郁心蘭蹙眉問道：「那你有什麼防寒的好辦法？」

季福遲疑了一下，才回道：「往年護冬麥都是用稻草鋪在苗邊……」

郁心蘭搖了搖頭，「若是場暴雪，鋪稻草不管用，必須搭棚子。」

佟孝也是會農事的，聞言便道：「那就趕快讓人搭棚，五十頃地，快點的話，三天可搭完。」

郁心蘭道：「不用這麼長的時間。」說著，讓人取了紙筆，畫了一個草圖，「隔幾步搭一個這樣的棚子，上面覆上布料，固定住就成了。布料可以選最便宜的粗布，反而比較結實，不易透水，若是能刷一遍桐油就是最好的。」

季福和佟孝瞧了一眼，都覺得可行，露出欽佩的笑容來，「大奶奶真是什麼都懂。」

郁心蘭遲疑了一下，又吩咐道：「佟孝，你先去聯繫一下京中的布坊，將粗布都暫訂下來。」

佟孝啞然，「用不著這許多，倉庫裡還有些給佃農做冬衣餘下的布料，按您這棚子的搭建方法，是比較省的。」

郁心蘭淡笑著搖搖頭，她想的不僅是自家的那點地，這京畿附近還有近千頃的良田，不能讓這些農人也顆粒無收。

只是，會不會下雪並沒有定論。況且，買布料的銀子他們也不見得會有。

臨走之前，郁心蘭吩咐季福，「若你婆娘明日仍舊腿痛，一定要立即報到侯府來。」

待季福應了，才乘轎回府。

用過晚飯，陳順家的便到靜思園來向郁心蘭磕頭，感謝大奶奶讓她們一家團聚。

郁心蘭笑道：「舉手之勞，妳一家人認真辦差，便是對我的報答了。」回頭讓錦兒包了十兩銀子給陳順家的，「拿去添置點家具什物，早點回去團圓吧。」

陳順家的千恩萬謝地走了。

次日一早，季福便請人傳了話進來，他婆娘的腿更痛了。

郁心蘭攥了攥手心，到底要不要上報天聽？若是真的下雪，這便是一個極好的機會，向皇上證明她們是一心為皇上和朝廷辦事的，可若是不下雪，卻會擔個危言聳聽的罪名，只怕還會將連城往深淵裡再推一步。

猶豫了一炷香的功夫，她終於站起身來，淡然吩咐道：「更衣，去宜靜居。」

求見了長公主，說明來意後，長公主十分猶豫，郁心蘭再三勸說，她才帶著郁心蘭進了宮，先去稟明了皇后娘娘。

皇后怔望著香爐裡裊裊升起的香煙，許久許久，才緩緩地道：「這可算是朝政了，須得皇上拿主意。」說罷，差了太監去正和殿外候著，若是皇上下了朝，立即報與皇上知曉。

既然要等著，長公主便與皇后聊起天來，「太后的身子不知如何了，臣妾應當去請個安。」

皇后擺了擺手，「不必了，太后怕吵，皇上只命德妃去看護著。」

長公主笑道：「皇后要統領後宮，便是想盡孝，也不得閒。」

郁心蘭在一旁安靜地聽著，思忖道：德妃不是莊郡王的母妃嗎？連城還說莊郡王不想再爭，可德妃娘娘卻在宮中這樣……要按資排序，怎麼也應當是劉貴妃去太后跟前盡孝才是。

皇后與長公主又聊起了大慶國使團的事，之前只是傳聞大慶國有意和親，可昨日已經得了使團的上書，大慶國三皇子殿下即日起程，親自上玥國求娶公主。

郁心蘭聽八卦正聽得入神，宮外的太監唱名道：「皇上駕到。」

殿內眾人忙站直身子，向著那一抹明黃跪伏下去。

建安帝見到皇妹，不覺露出抹笑容來，「清容有陣子沒入宮來了。」

長公主忙請了安，說了幾句寒暄話，皇上這才看到跪拜在殿中央的郁心蘭，溫和地道：「平身。」又讓賜了座。

長公主這才說明來意，又奉上郁心蘭精心畫的防寒棚的圖紙。

建安帝的面色立時斂緊，只不過是收了笑容，威嚴立現，「妳可知危言聳聽、惑亂民心是什麼罪嗎？若真有大變，欽天監如何不知？」

郁心蘭再拜伏下去，平靜而清晰地道：「臣婦明白。臣婦並非質疑欽天監的能力，而是俗語說得好，天有不測風雲，既是不測，欽天監未能預示也屬正常。況且，若是真有暴雪，京畿一帶便會顆粒無收，早做防範總歸是好的。」

建安帝冷哼一聲，「妳倒是紅口白牙說得輕巧，妳這棚子若是讓京畿的農田都遮上，可知需多少布料？多少銀子？只為了一個奴才婆娘的老寒腿發作，就動出如此大的陣仗，若是沒有暴雪，豈不是讓大慶國使臣看我天朝的笑話？」說到後來，已經是聲色俱厲。

郁心蘭就知道沒這麼容易打動皇上，早已經想好了說詞，「是臣婦思慮不周，臣婦知錯。但臣婦以為，農耕是大事，寧可信其有，不可信其無。若是皇上擔心不會有暴雪，不如這些布料都由臣婦來準備。請皇上令欽天監夜觀天象，若是發覺有異，再出皇榜，令農人們搭棚便是。只要材料充足，屆時臣婦再讓莊子裡的佃農們到各處傳授搭建的方法，皇上再借調一些兵力相助，想來是可以及時防災的。」

建安帝一怔，沒想到她竟然願意擔這麼大的損失，粗布雖然只要幾百紋錢一匹，可這麼多數量下來，至少也是一、兩萬兩銀子。想了想，建安帝不覺輕嘲道：「聽說妳的陪嫁鋪子賺了不少銀子，看來是真的。」

郁心蘭仍是氣定神閒，不卑不亢，「回皇上，臣婦賺的銀子，每一兩都交足了稅金。臣婦經營鋪子，原是想多些體己，在人情往來上寬鬆一點，平日也有點閒錢請客打賞，但朝廷有難處，臣婦自是願意出一份微薄之力。所謂國泰民安，說到頭來，只有玥國強盛，百姓才能安居樂業，臣婦也才有銀子可賺。」

「況且，夫君時時教導臣婦，為臣子的本分便是為君分憂。皇上不意未有明確之時，先大動干戈，那麼由臣婦先來做些準備，也是為君分憂，算是遵了夫君的教誨。」

一番說詞下來，給建安帝吃了軟釘子，卻又沒得理不饒人，反而藉機表白了一番忠心，等於是服了軟，讓皇上有脾氣也發不得。

建安帝的手握成拳，緊又鬆，鬆了又緊，眸光閃動，「哦？靖兒還時常與妳談論朝中之事？」

郁心蘭回道：「不曾，只是教臣婦一些做人的道理。」

皇后在一旁圓著話道：「落地的孩兒，新娶的婦，都是要教的，難得靖兒教得這麼好。」

長公主感激地看了皇后一眼，並不出言幫腔。

良久之後，建安帝才道：「起來吧。便讓妳先去準備著，非是朕心痛那幾兩銀子，而是不能讓大慶國使臣看笑話。」

郁心蘭鬆了一口氣，忙磕了頭，「臣婦代京畿百姓謝主隆恩。」

皇后輕笑，「這孩子，若是真有暴雪，妳可就是大功臣，百姓們也該謝妳才對。」

郁心蘭露出幾許羞澀的小女兒之態，「臣婦不敢居功，若要調動全城百姓，也只有皇上下旨才能辦到。」

建安帝也終於露出幾分笑容，「好了，不必這麼謙虛了，若是真有暴雪，朕也不會讓妳掏銀子，只是先墊著。」但沒下雪的話，這些墊出去的銀子也就打水漂兒了。

郁心蘭又謝了恩，才與長公主一同出了宮。

上了馬車，長公主握著媳婦的手道：「難為妳還記得為靖兒說話。」

郁心蘭笑道：「母親這是哪兒來的客套話？媳婦與夫君是一體的呀。」

長公主發自內心的微笑，想了想道：「也不能讓妳出這麼多銀子，我先給妳墊個兩萬兩，看夠不夠，若是不夠，再來找我拿就是。」

郁心蘭想推辭，長公主按住她的手道：「妳還年輕，多留些銀錢好傍身，這兩萬兩銀子對我來說不算什麼。」

郁心蘭這才作罷。

長公主又道：「回去再跟侯爺商量一下，若是真的有暴雪，只怕百姓們會遭災，度日恐怕艱難，不如由侯府搭個粥棚施粥，這便得先準備些米糧。」

郁心蘭卻道：「若真有暴雪，必定會有人施粥，咱們不湊這個熱鬧。不如去鄰城收集種子，育了秧苗出來，下發給百姓們。即使搭了棚子，若是雪大，還是會有秧苗凍死，等雪化後，要有秧苗可以下種，入秋才會有收穫。授人魚，不如授人以漁，才是最根本的，怕不見得比施粥多花銀錢，效果卻好得多。」

長公主的眼中露出笑意，「妳想得很周到。這事兒就交給我吧，我在郫縣有封地，去調些種子過來。」

婆媳兩人商量好，便分頭行動。因早便讓佟孝去聯繫了京中的布行，採購了大批粗布，郁心蘭怕不足，另派了人到鄰城去買。採買回來後，刷桐自是來不及，就乾脆在桐油之中浸一下，寧可多出來些，也不想短少了。

❖ ❖ ❖

不過短短兩天的時間，風雲突變。

欽天監也終於發現了天象不對，忙稟報給建安帝。

建安帝立即下旨，宣長公主與郁心蘭進宮面聖。

聽說所有材料已經準備充足，建安帝大大地鬆了口氣，忙下令工部和太府寺調派人手去京畿各處協助農人們搭建防寒棚。郁心蘭自己的田莊都已經做好了準備，便留幾人守護，其餘人都派往各處協助。

忙碌了一天一夜，大多數的農田都搭上了防寒棚，農人們也累了，便回家闔眼休息了一下。到早上，天應是濛濛亮時，竟變得大亮，百姓們打開窗戶一看，雪花竟趁著眾人休息的當兒，紛紛揚揚下了起來，每片都比鵝毛要大，不多時，就在地面上、樹枝上、屋簷上，鋪上了薄薄一層。

郁心蘭怔忡地看著窗外，一時覺得高興，總算是為皇上分了憂，至少不會令皇上這般猜忌了吧？一時又覺得擔憂，這雪下得似乎沒有停下來的打算，也不知京畿的農田都搭好棚子沒，棚子搭得結實不結實。

讓紫菱將陳順家的叫進來回話，陳順家的現在住在府外，第一時間知道外面的情況，一早得了佟孝的吩咐，忙回道：「東郊的農田是最多的，還有些沒有搭棚，西郊、北郊、南郊都差不多了。您要的種子，佟總管已經提早購買了一批，正在莊子裡育秧，天太冷，還得用火盆才行。」

郁心蘭點了點頭，「去冬我院子裡還餘了些炭，一會兒讓佟孝套個車來拿去，總要在雪停之後將秧苗育出來。」又道：「這回季福立了大功，讓佟孝賞他五十兩銀子。」

陳順家的一一應了，郁心蘭便打發了她回廚房辦差。

因著下雪，京城中的一切娛樂活動都減少了，到了下午，雪已經鋪了有半尺厚了，仍是沒停。那些沒來得及搭棚的農田必定是要受災的了，有些棚子搭得不結實的，被雪給壓倒了，仍是不能倖免。但相對於完全沒有準備來說，已經是非常好的了。

建安帝召集了管農事的大臣商議對策。各府也開始有了舉動。

明子信回到仁王府中，郁玫便迎了上去，悄聲問：「這回春季降雪，咱們府中要不要搭個棚子施粥？若是等災民湧入城，只怕已經遲了。」

明子信露出欣慰的笑容來，「難為妳想得周到。」

郁玫一臉嬌羞，「臣妾自是要處處為王爺著想，其實，臣妾已經讓人搭了個小臺，大廚房中已經將火燒好了，若是王爺允了，咱們府中必定是最先施粥的。臣妾一早讓人清點了府中的米糧庫，應當夠施兩天粥的。」

明子信欣喜地摟住王妃的香肩，讚道：「愛妃真是小王的賢內助。」又問道：「這雪怕是一、兩天不會停，停了後仍是要施粥，米糧只怕不夠。」

郁玫輕輕一笑，「京中的大米必定會漲價，臣妾昨日聽說會有大雪，就已經先去米行預定了一百石。」

想到施粥後，百姓的交口讚譽，明子信和郁玫都露出了舒心的笑容。

第二日，粥棚搭好，郁玫面覆輕紗，親自到粥棚主持分粥。一抬頭，發覺斜對面永郡王府的側門前已經排成了長龍，永郡王府竟在一夜之間搶先一步。

永郡王妃王姝也親自出府施粥，遠遠看到郁玫，得意地一笑，扭頭吩咐小廝：「多分些給災民，要讓他們吃得飽飽的。」

等粥的百姓一聽，立即鼓掌。

王姝在百姓的歡呼聲中，女王般的轉身回府。

郁玫卻微微一笑，輕聲吩咐道：「每人一碗粥，多了不給，要讓所有人都能吃到。」

小廝們得了令，便按王妃的吩咐，一人只施一碗粥。一開始，有些百姓不滿，都爭相到永郡王府那邊排隊，可過了不到一個時辰，永郡王府的粥便施完了，新的粥還沒熬出來，百姓們又到仁王府這邊來排隊。

仁王府的粥一直到掌燈時分才施完，讓排隊的百姓都吃到了熱騰騰的晚飯。

相比之下，百姓們更願意每天有飯吃，而不是一餐吃撐、一餐餓著。

如此一來，仁王和仁王妃的賢名便開始在京城中傳開了。

❖ ❖ ❖

紫菱聽到千荷學來的話，不禁氣惱，「明明是咱們大奶奶提前稟明了聖上，讓百姓們少受了災禍，可皇榜裡沒大奶奶的名字，百姓們都不記著。她倒好，只是施了些粥，就得了這麼個好名聲。」

郁心蘭靠在窗邊，就著雪光看街景，聞言不禁輕笑，「我又不是為了名聲才稟報皇上的，這有什麼大不了的。」

千荷、千夏都為大奶奶不值，「奶奶，咱們也搭個棚子施粥吧。」

郁心蘭搖了搖頭，「不必了，到明日會有更多的府第施粥。況且，去年是個豐年，百姓們都有存糧，才經了一冬，應當沒吃多少。會到粥棚取粥，只是怕日後沒飯吃而已，咱們沒必要錦上添花。」

佟孝咚咚咚的跑上樓來，進了屋，揖到地，才稟道：「長公主殿下莊子裡的種子已經運到了，小的這就讓人去育苗。」

郁心蘭笑道：「那就好，我就是怕被雪封了路，趕不及。」

沒什麼事了，郁心蘭便打道回府。

路上很滑，馬車走得很慢，快到府門前時，車夫讓馬車停了下來。

陪同郁心蘭坐在馬車裡的岳如問道：「怎麼了？」

車夫忙回話：「是大爺過來了。」

郁心蘭心一跳，當下也不管冷不冷，立即將車門拉來，果然遠遠見到一人一騎飛奔而來。

馬上之人，衣裳華美，卻也沾染了不少塵灰，但絲毫不減他的俊秀風采，尤其是那一雙亮如星辰的眼眸，為他那張原本就十分俊雅的容顏添了三分奪目的神韻，教人一見就挪不開目光，引得街市上許多女子路過他後，還羞怯地回頭張望。

郁心蘭腦中空白一片，只是怔怔地看著他愈來愈近。

赫雲連城原本含笑的唇角，忽地緊抿了起來，眉頭也打了一個結，再等不及，一蹬馬鞍，人就飛掠進了馬車。

岳如極有默契地躍了下來，將馬車讓給這對小夫妻。

赫雲連城開口就是輕斥：「看一眼就好，將車門拉得這麼開，萬一著涼了怎麼辦？」

郁心蘭恍若未聞，「你回來了。」

赫雲連城心口一滯，放柔了聲音：「嗯，我回來了。」

鼻間都是他男性的氣息，剛剛在雪中奔馳，懷抱雖冷著，卻暖得郁心蘭眼眶一熱，清亮的淚水蜿蜒而下。

豆大的淚珠，擦去又滾落下來，赫雲連城不禁慌了手腳，無措地道：「怎麼了這是？方才我不是真心要罵妳……」

郁心蘭卻只是怔怔地看了他半晌，才魂歸原位似的猛扎進他懷裡，哽咽道：「終於回來了！」

赫雲連城心中一顫，緊緊抱了抱小妻子，忽地又鬆開手，將她往後一送，自己也退出老遠，幾乎一個在車廂頭一個在車廂尾，隔著一臂多的距離。

郁心蘭心中剛剛漫上醉意，就被推出了溫暖的懷抱，不禁惱羞成怒，剪水雙眸含著怒火，嬌瞪著他。

赫雲連城只得解釋道：「我身上寒氣重。」

原來是為這個！郁心蘭的心軟了，又是感動又是好笑，衝他招招手，「過來。」

赫雲連城垂眸掃了一眼肩胸部的衣襟，因在大雪之中疾馳，沾落不少雪花，坐進這溫暖的車廂裡，已經化成了水，冷冰地黏在身上。他是習武之人，倒不怎麼怕冷，可過了寒氣給小妻子可就不好了，她可是雙身子的人。

於是，搖了搖頭，「不，我坐在這兒就好。」

郁心蘭惱他不解風情，又瞪一眼，目光裡十足的威脅，「坐過來。」

赫雲連城無奈地笑了笑，拿哄小孩子的語氣，哄著她道：「乖，一會兒就進屋了，回屋裡，我抱妳。」

郁心蘭的臉頓時熱了，眸光也嬌羞了起來，啐了他一口：「誰要你抱，我叫你坐過來，幫你擦了雪。」

「我自己來。」赫雲連城搶過毛巾，隨意擦了兩下，反正已經化了，一會兒回屋泡個熱水浴就是了。

郁心蘭噘著嘴，哀怨地注視著他，還想當一會兒賢妻的，居然不給她機會。

說話間，馬車已經到了二門，赫雲連城忙將白狐皮的斗篷取出來，將郁心蘭圍了個結結實實密不透風，待聽得外面傳入紫菱的聲音：「請奶奶下車。」他才一把抱起小妻子，推開車門，縱身躍入對面的小油車裡。

原本打算將小妻子放下後，先去向父親和母親請安，可周總管親自候在二門處，躬身道：「侯爺請大爺先回去沐浴更衣，一會兒晚飯擺在宜靜居便是。」

赫雲連城點了點頭，衝周總管道：「先代我向父親請安。」

周總管應下，赫雲連城放下了車簾，小油車立即前行。到了靜思居，赫雲連城依然抱著郁心蘭，怕雪浸濕了她的鞋子，紫菱和錦兒一人打著一把傘，為他二人擋住飄落的雪花，回到室內，赫雲連城才將郁心蘭放下來。

丫頭捂著嘴吃吃地笑，郁心蘭不由得紅了臉，不自然地轉身，踩著貓步回內室，故作鎮定地吩咐丫頭們送熱水、熬碗薑湯來。

赫雲連城跟在她身後進了屋，也不出聲，只是看著她，抿著嘴微微地偷笑，眼瞳裡跳躍著趣味和戲謔，恨得郁心蘭真想撲上去，狠狠在他的俊臉上咬上一口。

她並不想這麼做作，其實身為一個現代人，跟老公在大庭廣眾下摟摟抱抱不算什麼，不過那是在現代，身旁的人見怪不怪，可在這裡，所有人都用又驚訝又羨慕又羞澀的古怪目光看著妳，表情實在是很難自然起來。

赫雲連城拒絕郁心蘭的服侍，自己進了淨房，郁心蘭便坐到暖暖的短炕上，將擦頭髮的毛巾和滾燙的新茶準備好。待他洗完了出來，忙讓他坐到自己前面，用巾子細細地給他擦頭髮。

赫雲連城品了口香茗，瞇著眼道：「還是家裡舒服。」

郁心蘭輕笑道：「當然，哪裡會比家中更溫暖的，還有我這樣的佳人為你擦頭髮。」

赫雲連城不覺微笑，將頭往後仰著，細細打量了一番，伸出手去摸了摸她尖尖的小下巴，皺眉道：「似乎瘦了。」

「哪有，腰都粗了一圈了！」

赫雲連城立即來了精神，也不管濕頭髮了，返身抱住她，將大手覆在她的小腹上摸了摸，極認真地點頭，「嗯，是大些了。」

郁心蘭失笑，拍了他手一記，嗔道：「才兩個月，根本就沒顯懷，哪裡大了？」

赫雲連城低頭看她，炕上很暖，熏得她臉上紅豔豔的，宛若塗了一層朝霞，他亦不禁心旌動搖，伸手摸了摸她的臉，細滑柔軟。

郁心蘭的笑容凝在唇邊，他的手指彷彿帶了電流，酥酥麻麻的直搔人心，令她又想靠近，又想躲閃，遲疑不決間，身子不禁輕顫了顫，眼神一閃一閃的望著連城。

燈光如注，給郁心蘭的俏臉蒙上了一層淡淡的光圈，秋水一樣嫵媚的眼睛總是藏著笑意，簡直能把人心神都勾過去。

這樣一幅美人嬌俏的畫面，赫雲連城只覺得口乾舌燥，猛的伸手將佳人團團裹住，俯首含住她的唇，熱情地吮吸。

唇齒間都是他的氣息，郁心蘭神智迷離，不自覺地伸出手去，勾住了他的脖頸。

赫雲連城渾身火熱，漸漸覺得不受控制，喘息間，一隻手已經伸進衣襟，握住了佳人胸前的凝脂，身子一沉，就將佳人壓在了短炕上。

「千夏，別進去。」

門外傳來紫菱極低的喚聲，卻猶如一記驚雷，將屋內吻得即將擦槍走火的兩人給震了開來。

郁心蘭這才感覺胸前微涼，垂眸一瞧，已是衣裳半解了，忙推了推赫雲連城，示意他坐起來。

千夏在門外回道：「紫菱姊姊，我是給大爺和大奶奶送薑湯的。」

郁心蘭理好衣襟，清了清嗓子，揚聲道：「進來吧。」

千夏聽得吩咐，忙端著托盤走了進來。

赫雲連城還在意猶未盡地用手指輕劃著她的唇線，待聽到身後的腳步聲到了近前，才回過身道：「給我。」

千夏忙將托盤放在小炕桌上，一抬眸，不期然看見一雙亮如星辰的眼眸。那雙眼眸似乎承載了滿天的星光，璀璨得讓人情不自禁地仰視，即使沒有回望著妳，也能令妳魂牽夢縈，然後迷失了自己，心悅誠服。

千夏癡迷地看著，赫雲連城並未注意，只是手用試了試碗壁上的溫度，端了一碗給郁心蘭，自己也端起一碗，一仰頭便喝了個乾淨。

再將碗放在托盤上時，才發覺千夏糾纏的視線，星眸立即冷若冰霜。

千夏不由得打了個寒顫，眼珠轉了轉，這才發覺大奶奶似笑非笑的目光，想起大奶奶曾說過，絕不會抬通房，當即便嚇得跪了下來，抖著聲音道：「奶奶，婢……婢子……」

郁心蘭喝了薑湯，將碗放回托盤，輕輕挑眉，「怎麼了？還不收拾了下去？」

千夏如蒙大赦，急忙端著托盤退了出來。

紫菱等人雖候在外面，可看到千夏白著一張小臉，驚惶失措的樣子，也能大致想像出剛才裡面的情形來。紫菱忍不住冷聲道：「當奴婢的，時刻要記得自己的本分，千萬不要有任何癡心妄想。」

千夏喏喏的應了，心神卻還在恍忽，這還是她第一次這麼近距離見到大爺，之前的那些驚鴻一瞥，哪及得上方才的震撼？

而屋裡，郁心蘭將赫雲連城擰回身去，將頭髮擦得半乾，再用湯婆子熏乾，為他束好髮。

赫雲連城握住她的手道：「剛才那個丫頭是新提上來的？不守規矩就別要了。」

郁心蘭嬌橫了他一眼，笑道：「這不都得怪你，沒事生得這麼妖孽！只要她不再招惹你，也就罷了！」

赫雲連城斜睨著她，笑話道：「到時可別哭鼻子。」

時辰也差不多了，兩人便披上外裳和大氅，到宜靜居用晚飯。

陸之章

換糧賑災藏貓膩

赫雲策正在向侯爺稟報政務，乍見到大哥和大嫂攜手進來，不由得怔住，「大哥你回來了？」

赫雲連城「嗯」了一聲，先向父母親請了安，才牽著小妻子一同坐下。

赫雲傑倒是鎮定得多，他在宮內當侍衛，自是知道一些實情，並未多話，只是笑吟吟地道：「好些日子不見，大哥可好？」

赫雲飛的關心則真誠得多：「大哥在宮內可住得慣？」

赫雲連城淡淡地道：「比不得家裡。」

關於赫雲連城在宮中一住便是十天，朝野內外諸多傳聞。朝中的確是有不少官員上書，認為使團居住的官驛竟會夜入盜賊，實乃赫雲連城的失職，應當罷了他大將軍一職，可皇上一直不置可否，所以誰也不敢說這十天就是皇上軟禁了他。

縱使赫雲策和赫雲傑滿肚子疑問，也不能當著父親的面問出來。定遠侯更加沒有要問的意思，一家人便和和氣氣地用了一餐晚飯。二奶奶和三奶奶還主動給侯爺和長公主布菜，顯得分外賢慧。

用過飯，侯爺和長公主召集一家人，商量四爺的婚事。

大雪還在下，城內的居民還好，住的是木樑加青石的瓦房，城外的居民卻多數是茅草房，被大雪壓塌了不少，官府已經開始搭建布棚、發放棉襖、棉被，安置災民。大雪封了道路，城中的物資也開始緊張，米行都開始限量賣米。

在這樣的情況之下，即使侯府有能力大辦一場婚宴，也不好鋪張。

赫雲飛自是明白這個道理，可表情依舊鬱悶，絕大多數的男人一生也只會娶一次妻，家裡哪位兄長的婚事不是風風光光的，偏偏輪到他就這得這般隱晦。

郁心蘭笑道：「要麼這樣，待災情過後，咱們府中再辦一次酒宴，給四弟補上。」

赫雲飛撐著笑了笑，「多謝大嫂。」也只能如此了。

又談起賑災的事情，長公主道：「咱們府中已經捐了兩百套冬被出去，之前購買粗布的銀錢，也是咱們府中出的。」

二奶奶趁機道：「可是現在各府都開始到城門處施粥了，咱們……」

侯爺淡聲道：「不用攀比，咱們盡到自己的心力就好。」

二奶奶瞧了一眼二爺，赫雲策遲疑了一下，微微搖頭，示意她不要再提。再不甘心，二奶奶也只能將後面的話吞下肚去，回到靜念園後才發牢騷，「怎麼就不能施粥了？二爺怎麼不為自己想想，這回的功勞都被大嫂占去了，連帶著大哥也風光了，您還怎麼爭呀？」

赫雲策最近煩得很，兵部幾次提名讓他頂替大哥的職缺，可皇上都是含糊其詞，到今天，大舅兄李彬都跟他說：「只能徐徐圖之。」

他也在軍中打滾幾年了，太明白這個「徐徐圖之」最後的結果會是什麼，他鞍前馬後地為永郡王拉攏人脈，造聲勢，就連這回永郡王府施粥，因為王妃策略不當，郡王府中的存糧沒兩天就施完了，也是他花費了大把的力氣，利用關係從城外調運了一批軍糧進來，先頂用著。

到最後，卻沒得到他想要的。

兵權，他手中有了兵權，永郡王才會高看他一眼，否則他永遠都只是定遠侯的嫡次子，人家看中的只是父親的權勢。

想到這兒就心煩，偏偏二奶奶還在那兒絮叨，赫雲策不由得大吼一聲：「閉嘴！」煩躁得拂袖而去。

二奶奶驚呆了，四顧一下，這還是在暖閣，兩個大丫頭環侍在側，雖然假裝忙碌，什麼也沒聽見，可二奶奶的臉仍是騰地便紅了，怒火蒸紅的。

她厲聲叫道：「赫雲策，別讓我告到父親那兒去！」

赫雲策一聽這話，旋即又回身，「啪」的揚手給了她一個響亮的耳光。

陰森森地道：「有種妳再說一遍！」

二奶奶被打懵了，也被打醒了，當即便哭了出來，拉著二爺的衣袖道：「妾身的所作所為還不是為了您嗎？」

赫雲見她服了軟，心中的火氣才壓下一點，冷哼一聲，「沒見過妳這麼蠢的東西，我倒楣了，妳有什麼好處。」

二奶奶趁機撲到二爺懷裡，放聲大哭，「二爺，我錯了……」

小茜的身影在側門外一閃，悄悄溜回房，蹙著眉頭思索，二奶奶要告二爺什麼？我必須要弄清楚，說不定可以以此來威脅二奶奶，或者拉攏二爺的心……

❖　❖　❖

赫雲連城沒了官職，暫時又不用查案，便整天在家中陪著小妻子，監督她每餐的飲食。

郁心蘭沒有什麼害喜的反應，胃口很不錯，但也不願意被人當豬養，每天吃飯時，都要與赫雲連城討價還價一番，噘著嘴，將一大盅的補湯喝下去。

千夏從不敢近身伺候，只躲在眾人背後偷偷看著大爺，羨慕大奶奶有這麼出眾的男人為她布菜，哄她吃飯。

郁心蘭不是沒有看到，只是隱忍不發，且她還有沒有別的動作。

❖ ❖ ❖

一晃三天，大雪終於停了，無人打掃的地方幾乎將屋子給掩埋。城中的居民不事農作，存糧不多，可城中食品緊缺，各府施粥棚開始力不從心了。

若是不能堅持到最後，那麼之前做的就完全沒了意義。郁玫和王姝都明白這個道理，可是，府中的米倉已經空了，城中的米鋪早就限量售米，價格還漲了幾倍。

兩人打聽了許久，終於發現大良米行還有大批存米，卻想等著最佳時機抬價出售。

兩人不約而同出現在大良米行的大門口，對視一眼，心中冷哼一聲，面上卻都笑著寒暄：「怎麼這麼巧？」

郁心蘭好不容易央著赫雲連城帶她出府，到店鋪中看一看受災的情況，聽陳順家的說，三樓屋頂的瓦片壓壞了不少，可別凍壞了香露和花水。

坐在二樓的執事房內，聽完佟孝的報告，知道損失很小，終於放了心。赫雲連城便說要回府，郁心蘭乖順地站起身來，跟著連城下了樓。現在沒有客人光顧，所以店鋪的大門只開了一扇，她的目光無意中往門外瞥了一眼，發現對面的店鋪裡，郁玫和王姝兩人正在爭執著什麼，雖然沒有大打出手，但面部表情已經可以用猙獰來形容了。

郁心蘭頓時來了興致，吩咐千荷：「去聽聽。」

赫雲連城知道小妻子一時是不會走的了，只得又扶著她上樓，到升了火盆的執事房裡坐著。

不多時，千荷上來回話：「原是為著買米的事兒。兩位王妃都要買米，大良米行不願賣，可又頂不住威脅，只好說賣五十石。兩位王妃都想包下來，在爭呢。」

赫雲連城淡淡地道：「朝廷已經開倉施粥了。」那意思就是，若是沒米，可以不必施的。

郁心蘭輕笑，「人家要名聲呀。」眼珠一轉，心生一計，招來佟孝道：「我記得你上回說大良米行的老闆欠了你一個人情？」

佟孝忙道：「是。」

郁心蘭笑著低語：「你如此這般告訴大良米行的老闆，讓他再欠你一個人情。」

吩咐完了，她才笑咪咪地跟連城回府。

次日一早，郁心蘭就聽說兩家王府又開始施粥了，不過這代價嘛……她讓大良米行的老闆以拍賣的方式出售大米，只怕兩位王妃都出了不少血。只要不是針對普通老百姓哄抬物價，就沒有觸犯玥國律法，兩位王妃也只能打落牙齒和血吞了。

要名聲，也得付出相應的代價。

雪一停，便開始出太陽，雖沒下雨，可四處都是滴滴答答的雪水，土地變得十分滋潤，一旦雪水化盡，氣溫就會回復，而那時再開始育苗已經遲了。

朝中懂農事的官員已經上了奏摺，向皇上稟明了此事。這些官員於農事也是半通不通，到了這一步，才去想下一步要怎麼辦，所以這會兒知曉了情況，卻也束手無策。

路還不通，就是想運種子進京也得要時間啊。

建安帝發了頓脾氣，卻一籌莫展，最後將幾個重臣和兒子們都宣到宮中，要大家出謀劃策。

永郡王搶先道：「兒臣願盡全力施粥，保證城中百姓的飲食。」

仁王也忙跟著表態。

建安帝仍是不滿意，「施粥能施一年嗎？若是此時不下秧，今年秋收便會減產一半。」

定遠侯忽然出列，一躬到地，「臣的長媳早已經育好了秧苗，只等雪水化淨，就可以分發給京畿的農戶了。」

建安帝聞言又驚又喜，「愛卿此話當真？」

定遠侯沉聲道：「不敢欺瞞皇上。數量應是足夠，只是不知各處受災情況如何，秧苗應當如何分配。」

建安帝激動得從龍椅中站了起來，一連說了七、八個「好」字，才吩咐道：「此事就交由連城負責，讓太府寺的人配合。」

聖旨一下，郁心蘭便指揮人手，將育好的秧苗幾束一捆地紮好，交給赫雲連城去分發了。

過得三日，氣溫回升，大半的積雪都化了。農人們也領到了秧苗，很快地下了秧，挽回了之前的損失。

建安帝龍顏大悅，宣了諸人進宮，論功行賞。

建安帝含笑看著仁王妃和永郡王妃：「妳們倆一直救濟災民，是為有功，各賜珊瑚項圈一個、東珠十顆。」

郁玫和王姝受寵若驚，忙盈盈拜倒，謝主隆恩。

建安帝又看向郁心蘭，笑意更深，「難為外甥媳婦想得周全，之前稟報雪情有功，之後又培育秧苗有功，要如何賞賜才好呢？」

皇后配合著笑道：「蘭丫頭，皇上開了金口，想要什麼只管提。」

郁心蘭羞澀地一笑，「為皇上分憂，本是臣婦的本分。賞賜什麼的，皇上隨意好了，可既然臣婦有兩件功勞，想來皇上賜得不會比兩位王妃要少。不過，皇上既然問了，臣婦便想問一句，之前購買粗布的銀子何時可以給臣婦結了？」

建安帝一怔，忍不住哈哈大笑，「妳還怕朕賴了妳的銀子不成？」

赫雲策和赫雲傑都不由自主地垂下頭，一個勁地衝大哥打眼色，覺得大嫂這般計較，實在是丟臉面，要她不要再提，趕緊說點別的圓過去。

赫雲連城卻似無察覺，見皇上笑得開懷，也笑道：「皇上也知道，蘭兒賺那點銀子不容易，若是她沒銀子用了，又會伸手管臣要。」

建安帝笑了好一會兒才收住，挑了挑眉，「你們想朕結銀子，至少要把帳目給朕瞧瞧吧。」

郁心蘭還真是有備而來的，立即從懷中取出一個小帳冊，上面一筆一筆記錄得清清楚楚。

建安帝翻到後面，訝然道：「妳自己那幾個莊子的布也要朕出銀子？」

郁心蘭正色道：「臣婦也是皇上的子民啊。」

建安帝瞧了她一眼，笑紋更深了些，「嗯，不錯。」

一揮手，黃公公便使人抬個了箱子進來，打開來，是黃澄澄的金子。

「五千兩黃金，夠不夠？」

郁心蘭的眼睛頓時睜大了，笑靨如笑，「夠了！」

赫雲連城也拱了拱手，「多謝皇舅。」

仁王的眼珠一轉，也笑著拱手道：「不知兒臣府中施粥的米銀，父皇給不給結？」

建安帝笑瞪他一眼，「作夢！」

永郡王輕嘆一聲：「兒臣原也想提的，這下子不敢了。」

郁心蘭垂下了頭，只關注箱子中的金子，心道：這仁王倒是個敏慧的，一轉眼就想通了其中的關鍵。

若不是長公主對皇兄的了解，她也不敢這麼大膽找皇上要銀子。其實，皇上很討厭沽名釣譽的行為，尤其是皇子、王妃這般行善留名，為的是什麼，還不就是那張龍椅嗎？

這世上有完全無私的人嗎？至少在皇上的眼中是不可能有的。所以立了功後，小小的貪心一下，只會讓皇上覺得安心。況且，她的果莊被人種了象穀，之前就有大臣舉報上聽，只不過被雪災給壓住了，只怕過得幾天，災情緩和之後，又會被人翻出來說道。

別的都不怕，就怕對赫雲連城不利。

與赫雲連城對望一眼，從彼此眼中看到了相同的認知。赫雲連城的眼中還多了一絲焦慮，仁王有賢名、有野心、有心機，只怕是對皇位勢在必得。如若他仍舊是禁軍總領，只怕仁王仍會來糾纏。

事畢後，皇上賜了宴，直到入夜，諸人才出了宮。

臨別前，總是要寒暄幾句的，郁心蘭只覺得郁玫看向自己的眼神夾雜著一絲恐怖的氣息，可臉上的笑容仍是那般溫婉親切，「妹妹這回立了大功，可給赫雲家爭了臉面了。」

郁心蘭立時表示：「我只是盡些本分而已，倒是父親一連幾日帶兵掃除積雪，安撫災民，維持城中秩序，才是真正地立功。」

這個死郁玫，不害一下我就不高興是吧？把我捧得這麼高，就算侯爺沒有意見，可兄弟妯娌們肯定是十分不滿的。

郁玫的確是很氣憤，一整晚的宴會，明子信的目光都時不時地瞅向郁心蘭，趁更衣的空檔，還問過她一句：「同是姊妹，妳為何想不到育苗這一點？」

這般暗藏貶低的話是從她的夫君口中說出來的，要她情何以堪？她怕明子信說她沒用，掏了大把的壓箱銀子才能將施粥進行到底，可最後，得到皇上青眼和夫君讚賞的卻是郁心蘭。

這些怨念郁心蘭卻是無從知曉了，在宮中待了一整天，格外的累，一回到府中，倒頭便睡。

次日清晨，郁心蘭和赫雲連城都是被屋外的驚呼聲驚醒的。

紫菱慌張地進來稟道：「茜姨娘過身了。」

小茜雖是良妾，可沒有娘家在後撐腰，死法又是這麼的合乎邏輯——昨夜跟幾個小妾爭寵，推搡之下不小心摔倒，重傷不治。當時共摔了三個，只是她沒摔對地方，後腦勺正砸在院子裡的一塊壽山石上，當場血流如注，連夜請來了大夫，卻也沒能保住小命……於是乎，死了白死。

長公主著人將靜念園的大夫、小妾、丫頭都帶過來問話，口供一致，藥方、裹傷口的血布條，物證人證齊全，只能說是小茜命不好，誤死。

紫菱做為其義姊，到靜念園的白堂去看了小茜最後一眼，上了三炷香，便回靜思園來稟報了。

郁心蘭並不怎麼相信，可這年代小妾的命根本不值錢，況且爭風吃醋弄出這麼大的動靜，算是醜事了，府裡的意思也是快點掩蓋過去，於是決定停靈兩天，給小茜父母五十兩銀子的安家費，再買口櫸木棺材安葬。

縱使懷疑，可沒有任何證據，郁心蘭也無可奈何，只是頗有幾分感慨。

赫雲連城對內宅裡的骯髒事知之甚少，還以為她是念著一場主僕之情，便摟著她寬慰：「人死如燈滅，多想無益，若是心裡不舒坦，另外打發些賞銀給她的父母便是。」

郁心蘭點了點頭，表示明瞭，可私底下，她仍是給了紫菱和千荷指令，讓她們多跟靜念園的人接觸一下，摸摸看有什麼不尋常之處沒有。

兩人正在屋裡頭說話，忽聽院裡的千荷大聲道：「給莊郡王妃請安，給大姑奶奶請安。」

赫雲連城一怔，看了看郁心蘭道：「大姊來看妳了。」說著與郁心蘭一同迎了出去。

赫雲彤與唐寧攜手進了屋，相互見禮後，在暖閣的炕上坐下。

赫雲連城不便久留，寒暄兩句，便到書房去了。

郁心蘭讓錦兒上了幾碟瓜子，赫雲彤稀奇地道：「妳不會這麼小器吧，昨日才得了那麼厚的賞，今日卻拿幾碟瓜子打發我們。」

郁心蘭輕笑，「這瓜子可是我自己炒的，加了特殊的香料，妳且試試。」

赫雲彤抓了一把，每樣嗑了幾個後，便連連點頭，「的確與平常的不同，一會兒給我一樣包一包帶回去。」

唐寧笑話了赫雲彤幾句，這才小心翼翼地看向郁心蘭，輕聲致歉道：「上回妹妹發了帖子請我賞花，我實在是不便前來，還請妹妹莫怪。」

說的是幾天前，郁心蘭請客那回。那時赫雲連城還被關在宮中，又是為了七年前的秋山之變，郁心蘭早知不應與莊郡王妃有什麼牽扯，免得皇上以為她們私下裡交流什麼，疑心更重。可若是不請，又顯得刻意。於是郁心蘭請客，唐寧不來，在當時來說，這才是最好的處置方式。

郁心蘭便笑道：「姊姊不是送了回禮？又特意來說什麼？可真是見外了。」

唐寧這才柔柔地一笑。

赫雲彤原是為了著另一件事來的，「今日出皇榜了，弟妹去看了嗎？」

郁心蘭嗑著瓜子，一臉茫然，「出榜？春闈榜單嗎？」

赫雲彤道：「不是，就是這次雪災賑災的有功之人，皇上張榜嘉獎。」

就相當於是貼大紅喜報，通報表揚了。不過裡面肯定沒有她的名字，否則唐寧和赫雲彤也不會這麼問。

郁心蘭滿面笑意，「有沒有妳們的名字。」

赫雲彤撇了撇嘴，「我們施粥在人後，米糧又不足，哪會有我們的名字呀？可是，昨日皇上還說弟妹妳立了兩功，怎麼皇榜上沒妳的名字呢。」

郁心蘭眨了眨長長的睫毛，一臉隨意地道：「其實我哪有什麼功勞，我是受益人。他們是自己掏銀子賑災，我卻是用皇上的銀子，為自己牟利，順便推廣一點而已。」

昨日恩宴之時，郁心蘭便通過長公主婆婆，委婉地告訴了皇上，功勞可以不要，折算成現銀比較好。果然，回府之後，點收物件時，就發現賞賜的東西比之前說的要多得多。

災情得以有效控制，災民可以重建家園，那是皇恩浩蕩，跟皇上搶這個功勞，那是腦子被門板夾了。

唐寧和赫雲彤如何不明白這個道理，聞言，都細細打量郁心蘭。瓷白中透著紅暈的肌膚，眼如秋水一般，明亮清澈，看上去神采飛揚，明麗照人，五官靈秀，還咬著軟嘟嘟的唇，一副天真無邪得不得了的樣子，好像剛才的話都是出自內心隨意而言，並非刻意。

唐寧的笑容深了幾分，「難怪我家王爺總說妳是個聰慧的，可妳那姊姊和表姊，卻是想不通這一點。」

昨日受賞之時，王姝發現自己的賞賜與郁玫的相同，眼中還流露出幾分失望和不滿，雖然隨即便收斂了，可眼光毒的人仍是能發覺。可想而知，皇上的心中會對王姝如何評價了。至於郁玫，從頭至尾表現得淡然溫順，謝賞之時，也是先說的「託皇上洪福」，可與身邊的王姝一比，太過於淡然平和了，是否可信，只怕皇上心中也會思量。

一個要與人爭，一個刻意表現得不爭。

這世間，女人都是依附於男人生存的，女人的意志都是以自家男人的意志轉移而轉移的，換句話說，仁王妃與永郡王妃的表現，也可以說是仁王與永郡王的表現。皇上心中定然會對這兩個皇兒另有一番考究。

唐寧心思轉了幾轉，笑吟吟地握住郁心蘭的手道：「我就覺得跟妹妹投緣，王爺與連城亦是自小過命的交情，日後咱們可要多親近親近。」

赫雲彤笑睇著她，「難道妳就不要與我多親近親近嗎？」

唐寧作勢拍了赫雲彤一下，「我難道還沒跟妳親近嗎？」

三人又笑著說了一些閒話，唐寧見時辰不早，便問赫雲彤要不要一起回去。

赫雲彤道：「不了，我在這留飯，一會兒還要去見見四弟，後日他大婚，我來不了了。」

郁心蘭十分訝異，「為什麼？」

赫雲彤頗為得意地道：「岑家請我去當全福夫人。」

全福夫人，自然是在女主家吃喜酒了，而且還可以拿大紅包。最主要的是，這表明岑家人認為赫雲彤是個有福之人。不過，赫雲彤兒女雙全，夫妻恩愛，丈夫連個通房丫頭都沒有，她若沒福，那天下的女人還有哪個有福氣？平日裡旁的夫人私下提到赫雲彤，多半會笑話她剽悍，其實心底裡哪個又不羨慕？

郁心蘭和唐寧忙道：「恭喜恭喜！」

赫雲彤既然不走，唐寧便先告辭走了，赫雲彤這才拉著郁心蘭道：「妳知不知道這回太后娘娘微恙，侍疾的是哪位妃主？是德妃娘娘。皇上最重孝道，這回子侍疾，不知多少妃主在爭，最後卻被德妃娘娘爭到了。莊郡王只怕沒歇了爭儲的心思，妳和連城日後還是少與他們來往的好。」頓了頓，又道：「畢竟七年前那事兒還沒個結論，隨時會被人翻出來說道。」

直到郁心蘭應承了，赫雲彤這才施施然走了。

郁心蘭呼出一口氣，赫雲彤自是為了赫雲家好，可若說沒有私心，怕也不是。說到底，她是侯爺的女兒，在平王府能這麼硬氣，就是因為身後有個強勢的娘家。若是赫雲家牽涉進了皇權爭鬥之中，又不幸輸了的話，只怕她的日子也不會怎麼舒服了。

只不過，誰會沒點私心呢。

郁心蘭雕好了一根香木簪子，便喚紫菱進來問道：「千荷都打聽了些什麼沒？」

紫菱道：「婢子剛問過她，她打聽到，前日晚上，二爺就狠狠罵過小茜一次，氣沖沖地從小茜屋裡出來，直接去了蘇繡屋裡，小茜還追著跑呢。別的，就真沒什麼特別的了。」

小茜才開臉沒多長時間，就是三爺那樣心花花的男人，也應當是在新鮮期才對，況且小茜一心想攀高枝，只會對二爺百依百順，以前又是王丞相府中的家生奴，自小受的就是奴婢教育，最會察言觀色，說錯話的可能性都極小，怎麼可能得罪二爺？

郁心蘭上了心，「沒人聽到他們吵了什麼嗎？」

紫菱道：「我讓千荷再去打聽打聽。」

直到下晌，千荷才從服侍小茜的丫頭翠兒的口中聽說，隱約聽到茜姨娘說什麼「米糧」。

郁心蘭心中一動，使了人去傳話給佟孝，要佟孝找大良米行的老闆，問一問仁王府和永郡王府賑災時各買了多少米。

佟孝的辦事效率極高，不過一個多時辰，就使人回了話。五天內，仁王府一共買了五百石米，永郡王府則買了二百八十石。

相差了近一倍，可兩邊施粥的時間卻是一樣的，而且，永郡王府比仁王府早斷米，這是大夥兒都知道的事。

郁心蘭心中有了計較，便問大爺哪兒去了。

紫菱道：「在前面跟幾個侍衛交手呢。」

郁心蘭便披了件披風，順著抄手遊廊，往前面小院而去。

赫雲連城與四名靜思園的侍衛剛才交手完畢，坐在石凳上交談，看見妻子出來，連忙挪了個地方給她，順便還將她的手握到了自己懷裡暖著，悄悄問一句：「冷不冷？」

郁心蘭輕笑，「再過幾天就是四月了，已經化雪了，哪裡還會冷？」

侍衛們都低著頭，不敢打量少夫人，赫雲連城見他們不自在，便牽了妻子的手，回正房。待屏退了下人，他方問道：「找我什麼事？」

郁心蘭悄聲道：「我懷疑小茜的死是二爺幹的。」

「下人們都說，昨晚二爺從宮裡回來，便直接去了小妾們住的後院。幾個小妾早伸長了脖子凝望，自然是要爭執推搡一番的，可二爺是自幼習武之人，平日裡又嚴肅，若是吼一聲，想必小妾們也不敢亂動，何至於爭到都摔倒？退一步說，若是換成你的話，一手一個，總能拉住兩個吧？」

「我懷疑小茜知道了二爺什麼事，她是個沒腦子的，只怕想用這事兒來爭寵。我想來想去，應當是跟米糧有關。永郡王府後面買的米比仁王府少了一半，你說過，二爺早就搭上了永郡王，是不是幫永郡王府弄了米？」

赫雲連城盯著她幾眼，二弟還有什麼地方可以弄米，自然打著父親的旗號，到軍營提些軍糧了。他心中不想相信，卻也知道此事重大，當下便握了握她的手道：「妳先別說出去，我跟父親商量一下再說。」

事情查得很快，當晚，侯爺就得了確信，氣得立即將赫雲策傳到書房，一腳踹上了赫雲策的心窩子，將他踹得滾了幾滾，嘔出一口鮮血來。

甘氏剛得了自由，因為後日是赫雲飛的大婚之日，明日女方家要抬嫁妝進門，當家主母不在場的話，會讓旁人看侯府的笑話，侯爺這才允了她出來。她出了佛堂，便去廚房親手熬了一碗雲耳蓮子羹，正端到書房，便看見這驚心動魄的一幕。

「侯爺，你這是幹什麼？策兒若犯了什麼錯，您好好教他便是了，為何要將他往死裡打？」

甘氏隨手將托盤擱在一邊，撲上去扶起兒子，哭得聲嘶力竭。眸光掃過立在一旁的赫雲連城和郁心蘭，心中忿恨地想，肯定這是他倆告了策兒的狀。

侯爺氣得雙手發抖，指著赫雲策道：「妳且問問妳生的好兒子都幹了些什麼事！居然用馬料偷換軍糧，這可是重罪！」

甘氏一怔，轉頭看向兒子。

赫雲策臉色發白，粗喘了幾下，才慢慢緩過氣，忙撲通一聲跪下道：「父親，孩兒的確是做了錯事，可也是為了城中百姓著想啊！」

他涕淚縱橫地解釋，永郡王爺為了施粥，連王妃的陪嫁銀子都拿了出來，他被其感動，這才決定幫一幫，又保證道：「永郡王爺答應了孩兒，待道路暢通了，外埠的米糧運了進來，就將這些軍糧給補上。」

侯爺盯著他問：「換軍糧是永郡王爺的意思？」

赫雲策遲疑了一下，「是孩兒的意思。」

永郡王只是在請他吃酒的時候，表情有那麼幾絲憂愁，是他主動問起，又主動張羅的。

侯爺好不容易壓下去一點的怒火又一下子竄了上來，再一腳踹上去，啪，又是一個大耳光。清脆！響亮！

甘氏忙抱住侯爺的手臂，哀求道：「侯爺，求求您別再打了，再打會打死的！事都已經出了，從咱們府中的米庫裡先補進去就是了！」

侯爺氣得額頭痛，手一揮就將甘氏甩開，「三百石米！我一年的年俸也不過三百石，米庫裡有這麼多米嗎？」

甘氏趕緊道：「那就去買，四處買。」

赫雲連城沉聲道：「如今城中米鋪的米仍是十分緊張，四城門外的官道上，許多樹木被雪壓斷了枝，阻了路，輸通還要些時日，怕就怕這期間兵部到營中查帳。」

赫雲策很有信心，「大舅兄知道此事，必定會跟岳父大人提的，兵部不會在這時查帳。」

郁心蘭心中冷笑，到了這個時候，赫雲策居然還沒看清形勢。永郡王哪裡是看中了他，明明看中的是侯爺。轉了那麼大一個圈，表現出欣賞赫雲策的樣子，彷彿他日登基之後，必定會委以重任，讓赫雲策心甘情願地為其賣命。其實，一切都不過是為了設這個局，讓赫雲策自己去犯罪，只要拿了赫雲策的錯處，就能牽制侯爺。所謂虎毒不食子，侯爺剛剛拳打腳踢，也是愛之深責之切的表現，心底裡，肯定是不願意將兒子推出去獲罪的。

甘氏扭頭看向郁心蘭，「若是米鋪大米不足，妳東郊西郊都有莊子，佃農們應當都有存糧，先向他們買了，湊足了數補上去，等過些日子，城中有米了，咱們再多補回他們一些便是了。」

郁心蘭看著甘氏不禁頭疼，「大娘，這事兒可不能聲張，這樣四處奔波，只會令有心人察覺。現在只能……」

話未說完，就被甘氏給尖叫著打斷：「妳就是想看策兒的笑話，讓策兒獲了罪，你們才好高枕無憂！」

赫雲連城俊臉一冷，眸中寒光四射，「還請大娘不要汙衊蘭兒。蘭兒也是為了二弟著想，難道您想將此事弄得滿城皆知不成？」

甘氏還要再罵，侯爺大喝一聲：「閉嘴！若不是妳自小慣得他不知輕重，他又怎麼會犯下這等錯事？」

赫雲策這時抬起頭來，定定地看著父親道：「孩兒知錯，孩兒會將此事解決，還請父親叮囑告密之人，不要將此事洩漏出去。」說著，陰森森地看了赫雲連城和郁心蘭一眼。

侯爺眼睛微瞇，「你要如何解決？」

「孩兒想去岳父大人府中借用一些……」

話沒說完就被侯爺一個耳光給截斷了，「蠢貨！」

郁心蘭也直扶額，這會子居然還想靠岳父，這個岳父靠得住，母豬會上樹啊！

其實她不是沒有辦法解決，不過她想等赫雲策受到教訓和處罰之後再說，畢竟，小茜的這條命是他欠下的。

書房裡正鬧騰著，侯爺的心腹副官石崇在門外稟道：「末將剛剛接到營中傳來的消息，兵部派了三位帳房先生到軍營盤查帳目。」

這麼晚查帳？

侯爺聽到稟報，立即吩咐道：「備馬，更衣。」隨即轉向甘氏和赫雲策，「你們都給我回房待著，沒我的准許，不得踏出房門一步。」又對赫雲連城道：「靖兒去換件衣裳，隨我去軍營。」

赫雲連城連忙應承，帶著郁心蘭回了靜思園。郁心蘭從衣櫃裡取出一套靛藍色繡暗竹花紋的夾絨對襟長外衫，邊為他更衣邊道：「我總聽外面的人說父親十分護短，是嗎？」

赫雲連城點了點頭，「是。」又輕輕一嘆，「一會兒看能不能勸得查帳之人先回去休息，只要有一晚的時間，還能想辦法將馬料換掉。」

赫雲連城以往總是冷著一張俊臉耍酷，堅守這時代對男子的氣質標準——氣度儼然，喜怒不形於色，可現在卻愈來愈多的在自己面前表露情緒了呢。

郁心蘭抿唇微笑，既然他願說，她便想將自己的看法與他分享。

郁心蘭抬起頭來，眼神明亮，「連城，你覺得如今這情形，他們會聽話地回去休息一夜，讓咱們換了馬料嗎？」

赫雲連城眸光深沉，握住她的手道：「總要試試，不能看著二弟功名前程毀於一旦。」

郁心蘭歪頭看著他，「旁人會不會給咱們這個機會？即使給了時間，焉知他們不是在一旁虎視眈眈，只等咱們派人掉換的時候抓個正著？我能明白父親和你的心情，畢竟是二弟是自家人，骨肉相連的兄弟，哪怕只有萬分之一的機會，你們也想為他爭取一番。可是，事情已經是明擺著了的，永郡王等人要抓這個把柄，好拉攏父親，難道咱們還往陷阱裡跳嗎？若是換軍糧時被抓住，就連父親都難逃罪責了。」

「為今之計，只有讓父親帶著二弟親自入宮，向皇上請罪。雖說私換軍糧是大罪，二弟的用心也是為了討好永郡王，目的不純，但不論怎樣，最後還是惠及了百姓。只要二弟自願認罰，皇上或許會看在赫雲一家忠心耿耿的分上，網開一面，從輕發落。」

「退一步說，就算咱們將軍糧都掉換過來了，那始作俑者永郡王呢？雖沒抓到咱們的把柄，可咱們也算是輕易放過了他，讓皇上失去一次認清他真面目的機會。二弟得了一次的僥倖，只怕仍是長不了記性。這一次的事，就是因他好大喜功，才會弄出來。否則的話，就算要幫永郡王爺，也可以回家同父親商量，從咱們府中的倉庫中勻借一些過去，不是嗎？我一直認為，既然做錯了事，就應當受到應有的處罰。永郡王如是，二弟亦如是。」

原本她打的也是換掉的主意，長公主怕種子不足，運了許多過來，育苗之後，還有結餘，加上兩處莊子上和侯府的存糧，三百石應當是足足有的。

可是，永郡王和王丞相現在哪裡會給他們這一夜的時間？只怕在她讓佟孝去大良米行問消息的時候就被他們知曉了。之後侯爺派人去軍營暗查，更是給了他們方向。畢竟軍營中王丞相和永郡王都插不進手，為了防止火災，軍糧又不是存在一處，這會子，連掉換的馬料存在哪個倉庫，他們都知道了。

所有的一切都是早已算計好了的。對手已經占盡了先機，抱著一擊即中的決心，左右退路都已經算好，還妄想能逃脫嗎？

一席話說完，郁心蘭便目不轉睛地看著連城。

燭光下的郁心蘭，肌膚細膩平滑如鏡，眉目婉約中透著恬靜和堅定。這樣的決定，看似將二弟推向了深淵，其實保全了赫雲一家，自己和父親都是關心則亂，還不如蘭兒看得透徹，一般人遇到這樣的事情，莫不是想法子先行掩飾，她卻有壯士斷腕的果決。

赫雲連城有片刻的出神，一直知道妻子是聰慧的，卻不曾想，她竟然連朝中的時局也能看透，關鍵時刻點醒了他。隨即，他沉穩地頷首，「我去勸父親。」又緊緊地握了握郁心蘭的手，「去陪陪母親，等我回來。」

郁心蘭點頭應下，送他至二門，早有侯爺的親衛守候著，抱拳稟道：「侯爺已經先行趕往軍營了，著卑職陪同大爺。」赫雲連城立即登馬飛馳，郁心蘭才轉回宜靜居。

還不到入睡的時辰，長公主正在燈下與紀嬤嬤聊著明日赫雲飛接妝禮的事宜，聽到門外唱名，不由得奇道：「蘭兒怎麼這時候來了？」

見郁心蘭微微斂著小臉，長公主心中更是驚疑，待聽她說完事情原委，不由得惱道：「策兒行事也太沒分寸了！」頓了頓又問：「侯爺是什麼意思？」

郁心蘭道：「父親只說去軍營，到底什麼意思，暫時還不得而知，但相公說，會勸父親帶二弟入宮請罪。」

長公主倒吸了一口涼氣，怔怔半晌，才道：「如此……也好，一會兒靖兒應當會差人帶口訊回來。若是侯爺入了宮，我也去向皇兄求個情。」

才聊了沒幾句，紀嬤嬤拿了一張帖子急急地走進來，輕聲稟道：「仁王殿下求見。」

長公主一愣，「見我？」

「是，周總管已經將仁王爺請到正堂了。」

郁心蘭心思疾轉，仁王這個時辰來見長公主，卻不知是否與赫雲策的事情有關。她急忙表示願意隨行。

長公主微微頷首，披了件外裳，便乘轎來到正堂。

明子信見到長公主，十分有禮地先起身行禮：「姑母安好。」

待郁心蘭與他見過禮，再度坐下，丫頭們換上了新茶，明子信才說明來意：「小侄原以為大雪還會多下幾日，因而早便從鄰城調運了一批穀糧過來。剛剛管家才報與小侄說，已經到了。現在已不用施粥，小侄的府中人口簡單，這些穀米還不知要吃到什麼時候，小侄記得姑母出了許多種子，想來莊子上也會吃緊，不如送與姑母一些。這時辰來打擾，實是不該。不過小侄想，這麼多米糧搬來搬去的太麻煩，不如就直接先在侯府卸下。」

這話說得圓滿，彷彿送些糧食只是無心之舉，可在這個敏感的時候，怕就安的不是好心了。之前侯爺想掉換馬料，尚無足夠的糧食，現在人家就把糧食給送上門來了。若真的用這些糧食去掉換，不過就是將永郡王手中的把柄，轉送給他而已，主意打得倒是挺妙。

若是之前沒聽郁心蘭說過赫雲策的事情，長公主說不定就會將糧食給留下了。畢竟豪富之家相互饋贈是常有的事，何況明子信還一口一個「小侄」、「姑母」的。可現下已經知道了，自然是不能留的，免得侯爺帶兒子入宮請罪，皇上一問換下的米糧在哪裡，結果到侯府搜出了這許多來。

長公主微微一笑，「姑母雖出了些種子，但皇上已經嘉獎過了。你剛剛封爵，封地上未有產出，想來並不寬裕，這些糧食你還是自己帶回府去吧。」

明子信急忙表示無妨，但長公主堅決不受，明子信也就不好意思再強送，只得轉移了話題道：「不知侯爺可在府中，小侄理應拜見一下。」

長公主淡笑，「侯爺已經歇下了。」

明子信笑道：「歇得這般早。」

這樣再三試探，讓郁心蘭的心中生出了些許火氣，不鹹不淡地道：「稟王爺，父親要何時歇息，母親也不能過問呢。」

明子信一抬眸，對上了那雙黑不見底的眸子，眼神頓時縮了一下，也知自己方才那句話說得唐突，只得笑了笑，「是我僭越了。那，姑母，小侄就先行告退了。」

長公主根本沒有留客的意思，隨即起身，吩咐道：「周總管，代本宮送客。」

周總管忙躬身進來，做了個請的手勢。

還未來得及送走明子信，甘氏和赫雲策就急忙忙地直衝了進來，邊施禮邊喘道：「不知仁王殿下大駕光臨，有失遠迎，萬望恕罪。」

明子信的眼中閃過一道精光，轉瞬即逝，亦含笑道：「哪裡哪裡，小王只是來送些穀米，畢竟官道還未通暢，怕侯府不足用。只不過，皇姑母推辭了。」

一轉眼，就變成送給侯府的了。

聞言，甘氏和赫雲策激動得手都開始抖了，甘氏當時便想先一口應承下來。

郁心蘭的眸光一寒，勾起唇角輕笑道：「大娘和二弟怎麼到這兒來了，父親不是說了一會兒要去看你們，要你們在房裡等著的？」

這般若有若無的威脅，令甘氏和赫雲策只覺得胸猶如被捶了一記，悶悶的，無法出聲，他們再膽大妄為，也是懼怕侯爺的。

明子信還想說話，郁心蘭又笑著向他欠了欠身，「夜已深，不敢耽誤仁王殿下休息了。」

長公主也回過神來，揚聲道：「周總管，送客。」

赫雲策覺得這是個極佳的機會，若是有了這些糧食，不怕抹不平這件事，忙又開口阻攔道：

「我們府中的穀糧的確有些吃緊……」

「胡說八道！府中何曾短了你吃短了你喝？」

侯爺的聲音忽地從外面傳進來，挺拔的身姿也隨即出現在眾人眼前。赫雲連城緊隨在父親身後，進得廳中，立即將目光落在小妻子的臉上，朝她幾無痕跡地微微一笑，告知她已經說服了父親。

郁心蘭頓時放下心來。

侯爺向明子信行了一禮，淡道：「時辰不早，臣便不留王爺了，改日再請王爺小酌一杯。」

明子信已知此時無法再說動任何人，便瀟灑地笑笑，翩然離去。

待客人走後，甘氏急忙上前道：「侯爺，可以先將那些穀糧留下，掉換馬料，就沒事了……」

「閉嘴！」侯爺一聲斷喝，怒目圓睜，「妳只想著替妳那寶貝兒子掩蓋，可曾將我定遠侯府上上下下幾百口人的性命放在眼中？若是無人查帳倒還好說，現在查帳的師爺已經到了軍營，文書上都蓋有玉璽，這時再掉換，豈非等同於欺君！」旋即轉身看了看赫雲策，漠然道：「既然你已經換好了衣服，就隨為父一同入宮向聖上請罪吧。」

甘氏聽得這話，如同晴天霹靂，攥著侯爺的衣襟便開哭，「侯爺，您不能這麼狠心啊！咱們再想想法子，必定有法子可想的，若是您帶了策兒入宮請罪，一切就無法挽回了啊！」

侯爺心中惱怒她不識大體，現在根本不想同她說話，抓住她的手往外一推，喝道：「齊龍、趙虎，送夫人回房，若是她再走出房門一步，我唯你二人是問！」急怒攻心，說到最後，竟胸腔一滯，咳了幾聲。

長公主忙上前來為他撫背，「侯爺別急，有話慢慢說！」

侯爺一時說不出話，只用手指了指甘氏，示意侍衛上前拿人。

甘氏驚呆了，不知所措地看著兩人行到近前，伸出手臂，做了個請的姿勢，「夫人請。」

甘氏很清楚，侯爺留在身邊的這幾個親衛從來只聽侯爺的吩咐，若是不動，他們就會硬來了，到那時就真的顏面掃地了。她哀哀戚戚地看了侯爺一眼，希望能從他的臉上、眼中看出幾絲不忍來……可惜，很失望，當下也明白侯爺是真的怒了。她不敢再強，轉身走了出去。

沒了母親撐腰，赫雲策更是不敢多言，可父親去了又返，忽地改變了主意，肯定是與大哥有關，所以他沒少將怨毒的目光投注在大哥身上。

赫雲連城上前一步，輕聲道：「父親，我也隨你們入宮吧。」

侯爺看了長子一眼，眸中泛起幾許欣慰，拍了拍長子的肩膀道：「不必了，明日我們還不一定能回來，你在府中幫著你母親主持飛兒的接妝禮。」又轉頭看向郁心蘭，神色間十分滿意，卻只是叮囑道：「妳也幫襯一下。」

郁心蘭忙屈了屈膝，低眉斂目地應了聲：「媳婦知道了。」

侯爺和赫雲策從側門出府，直奔皇宮。

待二人換了腰牌進入宮門，一道黑影從街對面的樹枝上躍下，飛奔了幾條街，至一輛馬車前，低聲稟報：「稟王爺，定遠侯帶著二公子入宮了。」

車內的明子信微微一驚，入宮了？這麼說，定遠侯是打算向皇上請罪了？與常人極力掩蓋的行徑不同，也不怕從此斷了兒子的仕途，還真是有魄力啊！

可不知怎麼的，他的眼前卻浮現出郁心蘭那雙漆黑、明亮，平靜無波卻深不見底的眼眸來。若這主意真是她出的，真是果決不輸男子啊！

❖ ❖ ❖

赫雲連城和郁心蘭送了長公主回屋後，郁心蘭提醒了長公主一句：「也不知是誰告訴大娘仁王殿下來訪的。」

長公主眸光一冷，點了點頭道：「我會查清楚。」

小夫妻倆這才雙雙乘轎返回靜思居。

赫雲連城寬衣躺在床上，將小妻子抱入懷中，卻不說話，情緒不高。

郁心蘭握他的手，輕聲問：「連城，你是不是擔心皇上會處罰父親和二弟？」

赫雲連城輕輕「嗯」了一聲，郁心蘭倒是不大擔心，「二弟呢，犯了錯就應當受罰。至於父親，皇上是個仁君，不會胡亂牽連旁人的。」

赫雲連城仍然只是「嗯」了一聲，半晌才道：「二弟好像很恨我。」

郁心蘭撇了撇嘴，「這是為了他好，他不會真以為皇上這麼好騙吧？長公主曾說過，『我這位皇兄啊，可不是個好糊弄的人，許多事情，即使表面上看起來已成定局，他都會私下裡再查個清清楚楚。』兵部派人查軍營的帳，文書上要加蓋玉璽，皇上必定是知道的。或許明日一早就會知道帳房先生們是夜裡入的軍營，這其中是否有貓膩，難道還想瞞過皇上不成？」

開解了幾句，赫雲連城便將這事兒丟到一邊了，伸手摸了摸她的小腹，嘟囔道：「怎麼還是這麼小？」

郁心蘭輕笑，「還不到三個月呀，要四個月才開始顯懷呢！不過，你可以跟寶寶說說話，他能聽見的！」

赫雲連城眸光一亮，連聲追問：「真的嗎？妳如何知道？」

汗，這就是胎教啊！

郁心蘭自然沒法子跟古人說什麼胎教，只嘛著嘴道：「當然能，我每天都告訴寶寶，要乖乖長大，出來後，先叫爹爹，再叫娘。」

赫雲連城喜上眉梢，隨即謙虛道：「要麼，讓他同時叫我們倆吧？或者，我教他叫妳也成。」

美得你！郁心蘭在心中暗翻個白眼，小孩子都是先叫媽媽的。

赫雲連城上了心，還真的一俯身，將嘴湊到她的腹前，小聲嘀咕了幾句。郁心蘭支著耳朵聽，都沒聽得清，心裡跟貓爪子抓似的，問他：「你跟寶寶說些什麼呀？」

赫雲連城面露得色，將小妻子摟緊，隨口答曰：「男人之間的話。」

郁心蘭一聽這話就不高興了，噘嘴怒道：「我知道你想要兒子，我也是想生個兒子沒錯，可這不是我想就能生的呀！萬一生了個女兒，難道你這個當父親的還要嫌棄不成？」

赫雲連城無端端被砲轟了一通，覺得自己真冤，「我何時說過是女兒就要嫌棄的話？我只是把他想成兒子而已，若是女兒，我一樣也喜歡的。」

郁心蘭才不相信，哼了一聲。赫雲連城想了想，還是老實地回答：「不過，我想的都是若是兒子，我要怎麼怎麼樣。」

「你要怎麼樣？」

「教他習武、騎射、排兵布陣，待他長大一點，還可以一起飲酒對弈。」赫雲連城說著說著，便面露微笑。

「那若是女兒呢？」

赫雲連城被問住，遲疑了片刻道：「女兒……還是妳來教吧，我疼她就好。」

郁心蘭非常不滿，「怎麼疼？」

赫雲連城無語了，他就知道一種疼法啊，「她要什麼就給什麼，這樣行不？」

「你是想慣出個刁蠻小姐出來是吧。」

赫雲連城終於明白自己的錯誤了，商量著道：「那下回我跟寶寶說話，就不分兒子、女兒了，好不好？」

可惜現在領悟已經遲了，郁心蘭打了個哈欠，聲音嬌軟地嗔道：「那有什麼用？限你在十天之內想出如何疼女兒的方法來。」

說罷閉了眼，睏意上湧，不多時便呼吸輕淺均勻了，徒留赫雲連城睜著一雙星眸，死盯著雕花的床頂，琢磨著女兒要怎麼疼呢？要怎麼疼呢？要怎麼疼呢？

次日，郁心蘭睡起精神十足，反觀赫雲連城的眼中卻布滿了血絲，生生把郁心蘭嚇了一跳，忙關心道：「你這是怎麼了？」

她居然不記得了！赫雲連城心中無奈到了極點，頗有幾分怨懟地瞥了她一眼，「沒什麼，我去書房看書。」

「哦！」郁心蘭應了一聲，忽地想起件事來，「連城，你現在只有喜來一人服侍著，不大方便吧？我介紹個人來給你成不成？就是廚房裡的管事陳嫂子的兒子，叫陳社，人挺機靈的，今年十八歲。」

赫雲連城問都沒問一聲，就說：「妳看著辦吧。」現在要緊的事是到書房去補個眠。

得了准許，郁心蘭立即拿出名帖，使人去樓外樓傳話，將陳社帶入侯府。

陳社規規矩矩地在屏風後跪好，向郁心蘭磕了頭，只等著大奶奶訓話。

郁心蘭輕輕一笑，「別這麼拘謹，叫你來是件好事兒。大爺身邊少了個長隨，不知你有信心辦好這個差沒？」

陳社聞言，又驚又喜，侯府大爺身邊的長隨，那是何等榮耀的差事！當下又連磕了三個響頭，一疊聲地道：「多謝大奶奶栽培，小的一定盡心盡力辦差，絕不丟侯府和大爺的臉面。」

郁心蘭「嗯」了一聲，又問道：「上回讓你去問的事，有消息了沒？」

陳社忙道：「小的正要來回此事，只是聽說府中在辦喜宴，怕奶奶不得空，這才押後了兩天。小的問過賀大人身邊的長隨，他說賀大人上回打的那兩套頭面，一套給林姨娘，另一套給了外面養的薛姨娘。薛姨娘原是彩月樓的紅牌，長袖善舞，現在住在槐樹胡同的五號院裡，賀大人時常帶同僚去玩耍。不過，這個月初七卻只接待了一名江湖客人，而且也沒坐多久就走了。」

郁心蘭心中一動，三月初七不就是官驛入了盜賊的那一天？這個人只怕是去拿地形圖的。記得赫雲連城曾說過，使臣們時常自己換房間，想是怕有人行刺，所以要讓盜賊尋到地方，就得當天給情報。可帶字條或者通過旁人傳話，都怕留下把柄，所以賀大人才會在外室的院子裡接待這個人。

她心中有了計較，便問道：「可知賀大人送給薛姨娘的是哪套頭面？」

「赤金鑲藍寶石，仙童拜壽圖樣的。」

郁心蘭沒再多問，讓安嬤嬤將陳社帶到周總管那去，在侯府的花名冊中記上名字。待人走後，她便問錦兒：「我記得我也有一套仙童拜壽圖樣的頭面吧？」

又抽了個空，去書房見了赫雲連城，將打聽到的事兒說與他聽，赫雲連城立即便差了賀塵和黃奇兩個一起去槐樹胡同五號院探一探。只要能查出盜賊之事是有人刻意為之，就能卸下背上的黑鍋，順帶還能將那些躲在背後、別有用心的人給揪出來。

快晌午時分，仍是不見侯爺與赫雲策回府，長公主開始著急了，郁心蘭與赫雲連城忙去安慰：「也沒聽到什麼傳聞出來，應當是沒事的。再過幾個時辰，就是接妝禮了，母親這時候可不能離開侯府呀。」

長公主也知道是這樣，卻又止不住擔心。最仰鬱的就是赫雲飛了，原本娶妻是件多麼高興的事情，擱他這兒就諸事不順，今日這接妝禮連父親都到不了場。

赫雲連城也沒法子安慰四弟，好在這時來觀禮的親友陸續登門，赫雲連城忙拉四弟去待客。

到了吉時，全福夫人赫雲彤領著忠信侯府的一眾僕人和六十台嫁妝，浩浩蕩蕩地來了。

❈ ❈ ❈

御書房內，建安帝坐在龍案後，端了粉彩蓬萊仙境圖的茶盅，慢慢喝茶。茶蓋子刮在杯口上，發出沙沙的響聲。

定遠侯與赫雲策已經在書房外跪了一夜，黃公公偷眼打量皇上的臉色，暗暗揣摩皇上的心意，待覺得確認無誤了，方低順地開口求情：「陛下，定遠侯爺也已近半百了，奴才聽聞，今日還是赫雲四爺的接妝禮，侯爺缺席不得。您看，是不是宣他進來回個話呢？」

建安帝這才放下手中茶盅，順著梯子下來，「宣吧。」

❈ ❈ ❈

赫雲彤到新房中鋪好床，留下兩位陪嫁丫頭守著新房，便到正廳向長公主和甘氏福了福，笑稟道：「喜床已鋪好，禮成了。」

論理，這個時候應當是侯爺與兩位夫人一同舉杯，向觀禮的親友敬上一杯。可現在只有甘氏和長公主在場，甘氏還一臉如喪考妣的模樣，讓到府觀禮的眾人都有些許尷尬，彷彿窺視了旁人的隱私，卻被撞個正著一般。

赫雲飛的臉沉得都能滴出水來了，還得勉強擠著笑容。赫雲連城攬下了小妻子的活，忙著指揮家僕給來賓上酒菜，沒空搭理宴席這邊；赫雲徵年紀雖小，卻也察覺出今日的氣氛不對，緊靠在母親身邊；赫雲傑難得收斂了翩翩佳公子的風流樣兒，端容陪在一邊，心裡卻也一個勁在嘀咕，前幾日才撞見一個道士跟他說什麼「一樹繁花，盛極而衰」，莫非定遠侯府要開始衰敗了？

場面正詭異地寂靜著，忽地大門前一陣馬蹄聲響，幾匹駿馬飛馳而入，定遠侯飛身下馬，衣著光鮮，氣度昂揚地大踏步走入正廳，笑著向賓客們拱了拱手，「本侯入宮覲見皇上，來遲一步，還望諸位寬恕。」

賓客們立即笑顏逐開地道：「哪裡哪裡，正事要緊！」

侯爺走到上首，端起面前的一杯酒，笑讓道：「多謝諸位來參加小兒的接妝禮，明日的喜宴還請諸位蒞臨。」

郁心蘭站在珠簾邊，隔著珠簾看了看侯爺的氣色，以及跟在他身後的赫雲策，似乎沒有什麼大不同，這才安了安心。說到底，這時代的家庭觀念太重，別人也總是將一家人看成一體的，一人出了事，家中其他人也會跟著倒楣，希望赫雲策能以此為鑒，少做些傻事。

她轉回身，想在女賓席找個座位，可她原本坐的唐寧和王姝之間的位置，已經被三奶奶給占了，她便只有另尋一處，在一位三十開外的夫人身邊坐下。

那位夫人笑著打量了她幾眼，出言讚道：「赫雲大少夫人這套頭面真精緻，聽說您有了身子，戴這個正合適，能一舉得男呢。」

郁心蘭不好意思地笑了笑，「承您吉言了。其實，這套頭面我還是仿賀大人給愛妾打的頭面圖樣做的。」

那位夫人眼神微變，臉上卻還是笑著問：「哪位賀大人這麼有心？」

「鴻臚寺卿賀大人呀！」郁心蘭一臉的純真，彷彿不知道這位夫人正是賀夫人的親姊姊一般，「賀大人極愛這位如夫人吧？我也是看了樣品，覺得好看，才特意令工匠仿製的。不過她的是赤金鑲藍寶的，我的是紅珊瑚。」

那位夫人的笑容更僵了，勉強道：「並不是姨娘就能叫如夫人的。」

「啊……說得也是。」

正說著話，酒菜流水一般地呈了上來，長公主和甘氏也回到女席，開了箸後，眾人便開始把酒言歡，直至席散。

事後，郁心蘭才從赫雲連城的口中得知，侯爺跪了一夜，雖是習武之人，但到底年紀大了，腿腳受了些傷。赫雲策被罷了職，皇上令他在家修心養性，什麼時候改了這種急躁妄為的性子，什麼時候再上任。

這樣的處置已經是很輕了，但郁心蘭並沒打算放過赫雲策，仍是藉了個機緣，不小心說出小茜似乎知道了他掉換軍糧一事……之後便聽說侯爺令人打了赫雲策四十板子。小茜也的確是沒腦子，自己找死，因而也只能這樣，一條人命換四十板子，半個月下不了床。

❖ ❖ ❖

岑柔嫁入侯府的第二日，郁心蘭早早起來梳洗妝扮，去喝新弟妹敬的茶。見她打扮得清麗動人，神采飛揚，赫雲連城忍不住勾了勾唇道：「妳還想搶新娘子的風頭？」

郁心蘭嘟起小嘴，「我這是怕去了大爺您的面子。」

帶上準備好的見面禮，郁心蘭乘著轎子，赫雲連城走在轎旁陪著，兩人一同往正廳而去。

赫雲飛和岑柔相攜而來，遠遠地看到這二人的情形，不由得對望一眼，兩人臉上頓時一紅，又忙忙地別過眼去。

進到正廳，居然連大老爺和程氏一家都在場，還有兩位沒見過的男子。連城帶著郁心蘭向長輩們請了安，又上前兩步，向兩名男子道：「不知兩位兄長何時回京的？」又向兩位堂兄介紹了自己的妻子，「這是內人。這位是榮堂兄，這位是璉堂兄。」

郁心蘭忙福了福。

赫雲榮二十五歲，生得很俊，與侯爺還有幾分相像，一雙桃花眼不笑都帶著三分笑，說起話來也是溫和風趣，「靖弟是個有福的，弟妹一看就是個賢慧的。」

赫雲璉比赫雲連城大了一歲，卻嚴肅得多，相貌亦是上乘，只不過繃著臉，看著就有距離感，只衝郁心蘭點了點頭，送上了見面禮。

這兩位都外放了四年，原本還要再挨兩年才能回京的，這次剿梁王有功，才得以提前返京述職，接下來應當就會留任京城，還應當會有所擢升。

大老爺和程氏有兩個兒子撐腰，說話都氣粗了許多，茫然四顧問：「怎麼老四和媳婦兩個還不來？讓長輩久等，這像什麼話？」

程氏亦道：「正是，想當年蓉兒和惜兒兩個可是早早就到這來給二弟和弟妹敬茶。」

甘氏如今不敢隨便開口，可心裡卻高興，反正岑柔不是她的媳婦，讓大老爺和程氏兩個說道，正合她心意。

長公主娶兒媳婦，本是極高興的，聞言當即便沉下了臉，不鹹不淡地道：「大哥大嫂若是不想喝這杯茶，可以回西府休息，好走不送。」

程氏嘴角抽了抽，卻也不敢再吱聲。

赫雲榮忙打圓場道：「小夫妻起得遲些，也是常事……」

正說著，門外便唱名了，赫雲飛和岑柔走了進來。郁心蘭細細打量了岑柔幾眼，比半年前白了許多，也漂亮了不少，面色嬌羞，瞧著就喜氣。見岑柔的目光飄過來，她便促狹地擠了擠眼，岑柔的小臉立即紅了。

丫頭們端上裝有茶水的托盤，新媳婦規規矩矩地跪下，給公爹和婆婆敬了茶，輪到程氏時，程氏特意強調：「雖說我只是妳的伯母，但咱們赫雲家是沒分家的，所以這茶我也喝得。」

郁心蘭在心裡直撇嘴，張口閉口沒分家，打的什麼主意，當誰不知道呢！

好不容易敬完茶，郁心蘭知道頭幾天岑柔都忙不過來，便沒去打擾。回屋沒多久，賀塵便站在門外求見大爺。

赫雲連城將他召了進來，沒擋屏風，賀塵便低著頭回話：「賀夫人和一個姨娘一大早到槐樹胡同吵鬧，沒再見到別的人進屋。」

郁心蘭一聽，興奮得兩眼放光，果然被賀夫人找上門去了，她忙拉著連城的衣袖道：「快，我們去看看，應當能聽到什麼內幕。」

赫雲連城很懷疑，「女人吃醋而已，能聽到什麼？」

郁心蘭直嗔他，「這你就不懂了，既然賀大人是在那兒見的盜賊，薛姨娘就肯定知道一些內情。她是青樓出身，又是紅牌，以前被人捧著的，現在得了寵，自然得意張狂，指不定就會說出些什麼話來。」

賀塵雖沒抬頭看大奶奶，可從她的聲音裡也能聽出她的興奮來，再回想到來之前，那院子裡雞飛狗跳的情景，就忍不住眼角抽搐，強壓著心頭湧上的怪異感，稟道：「黃奇還在守著，有消息自然會來稟報大爺。」

郁心蘭惱火地瞪他一眼，「若是聽到什麼，當場就抓人了，還等你們回來稟報什麼？」態度這般強硬，赫雲連城也只好答應帶著她去看熱鬧。

到了槐樹胡同五號院，赫雲連城抱著她躍上一棵大槐樹，在枝葉間藏好身，就看到院子裡一群女人相互扯著頭髮、撓著小臉，破口大罵。

其中一名妖嬈女子被逼急了，尖聲叫道：「妳們兩個算什麼正經的妻妾？老爺的事願告訴妳們嗎？哼，老爺可是什麼事都願意告訴我的！」

就說嘛，這種時候不亮出這個底牌來，怎麼能顯示自己是獨一無二的呢？

賀夫人與另一名漂亮女人哪裡服氣，自然是要對罵的。妖嬈女子便漸漸地收不住嘴，什麼話都往外倒，只為了顯示自己的確比她二人得寵。

赫雲連城星眸一眯，揮了揮手道：「抓。」

只吩咐了這一個字，便帶著郁心蘭躍下大樹，對她道：「我送妳回府。」

郁心蘭乖順地點了點頭，一會兒赫雲連城該要進宮了吧？

回到府中，赫雲連城便轉身走了，郁心蘭想了想，先去宜靜居向長公主請了安，稟報了一下剛才聽到的話。長公主聞言，心中大喜，忙親自到宮中求見皇后。

不日，赫雲連城便官復原職，鴻臚寺卿賀大人因身體欠佳，自動請辭，皇上准了他的請摺。當晚，賀大人便帶著家人離了京，一出城門便被禁軍抓住，投了大牢，一眾家眷則帶著部分細軟，回祖籍等候他刑滿釋放。

赫雲連城向郁心蘭解釋道：「因大慶國使團還在，總不能讓鄰邦看玥國的笑話。」

郁心蘭點了點頭，又好奇地問：「賀大人沒供出誰指使他的嗎？」

赫雲連城搖了搖頭，「沒有，皇上也沒逼問。」

也就是說，皇上還是應當知道是誰，不過是給那人留點面子。

時間平平淡淡又過了半個月，梁王的餘眾抓住了不少，這時才將梁王被擒的消息放了出來。逆賊剷除，舉國歡騰，皇上自然又是要論功行賞。

這一回，除了赫雲連城、郁心蘭有賞賜，就連郁老爺和郁心和也因報案有功得了封賞。尤其是郁心和，直接賜了貢生的功名，在吏部安排了一個八品的主薄之職。

郁心蘭接到郁府的喜報，正笑著與紫菱商量帶什麼禮回門，千荷興奮得兩眼冒金星地竄進來，「大奶奶，剛才婢子在大街上看到大慶國的三皇子了……天啊，真是英俊，一點也不比大爺遜色呢！」

京城來了新偶像，在極短的時間內，大慶國三皇子的美名就傳遍了京城的每一個角落，每一樁出府的差事都會被丫頭們搶個頭破血流。

錦兒和千荷運氣好，上午她們去店鋪送帳冊，正趕上三皇子入京，騎著高頭大馬從街市上招搖而過，讓她們瞧了個正著。

錦兒是個寡言的，所以活潑的千荷身邊一整天都圍著十來個小丫頭，一遍一遍地聽她述說三皇子的美貌，毫不厭倦。

蕪兒最後看不下去了，站在廊前大吼一聲：「不用幹活的嗎？都圍在這裡！再讓我看到妳們偷懶，仔細妳們的皮！」

郁心蘭靠在窗邊，探頭張望，嘴裡笑道：「蕪兒生起氣來還挺威風的嘛。」

紫菱笑睇著郁心蘭，「奶奶這是說的什麼話，蕪兒也是幫著管人呢！」

郁心蘭咯咯嬌笑，「偶爾偷下懶有什麼關係，難得來個這樣俊秀的人物，還不讓小姑娘們芳心跳一跳的？」

小姑娘嘛，情竇初開，總會想要八卦一下美男。與其讓這些小丫頭談論自家老公，還不如談論這個三皇子。反正院子只有這麼大，卻有二十幾個下人，這活兒分得夠細的了，時間大把的，聊一會兒閒天沒關係，以前在辦公室，還不是只要領導不在，就開娛樂八卦會的。

不過，郁心蘭也知道這風氣縱不得，所以蕪兒出面管人，她也只是在一旁看著，並未阻止。

晚間又有宮宴，為大慶國三皇子接風洗塵。赫雲連城去了宮中，郁心蘭便自個兒吃了飯，洗洗睡了。朦朧間，感覺身邊躺下個人，將自己摟在懷中，郁心蘭便含糊地問：「回來了？」

赫雲連城輕輕答應一聲，身上散發著淡淡的酒香。

郁心蘭半睡半醒，卻仍是管不住自己的好奇心，問他：「那個三皇子真的長得很英俊嗎？」半晌沒等到回答，郁心蘭勉強將眼睛睜開，便見赫雲連城半挑了眉，板著俊臉盯著她看。

「呃……你這是……吃醋？」

赫雲連城可不願意承認，只哼了一聲，「妳管他長得如何，長得好也不一定性情好。」

郁心蘭趕忙鑽進他懷裡，抱住他的脖子撒嬌，「是啊是啊，像你這樣長得好、性情又好的男人，是天上少有，地下唯一的，能被我遇上，真是我幾世修來的福分呀！」

赫雲連城被她逗笑了，在她的小屁屁上拍了一記，「少哄我。好好睡，明日還要回門。」

次日休沐，赫雲連城帶著郁心蘭向父母辭行，便趕到郁府參加家宴。

郁老爺其實很想大辦一次，為長子步入仕途慶賀一番，可又怕目前災民還沒完全安頓好，這節骨眼上大肆鋪張，會讓言官參他一本，找了赫雲連城等幾個女婿一商量，最後變成了家宴。

向長輩請過安後，男人們自然是先在書房聊天議事，女人們則聚在梅院的正廳，陪著老祖宗說話兒。

兩位伯母仍沒回寧遠，大有不把女兒們嫁出去，誓不甘休之勢。幾個嬸嬸家也有女兒初長成，雖未及笄，但也可以先訂婚了。因而見到郁玫和郁瑾、郁心蘭幾個，伯母嬸嬸們便將她們團團圍住，開始著意奉承。

郁心蘭雖沒害喜的現像，但胭脂味聞多了也會有些難受，不一會兒就微微蹙起了眉。溫氏瞧見了，不免心疼，便喚郁心蘭道：「蘭兒，過來多陪老祖宗說說話兒，老祖宗天天念著妳呢。」

郁心蘭忙向伯母嬸嬸們歉意地一笑，小步子挪到了羅漢床前。老太太伸手就將她拉到床邊坐下，嗔道：「雙身子的人了，可別久站，小心為妙。」又問了她一些日常的飲食起居和莊子的受災情況。

郁心蘭詳細回話：「莊子裡的果樹還好，早早便讓人用稻草圍了根部，除了被雪壓斷的枝條，基本都沒凍著。只是有幾畝地，原是種了些水果和蔬菜的，卻是連根都凍壞了。」

說這話的時候，郁心蘭感覺到郁玫朝她看了一眼，那眸光意味莫名，大概是覺得她運氣好，凍過的秧苗根本不成樣子，根本看不出是什麼植物，竟就這樣躲過了一劫。

其實看得出又怎麼樣，早就讓人換了苗了，還怕妳來告不成？

郁心蘭大大方方地回望過去，與郁玫的視線在空中撞擊。

郁玫柔柔地一笑，「四妹，剛才我同伯母嬸嬸們說了，後日在仁王府中辦個宴會，將家中的姊妹都請了去，我再請幾位夫人讓人相看相看，或許亦能成就幾段姻緣。我想請四妹也來參加，就怕妳有了身子，不想走動。」

這是為了族中姊妹好，郁心蘭若是不應，就太不近人情了，她忙笑著表態，「又不用我走路，哪裡會推懶不去？要不要我也請幾位交好的夫人一同去？」

郁玫歡欣道：「那自是最好。」

伯母和嬸嬸都露出了愉快的笑容，彷彿女兒已經定了一門上佳的親事一般。

約好了時間，便沒再談這個問題。

郁瑾有些奇怪地看了郁心蘭和老祖宗一眼，心想，雪災這回，蘭丫頭得了那麼重的賞賜，竟沒告訴家中長輩嗎？

郁心蘭還真就沒說，皇榜上沒有她的名字，她還四處去傳播什麼？再者，也怕家中人以為她在皇上面前說得起話，提什麼過分的要求。

郁心蘭不說，郁瑾和郁玫自然不會去說，白白往她臉上貼金。因而在家宴上，眾人的話題也都是圍著郁老爺和郁心和轉，兒子掙回了臉面，讓郁老爺很是得意了一把。

有人奉承著老太太，溫氏便安心坐在郁心蘭身邊，一個勁地為女兒布菜，「多吃點這個，對胎兒好的。」

郁心蘭望著眼前的小山，很是無奈，「娘親，我哪吃得了這麼多，您自己吃吧，別管我了。」待宴會散後，郁心蘭尋了個時機，問溫氏：「父親以前可曾跟娘親提過他的事？就是為何王丞相會將女兒下嫁給父親的。」

溫氏笑道：「自然是因為妳父親文采出眾，相貌堂堂。」

郁心蘭洩了氣，若是機密，父親應當不會說，可她明裡暗裡問過郁老爹幾次，郁老爹都死不承認，看來只能另想辦法去查了。

宴後郁老爺又拉著幾個女婿聊天，溫氏便將幾個女兒安排在離二門最近的梓園休息，一會兒姑爺想回府的時候，可以來尋她們，也不用擔心在後宅走動太尷尬。

郁瑾和郁英、郁玫、郁琳坐在小花廳裡閒聊，郁心蘭則到二樓的廂房午歇。

赫雲連城本就不擅言辭，在書房陪坐了一會兒，覺得實在是插不上話，便先告退了。在小廝的引領下來到梓園，發覺小妻子正睡得香甜，就乾脆也躺下，陪她小睡一會兒。

待郁心蘭睡醒，連城便道：「我們回去吧。」

郁心蘭點了點頭，指了指嗓子，「好渴。」

房裡沒丫頭服侍，赫雲連城就親自到桌邊取水給她。

郁心蘭呆看著窗外的一叢梨花，輕嘆道：「好漂亮啊！」

原是早春開過的花兒，因這一場雪又再開了一次，這感覺就如人能重生一般，分外美妙。

赫雲連城挑眉，「這麼喜歡？我摘一束給妳可好？」

郁心蘭邊喝水邊問：「摘得到嗎？」那花枝看上去，離窗臺有點距離。

赫雲連城不說話，直接走到窗邊，左手一揚，抛出一根細絲，纏住花枝，用力一拉，就將花枝拉到了窗邊。

賀鴻和蔣懷也從書房告退出去，到梓園來接夫人回府。仁王自是不可能紆尊降貴到後宅來接王妃的，郁琳便陪著郁玫去前院的書房。坐上小轎前，郁琳無意間一抬頭，正瞧見赫雲連城含著笑，伸手去摘那枝梨花。

梨花粉白，卻白不過他如玉的俊臉和修長的手指。

花枝間那一張俊臉，如同降臨凡間的仙人，完美得無懈可擊。斜眉入鬢，星眸瀲灩，唇角含笑。陽光從枝間傾洩而下，斑斑點點地落在他的臉上，打出明暗交錯的光線，整個人如同浸潤在光華之中，耀眼而不可逼視。

似是察覺到了她的目光，赫雲連城的眸光向下微微一掃，又不在意地移開，拿著花枝回了房，窗口，只餘梨花的芳華。

那一眼，郁琳只覺得自己的心被狠狠地重擊了一下，全身血液逆流，靈魂幾被抽空，僵硬著，不能動彈。

紅杏輕輕喚了她幾聲：「小姐……小姐……」

郁琳猛地回過神來，小臉刷的便紅了，捂著臉鑽進轎子，心開始怦怦地狂跳。怎麼會這樣？怎麼會這樣！原本是她根本看不上眼的男人，之前也見過幾面，驚豔了一把，卻只覺得是郁心蘭運氣好而已。可是今天，這種慌張又期待的感覺是什麼？突如其來的情愫是怎麼回事？她為何會為那一眼心跳，又為何會為他不願多看她一眼而心慌無措？

郁琳的心亂糟糟的，轎子過了二門，到了書房門前，人被紅杏扶下了轎，尚不自知。

郁玫向妹妹笑道：「行了，妳回去吧，後日記得早些來我府中便是。」

郁琳魂不守舍地站著，完全沒有反應，小臉仍是紅如朝霞，若不是紅杏扶她下轎，她只怕還在轎中發呆。

郁玫不由得蹙了眉，她可沒見過琳兒這副樣子，說她氣悶吧，眉目間卻又有絲喜色，說她高興吧，眉頭又擰成一個川字，於是納悶地喚道：「琳兒，妳怎麼了？」

郁琳這才恍過神來，發覺姊姊正緊盯著自己，不由得心跳急促，慌得垂下頭，「沒、沒事，姊姊快進去吧，免得王爺久候。」

的確是不能讓王爺久等，郁玫只得壓下滿心疑惑，步入書房。

來迎門的是郁心和，見到她，低低地喚了一聲：「三姊。」

郁玫頓住腳步，輕笑道：「還沒恭喜弟弟，以後就是個官兒了，若是有何為難的事，只管來王府尋我或王爺便是。」

這話說得好像她能替仁王作主似的，其實不過是料定郁心和沒膽子直接找仁王，才白白說一說，給自己撐面子。

郁心和卻信以為真，神情激動地應了聲：「多謝三姊。」

郁玫往書房去的腳步又是一頓，拿絲帕按了按眼角，擦去根本沒有的淚花，一臉又悲淒又欣慰地表情，低聲道：「只要你能好好上進，不枉你生母為你做那麼多事，她去得也就安心了，唉！」說罷拍了拍郁心和的肩，徑直走進書房。

郁心和站在外間，神色變幻莫測。

柒之章

皇子爭鋒布棋局

郁心蘭回了府，紫菱便來向她稟告：「方才佟總管請人傳話來說，您的果莊被一個外地商人看中了，願意用一萬兩買下，當場就要下一千兩銀子的訂金，佟總管問您，要不要拋售呢。」

郁心蘭怔了怔，扭頭去看赫雲連城。赫雲連城沉吟片刻道：「先傳佟孝入府來回話。」

不多時，佟孝被傳入府中，回話道：「那人姓胡，自稱是永州人士，想到京城來行商，現在住在來雲客棧天字三號房，城中難覓住處，看中奶奶的果莊，是因為果莊受災最小，覺得是塊福地，所以願意高價買下，求個福氣。胡老闆還說，果莊裡的佃農，若是願意留下的，他就會留下，若是奶奶用得著，想帶走也可，聽奶奶的意思。」

竟然也不怕她安插人手，完全擺出一副任人宰割的樣子，似乎不像是有所圖謀之人。

郁心蘭不由得微擰了眉，看向赫雲連城。

赫雲連城頷首道：「你先拖著他，就說傳了話進府，但沒回音，不敢擅自作主。」

佟孝忙點頭應下，告退出府。

打發走下人，郁心蘭悄聲問：「看你的意思，想將果莊賣給這個胡老闆？」

赫雲連城讚賞地看了妻子一眼，拉著她在身邊坐下，解釋道：「是的。旁人向妳打聽果莊之事，可聽到價錢都沒了下文，可見他們只是聽到了一些傳聞，而姓胡的卻願意出一萬兩銀子買個三千兩的莊子，肯定是確切地知道了什麼。」

❖　❖　❖

錦兒素來是個敦厚溫和的，就沒見她與誰紅過臉，此時卻憤怒得額角的青筋都暴了出來，攥緊了兩隻小粉拳，在空中虛揮著，「老爺都下令不許再提此事，她怎麼能將自己父親的話當耳旁風！

這般挑撥離間，也不怕死後下拔舌地獄！」

古時的書房就是辦公室，一般都是套間，由廳、書房和可供主人休息的碧紗廚組成，郁府的書房比較大，還有隔間和茶水間。

郁玫自以為挑撥郁心和時，左右無人，哪知一旁的茶水間就候著夏雨，將那幾句話聽得清清楚楚，所以郁心蘭才剛一回府，這話就傳到了耳朵裡。

郁心瑞亦是滿臉的惱怒，還有煩惱，「姊姊，父親不許再提秋容姑娘的事，可不解釋清楚的話，我怕哥哥會鑽牛角尖。」

郁心蘭瞥了弟弟一眼，笑問道：「你覺得解釋清楚了，心和就不會與咱們有隔閡了嗎？若是娘親為了你，想去害旁人，你會如何？覺得娘親做得太錯，大義滅親嗎？」

郁心瑞抿緊了唇，臉上一片茫然，設想了一下這樣的情形，還真是不可能痛責娘親，甚至會為娘親心疼……

郁心蘭便接著道：「所以囉，秋容是因為他才去害娘親的，兒不言母過，他必定會覺得生母待他很好，覺得咱們應當饒了秋容才是。」

郁心瑞擰著眉頭，左右為難，「若是不解釋，他不是更怪咱們、怪娘親？」

郁心蘭輕笑，「當然要說，不過是要告訴他是誰唆使秋容去害娘親的。而且，這話也不由咱們來說，說了他也不會信，必須由旁人傳到他的耳朵裡。」

郁心瑞恍然大悟，「我知道了，我會辦妥的，姊姊就安心看著吧，我自有辦法讓哥哥院裡的翠蛾聽到這些話。」

翠蛾是郁心和的通房丫頭，想是對他忠心耿耿，聽到了這種話，沒有不告訴郁心和的道理。

郁心蘭看著弟弟還略有些嬰兒肥的小臉，心中不知是什麼滋味，喜他心中有了城府，不再會讓人隨意欺凌，卻又覺得十一、二歲的年紀，正該天真爛漫，卻要開始學著防人，學著算計，心裡又酸澀得難受。

只是，這世間容不得天真的人，她摸摸他的頭道：「嗯，找個機靈的小廝。」

郁心瑞笑道：「夏雨和冬竹都很機靈，夏雨還特別會哄女孩子呢！」又湊到近前，壓低了聲音笑道：「連三姊身邊的紅蕊都幫他做針線，還差點不想陪嫁了。」

郁心蘭暗訝，都到這個地步了？寧可跟個小廝，也不想去王府？要知道，郁玫身邊就兩個大丫頭，以後多半是要給仁王當通房的。

姊弟兩個說了幾句閒話，郁心瑞才告辭回府。

錦兒收起了臉上的怒容，紫菱掀了簾子進來，輕聲稟道：「千夏總是找藉口往屋裡來，我給擋下了。」

郁心蘭點了點頭，「沒事，只要她進不來就好。先別驚動她，或許我還要她幫著傳一點消息。」

她也早猜著，千夏應當是王氏的人，現在為郁玫所用了吧。只是，不知道臨時買回來陪嫁的人中，有多少只粽子。雖說當初買這個陪嫁的丫頭婆子，完全由林管家負責，老太太親自挑選的。但帶人過來的人牙子，王氏卻可以操縱……真是防不勝防啊。

❖　❖　❖

仁王府的聚會，郁心蘭到得最晚，因她要先邀上兩位交好的夫人，禮部侍郎陳夫人和御史周夫人，這兩位夫人府中都有即將婚配又尚未訂親的嫡子，況且也沒有什麼門戶之見。

郁家的女眷及郁玫邀請的夫人們，都已經在花廳裡聊了好一陣子閒天了。聽到外面唱名，郁玫優雅地放下手中的茶盅，輕笑著起身往外迎。郁琳也緊緊跟上，不由得讓郁玫怔忡了一下。

郁心蘭和郁玫攜手而入，嘴裡說著場面話致歉。不待女主人有所表示，郁琳搶著道：「沒事的，反正還沒開宴。一會兒散了宴，四姊夫會過來接妳嗎？」

又不是光來吃的，郁玫再次深深看了妹妹一眼，笑著嗔了她一句：「哪有妳這樣的，四妹才剛到，妳就想著趕人走？」

郁琳瞬間紅暈染頰，「我不是這個意思。」

不是這個意思就更不好了！郁心蘭心中冷哼，平時也沒見妳關心過我，一關心就帶上連城，別不是有什麼企圖吧！

眾人相互見了禮，依次坐下後，郁心蘭先送上隨禮，再將郁府的諸女眷介紹給周夫人和陳夫人，郁家的伯母嬸嬸們看向郁心蘭的目光頓時就變得親切了許多。

一直以來，她們都覺得郁心蘭對親戚的事情不上心，年節時就暗示她，想請她辦個宴會，讓女兒們去露露臉，她裝傻晃過去，後來上巳節時，人都已經上了門，她卻不肯多請幾個夫人來。到了今天，看到郁心蘭帶來的這兩位三品大員的夫人，嬸娘們才知道，郁心蘭還是關心族中姊妹的。

相比之下，郁玫雖然殷勤地主動辦了這個聚會，可只是託人請了幾個六、七品的官員夫人。原本她們這樣的白身之家的女兒，配個六、七品的官員之子也算是高攀了，只不過，郁玫這樣做，透露出來的意思就是，她們也就是這個檔次罷了，別想再高攀別的了。

這樣高高在上的俯瞰姿態，彷彿是在施捨，令嬸嬸們的心偏向了郁心蘭這邊。

人都來齊了，眾人便從花廳搬到王府後花園中的紫荊花架下。藍氏尋了個空，將郁心蘭拉到一邊細問：「那位周夫人家中的兒子，妳知道嗎？人品如何？」

原來二伯母也看出來了，周夫人挺滿意郁珍的，大有結親的意思，而且開口一問便是人品，而不是相貌和前途，可見二伯母是真心為女兒打算的。

郁心蘭心存好感，說出的話便也真誠：「侄女當然是打聽過的，都說周公子文武雙全，開朗熱情，對朋友真誠，對父母孝順，是個性情中人，難得的是，他家從不納妾，家風如此，而且為人不迂腐……」後面這句評語是赫雲連城給的，「前途無限。今年參加了春闈，過幾天就會放榜，依我看，必定能金榜題名，參加殿試的。」

藍氏聽了這話，又憂又喜。郁心蘭明眼亮，自然知道二伯母憂什麼，安慰地拍了拍她的手，笑道：「周家從來就沒有門戶之見，現在這個周夫人就是商戶千金。」

藍氏安下了心，感激地笑了笑。兩人又回到座席。

此時已經下朝，仁王和秦小王爺一同回了仁王府，到書房裡議事。

明子信問道：「聽說那處果莊已經轉手了？」

秦肅點了點頭，「剛去衙門辦了戶籍轉登，買家是個姓胡的外地商人。我已派了陸青等人去查，什麼身分很快就會知道。」

明子信微微地搖了搖頭，「戶籍資料不見得是真的，得去他的祖籍查。」又抬眸問道：「那裡，真的有玄鐵礦嗎？」

秦肅道：「我聽到的是如此。年前宮裡不是鬧過一次刺客，那名刺客就是用玄鐵劍，削鐵如泥，後來便有了這樣的祕聞。」

明子信修長的食指在黃檀木的書桌面上輕輕敲了幾下，從抽屜裡取出一張折疊的紙，展開來細閱。紙上寫著這幾個月來所有與郁心蘭或者佟孝接觸過的想盤下果莊的人，什麼人、在什麼時間、說了什麼話，記錄得非常詳細。

明子信愈看，眉頭聚得愈攏，「不是說刺客當場就吞毒自盡了嗎？怎麼還會有這樣的祕聞傳出來？你看看這上面，足有九人。」

刺客的劍被一名侍衛暗藏了，後又查出是在鐵鋪打造的，原料的出處一曝光，這家鐵鋪就走水，沒有活口了，那名侍衛也醉酒摔入河中。這樣的事，按說應是非常隱祕的，怎麼有這麼多人參與其中。

這紙是秦肅給他的，秦肅自然清楚，解釋道：「人雖多，卻也只是我們、王丞相和十三爺的人罷了。」

明子信的預感越發不好，「為什麼就是我們想爭儲的這幾派人？」

鐵是打製兵器的主要材料，所以鐵礦從來都是由朝廷來管理和開採的，即使普通百姓發現了鐵礦，也要上報朝廷。玄鐵更是比精鋼還要強韌十倍，若是發現了玄鐵礦卻瞞而不報，那就等同於謀反。

當然，一開始聽說果莊附近有玄鐵礦，他也的確是打算私下開採的，這也是給自己一個憑仗，可這祕聞若是假的……他定了定神，沉聲吩咐道：「姓胡的要詳查，果莊那邊讓人盯緊。」

還想吩咐一句，只一想到她這樣大方地將果莊給轉出手，怕是不知情的，不過是貪財了一點。明子信忍不住遲疑起來，難道上回在宮中，她向父皇要銀子，也是因為貪財？

可是，為什麼早不轉手晚不轉手，偏偏在昨日轉手？而今日父皇就……

思及此，他便有些坐不住，揚聲喚道：「初一。」

侍衛初一立時現身。

「王妃現在在哪裡？」

「回王爺，王妃現在在紫荊花苑款待客人。」

明子信當即站起身，問秦肅道：「你隨我去打個招呼嗎？」

❖❖❖

女主人請客，男主人一般是不露面的，但若是願意來打個招呼的話，就表示對女主人十分看重。因而聽到丫頭的唱名，郁玫受寵若驚，面上的笑容雖然淡然優雅，卻十足十的發自內心。她忙起身迎了上去，「王爺怎麼有空過來？」又向其身後的秦小王爺點頭致意。

明子信溫和地笑道：「聽說妳請了家中的親戚，自然要來看望一下。」隨即便親切地免了禮。

側妃祁柳也是一臉喜氣，她剛到不久，王爺便趕了過來，莫不是特意來尋她的？

她便上前嬌滴滴喚了聲：「王爺。」

明子信溫雅一笑，一手牽一個，在主位坐下。郁玫和祁柳含著羞怯地笑，相互暗橫了一眼。

郁心蘭一一看在眼底。

秦肅很隨意地尋了個座位，碰巧在郁心蘭左近，便打了個招呼，更為隨意地道：「靖兄如今很得聖上賞識呢，聽說工部有意保舉他，出任今年的防務御史。」見郁心蘭望過來，他笑了笑道：「雖說是辛苦了一點，卻是個立功的好差使。」

每年入了五月就是梅雨季，這時期防汛的工作十分重要，防務御史便是查察各京畿地防務的。聽秦小王爺的意思，是想讓連城接下這個差事？

郁心蘭淡笑道：「我可不懂這些。」

沒得到想要的反應，秦肅有些失望。明子信雖與幾位嬸嬸說著話兒，餘光卻也一直落在郁心蘭的臉上，仍是那麼平和寧靜，見到自己，既不心慌也不試探……他們是外男，不便久留，寒暄了兩句，又回了書房。

還沒到宴時，便有守門婆子過來稟報：「赫雲大人在府外，要接赫雲少夫人回府。」

郁心蘭含羞一笑，「對不住各位，我先回去了，外子怕是有急事找我。」

郁玫還未有所表示，郁琳便搶著道：「那我送四姊出去吧。」說罷起身，殷勤去扶郁心蘭。

自家妹妹都要送客了，郁玫自然不好再攔，祁柳也笑著起身，「我送送少夫人吧。」

郁心蘭笑道：「不敢麻煩祁側妃，這次見面忘了帶份禮，改日送上一套花水，以表歉意。」

祁柳聽後，只是笑著道謝。方才郁心蘭送給郁玫的，是效果十分出彩，每月只限售五套的恆潤馨香，到她這裡就只是普通的花水，不就是要提醒她，她只是個側妃嗎？

郁琳急著往前衝，忙忙地拉著郁心蘭去坐轎子。到了二門處，秦肅正與赫雲連城在交談，郁琳便扶著郁心蘭，過了二門，嫋嫋婷婷地上前屈膝一福，「姊夫。」

郁心蘭的眸光一閃，沒看她，望向赫雲連城。

赫雲連城抱拳欠了欠身，算是還禮，眸光自然地望向妻子，大手握住她的小手，「回去吧。」

郁心蘭示意岳如先將郁琳送入二門，與秦小王爺別過，便跟相公乘車回了府中。

❖ ❖ ❖

郁玫終於察覺到五妹的心思了，宴席後單獨留下她來逼問。郁琳忸怩了一下，還是大方承認了，又急切地拉著郁玫地手道：「三姊，妳幫幫我呀，若我嫁給了姊夫，我一定能幫上妳和三姊夫的。」

郁玫心中一動，有了計較，便安慰她道：「這事也不能急，妳先回去好好歇著，別往四妹夫跟前湊。女孩兒家的，不能自降了身分，不然嫁過去，他也不會看重妳。」

若真是要將五妹嫁入赫雲家，就一定得能與郁心蘭爭寵才行！或者……取而代之？

郁玫送走了郁琳，便去向仁王邀功。

明子信想都沒想地道：「就憑琳丫頭？不可能的，妳別生事。」有那樣一雙黑亮眼睛的郁心蘭，郁琳哪裡能匹敵？

郁玫一腔熱情被潑冷水，加之仁王話語裡總是高看郁心蘭三分，令她十分不快，耐著性子推薦自家妹子：「王爺，不是臣妾自誇，琳兒自小便被人讚是個花仙似的人兒……」

花仙？明子信心中嗤笑，郁琳遠看還有幾分靈氣，近看就不難發現與一般的貴族千金別無二致，傲慢又任性。哪裡比得上郁心蘭，既恬美寧靜，又靈動活潑……

「誰是花仙啊？」側妃祁柳的聲音隨著一陣香風颭了進來。她深深地看了郁玫一眼，心中暗恨，這個女人才剛進門多久，就想用妹妹來固寵了。

這廂，郁心蘭在問連城：「連城啊，你注意到我五妹沒有呀？」

赫雲連城淡瞥她一眼，酷酷地道：「沒事別亂吃醋。」

那就是注意到了。郁心蘭安心了，有察覺就會有防範，就怕他沒察覺，又問起防務御史的事。

赫雲連城道：「還只是傳言。」

想到秦小王爺那隱含期待的眼神，郁心蘭道：「他似乎很想你接下這個差使。」

見郁心蘭望著自己，赫雲連城遲疑了一下，解釋道：「都城都是建在少災少難易守難攻之處，京畿的防務一向不用怎麼操心，兩百多年也沒出過汛情，所以河堤建得不好，也沒多大關係。」

郁心蘭恍然大悟，京畿的河堤恐怕多半是豆腐渣工程，那麼修建河堤的款項，只怕就……秦小王爺這麼希望赫雲連城擔任防務御史，會不會是因為知道這裡面的齷齪，而且是對手幹的，因而想讓赫雲連城給捅出來，他們好坐收漁人之利？將那一邊給得罪死了，朝中肯定會有人攻擊赫雲連城，赫雲連城就只好來投靠他們。

赫雲連城接著道：「若是皇上派遣我，我自然會去。」

他只會聽皇上的吩咐，其他人的想法不在他的眼中。說完這些，他便命令道：「這兩天在家中哪裡也不去，初九宮中要辦晚宴，應該是要為大慶國的三皇子選妃了。」

他是擔心會有人來麻煩她吧。自從三皇子露了面，據說俊美的容貌和翩翩的風度，讓原本擔心遠嫁他國、無娘家人支持、生活會很艱難的貴族少女們，一改之前的猶豫不決，變得積極主動起來。她雖然無權無勢，可是有一位長公主婆婆，而且長公主婆婆喜歡她這個媳婦，也是眾所周知的事情。

可有些事情是想躲也躲不開的，郁心蘭回到府中，就發現小炕桌上一大堆請帖，描金燙銀的。

赫雲連城皺眉翻了幾張，吩咐紫菱道：「送回禮，人不去。」

紫菱看了郁心蘭一眼，方屈膝道：「是。」

赫雲連城看了紫菱出去的背影一眼，笑道：「妳這丫頭倒是忠心。」

郁心蘭得意地一笑，「就許你有忠誠的侍衛，不許我有個貼心的丫頭嗎？」

一會兒後，紫菱將回禮單子拿來給郁心蘭過目。郁心蘭點頭道：「不錯，就按這個。」

赫雲連城坐到她身邊，摟緊她道：「今日上朝，又有大臣提及立儲一事，皇上已經應下，讓各位大臣上書舉薦人選，說是等大慶國使團一走，便會考慮。這段時間會比較多事，妳小心在府中養胎，哪兒也別去。」

皇上這是什麼意思，各人推薦的不同，肯定會有一陣子亂。以前是暗鬥，現在是明爭了。

郁心蘭用力點頭，「好，沒你陪著，我哪兒也不去。」

轉眼，各府的少女們都得了信兒，知道宮宴上會為大慶國三皇子選妃了。郁心蘭不出府，並不表示別人不會來。親自投帖的人，她還可以推脫不見，可被妯娌們帶來的人，卻沒法拒絕。

西府的蓉奶奶、惜奶奶，往日裡來往極少，這幾天也活躍了起來，動不動帶幾個人來「看望」郁心蘭，二奶奶和三奶奶就更別提了。

對那些打扮得漂漂亮亮的千金們來說，靜思園並不是終點，往往說不了幾句話，就會有人提起：「來了侯府，我們理應拜見一下長公主才是，還請大奶奶引薦引薦。」

郁心蘭通常垂著眸，怯怯地笑道：「婆婆已經免了我的晨昏請安，要我安心養胎，若是我貿然前去，定會令婆婆不快。況且，婆婆喜靜，就是大姑奶奶回門，也不見得會接見。」說著，無措地將手縮進廣袖內，一副新媳婦怕見婆婆的緊張樣。

她不肯引薦，旁人就無計可施。身分的差別就在這兒，長公主哪裡是一般的夫人小姐想見就能見的。如此幾次後，靜思園總算是清靜了兩天。

這日晌午，赫雲連城差人送了訊兒回來，說是三皇子與幾位王爺要到侯府來做客，可能會到靜思園來坐坐。

郁心蘭忙叫來紫菱和安嬤嬤，指揮小丫頭們將院子內外再灑掃一遍，把庫房裡的好東西再挑些擺出來，茶具也換上汝窯青瓷的精品。

到了下晌，正忙碌著，二奶奶帶著兩名貴客登門來，遠遠地笑道：「喲，大嫂這是要來什麼貴客啊？」

郁心蘭瞧清楚二奶奶身後的兩個人，便將到嘴邊的話吞了下去，先向榮琳郡主見了禮，這才笑道：「這不是閒著沒事嗎？琳兒，妳怎麼也來了？」

二奶奶笑道：「是我出府辦事，路上遇到郡主和郁五小姐，便邀她們來府中耍一耍。」

郁心蘭眸光微閃，別人來找我，為的是能被三皇子選上，這兩人只怕是為了選不上。畢竟，後日就是宮宴了。

她笑了笑，將三人讓進屋內，可丫頭們還在打掃，郁心蘭只得抱歉地笑道：「要不，二弟妹先帶榮琳郡主和五妹去牡丹亭坐坐，我一會兒便到。」

二奶奶便帶著客人先行一步，郁心蘭安排千夏和巧兒陪同，自己進內室歪著，對錦兒道：「一會兒大爺回來了，帶去牡丹亭。對了，先讓陳社過去，就當我在那兒，報與她們說。」

錦兒領了命退下，紫菱拿了美人錘給郁心蘭捶腿，笑著道：「奶奶是想讓三皇子見見美人？」

郁心蘭抿唇輕笑，「反正秦小王爺也想讓榮琳郡主嫁去大慶國，她怕是拒絕不了的。」

牡丹亭，顧名思義，四周都是牡丹花。侯府中的牡丹園，因著長公主的關係，名貴品種極多，饒是榮琳郡主見得多了，也被這一大叢、大叢的牡丹給迷花了眼。

小坐了片刻，陳社便跑了過來，向亭中諸人行了禮，低著頭詢問：「巧兒姊姊，大奶奶可在，大爺回來了。」

巧兒忙應道：「一會兒大奶奶就來了。」

「那小的去請大爺過來。」陳社施了禮，忙忙地跑了出去。

他這一走，榮琳和郁琳都坐不住了，左顧右盼。

忽地，郁琳的目光被一支綠牡丹吸引，輕訝了一聲：「好美！」便提裙走出了亭子，來到花叢中，彎腰輕嗅，隨即又直起腰身，一個輕盈地旋身，笑著向亭內的二人道：「好香！」

已是四月，在陽光下，可以穿著輕薄的百褶裙了，郁琳這樣急速一旋，裙襬便如同花瓣綻放，甚是好看。

榮琳也發現了遠遠而來的修長身影，當即也提裙步入花叢，揚手輕輕轉了一圈，當真是人比花嬌。郁琳怎肯示弱，也隨之跳起舞來。

赫雲連城引著幾位王爺和大慶國的三皇子步入花園的時候，眾人便遠遠地看到這麼一副美人起舞圖。

三皇子漂亮的桃花眼一瞇，「綽約多逸態，輕盈不自持。嘗矜絕代色，復恃傾城姿。玥國果然多美人啊！」

秦肅彎眼笑道：「三皇子好才華，榮琳郡主素有玥國第一美人之譽。」

三皇子面露驚喜，「果然絕色！另一少女翩然靈動，宛如花仙，亦是難得！」

建安帝原本就打算賜一名公主和親，再選兩名陪嫁女官固寵，所以三皇子一下子看中兩人，旁人都不覺得有異。

最高興的是明子信，榮琳是秦肅的表妹，而郁琳是他的小姨子，怎麼算，日後三皇子都與他最親近。

赫雲連城雖不知這兩人怎麼會在這兒，不過能被三皇子看中，也確實免了不少麻煩——他的麻煩。當下，一行人便行到了牡丹花邊。

二琳向諸人行禮，半抬了眼眸，嬌怯怯地看了赫雲連城一眼。赫雲連城卻以主人之姿，鄭重介紹了三皇子。二琳又行了大禮，才在丫頭們的簇擁下避到靜思園。

果不其然，赫雲連城送走貴客，回到屋內後，就笑話郁心蘭，「妳倒是手快，一下子解決了這兩人。」

郁心蘭挑了挑眉，「三皇子真的都看中了？」

「嗯，仁王問了他的意思，會稟報給皇上。」赫雲連城刮了刮她的鼻子，「妳這個小狐狸！」哈，要不是她們倆想著上這兒來勾引赫雲連城，她還真沒這個機會。

不過，郁心蘭還是有些不放心，畢竟三皇子只是來求娶一名公主，不便直接向建安帝請求要誰或不要誰誰，若是有人從中作梗，難免有失。

次日一早，果然就收到了仁王妃的帖子，稱在仁王府宴請三皇子，請了侯府幾位少爺少奶奶一同赴宴。

這樣是沒法子拒絕的。郁心蘭皺眉思索，忽地想到，自己答應過送祁柳一套花水的，一直忘了。忙叫來巧兒，跟她說：「馬上送套恆潤馨香給仁王府的祁側妃，妳就這般說……」又寫了封信，讓陳社交給郁心瑞。

巧兒領了命下去，到店鋪中取了香露，直接送去仁王府。

祁柳自然是喜歡這套香露的，可是就是感覺有些怪，於是，笑著又問了一遍：「妳家奶奶真沒說什麼？」

巧兒恭謹地彎腰福道：「回娘娘，我家大奶奶的確是這般說的，以前答應過送給側妃娘娘，一時忘了，還望海涵。」

祁柳輕輕一笑，「好了，我明白了，代我謝謝妳們奶奶。」

巧兒躬身退了出去，祁柳的乳娘文嬤嬤疑惑道：「這赫雲大奶奶到底是什麼意思。」

祁柳冷笑，「到底是姊妹，去那邊問問不就知道了。」

不多時，文嬤嬤躬身進來，小聲道：「老奴剛好聽到王妃身邊的紅蕊在吩咐婢子們……」

祁柳頓時恨得咬牙切齒，「她們一家子的感情還真好，郁玫要將郁琳推薦給王爺，郁心蘭就來送禮。上回郁玫就在王爺面前嘮叨，王爺理都沒理她，她竟不要臉地想到用這種方法！」

文嬤嬤也是一臉鄙夷，「還是個王妃呢，到底不是勳貴家族出身的小姐，就是沒分寸、沒教養，這樣的事也幹得來。」

祁柳前前後後細想了一遍，定下心來，「她不仁，休怪我不義。下晌賓客們就應當要到了，妳派人去盯緊郁玫的人，尤其是紅蕊和紅蓮兩個。」然後附耳低語一番。

文嬤嬤一驚，「這……若是三皇子不滿意，怕是會怪到王爺頭上。」

祁柳嗔怪道：「郁琳生得挺漂亮的，三皇子哪有什麼不滿意的？又不是要娶了當正妃，對男人來說，女人嘛，多幾個有什麼關係。難堪也是難堪郁玫，王爺要怪就怪郁玫去。」

❖　❖　❖

因是上朝日，所以仁王府開的是夜宴，男賓們下了朝，回府更了衣，才帶著妻女們赴宴。

赫雲連城握緊了郁心蘭的手，一路叮囑：「妳要小心，跟緊母親，母親吃什麼妳就吃什麼。」

郁心蘭用力點頭，讓他放心，然後幫他理了理領口的扣子，調笑道：「其實你才要小心。扣子和腰帶我給你扣好了，可不許解開。」

赫雲連城霸道地將她帶入自己的懷裡，俯視著她，故作邪惡地道：「晚上讓妳解！」

❖　❖　❖

仁王府裡，張燈結綵。

郁心蘭隨著長公主等人直接進了二門，自己的丫頭都留在二門外，換為王府的丫頭服侍。長公主牽著她的手，不讓她離開自己身邊。岑柔也極自然地站在另一邊，彷彿怕她被人衝撞了一般。

郁玫只當沒看見，她哪會用這麼拙劣的手段？現在不是除去郁心蘭的時候，至少，也得是郁琳進了赫雲家的門，再在郁心蘭生產的時候，想想法子，總要神不知鬼不覺才好。

酒至酣時，赫雲連城離席如廁，便有王府的小廝在前引路，漸行漸遠。

赫雲連城不由得疑惑道：「怎麼還沒到？」

小廝答得很藝術，「近的都沒空。」

也是，這麼多客人……赫雲連城便跟著他一直走。

遠處一抹粉綠的裙角一閃而逝，小跑著去稟告：「赫雲大爺快到了。」

❖ ❖ ❖

郁心蘭輕啜了一口果蔬湯，眸光一掃，不見了郁琳的蹤影。

郁玫見她轉著頭，便笑問：「三妹在找誰？」

郁心蘭笑笑，「沒有沒有。」

郁玫輕笑，「若是要找誰，只管吩咐妳身後的丫頭便是。」

郁心蘭輕笑頷首。

剛才在府外，郁心蘭已經接到了郁心瑞的回信，所以並不著急。

郁玫細細打量她幾眼，發現她似是並未察覺，心中稍安。王爺真是糊塗了，將琳兒遠嫁他國，三皇子又沒當權，哪裡能幫得上他？自然還是赫雲連城好！

祁柳也在找郁琳，眸光一掃文嬷嬷，文嬷嬷輕輕頷首，她這才放下了心。

郁琳在丫頭的帶領下來到溫泉邊，鑽進浴棚之中，丫頭屈了屈膝，「婢子先行退下了。」

郁琳揮手打發她走，小心翼翼地側耳聽著外面的動靜。

不一會兒就聽到一串腳步聲響，郁琳的心隨著那聲音愈來愈近，跳得也愈來愈快。正要去解腰間的玉扣，一名俏麗的小丫頭進到浴棚之中，向她福了福，輕聲道：「赫雲大爺不肯過來，還請五小姐隨婢子換個地方。」

郁琳有一絲的懷疑，「姊夫為何不肯過來？不是有法子引他的嗎？」

小丫頭搖頭道：「婢子也不知，是王妃讓婢子來引路的。」然後無辜地看著郁琳，隨便郁琳跟不跟她走。

這也不是不可能的事！郁琳一咬牙，跟在小丫頭的身後到了一處池塘，耳邊已經聽到了鼓樂聲響，她不由得問道：「怎麼離宴席這般近？」

小丫頭答得坦然：「就是因為赫雲大爺不肯去太遠呀。」

郁琳一想也是，便揮手讓小丫頭退下，待看得一抹修長的身影愈走愈近，她猛地提裙走上小徑，裝作不小心扭到腳，撲通一聲跌入池中。

宴席中的郁玫聽到丫頭稟報，說是五小姐跌入池塘，幸被三皇子所救，安置在西廂房，至今昏迷不醒，三皇子還陪在她身旁……郁玫眼前一黑，怎麼會是三皇子？又怎麼會是小池塘？

祁柳低頭笑了兩聲，再抬頭時，已換上了焦急的神色，「姊姊快去看看吧。」

郁玫只得起身往西廂房去，祁柳和郁心蘭要看熱鬧，自是跟著。

郁琳渾身都濕了，為了能一次搞定赫雲連城，她穿得十分單薄，這時衣裳全都貼在身上，曲線畢露。明子信和秦肅已經趕到了，再三向三皇子道謝。

看到妹妹的情景，郁玫差點沒暈過去，咬著後槽牙罵道：「被子呢？怎麼不為五姑娘蓋上？」

這個樣子被幾個男人看光，實在是……實在是……

明子信覺得她這般失態，實是無禮至極，只是礙於三皇子在一旁，只得柔聲道：「這裡是宴會廳，哪裡會有被子？丫頭們已經到後院去取了。」

直到這個時候，小廝們才搬來了屏風，再由丫頭們搬進屋內，打開來，擋在床前，為郁琳遮遮醜。郁玫轉到屏風後，輕輕喚著妹妹，可郁琳仍是未醒。

祁柳上前扶住郁玫，柔聲安慰道：「姊姊放心吧，太醫就快來了。而且，三皇子既然心善救人，必定會負責的。」

郁玫這一下子真是要暈倒了，這個祁柳，真是哪壺不開提哪壺！就算此時已經沒有別的辦法，必須將郁琳給三皇子，也不能以此來說事。這種為了名聲不得不娶的女子，怎麼可能得到男人的尊重？

祁柳說話的聲音雖不大，但屋裡人也可以聽見，三皇子隨即表態，明子信僵著笑容道了謝。廳中還有客人，明子信和王妃、三皇子等人便先走了。

郁心蘭站到床前，冷冷地道：「別裝了，沒人了。」

郁琳這才哇的一聲哭了開來，「妳害我！肯定是妳！」

郁心蘭一點也不同情她，一針見血地道：「這是妳姊姊的府第，我能幹什麼？與其在這哭，還不如多想想以後怎麼跟榮琳郡主爭寵吧！」

不過，郁琳估計沒多久好日子過，那天在侯府見到三皇子，郁心蘭就知道這是個極有野心的人，他要的絕不是榮琳和郁琳這樣的美人，他要的是玥國的助力，所以明日的宮宴，他必定有辦法讓皇上將自己的公主賜給他。而榮琳和郁琳，不過是他覺得新鮮的玩意兒罷了。

❖❖❖

送走了賓客，明子信便板著一張俊臉，對郁玫喝道：「妳幹的好事！」

郁玫倉皇地抬頭，「王爺，臣妾……」

「閉嘴！別以為我不知道妳想幹什麼，妳今天還沒讓我丟足臉嗎？」

明子信氣得失了瀟灑的風度，今天他真是有夠丟臉的！郁琳假摔也就罷了，可也要換個地方摔吧！那處池面那麼隱蔽，旁邊一溜兒的全是男廁，鬼才不知道郁琳去那兒是幹什麼的！好歹是他的小姨子，竟做出這麼下作的事情，讓他在眾賓客面前都抬不起頭來，更別提三皇子會怎麼想了！有這樣的小姨子，要他日後怎麼與三皇子合作？怎麼在百官面前抬頭挺胸？

明子信怒到不能再怒，指著郁玫道：「妳——禁足三個月，以後府中的事就交給祁側妃代管。」

祁柳忙上前兩步，輕撫著明子信的背，柔聲代郁玫求情：「王爺好歹看在新婚才一個月的分上，別讓王妃姊姊禁足吧，否則日後姊姊怎麼在眾夫人面前應酬？」

明子信瞇眼看了看祁柳，頗為欣慰地道：「既然柳兒求情，玫兒的禁足就免了，但若想出府，或是請人來府中，必須經由我同意。」

看著祁柳滿臉賢慧的表情一滯，明子信心下惱怒，一個兩個都是不省心的，為何父皇不能給他指一名真正寬容賢慧的妃子？

馬車裡，郁心蘭拉著赫雲連城左看右看，良久才滿意地點了點頭，「原封的。」

赫雲連城惱了，「我是這麼容易被人左右的人嗎？」發覺不對，他便無視了那名小廝，還邀上一名同僚，自己找茅廁解決了，怎麼也不會淪落到被人算計的地步。

郁心蘭只好趕緊送上香吻，安撫這個自尊心受挫的男人。

次日，郁心瑞下了學便直奔到侯府，跟姊姊說道：「夏雨想求姊姊將紅蕊贖出來，萬一被三姊發現，紅蕊就麻煩了。」

原來是一早紅蕊拿了牌子出府，向夏雨求救。昨晚郁玫連夜審問知情人，雖暫時將罪過歸結到祁側妃的身上，可她很怕日後被王妃知道了，自己會死無葬身之地。

看著弟弟期盼的眼神，郁心蘭不禁頭痛，這次也多虧了紅蕊的一片癡心，才能雙管齊下，否則祁柳沒那麼容易知曉郁玫的計算，更不會誤以為郁琳看中的是仁王，可是，紅蕊是郁玫的陪嫁丫頭，這可不是銀錢能解決的問題。

她只能暫時先答應著：「這事兒難辦，我得好好想想，而且也急不來。」

郁心瑞對姊姊極有信心，「姊姊一定能想到法子的！」

郁心蘭無語撫額，弟弟還是太天真了啊！

正說話間，赫雲連城下了衙回來，看了郁心蘭一眼，似乎有話說。不過，他還是先考問了幾句郁心瑞的功課，遣人送他回府，才道：「妳讓我幫童安氏找她的丈夫童普，總算有些眉目了。說起來，還是童耀自己發現的。」

「前幾日童耀路過雲來客棧，發現櫃檯裡的一方硯臺是他父親所有。後來才查到，雲來客棧前幾年走過水，老闆換了，所以一開始去查問的時候，沒人記得童普。我這才讓人畫了童普的畫像，到四周查問一番，還是一名街坊有些印象，說這人住了很久，花錢大手大腳，有回喝醉還差點跟他大打出手。只是之後去了哪裡，卻無人知道。」

郁心蘭輕吁一口氣，「至少是有些線索了，總能查到的。」卻又疑惑，這不是說童普是個窮書生嗎？怎麼能長期住在客棧，還花錢大手大腳？

赫雲連城知她關心下屬，便握了她的手道：「我會盡力。」

該去赴宮宴了，紫菱帶著幾個丫頭服侍二人更衣，錦兒捧了一個青花瓷盅進來，問郁心蘭要不要先吃點粥墊一墊。

揭開蓋兒，是香噴噴的雞絲鱈魚羹，郁心蘭饞蟲大動，連吃了兩大碗，卻在臨上轎前，「哇」的吐了一地。

赫雲連城驚得俊臉慘白，什麼話都來不及說，立即打橫抱起郁心蘭，就往府醫的住處飛奔。

紫菱等人也驚駭萬分，慌作一團。還是紫菱年紀大些，很快鎮定下來，指揮錦兒和蕪兒帶上毛巾、薄被之類的用具，到外院府醫的住處去尋大爺和大奶奶，自己則到宜靜居去稟報長公主。

府醫被赫雲連城的架勢給嚇倒了，急忙轉身，說道：「請大爺先給大奶奶隔條巾子吧。」

赫雲連城只得取了手帕，墊在妻子的手腕上，又站著擋去她的大半邊身子，府醫才敢號脈。半晌，府醫收回手來，走到桌邊開處方。

郁心蘭一路又吐了兩口，直叫「我沒事」。連城哪裡肯聽，這會子跟影子似的跟在府醫身後，緊張地追問：「怎麼樣？內子有沒有事？孩子呢？不會滑胎吧？」

府醫年紀頗大，動作慢條斯理，開完了方子，先詳細說明如何熬煎、如何服用，才要笑不笑地道：「大奶奶沒事，只是積食。」

赫雲連城愣了半晌，才恍過神來，怔怔地回頭看去。

郁心蘭當即將腦袋一偏，假死過去。

真是丟臉！就是知道在宮宴上吃不了什麼，所以今天一整天她都用這個藉口不停地往肚子裡塞好吃的，飯都卡到嗓子眼了，還吞了兩碗雞絲鱈魚羹，能不吐嗎？

都說了我沒事！郁心蘭鬱鬱地想，感覺到頭頂一片陰影，估計是連城來到榻邊了，她死活不肯睜開眼睛，太丟臉了。

赫雲連城一顆懸著的心放下，頓時覺得又好氣又好笑，伸手捏住她的小鼻子，輕哼道：「挺能吃的嘛，嗯？」

郁心蘭堅持挺屍，府醫又不鹹不淡地補充一句：「今日最好多多走動走動，小心晚上睡不踏實，反而傷了胎氣。」

郁心蘭頓時不敢再裝，睜開眼睛，將手一伸，「連城，拉我起來，我們走回去吧。」

赫雲連城差點沒繃住笑出聲來，又是輕責又是寵溺地在她額頭輕敲一記，才扶起她來，慢慢往回走。

這會子錦兒和蕪兒才趕到，赫雲連城已經恢復了一派冷峻，淡聲令她們回去，又朝氣喘吁吁趕到的紀嬤嬤道：「代我稟明母親，就說蘭兒身子有些不適，今晚的宮宴不去了，我留在府中陪她。」

紀嬤嬤忙應下，又詢問大奶奶的病情。總算赫雲連城知道要為小妻子留點臉面，只說是害喜吐了。紀嬤嬤這才放下心，回去稟報。

宮宴沒去成，廚房裡臨時給大爺做菜，自然是慢了一點，赫雲連城直到酉時三刻才吃到熱騰騰的飯菜。大約是餓得狠了，一陣風捲殘雲，也吃得有些撐，他指著自己的肚子道：「這是妳害的。」

郁心蘭想歪了，笑得前仰後合，一個勁點頭，「是的是的，你肚子大了，是我害的！」

赫雲連城這才醒過味來，狠狠地瞪了她一眼，見沒有殺傷力，乾脆撲上去，用力撓她的癢。

郁心蘭受不住癢，拚命扭動，連城又怕她傷了胎兒，忙手腳並用地壓住她，身體這樣接觸，瞬間便點燃了赫雲連城心底的火焰，他的眸光暗了下來，卻又越發幽婉，彷彿一道媚波，直直地撓到了郁心蘭的心尖上……

郁心蘭掙了掙，「別……」

「別什麼？」那帶著一絲慾望和一絲調侃的俊臉緩緩壓下，緊貼著她的臉，嘴唇甚至輕輕地擦過了她的唇，兩人之間的距離頓時變成了零。

嗅著他身上淡淡的男性氣息，郁心蘭有點喘不過氣，心跳快得承受不住，慌道：「不要……現在不行……」

赫雲連城笑得極其誘惑，「什麼時候行？」

郁心蘭用力吞了口口水，支吾道：「四……四個月以後。」

赫雲連城很認真地數了數日子，「快了。」

直接探手抽開了她的衣帶，開始褪她的衣裳。

郁心蘭當真緊張驚慌了起來，失聲道：「不要！」

赫雲連城手上沒停，一邊褪她的衣裳，一邊含著她的耳垂呢喃：「親一親好不好？」

也不待她答應，便俯首含住了她的唇。

她將眼睛閉起來，回應了他的熱情。

夜色溫柔，情意纏綿。

良久，赫雲連城微撐起身子，手指輕撫過她發燙的臉頰，將她散亂的髮輕輕掠到耳後，動作親暱而溫柔，令她側扭過頭去，不敢看他。他卻握住她的手，放在灼熱處，附耳低語：「妳答應過我的，幫我！」

郁心蘭只覺得自己的臉燙得可以燒起來，手中的灼熱更是熾烈，她幾乎敏感地察覺到了那血管的輕跳……

風光旖旎之際，門外傳來極不和諧的唱名聲：「大爺、大奶奶，賢王爺來了。」

赫雲連城頓時軟在榻上，恨恨地一捶榻板，咬牙道：「他來幹什麼！」

明子期在外間耳尖地聽到，興沖沖地道：「我是來告訴你好消息的。」說罷也不用紫菱打簾子，自己便掀簾子進來，卻只看到一排晃動的珠簾。

珠簾裡傳出赫雲連城忿恨的聲音：「不許進來！」

待兩人衣冠楚楚地攜手走出來，明子期眼中的曖昧幾乎可以戳穿人了。

他挑著眉調侃道：「是不是我來得不是時候呀？」

赫雲連城冷淡地道：「有話快說，說完快走。」

明子期撇了撇嘴，委委屈屈地道：「父皇將明華許給三皇子了，選了郁大人的女兒和敬國公的女兒陪嫁。」

郁心蘭微怔，明華公主可是皇上最疼愛的公主，可見皇上是十分滿意這個三皇子了。而榮琳郡主竟沒入選，不是說仁王已經向皇上說明過了的嗎？

赫雲連城思忖著道：「皇上還是不放心安親王。」

明子期見他就當著郁心蘭的面議論朝政，不由得怔了怔，隨即也一派閒適地問道：「防務御史的差事你接不接？」

赫雲連城仍是那句話：「皇上下旨我就接。」

明子期直嘆氣，「還想請你幫我去查一查江南的案子呢。幾個月了，到現在都沒進展，還被關在京兆尹的牢裡。」

郁心蘭不由得奇道：「江南是忠義伯世子，淑妃娘娘的親哥哥嗎？」

明子期笑睇了她一眼，「是呀，淑妃去求了父皇，那會子她還有喜，父皇只是讓她安心養胎，不要傷神。」

按說平民百姓哪敢報官抓勳貴子弟，就算報了官，沒有如山的鐵證，哪個府尹敢將皇上寵妃的哥哥關進大牢，還一關就是幾個月。

郁心蘭道：「肯定是其他妃子爭寵！」

明子期表示出興趣，「宮中這麼多妃主，妳覺得是哪個？」

郁心蘭一時語結，娘家有能力辦到這一點的妃子並不多，可也有幾個，總不能隨便懷疑。

赫雲連城想了想，「你若是真想幫他，我明日陪你去看看吧。」

郁心蘭立即表態，「我也要去。」說著將手指在他掌心摳了摳，有歧義地道：「我會幫你。」

赫雲連城虛咳了一聲，俊臉泛起不自然的暗紅，在她灼灼目光的逼視下，無奈地點了點頭。

明子期的眸光在這兩人臉上掃過來掃過去，覺得古怪，必有妖孽，卻參詳不透，鬱悶非常。

❖　❖　❖

西芒山不算蒼翠，也不算荒涼，平平常常一座小山包，山腳下住著百來戶人家。

郁心蘭下了馬車左顧右盼，這裡居然是風水寶地？風水寶地不是應當依山靠水風景秀麗嗎？這個忠義伯世子真是沒腦子，這樣就被人給騙了來徵地。

來到苦主屋前，籬笆內的小院子一派荒涼，雜草長出了有一半尺高。進了屋，推開後窗，便是一片山坡，左右要走幾十步才是鄰居。這樣的位置，就是有人來暗殺，只怕左鄰右舍根本不可能知道。

赫雲連城讓賀塵和黃奇保護郁心蘭，自己則跟明子期一同四處查看。

郁心蘭滿腔熱情來幫他們辦案，結果什麼都看不出來，不免受挫，閒來無事便走出了屋子，到小院子裡轉悠。

這是典型的農家小屋，南面兩間正房，東側一間雜屋兼了廚房的功能，籬笆是隨意圍的，反正這裡的地不值錢，想圍多大圍多大。

郁心蘭轉到屋後，果然見到了雞舍，不過已經沒雞了。她站在雞舍前怔了怔，記得現代的社區裡是不許養雞的，奶奶就利用水池下的空檔養了兩隻，一個月總能收幾十隻雞蛋……正傷感著，郁心蘭忽覺耳旁一陣疾風，隨即又歸於平靜，她遲疑地扭過頭，看向黃奇，「是不是你動了？」

黃奇正一臉怔忡地看著手掌，聞言點了點頭，又抬頭往天上看去，滿面疑惑。

郁心蘭這才注意到他的掌心有一小塊骨頭，「這是……雞骨？」

黃奇答曰：「是，剛剛掉下來的。」

莫非剛才是這塊雞骨從天而降，黃奇以為是暗器，所以搶著接下？只是，這雞骨從何而來？

三個人一臉稀奇地抬頭，終於發現一棵大樹從半山坡上斜出一根枝，按距離算，是離這小屋子最近的了，或許是雞骨輕，被風吹來的。

郁心蘭指著樹道：「上面應該停過人。」

賀塵立即長嘯一聲，通知主子。片刻後，連城和明子期就趕了過來，追問是怎麼回事。聽說樹上掉了雞骨，赫雲連城親自飛身上樹，搜尋了一下又跳下來，淡聲道：「上面應該住了人。」

那棵大樹的枝椏間，用細碎的樹枝搭了個窩，站在樹下看，還以為是鳥窩，可是直徑很大，還鋪了破舊棉絮，放了一個爛砂杯，應當是住人的。

明子期立即令手下人去尋問這個村的居民，得到了一個訊息，有個孤兒因無處可去，經常住在這樹上。

郁心蘭立即發揮柯南的潛質，篤定地道：「若他經常住在這樹上，應當能看到有沒有人暗殺過這個苦主。不過，得派人趕緊尋到這個孤兒，保護了他才好。」

明子期點頭道：「有道理。」立即讓人安排，又疑惑地回頭看向郁心蘭，「怎麼我來了這麼多次，都沒雞骨頭砸我呢？」

郁心蘭矜持地一笑，「這是穿越女的命運。」

明子期沒聽清，「什麼女？」

「大美女！」

明子期做了個嘔吐的姿勢，結果被赫雲連城狠瞪了一眼，嚇得縮了縮頭。

有了重大進展，眾人便回了府。

等到三天後，終於尋到了那個孤兒，也從他的口中得知，當天夜裡，的確是有一個黑衣人溜進了苦主的屋中，出來的時候，他正好輕咳了一聲，那名黑衣人抬了頭，只是背著光沒發覺他，反倒是他就著月光，看清了黑衣人的相貌。

明子期立即讓人繪了畫像，貼在四處城門和集市上，懸賞緝拿，報信有獎。

重賞之下必有勇夫，很快就有人舉報了黑衣人的行蹤。待抓到了黑衣人，招供說是一名中年人花錢請他殺人。有了這麼一個證人，至少能證明殺人案與忠義伯世子江南無關，江南很快被放了出來。

這人也是十分知情識趣，出了牢，休息了一天，便在樓外樓大擺酒席，請明子期和赫雲連城夫婦吃酒，以表謝意。

樓外樓是郁心蘭的店鋪，赫雲連城自是同意帶她出來透氣。江南的長相與淑妃十分像，顯得有些女氣，不過人倒是豪爽，與淑妃的做作完全不同。

酒過三巡，江南的舌頭有點大了，一手搭在赫雲連城的肩膀上，拍著胸脯保證道：「靖賢弟日後有什麼事為難的，只管告訴愚兄，愚兄必定為你辦得妥妥當當。」

赫雲連城不喜歡與旁人這般靠近，不著痕跡地挪開來，江南一個撲空，下巴磕到了桌面上。郁心蘭「噗」的就笑了出來，忙又縮到赫雲連城身後。

江南也不介意，繼續熱情地道：「聽父親說，皇上令你為防務御史？我告訴你，工部尚書絕對有問題！他兒子那回與我爭花魁媚娘，一砸就是二萬兩銀子，後來又花五千兩包了媚娘一個月。他府上雖然是一般，可他家在鄰縣的別苑卻修得美輪美奐，隨便一個擺設都是精品。」

赫雲連城聞言，抬眸看了明子期一眼。明子期笑了笑，哄著江南道：「你還知道些什麼？」

江南一臉得意，「我知道的多了！戶部尚書養了三房外室，還欠了秦小王爺一萬餘兩的賭債！謹親王世子有斷袖之好，在京郊的別苑養了個小白臉，為了拉攏那位小白臉的心，還每天送女人給他呢。」

他愈說愈來勁，朝中許多人的醜事，他幾乎都知道。

郁心蘭起身走到門邊，探頭出去看了看，還好這是她自己的店鋪，早讓安泰在四周不要安排客人，說什麼也沒人聽到。再回頭看向一臉壞笑的明子期時，那感覺卻又不同。

想是他故意讓赫雲連城來聽這些的吧？畢竟只有像江南這樣的混世魔王，滿大街的亂竄，什麼狐朋狗友都交，才能知道那些齷齪的事情。可是，有時這些訊息卻是極有用的。

皇上令赫雲連城擔當防務御史，恐是有其深層的用意。以前的防務御史多半是被人給收買了，什麼都查不出來，皇上又不可能親自出馬。這幾回赫雲連城辦差都顯示出忠心，因而皇上才將這差事指給他，希望他能將那些吞沒工程款的官吏給抓起來。

明子期是真的在幫連城呢！

江南是被人給抬回府的，赫雲連城和明子期倒是神清目明。

赫雲連城向明子期淡淡地道了聲：「多謝。」

明子期呵呵一笑，「謝什麼？這酒可是江南請的，銀子是表嫂賺了，你要謝我什麼？」

赫雲連城也不再多說，只是拱了拱手作別，扶著郁心蘭上了馬車。

郁心蘭由衷地道：「真難得賢王出身皇家，卻這般灑脫。」

赫雲連城笑了笑道：「其實子恆也是，只不過他不便與我過於親密。」

這個嘛，郁心蘭持保留態度，就衝德妃娘娘的動作，莊郡王只怕也很難灑脫起來。有時，皇子的命運不僅僅掌握在他個人的手中，他還代表著背後的各種勢力，尤其是母系家族的勢力。有的時候，就算他不想爭，也不得不去爭。

❖ ❖ ❖

防務御史的工作只是暫時的，卻的確很累，每天要在河堤上巡視，還要審核過往帳目。為確保京城的安全，河堤每年都會加固，朝廷每年都撥了大量的款項，這些款項是如何使用的，每年這個時候都要審查。

連城對審帳並不在行，又怕請來的帳房先生會被人收買，便想請小妻子幫著核查一下。郁心蘭二話不說，接手審帳的工作，帶著錦兒和紫菱，三個人埋頭苦幹。

為了方便歸納各種資料，本不想出風頭的郁心蘭，還是大膽採用了現代的表格方式，一項一項分類匯總，查到最後，便看出了許多問題。

郁心蘭拿著記滿數據的宣紙，去書房找赫雲連城，一一指給他看，「這兩項只有進沒有出，這幾項的數目，前後不符。還有這個款項，明顯虛高……」

她在有問題的資料邊標註了帳冊的頁目，翻查起來極快，就是赫雲連城這樣的外行，也能一眼看出問題來。

合上帳本，赫雲連城站起來披衣，「我進宮一趟，妳自己先吃飯，別等我。」

郁心蘭點了點頭，邊為他扣扣子，邊囑咐道：「你只管說明你查到的事情，別提什麼意見，一切聽皇上的意思辦吧。」

其實這話她本可以不說，可是事情辦得太順了一點，彷彿一直有人在一旁幫襯著。雖說古代的帳本的確是流水帳，幾大本帳冊要找出漏洞來比較難，可這些人敢貪墨，應當就會準備兩套帳才對，怎麼他們拿到手的就是原始帳本？

有問題的款項多達十幾萬兩銀子，這還只是去年一年的。

若是真的追查起來，得牽涉朝中多少官員？

這樣大的舉動，讓赫雲連城出頭牽出，只怕不是好事。若是能查出涉案人員和貪墨的銀子，那是大功一件，可若是查不出來，讓皇上生出的希望落了空，反倒比沒有作為更為令皇上失望。

赫雲連城握了握她的手，輕笑道：「我明白。」出門之前又轉身道：「對了，我讓賀塵繼續幫妳找人，什麼情況妳問他吧。」

郁心蘭應了一聲，這大半個月一直忙碌著，居然都忘了在幫童安氏找丈夫了。她想了想，讓紫菱拿了帖子去二門，讓人傳童安氏進府。

之前就聽兒子說，在雲來客棧看到了丈夫慣有的那方硯臺，童安氏便對找到丈夫充滿了希望，進了靜思園，嘴角就不由自主地抿緊，期望能聽到好消息。

巧兒搬了張杌子給童安氏坐下，郁心蘭笑了笑道：「沒別的事，就是想問問妳，妳丈夫可有何謀生的特長？臉上有沒有什麼特點？從這兩點入手，比較好找人。」

童安氏不由得道：「不是看到了奴家丈夫的硯臺嗎？定是他當了，可以問問老闆是從哪裡贖買的，或許能從當票上尋到人。」

郁心蘭睜大了眼睛，「那老闆說了，硯臺是前任老闆留下的，房客不要的，而且有人看到你丈夫一直住在天字號房，哪裡需要當硯臺？」

童安氏明顯地一怔，「相公哪裡住得起天字號房？」她想了許久，才遲疑地道：「奴家的相公就是會做點爆竹，雖說是家傳的手藝，比旁人做得好些，可也賺不了多少銀子的。」

郁心蘭「哦」了一聲，「會做煙花嗎？」爆竹的確是不值錢，可煙花還是能賺的。

童安氏點了點頭，「會，相公家祖上原是開爆竹鋪子的，後來出了位會讀書的祖宗，成了書香門第，不過這賺錢的手藝還是傳了下來。相公曾說過，他家做出的爆竹，想怎麼爆就怎麼爆。」

郁心蘭抽了抽嘴角，牛皮果然是吹出來的。可這不是重點，重點是他臉上有沒有什麼特徵。

童安氏用力搖頭，「相公生得一表人才，臉上沒有黑痣這類的東西。」

又問了幾句，仍是問不出重點，郁心蘭只好安慰她，「到底是幾年前的事了，找起來要一點時間，妳且別急，大爺安排了人手幫妳找，只要他還在京城，總能找到的。」

童安氏忙起身福了福，「奴家不急，奴家還沒報完大奶奶的恩典，況且耀兒在這兒還有人教他讀書，奴家不會急著回家鄉。只求大奶奶幫幫奴家，是生是死，奴家總想要個訊兒。」說著，眼眶便紅了。

紫菱趕緊上前安慰，錦兒也從旁勸了幾句。郁心蘭讓丫頭包兩碟點心帶給童耀，又送給童安氏一些不穿的舊衣裳，童安氏才千恩萬謝地走了。

郁心蘭一直等到半夜，實在是撐不住，才睡了過去。朦朧中，赫雲連城似乎回來了，摟著她小睡了一會兒，清晨再睜開眼睛時，身邊的床卻是空的。

紫菱聽到響動，忙進來服侍，輕聲道：「大爺說，這幾日他要住在禁軍營，剛才巧兒幫著大爺收拾了包袱，大爺已經走了。見奶奶睡得香，便沒讓叫起奶奶。」

郁心蘭心中一動，莫非是要開始查河堤款貪墨的案子了？只可惜朝中的案子她不方便插手，要不然，也不用在府裡乾等著。

一晃幾天過去，赫雲連城每日差人送平安信回來，郁心蘭也讓帶話報平安，雖是沒見面，卻彷彿人就在眼前一般。

賀塵拿著童普的畫像，問遍了雲來客棧附近的居民，總算是問出了一點線索。有人稱記得童普跟一個男人一同喝過幾回酒後，就再也沒在客棧出現過。問那個男人的相貌，卻又很模糊，只記得額間有顆朱砂痣，很有幾分女氣。

雖然是線索，可卻有如大海撈針。京城繁華，少說也有百萬人口，連姓名都不知道，要找到一個額間有顆朱砂痣的男人，這得多長時間？

郁心蘭長嘆一聲，心想，不好為了這事總麻煩赫雲連城，是不是應該告知童安氏一聲，有緣自會再見？

又過了幾天，赫雲連城終於從軍營回來了，人都黑了一層，不過面有喜色。

他邊更衣邊道：「查到了一些重要線索，已經上報給皇上了，由皇上來定奪。最後要定案，還是必須大理寺會審。只不過，沒找到貪墨的銀子，帶人搜了幾處別苑，都沒發現江南說的那些名貴古董擺設。」

郁心蘭不以為意，隨口道：「準是事先聽到了風，將東西給藏起來了。」

赫雲連城關心了一下她的近況，「吳為最近為妳診脈沒？」

「半月就診一次，我身體很好，寶寶沒事的。」郁心蘭笑了笑，「對了，童安氏的丈夫，與一個額間有朱砂痣的男人碰過幾次面後，就離開了客棧，不知道能不能憑這兒找到。」

赫雲連城微微一怔，恍神道：「我倒是知道一個額間有朱砂痣的人。不過，他已經死了。」

郁心蘭好奇地問：「是誰呀。」

「就是慫恿長皇子去半壁坡的那個侍衛，名字不記得了。」

❖　❖　❖

每月的初一，是王妃們進宮給太后、皇后和各自的母妃請安的日子。

郁玫和祁柳一早就入宮，向太后和皇后請了安後，便到回雁宮中參見劉貴妃。

劉貴妃對這兩位媳婦都還算是滿意，和藹地賜了座，聊了會子閒天。

郁玫如今不能隨意出府，仁王待她也冷淡了許多，這次入宮若能討得劉貴妃的歡心，倒是可以挽回一二。她心中焦灼，臉上卻是半分不顯，仍是一派溫柔雅靜。

劉貴妃忽地笑道：「玫兒去梓雲宮拜見一下淑妃吧，怎麼說，妳們也是親戚，應當多親近親近。子信也常說要向淑妃請安，不過他是外男，多少有些不便。」話外的意思，是要她出面拉攏淑妃，為仁王出力。

郁玫心中暗喜，忙恭順地應道：「臣妾謹遵母妃教誨。」起身施了禮，在宮女的引路下，前往梓雲宮。

祁柳的俏臉有一絲的黯然和嫉妒，她的出身雖然比郁玫好，家族也幫得上仁王，可是卻沒有淑妃這樣得帝寵的親戚。

劉貴妃看在眼中，微微一笑，高貴的目光淡淡落下，問道：「柳兒平日讀些什麼書？」

皇室的媳婦與普通官員家的媳婦不同，必須讀書知理，有遠見卓識，只是不能壓了丈夫一頭。祁柳忙回稟：「臣妾最近在研讀詩經。」

劉貴妃輕輕頷首，令女官去內室取了本書出來，交給祁柳，「這是先皇后所著《女範捷要》，妳好好研讀。」

祁柳忙起身謝了母妃的恩賜，心中惴惴不安，不知母妃為何要賜這本書，是覺得她禮數缺乏，還是行止失儀？

劉貴妃卻淡淡一笑，「先皇后專心正色侍奉先帝，真乃當世女子之典範。」

祁柳聞言，茅塞頓開，心中一陣竊喜。

先帝還是皇子時，先皇后只是側妃，但因娘家輔佐先帝有功，先帝登基後，被冊封為皇后，原本的正妃反倒成了貴妃。

這是不是意味著，若是我闔家盡力輔佐王爺，日後也能像先皇后這般……

梓雲宮內，郁玫雙手呈上早準備好的賀儀，輕笑著祝福：「娘娘的氣色看起來極好，又最得聖眷，定能再傳喜訊。這是我家王爺特意為娘娘尋來的，不成敬意。」

聞言，淑妃嬌柔地一笑，「但願能承妳吉言。」打開禮盒一看，竟是一付白鹿胎。

白鹿胎僅次於雪鹿胎，是治療不孕症，提高懷孕機率的絕佳藥品。

淑妃眸中閃過驚喜，笑容更加嬌柔美麗，作為回報，她幽幽地虛嘆一聲：「咱們是親戚，本宮也不怕妳笑話，最近皇上為了國事操勞，雖是每日歇在梓雲宮中，卻極少……唉，都是那幫子佞臣所害。」

郁玫趕忙問道：「不知皇上心憂何事？」

淑妃報了一串人名，「皇上說，雖是查出了這幾人貪墨銀兩，可是不知他們是如何分贓，又不知贓銀藏在何處。他們若是咬死不承認，律法也沒有辦法制裁。皇上常在本宮面前嘆息，貪官常有，棟樑難尋呀。」

這即是說，若是能找出他們分贓的帳冊，還有贓銀的藏處，就能定罪，還能將赫雲連城的功勞給搶過來，被皇上認為是國之棟樑。

郁玫將這些人名暗暗記在心中，順著淑妃的話奉承：「娘娘真是恩寵不斷，連這些事兒皇上都願與娘娘分說。」

淑妃小意兒地嘆息，「皇上不過是想尋個信任的人說一說罷了，本宮是不會干政的。」

這話越發突顯了她的得寵，孤枕了一個月的郁玫不由得有絲嫉妒。

淑妃看在眼中，更加得意，她出嫁之前並沒多大的名聲，那些夫人們都不喜歡她這種嬌嬈的、能勾走男人魂魄的女人當媳婦，害她只能嫁給一個病秧子。如今風水輪流轉，她當然要時時刻刻炫寵。

郁玫又怎能讓她這般得意，挑了淑妃最窘迫的話題道：「娘娘這般得寵，連帶著宮中的奴才們都能多得些賞賜……」

淑妃頓時尷尬了，她最缺的就是銀錢。家裡有個混世魔王的大哥，時常跑去包花魁，哪有銀錢供給她。偏偏在宮裡打賞，可不是幾兩幾錢就行的，至少幾十兩，若是想知道皇上的行蹤，幾百兩銀子打出去，都不見得有用。

郁玫垂了眸，掩住眼中的精光，淡淡地道：「咱們這些親戚中，難得出了娘娘這樣的貴人呢，這是祖宗保佑才有的福氣。臣妾是不懂花露香粉這些個，否則的話，也開個香露鋪子，請娘娘幫著拿到宮中的常供，也好依仗著娘娘發些小財。」說著怯怯地笑了笑。

淑妃怦然心動，郁心蘭的香露鋪子的確很賺呀，若是能從她手中拿幾成乾股，自己也就不愁銀錢了，況且自己能幫著她在貴婦和妃子們之間宣傳，還能讓秦總管多從她鋪子裡訂些貨，並不是白占她的便宜。

郁玫藉著喝茶打量淑妃暗暗算計的表情，目的達到，她便不再久留，施禮告辭了。

郁玫回到回雁宮，劉貴妃詢問了幾句淑妃的情況，便打發她和祁柳回府。

等她二人離開後，從內殿裡走出了明子信，原來他一直都在回雁宮中，並未上朝。

劉貴妃笑問：「可看明白了？」

明子信躬身道：「還請母妃明示。」

劉貴妃拉著兒子坐到身邊，輕聲解釋：「御妻之道，並非是要一碗水端平。你必須有所厚薄，才能讓她們爭，讓她們只圍著你一人轉。可是爭的方法卻不是相互陰損，內牆起亂，而是為你出謀出力。誰予你的幫助大些，你就多寵誰一些，卻不能獨寵，總要輪著來。」

「處罰亦是一樣，誰犯了錯就要罰，可是旁的人也要小小警告，總要讓她們知道，她們都是你的妃子，是一家人。像郁琳那件事，你就不應當只責怪玫兒一人，她怎會這般傻，讓自己妹子當著賓客的面出醜？」

明子信面色一緊，「這事，兒子事後也著人查了，確是柳兒從中作梗，我也責罵過柳兒了。可我早說過琳兒已被三皇子看中，她還要這般幫襯自己的妹子，想賴給赫雲靖，可曾有半點將兒子放在眼中？」

劉貴妃不在意地擺了擺手，「只要她將那個位子看在眼中，自然就會將你看在眼中，她不過是思慮不周。你是她的天，還怕她翻什麼風浪？現在可以用她拉攏淑妃，日後你得嘗所願，這世上的女子都是你的，還怕沒有可心兒的人伴著嗎？」

不知為何，母妃說到可心兒的人時，明子信的眼前竟出現了一雙黑亮的眸子，那樣晶瑩的目光……喉頭一緊，他不自在地伸手去取茶杯，輕啜一口，再抬頭時，又是謙和溫雅的仁王殿下。

「多謝母親賜教。」明子信頓了頓又道：「這些日子赫雲靖的手下在西街一帶尋人，尋的是個幾年前入京趕考的學子，卻不知有何用意，母妃可在宮中聽過什麼傳聞？」

劉貴妃疑惑地搖頭，「沒有。你讓人留心一下便是，或許只是找遠房親戚……宮中母妃幫你留意，不要太著緊，心思還是放在大事上。」

明子信恭敬地受教，這才出了回雁宮。剛走到僻靜的御花園外牆處，內廷總管秦公公迎面而來，見到仁王躬身施禮，笑咪咪地道：「殿下回府嗎？」

明子信立即停下腳步，與之寒暄：「是啊，公公這是為父皇辦差嗎？」

秦公公回道：「可不是，奴才還能為皇上辦差，可是奴才的福分啊。」

寒暄過後，兩人便各走各路。

坐到回府的豪華馬車內，明子信才將掌心那團紙拿出來，展開細閱，隨即蹙起眉心。回到府中不久，秦肅便下朝趕了過來。

明子信將那張紙給秦肅看，「秦公公今日傳給我的。」

秦肅看後，思忖片刻，展眉笑道：「這可是好事呀。皇上著人去吏部調溫良的檔案時，我便猜測皇上想啟用溫良了，所以留心看了一下，溫良有個孫女叫溫丹，是兒子溫崇的小女兒。赫雲大少夫人自幼是隨外祖和娘親在榮鎮鄉間長大的，與王妃的情義並不深厚，不賣王妃的面子，可是溫丹卻不同，那是自幼玩大的表姊妹，聽說溫崇待赫雲大少夫人亦是十分好。」

明子信抬眉笑道：「你是說你打算納了溫丹？」

秦肅嘴角一抽，「王爺納了溫丹不是更好嗎？可以直接加深與赫雲靖夫妻倆的關係。」心裡卻道：誰知道那溫丹長得什麼樣，我為什麼要納了她？

明子信修長的手指敲了敲桌面，沉吟道：「這事兒可以緩緩，從榮鎮入京也得半個來月。父皇怎麼會想到任用溫良這個幾十年沒擔當過任何官職的前科進士，還是巡察御史這麼重要的職位？」

秦肅一時語塞，看向窗外道：「皇上的心意越發不好猜測了，說清明吧，這段時間寵淑妃寵得沒邊，昨日還給江南這小子弄了個正四品的官職，雖說是閒職，可這官階一下子升得也太高了些；說不清明吧，可許多事情，他都能一眼看穿。」

明子信輕嘆一聲，的確如此！

所有人最想弄清楚的就是皇上的心思，以前還能猜出幾分，現在恐怕沒一個人能猜透了。

捌之章

蕙質蘭心惹惦記

赫雲連城忙碌了一個月，終於送走了大慶國使團，工部貪墨的案子也查出了大概，轉交到大理寺。他如今只要管著禁軍和京畿的河堤就好，只要過了雨季，就能卸下防務御史的差事了。

今日總算是得了些清閒，赫雲連城便陪著郁心蘭坐到牡丹亭內，吹吹初夏的涼風。

已是五月，雨季悠然而至，細碎的雨點輕敲在花葉上，將最後幾朵牡丹給打落入泥。

郁心蘭搖頭嘆息，「再賞牡丹，又得到明年春季了。」說罷，用極複雜的目光看向赫雲連城。

赫雲連城心智堅強，從不作這種悲春傷秋之態，當下只是抬眸看了她一眼，又低頭專心為她泡茶。赫雲連城的茶藝十分出色，精巧的茶壺在他的手中翻飛，洗茶、沖茶一氣呵成，最後一個鳳凰三點頭，斟滿了三只小杯，向郁心蘭一伸手，示意「請嚐」。

郁心蘭伸出三指，捏住小杯，分三口喝下，讚道：「好香！」

赫雲連城不由得好笑，「就這兩個字？剛才為幾朵殘花還又悲又嘆的。」

郁心蘭白了他一眼，我哪裡是感嘆殘花，我是想問你還記不記得榮琳郡主當日那一舞！巧兒說，她看得心都醉了……

不過，這種話，郁心蘭是不會說出口的，赫雲連城自然無法知曉，又給她沖了幾杯茶，眼見雨停了，忙道：「回屋去吧，一會兒若是下大雨，凍著了可就糟了。」

郁心蘭嘟起小嘴，很不想回屋，真是悶死了，「現在都初夏了，即使下雨，穿上三層衣服也足夠暖了，哪裡會凍著？」

赫雲連城便懶得再與她廢話，直接將她打橫抱起，送進小轎，打起車簾，自己跟在一旁，陪她說說話兒。

遠遠的，四個粗使婆子抬著兩頂小暖轎，從另一條小徑往松鶴園而去。

甘氏和三奶奶坐在轎中，兩人都從窗戶看到了這一幕。甘氏冷哼了一聲，暗暗咒罵幾句。

三奶奶則眸光微寒，忍不住輕輕將手壓在自己的小腹上，與郁心蘭微微隆起的小腹一對比，心下就是一痛，怎麼回事，生完燕姐兒已經一年了，卻聽不到半點喜訊。難道是出了什麼意外？在這種鐘鳴鼎食之家，女人若是沒個兒子傍身，可就難以立足了。

她躊躇片刻，決定到府外尋個良醫診診脈，若是真有毛病，也不能讓府中的人知道。

到了松鶴園，婆媳倆下了轎，甘老夫人的大丫頭將她們引進廳中，小聲道：「老夫人正在誦經，一會兒就好。」

甘老夫人幾乎將松鶴園當佛堂了，每日食素，安心禮佛。

自打郁心蘭懷孕之後，她就不再讓郁心蘭前來請安，反而時常親自上門去慰問。二奶奶這段時間都在服侍二爺，二爺的杖傷終於好了，可是心傷未癒，加之沒了官職，心中愁悶，脾氣變得比較暴躁，更加需要二奶奶的悉心照顧。因而現在到松鶴園請安的人，只有甘氏和三奶奶。

甘老夫人走出內堂，看著女兒，慈祥一笑，「妳來了。」

甘氏剛解了禁足令，這還是兩個月內第一次來拜見母親，聞言，悲從中來，眼眶立時就紅了。

甘老夫人搖頭笑道：「哭什麼？笑得最好的，不一定是笑到最後的。」

甘氏點了點頭，「女兒知道，可是策兒他現在……」

甘老夫人看向三奶奶，笑道：「不是還有傑兒嗎？對了，妳怎麼還沒點喜訊？錦繡和顏繡也跟老三好幾個月了，也沒消息，不會是妳使了什麼手段吧？」

三奶奶直叫屈，「孫媳哪裡敢？我已經生了燕姐兒，斷沒得不讓妾室生育的理兒。」

甘老夫人盯了她幾眼，似乎是真誠無偽，這才作罷。

談及世子之位，甘氏就直抹眼淚水，「我好好的丈夫分了她一半，連家業都要讓給她兒子，這讓我怎麼甘心！」

甘老夫人卻淡淡地道：「說了這事兒還沒定論，何必自亂陣腳？」

甘氏哭道：「我怎能不急？侯爺如今不到宜安居來，那個郁心蘭又有了五個月的身子……」

甘老夫人不以為然，「不足五個月。我算了日子的，懷胎十月才能生下來，期間還不知道有多少事發生，就算能順利生下孩子，還要看是男孩還是女孩。妳只管讓策兒和傑兒多生幾個男孫才是正經。」

甘氏擦了眼淚，壓低了聲音跟母親道：「我想找個時間讓人給傑兒診診脈，別不是在外面淘壞了身子。」

甘老夫人喝道：「胡鬧！旁人避之不及的事，妳還上趕著去認，難怪侯爺說妳沒腦子！這話傳出去還讓傑兒怎麼做人？他如今在皇上身邊辦差，顏面最是重要。再說了，喝花酒的男人還少了嗎？怎麼偏偏就傑兒淘壞了身子，我可不信！」

甘氏被說得無言，不敢再接話，三奶奶卻聽者有意，暗忖著，是不是找個藉口將三爺哄出去給看一看？只要小心些，不讓大夫知道他們的身分，應當是沒關係的。

三奶奶是個行動派，立即開始著手行事，費了一罈子口水，才說動三爺陪她去西郊的古月寺上香。古月寺有一位大師，於岐黃之術上頗有造詣。她若是提議去尼姑庵上香，估計三爺會很樂意陪伴。

赫雲傑不想動，郁心蘭卻是想動不能動，就是想上香，赫雲連城都不許她出府，只准在家廟裡供香。郁心蘭閒得發霉，嘴裡又淡得發苦，心情越發不好，幾乎要得產前憂鬱症了，每天只抓著赫雲連城又啃又咬地發洩。

「唉……」今天第三十七聲嘆息。

紫菱挑了簾子進屋，笑著將手中的喜報遞上，「親家老爺和舅老爺要進京了呢。」

郁心蘭忙搶過喜報細閱，是郁府送來的，不過是以溫氏的名義，「外祖擢升為正三品的巡察御史？連舅舅都得了個小官！」

郁心蘭真是怔住了，這不相當於坐直升機嗎？不過，這樣一來，娘親的日子就好過了，再不會有人質疑她的出身，對弟弟日後的前程亦是有極大的好處。

她穿越過來的頭三個月，是在榮鎮度過的，外祖雖然嚴肅，舅父雖然過於憨實，可是待她都極好，還有表兄溫照和表妹溫丹都是真誠直率的人。

郁心蘭高興道：「這是大喜事，對了，外祖的宅子有了嗎？不如我送外祖一套宅子吧。」溫家以前是赤貧，京城地貴，一個三進的套院就得幾千兩銀子了，外祖父肯定買不起。她反正不差這點錢，還正好尋個藉口出府玩一玩。郁心蘭這邊決定好了，忙給郁府回信。

郁老爺收到信，對此非常欣慰，老淚都飆了出來。還是蘭兒貼心啊！知道他剛嫁了兩個女兒，都是嫁的豪門，嫁妝銀子花得幾乎吐血，想拿出一套宅院來送岳父實在是不容易，所以就主動來為他解難了。

剛放下喜報，紫菱又來報：「童耀在二門候見。」

「讓他進來。」

不多時，錦兒領著童耀進來了。童耀捧著一個粗瓷罈子，小心放在炕桌上，退後兩步，向郁心蘭磕了頭，說道：「這罈子裡是我娘親手做的醃楊梅，很好吃的。我娘說酸兒辣女，大奶奶多吃些酸的，就一定能生個小公子。」

蕪兒不禁笑道：「這小傢伙的嘴真甜！」

郁心蘭也笑了，打開蓋兒取了一顆，酸酸的，真是好吃。當即要給童耀看賞，童耀推了幾次，才不好意思地收下。

郁心蘭讓他坐到腳榻上，「你父親離家時，你不到兩歲吧，怎麼會認得你父親的硯臺？」

「那硯臺是爹爹親手製的，兩個一樣的，留了一個給我。」

郁心蘭點了點頭。

童耀怯怯地問道：「我爹爹還能找得到嗎？」

郁心蘭笑著安慰他：「我會盡力幫你找的。」

童耀咬著唇，「為何不能問問他的同年呢？安亦哥哥說，應當會有幾個同年還留在京城的。」

同年即是同屆的考生，之前賀塵問過翰林院，知道童普並沒參加春闈，就沒往同年這上面想。

郁心蘭一怔，這倒是個方法，沒去考試不等於沒有認識的學子。

回頭赫雲連城下了衙，她便向他提了這個法子，哪知赫雲連城搖了搖頭，「早問過了，他手腳不乾淨，喜歡偷東西，同年都不屑於跟他交往，所以沒有人知道他的行蹤。」

若是這樣，童普的人品可就不大好呀，而且肯定是為了銀子什麼事都願意幹的人。

已經找了這幾個月，雖說最後接觸童普的人極有問題，但也只是猜測而已，郁心蘭倒也不急了，說起外祖父入京任職一事：「……想送套宅子給外祖父，怎麼說都是他教導我識字的。」

赫雲連城也贊成，「這事包在我身上。」

郁心蘭立時噘起小嘴，「我自己去買嘛，我已經一個多月沒出府了。連狀元爺遊街都沒看到，真虧啊。」

赫雲連城不由得嘆氣，怎麼他的小妻子就這麼愛往府外跑？

想了想，將賀塵和黃奇留下來保護她，再加上一個岳如，應當差不多了，這才答應。

郁心蘭樂得撲到赫雲連城的身上，「連城，你對我真好！」

正要送上香吻一枚，卻聽屋外一陣吵鬧，紫菱幾個都在說：「三奶奶，我們大爺在屋裡，您不方便進去。」

郁心蘭和赫雲連城對視一眼，不知這晚飯時分，三奶奶跑這兒來幹麼。

兩人忙挑了簾子出去，正瞧見三奶奶一臉的氣急敗壞，看向二人的目光極其不善。

這情形是發生什麼事？

郁心蘭溫柔地笑問：「三弟妹來了，要不要留個飯？我今日正好加了兩個菜。」

三奶奶這會子也鎮定下來了，仍是平常那柔柔弱弱的樣子，捏著帕子笑道：「不吃了，就是來跟大哥大嫂說一聲，有些事呢，是人在做天在看，別以為自己能一手遮天！」說罷轉了身，又頓住身形，回頭咬牙笑道：「還有哇，這世道是有報應的，還是多積些陰德才好，免得報應在孩子身上。」

這話說得不明不白不清不楚的，郁心蘭頓時惱了，挑高了眉道：「也是，舉頭三尺有神明，我還在等著看，二弟妹滑掉的孩子要怎麼報應到謀害人的身上去！」

三奶奶臉色一僵，郁心蘭又道：「還有那個嫡孫子呢！」

這一次，三奶奶的眼中流露出一絲疑惑，看了郁心蘭一眼，哼道：「妳小心報應就好。」

待三奶奶走了，赫雲連城才蹙眉道：「她發什麼瘋？」

他是個男人，不好跟弟妹吵架，心底裡卻是極有意見的，因為三奶奶話裡的暗示，就是他們的這個孩子會如何如何。

郁心蘭撇嘴道：「她平日裡很鎮定的，這般失態，應當是有什麼大事才對……紫菱，將千荷叫進來。」

叫千荷進來，是吩咐她去靜心園打聽打聽，到底是什麼事情讓三奶奶這般氣惱。

大概是原因過於祕密，千荷花了好幾天的時間，才隱約得知一點訊息：「似乎是三爺出了什麼事兒，讓三奶奶認為是大奶奶您幹的。」

郁心蘭問道：「再去打聽清楚到底是什麼事情。」她總不能無緣無故地背黑鍋。

千荷又花了幾天時間，才從靜心園一個灑掃丫頭的嘴裡打聽到，三奶奶這幾日以淚洗面，只哭自己命苦，連個兒子都盼不到。

那小丫頭篤定地道：「肯定是三爺不能再生孩子了。」

郁心蘭聽了這話，啞了半天。最後還是等赫雲連城回來，跟他商量，「你看，要不要讓吳為尋個機緣給三爺診診脈？」

赫雲連城古怪地瞧她一眼，「是男人就不願意旁人知道這種事情。」

郁心蘭瞪他，「可三弟妹想賴在我們頭上，我們當然要摘清自己。」

赫雲連城想了想，終是答應了。其實方法也很簡單，就是讓吳為與赫雲傑比試一下武功。吳為還真是個神醫，趁握手的時候就診出來了，告訴赫雲連城：「是你上回中的那種毒。不過，他中得比你深，恐怕……」

赫雲傑居然也會中了毒！

之前，就猜測過這種下在男人身上的毒，不是甘氏等人的手段。只是因為運來被殺手殺了，所以才無法追索下去，現在反倒再度提供了線索。

赫雲連城已經悄悄告知了侯爺，侯爺必定會派人徹查，結果應當很快就能出來。

郁心蘭坐在馬車內，前前後後細想，直到馬車停下，錦兒打開車門，稟道：「奶奶，到了。」扶著錦兒的手下了車，眼前是一道寬闊的大門：楠木質地，玄黑大漆，門簷上的飛角雕的是貔貅，顯示出原主人的身分——商人。門前的下馬坪十分開闊，一溜兒的青磚牆往兩邊延伸，牆內古木參天。

佟孝和安泰、安娘子、安亦、童安氏、童耀等人早就候在大門邊，見到大奶奶，眾人忙施禮。佟孝上前，介紹他身邊一名中等個兒，面黑長鬚的老者，「這位就是宅子的主人徐老闆。」徐老闆十分有禮，微垂了眸，並不直視，只是問道：「奶奶可願進去瞧瞧？」

郁心蘭道：「好，有勞徐老闆。」扶著錦兒的手，當先而行。

這是一座三進兩套的大宅院，徐老闆一家打算返回原籍，便打算將宅子出售。宅子靠近城門，離中心城區有點距離，不過中心區都是百年世家，早已沒了空地，有這處宅子出售已經是難得，所以佟孝聽到訊兒，立即便報與了郁心蘭。

郁心蘭花了小半個時辰將宅子逛遍，某些地方有些匠氣，不過整體來說不顯俗。徐老闆一路介紹，這裡某某大師作過法，那裡擺了風水陣，總之一句話，這宅子就是個旺運、旺財、旺子孫的寶宅。

郁心蘭含笑聽了，掂量了一下，在三進的宅院中算是大的了，雖與外祖父正三品的官銜相較還是嫌小，但溫家人口簡單，已是綽綽有餘，況且價格合理，紋銀六千兩。

她當場拍板，「買了！」

痛快地交了銀票，徐老闆拿出地契，安泰立即到去衙門辦理好了過戶登記。郁心蘭則和徐老闆商量完搬家的日期後，便開始安排佟孝送家具和擺設進來。

「大門要刷成朱紅色，上銅釘；大門外配一對石獅鎮邪揚威；遊廊的頂面要添些吉祥畫，廳前再放上兩個蓮花缸。嗯……就從郁府的暖房裡拿，這樣到冬天也能看到睡蓮。」

郁心蘭正吩咐著，一行人忽地轉過照壁，氣勢洶洶往裡衝，與郁心蘭帶著的人扭打起來。

郁心蘭下意識地兩手護住腹部，岳如也趕緊上前一步，擋在她向前。

看了一會兒，郁心蘭心中暗驚，這些人居然可以跟賀塵和黃奇打成平手，只怕不是一般人，趕是趕不走的。於是，她便道：「都給我住手，推推搡搡的成何體統！」

嬌軟的聲音有股莫名的安定力，廣坪上的人紛紛住了手，保持著對峙的姿態。一名看似為首的老人拱手道：「這位奶奶可是買下這宅子的新東家？小老兒姓閔，還想請奶奶將宅子讓與小老兒，銀錢必不會虧了奶奶，另加兩成的車馬銀子。」

轉手就能賺個千把兩銀子，換成小商人肯定願意了，可郁心蘭卻斷然拒絕，「抱歉，宅子不會賣的，請走吧，恕不遠送。」

閔老兒脾氣不大好，頓時嗓門就大了，「旁邊就是小老兒管的宅子，小老兒的主子不願與庸人相鄰，老早便同徐老闆說過，若是要賣，必須賣給他老人家。徐老闆不守信，我家主子自會與他分辯，但奶奶何必為難小老兒？」愈說火氣愈大，「還請奶奶與個方便，否則只怕您擔待不起。」

什麼清高的人物，居然將別人都看成俗人！

佟孝之前將左右鄰居都調查過，立即小聲稟道：「此人是東面那處宅院的管家，那宅子一直空置，無人居住，不過，裡面的僕從倒是配得齊整。」

只怕是哪個高官勳貴家的別苑，一般商人賺錢不易，可消耗不起。

郁心蘭冷哼一聲，「我管你家主子是什麼人，買賣講究的是你情我願，我不願賣，你能奈我何？這官司就是打到皇上面前，我也不懼你，請吧！」

閔老頭還待再說，赫雲連城挺拔的身影忽然出現在照壁處，瞧見院中的情形不對，他立即冷聲道：「怎麼回事？」

閔老頭回頭瞧到，猝然一呆，只見一名身穿對降藍色襟立領長衫的年輕人，披著初陽，如天神一般凜然而立。

赫雲連城無視他愣愣的目光，直接走到妻子身邊，摟住她的纖腰問：「怎麼了？」

郁心蘭學了一遍，哼道：「幸虧你來了，否則我還不被人欺負了去！」

赫雲連城再看向閔老頭的目光就冷得能盛夏凝冰，「滾！」

閔老頭終於回了神，卻變成了一名彬彬有禮的儒者，拱手道：「請問這位將軍高姓大名？」

哈，還想來找麻煩！

赫雲連城冷冷地吐出三個字：「赫雲靖。」

閔老頭面色變了變，又神情複雜地打量了赫雲連城幾眼，才拱了拱手，帶著人退下了。

那徐老闆聽了赫雲連城的名字後，臉色一白，將佟孝拉到一旁小聲嘀咕：「你不是說是你東家要買這兒的，怎麼變成了赫雲少夫人？」

佟孝回答說：「我東家就是少夫人。」

貴族女人不能拋頭露面，所以一般人不會知道某家鋪子後面的東家到底是誰。

徐老闆臉色越發的蒼白，哆嗦道：「真是被你害死！我一會兒就搬走，你記得找人來值守，掉了什麼我可不負責！」

佟孝很狐疑地看著徐老闆，「你這麼怕我們少夫人做什麼？」

徐老闆面色一僵，支吾道：「我不是怕，我是不想跟內宅的婦人做交易，免得傳出什麼。」

佟孝立時怒了，「滾！就你這德性，還把自己當個人物了！不過是買你的宅子，能傳出什麼？」

徐老闆只是苦著臉，卻也不再解釋，真的急急忙忙地令家人收拾細軟，套上車走了。

郁心蘭聽說後也不在意，在正廳將這邊的事安排完了，也不想再留，便問童安氏：「妳和小耀是今日就住在這裡，還是等我外祖來了之後再住？」

她是想著童安氏是良家子，丈夫是有功名的，不好總是在店鋪中拋頭露面，所以乾脆在溫府安排個差事，反正要添人手的。

童安氏想今日就住下，店鋪後的房舍畢竟人雜，只是這邊無人，擔心安全，所以遲疑不決。

佟孝代為答道：「反正今日就要安排人來值守了，明日要開始修葺，不如小的一家子和童娘子娘兒倆先搬進來住，鋪蓋都有。」

的確是要人守屋子，再者，外祖父應當過個三、四天就到了，這幾天要趕緊將家具都運進來安置好，裡外灑掃時就得有人看管著。

郁心蘭滿意地點了點頭，讓佟孝去安排，然後與赫雲連城一同到門外登車。

赫雲連城低語：「到樓外樓用飯？」

郁心蘭笑著答應了。

「赫雲賢弟，弟妹！」

忠義伯世子江南熱情洋溢的聲音傳來，赫雲連城和郁心蘭對望一眼，無比無奈。

江南疾走過來，絲毫沒發現這兩人的無奈，熱情地道：「真巧，不如一同用膳吧，我請！」然後不由分說地讓長隨將自己的馬牽過來，要跟在馬車後走。

赫雲連城實在無法，只好答應他，就近找個地方用飯。

江南琢磨了一會兒，遂用馬鞭往南一指，「出了城，有一家絕味樓，野味做得極佳。」

這裡再走幾步就是城門，的確是不遠，赫雲連城便應下。

三人一同到了絕味樓，江南是這裡的熟客，帶著赫雲夫妻直接上了二樓最裡面的雅間。這個雅間在轉角處，窗戶有一邊往外斜出一尺許，很有些現代的抽象派風格，坐在雅間裡往外眺望，卻不用擔心會被外面的人看到。

見郁心蘭流露出歡喜的神色，江南不禁得意地笑道：「這裡如何？」

郁心蘭點頭，「好地方，雖然不雅，卻悠閒舒適。」

江南就笑道：「舒適才是最重要的，雅不雅的，不過是點臉面而已。」

這句話倒讓郁心蘭高看了他兩分，再打量他，穿了正四品的絳紅色官服，淡化了他五官中的媚態，硬朗了幾分，倒有些年輕才俊的味道。

赫雲連城看不慣別的男人與小妻子這般隨意率性的交談，彷彿是認識了十幾年的老友似的，讓他有些吃味。他裝作隨意地靠近，然後側身往郁心蘭的椅子上一坐，親暱地摟緊她，將江南給隔開。

江南完全沒在意，也沒意識到自己是一支巨大的蠟燭，站在一旁指點四周的景色。忽地，他嗤笑一聲，頗有幾分興奮地對郁心蘭道：「看，那個人就是謹王世子包養的小白臉。咦……對了，他家的別苑就在這附近。」

郁心蘭的雙眼立即閃動八卦之光，將頭探了出去。

對面的小山坡上，遠遠地走來兩名年輕男子，一色兒的天青色華緞長衫，玉簪束髮，面如冠玉、目若朗星，舉手投足間還有幾分衣帶當風的飄逸感。小白臉，也是要氣質的啊！

郁心蘭極配合地問：「哪個是？還是兩個都是？」

江南指著右邊那個年輕一點的道：「那個，另外一個我不認識，以前也沒見世子帶出去過。」說話間，兩人便走近了，似乎也是往絕味樓而來。

郁心蘭中肯地評價：「的確是那個小白臉長得俊些，連城，你覺得呢？」

赫雲連城根本就沒看，無聊地玩著郁心蘭的手指，幾個小白臉，有什麼意思！

郁心蘭拿手肘捅了捅赫雲連城，「連城，你看一看嘛。」

赫雲連城這才不得不抬眸往外瞧了一眼，這一瞧，身子一僵，隨即探身出去，仔細查看。

郁心蘭心中奇怪，直盯著他。

赫雲連城盯著某個人看了幾眼，回頭衝她道：「童普。」

郁心蘭呆住了，「啊？哪個？」

分辨了一下，才知道不是小白臉的那個人，跟童普的畫像很像。

郁心蘭遲疑了，那張畫像她看過呀，抽象派的，鬼才認得出是不是他呢。

江南看了看他倆，很良心地建議：「如果你們是在找人，最好確定了再說，畢竟做這個……不是很光彩，他們肯定不會承認自己是誰誰的。」

郁心蘭想了想道：「童安氏和耀兒就在宅子裡，離著沒幾步，讓岳如回去叫一下，認認人吧，反正他們也是在這兒吃飯。」

赫雲連城點了點頭，岳如立即出了門，駕著馬車走了。

不到半炷香的功夫，岳如就帶了人回來。賀塵帶著她們去找夥計，想個辦法見人。

飯吃到一半，就聽到這層樓面一陣子哭聲，跟著賀塵便回來稟報：「的確是童公子。」

「哦？真是太好了。」郁心蘭歡樂地道：「童公子一定很高興見到妻兒吧？」

賀塵尷尬地扯了扯嘴角，沒說話，倒是岳如悄悄附耳道：「童公子一開始好像還不太想相認的樣子，後來見到我和賀大哥，才勉強認了。」

一會兒哭聲漸淡，童普帶著妻兒過來請安：「多謝赫雲大人和夫人對小可妻兒的照顧，小可這便將妻兒帶回，不敢再行打攪。」

郁心蘭正要應允，赫雲連城卻搶先道：「別忙，童公子請坐。」

能讓從不主動說話的赫雲連城開口，這童普也算是朵奇葩了。

郁心蘭立即閉了嘴，靜待下文。

童普喏喏地應了一聲，側著身子在椅子上坐下，禮數倒是十分周全。
赫雲連城隨意地問道：「童公子最近在忙什麼營生？」
童普乾笑兩聲，「朋友周濟著過活，沒做什麼營生。」
「那可不妙，你妻子還欠了我內人一筆藥款。」
童普立即表示：「我還！我還！」
大概是剛才童安氏說了近來的遭遇，童普直接從腰包裡掏出張二十兩紋銀的銀票來，放在桌上，推到赫雲連城的跟前。
郁心蘭這才覺出古怪。按說這些學子最喜歡的便是結交達官貴人，如果能有人幫著推薦一下，以他舉人的功名，也是可以在官衙裡謀個好差事的，至少算是國家公務員，衣食無憂了，可童普卻自始至終想迅速離開。
赫雲連城卻沒再多話，收了銀票，做了個請的手勢。童普似乎鬆了口氣，恭敬地施禮告辭。童安氏也向郁心蘭福了福，說了幾句感謝的話，隨著丈夫走了。
回府的時候，郁心蘭發覺黃奇不見了，便笑問：「你是不是派黃奇去盯著他？」
赫雲連城點了點頭，「嗯，他的手指很奇怪，指尖是黃黑色的，並不是讀書人會有的。」
郁心蘭啊了一聲，「童安氏說童家祖上是做爆竹的，童普還做得極好，你是懷疑……」
赫雲連城淡淡地道：「我去跟父親談談，讓父親也派幾個人跟著童普，我想到秋山去一趟。」
郁心蘭點了點頭，「去弄清楚也好。多帶幾個人，現在是雨季，怕坍方，還有泥石流。」
赫雲連城應下來，送她回到靜思園，便轉身去了前院。
紫菱看到大奶奶回來，輕呼一聲，「天啊，您總算是回來了。不過也好，上午的時候，淑妃娘娘宣您進宮，還是長公主殿下幫您給擋回去了，說您身懷六甲，不方便走動。」

郁心蘭輕吁一聲，這個淑妃真是不消停，沒事宣我進宮幹什麼！

一盞茶後，赫雲連城回了屋，對郁心蘭道：「父親允了我去秋山，我明日去兵部請假，請好了就動身。吳為今日為二弟和四弟也診了脈，卻沒有中那種毒……」

郁心蘭訝然道：「難道那毒是二弟下的？」

若只有他有後嗣，那他承爵的可能性就大大提高，這也不是不可能的事。

赫雲連城面色有些陰沉，冷冷地道：「最好不是。」頓了頓又道：「我讓黃奇查到什麼，就先回稟給妳。」

第二日一早，赫雲連城便請好假，帶著賀塵和幾名定遠侯的親衛出發去秋山。

郁心蘭則安坐家中，哪兒也不去，只差了錦兒去溫宅那邊查看整理的情況。

到了下晌的時候，柯嬤嬤急匆匆地走來，帶了長公主的話來：「皇上和淑妃娘娘今日駕臨侯府，一會兒會與侯爺一同到，殿下請大奶奶早些更衣。」

這便是要穿品級大裝了。

她如今已經有五個月的身子，肚子跟吹汽球一樣鼓得飛快，再穿那麼厚重的衣服就覺得很累，加之天也熱了，走兩步便開始喘。

長公主瞧著直心疼，安慰她道：「沒法子，皇兄也不說是什麼事，咱們總得按祖制來。」

闔府上下都到正廳迎駕，皇上的龍輦還沒露面，便先派了身邊的黃公公過來傳口諭：「皇上口諭，赫雲大少夫人身懷六甲，准免拜禮。」

郁心蘭忙謝了恩。長公主讓人給黃公公看賞。

黃公公笑了笑，「這是淑妃娘娘跟皇上建議的。」就是要她領淑妃的情。

不多時，龍駕到了，一眾人跪拜迎接，郁心蘭只是蹲身福禮。

膳時尚早，眾人便陪著建安帝和淑妃到花園的涼亭小坐。淑妃一眼就看中了花田中的一幾叢玫瑰，不由得詫異道：「這是月季花嗎？怎麼我瞧著又有些不同？」

長公主笑道：「我也不知道是什麼花，這都是十四弄來的。」

建安帝忍不住笑，「子期就是喜歡弄這些古裡古怪的東西。」

淑妃便嬌滴滴地推了推皇上道，「皇上，臣妾想去摘幾枝，讓大少夫人陪著臣妾就是了。」

二奶奶和三奶奶微微一怔，隨即又有些嫉妒。郁心蘭的心中卻警鈴大作，只是不好拒絕，從涼亭到花田只幾十步路，她不能拿懷孕當藉口。

那廂，建安帝已經允了，「妳們兩個都要小心些，仔細莫摔著。」

郁心蘭只好陪著淑妃來到花田，淑妃輕撫著花，卻不急著摘，反而問道：「不知妳的香露中是不是有用這種花製成的？」

郁心蘭道：「回娘娘，的確有，而且是最貴的那種。其實鄰縣有不少藥田種這花，只是它有刺，所以宮中才不種的。」

淑妃輕笑道：「妳還真是懂。我呢，就不會這些，但若是說到讓宮中多採買些花露，我倒還是說得上話。妳若是想多做些生意，只管來找我就是。」

好端端的提這個……郁心蘭忙垂了眼簾，謙遜地道：「臣婦那鋪子就是個小作坊，現在的生意都有些忙不過來了……」

淑妃趕緊接話：「那就再擴大，若是銀錢不足，我湊些給妳，當是入個股。明日我讓我母親送一千兩銀子過來，就當是三成股好了。」

她還真好意思說！一千兩銀子就想算三成股。現在香雪坊，光是招牌都值個幾千兩銀子，而且還是用這種強行參股的方式。

郁心蘭真是被這種厚顏無恥的人給氣樂了，可又不能直接得罪淑妃，只是淡淡地道：「啊，臣婦可作不了主，這店鋪裡已經有十四爺和婆婆兩人的股份，臣婦現在只有兩成股，若是娘娘要參股，就得讓十四爺和婆婆勻些股出來給您。」

聽了這兩人的大名，淑妃的俏臉不由得一僵，抿著嘴道：「少夫人莫不是在糊弄本宮？」

一發脾氣就稱本宮，郁心蘭表示鄙視，面上卻是非常無奈的表情，「臣婦哪敢欺瞞娘娘，一開始的生意並不如何好，所以讓婆婆和十四爺參了股，幫著拿到宮中常供的份子。」

這話合情合理，淑妃也不好再說，只得恨恨地掐了兩朵花，返回涼亭，之後便再也沒同郁心蘭說過話。

待送走這兩尊大佛，郁心蘭趕緊回屋更衣，讓蕪兒幫她揉揉僵硬的脖子、痠痛的腰背。

要入睡的時候，紫菱悄聲稟報：「黃侍衛求見。」

郁心蘭想了想，「支個屏風，妳讓他進屋裡來說話，叫錦兒看著門。」

黃奇遲疑了一下，才進到屋內，隔著屏風回話：「小的跟了童公子一整天，童公子現在住在謹王的別苑內，聽下人的意思，是……那位的好友，借住的。童娘子和小耀，被他安排在城內的一套小民居內。」

「這麼說，他們一家人沒住在一起？」

「沒有。童公子還給了童娘子二十兩銀子，要她別再找他，他有事自會來尋的。不過，暫時沒發現童公子別的不妥。」

郁心蘭想了想，「那你繼續跟著吧。」

既然有銀子，卻不願與妻兒住在一起，肯定是有問題的。

時間一晃而過，溫良帶著一家子老少趕到了京城。郁老爺親自帶人去城外的十里亭迎接，郁心蘭也派出了錦兒和安亦，聊表心意。眾人伸長了脖子，終於看到一隊馬車行了過來。

溫家沒那個銀子請這麼多馬車，也沒那麼多行李、僕人要托運，所以郁老爺以為不是，仍舊張望著，直到聽到岳父大人的呼喚：「賢婿！」

郁老爺驚得眼睛珠子都快掉下來了，「岳父大人，您這是……怎麼這麼狼狽？」

這一行人，不是狼狽，是極其狼狽。

一個個臉青鼻腫，馬車也是破破爛爛。

郁老爺先慌忙將人請入郁府，又差人去請來了郁心蘭。

待郁心蘭趕到的時候，溫良等人已經沐浴梳洗過了，總算看起來沒那麼可憐了。

眾人詢問過後才知道，原來是溫老爺子入京途中，遇到一夥山賊打劫，他覺得自己如今是朝廷命官，應當伸張正義，於是果斷出面。

溫家從上到下，也就兩個年輕勞力，哪裡會是山賊的對手？差點沒被一起給砍了，幸虧遇上當地的駐軍巡視，才將他們和之前那隊商人給救了下來，又聽說溫老爺子是入京上任的三品大員，那位遊擊參軍立即大獻殷勤，一路護送到京郊，礙於外軍將領無召不得入京的規定，才折返回去。

溫家那幾口人，也就租了三輛馬車，其餘馬車全是那位商人的。

郁老爺想將人給打發走，哪知那人死活不走，又哭又求，說自己暫時沒了銀兩，想多盤整幾日，待家鄉的親人匯了銀兩過來，再行上路云云。

郁心蘭在隔間與外祖父、舅舅、舅母寒暄，聽到那人的聲音，總覺得耳熟，就好奇地探頭，從窗櫺的鏤空格中張望。果然是熟人，正是那位賣宅子給他們的徐老闆！

於是，郁心蘭便向外祖父介紹：「這位徐老闆就是賣宅子的人。」

溫良是個耿直的人，聽說這話後，立即走了出去，對女婿道：「這位老闆就是賣宅子給我的人，賢婿暫且安排他住下吧。」

那徐老闆一聽，像抓到一根救命稻草一樣，撲過來抓緊溫良的衣襬，「老大人可是赫雲將軍的長輩？」

溫良點頭，「可以這麼說。」

徐老闆立即哭了，「求您帶我去見赫雲將軍吧，小人要求將軍救命啊！」

不見到赫雲連城，徐老闆堅決不說出自己為什麼求救，只說是極大的事，對赫雲大人只有好處沒有壞處。又說郁府也不安全，想請溫老爺子尋個安全之處給他住。

溫老爺子不知如何是好，畢竟人家求的是外孫女婿，而不是他，他不好拿主意。

郁心蘭想了想，讓錦兒出去說與外祖父，這人由她帶回侯府，總算是解了溫老爺子的難。

只小歇了一會兒，溫老爺子就帶著文書和官牒去吏部報到了。

郁老爺的意思，那處宅子剛剛布置好，也不知合用不合用，想請岳父大人一家先在郁府小住半個月，待那邊都收拾妥當了，再搬過去住。

郁心蘭沒有異議，在娘家用過午飯，就乘車回侯府，順道帶上徐老闆，他的家眷卻留在郁府。

轉眼進入六月，氣溫愈來愈熱，站在屋外，隨意動一動就是一層薄汗，尤其是身子重的孕婦，熱量本就比一般人要高，更覺得受不住。

郁心蘭基本都窩在屋裡，還得拿大冰塊在屋裡化著，幾個丫頭輪流打扇，才覺得有絲清涼。

這天郁心蘭正在屋裡看書，赫雲連城悄無聲息地走到榻邊，垂眸凝視著她，唇角含笑，等她發覺。郁心蘭看得入神，只覺頭頂的光線暗了一點，卻沒在意，直到一隻骨節修長有力的手壓在她的書本上，她才猛然抬頭，「連城？」

赫雲連城伸出手指，輕輕在她的小臉上刮了刮，「看什麼這麼入迷。」連我來了都不知道。

郁心蘭愣了一愣，才恍過神來，又驚又喜地直往他懷裡撲，「你這麼快就回來了？」

去了不過七天，路上來回就要四天呀。

「只是去查看了一下那條山道，所以比較快。」

赫雲連城挨著她坐下，將她緊緊抱在懷裡，埋在她髮間深深嗅了一口，這股安心的甜香，出門在外，真是想念呀。

郁心蘭一動也不動地伏在他懷裡，溫馨的時刻，不用急著問那些煩惱的問題。

赫雲連城摸了摸她的肚子，忍不住道：「才幾天不見，又大了。」

郁心蘭點了點頭，「就快六個月了，每天又湯湯水水不斷，當然長得快了。我不想吃那麼多呢，萬一孩子太大了，生不下來。」

長公主安排了兩個喜事嬤嬤來服侍她，每日給她定下了幾樣必須吃的補湯和營養菜餚；岑柔又時常捧些糕點、菜餚來孝敬，她自個兒本來就貪嘴……這麼一來，每天都吃得肚皮滾圓，孩子也就長得快了。

郁心蘭很擔心養了個超大嬰兒出來，這朝代可沒有剖腹術，女人生孩子，那就是九死一生，萬一難產可怎麼辦。

赫雲連城耐心地聽她發完牢騷，才輕笑道：「那就每一樣少吃一點好了，明明是妳自己貪嘴，卻說得好像是被逼著吃下的一樣。」

郁心蘭扯了扯嘴角，有點尷尬，她只愛吃自己喜歡吃的食物，可喜事嬤嬤準備的食品裡，有幾樣宮中的祕方，說是對嬰兒皮膚好、腸胃好的，她可不愛吃，卻被告知必須吃。這會子撒嬌，為的就是讓連城出面幫她賴掉，哪知他完全不配合。

真是不體貼！

郁心蘭氣惱地噘起小嘴，赫雲連城瞧著，覺得好笑，俯下頭重重親了她一口，見她一臉懵懂，赫雲連城忍不住笑出聲來。

「討厭！」郁心蘭嬌啐了一口，探頭向珠簾外看。

赫雲連城笑道：「都打發出去了，想問什麼只管問。」

郁心蘭這才笑著，拉他問起了秋山之行。

「還算順利，父親派了一名懂火藥的親衛黎銘，他查看了山道裡的土壤，說是應當埋過火藥，爆炸過。」

郁心蘭不由得好奇，「難道當年你們沒有聽到爆炸聲嗎？」

赫雲連城搖了搖頭，「倒是有一聲悶響，只是不大，像是天邊的驚雷。本來那時就陰了天，所以也沒有人在意。黎銘說，應當是將火藥埋得比較深，而且藥量大，才會有這般的威力，卻又沒有什麼聲響。」頓了頓又道：「我已經告訴父親了。」

這些話就有些細節要思量了，郁心蘭一點一點地與他分析：「火藥多半是童普製的，他會，而且又貪戀富貴，他家本是再普通不過的百姓，赴京的銀兩是存了好些年的，可來到京城後就這樣大把花錢。只是，不知他會製火藥是怎麼被人發現的。若能從他口中問出這個人來，自然就能更進一步接近真相。」

「再者，那麼多的火藥要運入獵場也不容易，畢竟一旦皇上準備去秋山圍獵，就會先有御林軍提前幾日清山驅獸。若是提前運入，就有被發覺的危險。再者，火藥遇水就會潮，再也不能點燃，所以，必定是在整改前的半日連夜埋入土中，否則也很難成功。」

「若要運送這麼多的火藥，進入獵場，而不驚動守衛的御林軍，必定得有……」

赫雲連城的眸光閃了閃，「妳的意思是說，御林軍的高銜軍官中也有逆臣？」

郁心蘭扭頭看向丈夫，定定地道：「當然！還有，這事兒你打算什麼時候同皇上說？」

赫雲連城的眸光沉了下來，想了想才道：「這事兒，我得先去與子恆談一談，最好我們能先查出真相來，這樣才好上報給皇上。」

郁心蘭哦了一聲，「也是，你們倆都被這事兒給害得不淺。那你打算怎麼撬開童普的嘴？用刑嗎？好像不大好吧，畢竟只是猜測，沒有證據證明是他幹的，他又有功名在身。」

這是最麻煩的地方，有功名的學子，翰林院都有記錄，就算是刑拘，也必須有正式的刑部文書，否則就是濫用私刑。若是最後撬開了童普的嘴還好說，就怕萬一沒等問出個結果就被對方知道了，只怕還要吃官司。

赫雲連城蹙了蹙眉，「非常之事用非常之法，我打算悄悄抓了他，只要能問出口供就好。」

「若是他事後反口，說是被你逼迫，才給的假口供呢？」郁心蘭想了想，出了個主意：「做壞事的人肯定都怕報應，咱們不如找人假扮閻王，來個三堂會審。」

赫雲連城聽了她的計畫，也覺得可能，又有趣，不由得揚眉輕笑。

想到漸漸有了線索，赫雲連城也終於能沉冤得雪，郁心蘭忍不住微微勾起了唇角。

「若真是有了別的線索，一定要告訴我呀，我陪著你一起分析好不好？讓我陪你一起解開這個謎底好不好？」

聲音軟綿綿甜軟軟的，尤其她又是膩在他懷裡，抬著秋水般清亮的眸子，這樣低聲柔順地請求，赫雲連城幾乎想也沒想就開口應下了。應下後，才想到他似乎答應了不該答應的事情，這事兒最後涉及的必定是朝中的大梁之臣，或許是必須要保密的。

郁心蘭瞧出了他的懊悔，她的聲音更低了些，帶著點討好的意味，「連城，我希望你能洗去冤屈，更希望我能幫上你……」

赫雲連城故意無奈地嘆息一聲，沉吟了片刻才道：「答應妳了，自然是會作數的。」

郁心蘭的眼睛亮了起來，「太好了！」

她想參與其事，一是因為閒得無聊，二是因為看轉播哪裡有看直播刺激？

高興完了，才想起徐老闆的事，「也不知他得罪了什麼人，非要見你不可。」

赫雲連城蹙蹙眉，「大抵是些齷齪事。」

無商不奸，多半是幹了缺德事，或是什麼官商勾結的勾當，這會子怕被人滅口之類。

郁心蘭一本正經地道：「若只是一般的骯髒事，他為何非要告訴你不可？只怕是與你有關的事，不然，我也不會把他帶回侯府好生保護著。」

赫雲連城想了想，也是有道理，只是他有點困乏，闔上眼，懶懶地道：「等我休息一下。」

郁心蘭忙起了身，將竹榻讓給他，自己坐到椅子上看書陪著他。

赫雲連城這一睡就睡了一個多時辰，連午飯的點都過了，才餓醒過來。

郁心蘭忙讓丫頭們將飯菜熱好端上來，赫雲連城不由得皺眉，「妳沒吃？」

「先吃了一點墊著，現在還可以陪你一起吃。我這一整天的吃食就不斷，哪裡會餓。」

赫雲連城握住她的手，牽著她到桌邊坐下，「那也不能不吃飯，以後定時吃，不必等我。」

郁心蘭見他堅持，便乖巧地應了。

用過飯，又歇了午，赫雲連城才帶著非要同行的小妻子到前院書房接見徐老闆。

徐老闆自被郁心蘭帶入侯府，就一直被丟在客房裡，除了三餐準時有人送來一菜一湯，再見不著一個人。一離開京城就路遇山賊，哪裡會有這麼巧？定是那些人派出來的！他總是擔心自己被人殺害，原就精瘦的人，現在更是瘦得皮包骨了。

一見到赫雲連城，他就立即撲通跪下……

❖ ❖ ❖

仁王府，秦肅下了馬，將韁繩一甩，快步走入書房。

明子信正與兩位幕僚談論時政，見他進來，微微一笑，「你來得正好，一起聊一聊吧。」

秦肅用眸光掃了那兩人一眼，「小王與王爺有要事要談。」

兩位幕僚立即看向仁王，見他頷首，便起身，施禮退出。

明子信又令侍衛初一守好房門，這才問：「什麼要事？」

秦肅面帶喜色，從懷中拿出一張紙來，遞給仁王，「大喜事！我派人沒日沒夜地跟蹤工部尚書夫人，總算是有了收穫！」

明子信展開一看，也是一臉驚喜，「這可真是老天有眼了。」

紙上寫著工部幾位官員貪墨的銀兩和分贓帳冊的藏處，以及其餘未曾查到的官員的名單。

工部尚書還真是有辦法，居然敢將這麼重要的事交由夫人去辦，也多虧得慎之處事謹慎，不但跟蹤工部尚書之子，還派了人緊跟著其夫人……明子信眸中不禁露出笑意。

秦肅壓低了聲音：「王爺，您看，這些人要不要呈報給皇上？」

這些人都是朝中的大臣，若是不報，可拿著紙上所附的證據要脅他們，為仁王所用。若是要上報，在皇上的面前就是大功一件，對仁王的政績亦是十分有用。

明子信想了想，「先找出贓銀。」

也就是不想將名單呈給皇上。畢竟皇上現在正在收集朝臣的推舉摺奏，他若想被冊立為太子，需要朝臣的一致推舉，多幾個人就多份摺奏。日後等他登基稱帝，這些蛀蟲自然是不能留的。

秦肅點了點頭，「那就事不宜遲！」

明子信也知兵貴神速，立即點齊了王府的三百親兵，分批派了出去，到城外再行集合，以免被對手察覺，分去了功勞。只是再怎麼掩飾，王府也就這麼幾個門，一下子出去這麼多親兵，街對面的永郡王府就聽到了風聲。

明子岳立即就察覺出來，「必定與現在正在查的貪墨案有關，或許他們已經有了線索，派人去跟著，另外，調集親兵隨時候命。」

於是，幾隊人馬遮遮掩掩地來到東城外。

這裡有許多官員和城中大富之家的別苑，贓銀並沒放在哪一個官員的別苑中，而是在一個商人的宅子裡，埋在後花園的池塘下。

明子岳後到一腳，明子信的人已經開始在抽塘水了。

明子岳湊上前去，微微一笑，「十二哥好悠閒啊。」

明子信見到皇弟的身影，心就是一沉，這傢伙只怕是察覺到自己派出了人手，才暗中跟著的，可恨的是，如今已是箭在弦上，哄是肯定哄不走的，自己若是甩手走開，他也會將這座宅子翻個底朝天……為今之計，只有分他一杯羹了。

只不過，愈想愈不甘心，明子信少不得要嘲諷兩句：「十三弟也好興致，居然跟著哥哥跑了大半個城。」

明子信已經篤定了心中的猜測，想到沒出任何力就能在父皇面前露臉，尤其是能分走十二哥的功勞，心中自然是興奮萬分，當然不會在意兄長的這點小酸氣，便拱了拱手道：「好說好說。」

既然要分功勞，就不能完全不幹活，明子岳立即指揮自己的手下相助。

兩位王爺負手立在池塘邊，看著親衛們忙碌，誰也不搭理誰。

池塘的水好不容易抽乾了，親兵們便套上防水的厚黏鞋，撲通跳下去，開始了挖掘工作。

正在此時，門外又傳入一陣急促的馬蹄聲，負責保衛的親兵們立即將佩刀抽出半截，隨時準備應戰。待馬隊衝將進來，兩位王爺都將手一揮，「退下。」

來人清一色的絳紅箭袖立領對襟長衫，半尺闊的蠻腰束帶，這是御林軍的裝束！

領隊之人，更是父皇身邊的親信，黃公公。

黃公公見到兩位王爺，立即跳下馬來，躬身行禮，笑咪咪地道：「原來兩位王爺也在此地，早知如此，皇上就不必派咱家跑這趟腿了。」

明子信和明子岳面色都是一僵，「不知公公前來是……」

黃公公摸著光溜溜地下巴，詫異道：「原來兩位王爺不是來收繳贓銀的？」

兩位王爺立即表態，「自然是來收繳贓銀的，銀子還未找到，原是想找到後，立即呈報給父皇。只是不知父皇是如何得知的？」

黃公公哦了一聲，笑道：「是赫雲將軍帶了名重要證人入宮，向皇上稟明案情線索，皇上才差奴才來此的，呵呵！」

這一笑，直把兩位王爺笑得尷尬無比。

人家赫雲連城一得知重要線索，第一時間就是入宮稟明皇上，半點不隱藏，也半點不居功，相比之下，他倆就……況且，赫雲連城已經稟明了皇上，這功勞自然也就是他的了。

黃公公這種人精，自是不會在這時候發表意見，只是謙恭地問道：「不知何時能找到……」

彷彿要配合黃公公的話，幾名親兵同時大叫：「找到了！找到了！」

只是，此時找到，已不能讓兩位王爺興奮了。

贓銀多達七十餘萬兩，在池底鋪了半丈厚，整整花費了一夜的時間才整理出來，搬上馬車。這些還只是分配到各人手中會顯得礙眼，才特意埋藏在此的，就連黃公公都不免咋舌。

一隊御林軍押著數十車銀兩，浩浩蕩蕩地進了皇宮。

太和殿的大殿之上，建安帝又是喜悅又是震怒。喜的是這些贓銀被找到，怒的是這些蛀蟲，竟將修建河堤的銀子裝入自己的腰包，若是萬一發了洪水，整個帝都豈不是要化為一片汪洋？

明子信與其他人一起垂首肅立在大殿上，心中百轉千折，懷中那份名單似乎燙傷了他的胸口。若是此時將這份名單呈上去，應當多少還能算是一份功勞，只是，要不要呈上去？

在龍階上來回走動不停的建安帝忽地停步，揚聲喝道：「來人！」

大殿外的侍衛總領何道，立即進殿候旨。

建安帝沉聲吩咐：「去將這些逆臣賊子給朕抓入天牢。」說著，報了一串人名。

明子信的心沉到了寒潭之底，原來父皇已經知道了。

待何總領躬身退下，建安帝這才將目光投注到臺階下的諸人身上，淡淡地道：「你們也辛苦了，都各自回府吧，靖兒也回去好好休息幾日。」

最後一句話，算是對赫雲連城的嘉獎了，但對兩位王爺卻再沒多的話。

這令明子信和明子岳的心中直打鼓，若是有功，父皇一定會看賞，若是生氣，也一定會責罵，可這樣不聲不響的，應當是失望了……是失望他們貪圖功勞，沒有及時呈報嗎？

不待他們想清楚，建安帝已經拂袖而去，兩人只得對視一眼，各自離開。

明子信故意慢走幾步，等赫雲連城趕上來，然後笑問：「表兄這幾日請假在家，原是查案去了，實是辛苦了。」

赫雲連城淡淡地道：「非也，臣是去看望一位朋友，回家之時才得知此事。」

明子信十分訝異，「哦？怎麼這麼巧就被表兄撞見了？」

提及此，赫雲連城的眸中就露出笑意，「是內子撞見了此案的證人，將其帶入侯府保護，並非臣的功勞。」

若是換成他，或許都懶得跟這些商人說話，只會派個屬下去詢問。雖然屬下詢問清楚後，也會稟報他，但這中間就有可能出現意外，不可能辦得這麼順了。

想到小妻子指天誓日地說徐老闆要說的事肯定與他有莫大的關係，還真是被她給說中了。徐老闆也是因為知道之前是由他在查辦這個案子，才非要見他不可。

赫雲連城在這邊高興，明子信的眸光卻暗淡了下來，心中暗恨，為何旁人的妻子都能這般相助夫君，他那兩個妃子嘴裡說要助他，卻辦不了一件實事？

出了宮，赫雲連城便與仁王分道揚鑣，回到府中，郁心蘭正與丫頭們一起做百家衣。

百家衣是給孩子穿的，求個百家順遂的福氣。衣服要從旁人的家中收集起來，清洗乾淨，在每件衣上剪一小塊面，拼成一套小孩子的衣物。

郁心蘭特意做大了一點，她生產的時候應當是冬季，她不想將這種衣料貼著小孩子的皮膚，所以縫成了小棉褡子，包裹在包袱外面的。

赫雲連城不是第一次見她做小孩子的衣服，只是這件比較奇怪，就忍不住問了問。

郁心蘭指了指千葉，笑道：「這丫頭給出的主意。」

千葉向大爺解釋了一番，又忙收拾了針線簍子，退了出去。

郁心蘭問道：「怎麼這時才回？還順利嗎？」

赫雲連城點了點頭，「贓銀找到了，花了些時間。」

郁心蘭邊為他寬衣邊問：「昨晚沒休息好吧，你先歇會兒。賀塵說，屋子那邊已經安排好了，我一會兒讓童安氏想辦法將童普請回去，咱們就能行動了。」想了想又道：「等問出些線索，再跟莊郡王爺說吧，免得之前不小心走漏了風聲。」

赫雲連城想了想，笑道：「好吧，都聽妳的，妳是我的福星，希望藉妳的福氣將這樁案子查個清楚。」

見赫雲連城一本正經地說她是福星，郁心蘭被逗得咯咯嬌笑，「你什麼時候也信這個了？」

赫雲連城含笑，伸手輕觸她光滑細膩的小臉，「怎麼不信？自娶了妳之後，就事事順遂。」

郁心蘭噘了一下小嘴，「那是我敏銳謹慎加之明察秋毫，可不光是運氣。」

「是，妳冰雪聰明、蘭心惠質、秀外慧中、心靈手巧……夠不夠？」

這話雖帶著戲謔，卻也是發自內心。

就比如昨日下午他帶徐老闆入宮一事，原本按照他的想法，應當先去東郊那所宅院探一探，確定贓銀的確是在那裡，才向皇上呈報。畢竟徐老闆只是幫他們洗黑錢的，那收藏贓銀的老闆是另外一人，只是徐老闆天生謹慎，暗暗查清楚了，以備日後所用。

可郁心蘭卻嚴肅地告訴他，若是被對方察覺，只怕會將贓銀移走，就算他帶著親兵守衛著，要皇上如何相信你沒有從中拿走一點？所以贓銀還是原封不動的由皇上的人去發掘才好。至於是不是真的在那處宅院內，應當不用懷疑，就算有假，反正是徐老闆供出的，帶徐老闆進宮面聖就是了。

幸虧他聽了小妻子的勸，否則只怕會同兩位王爺一樣，被皇上猜忌了。派了那麼多人去挖掘贓銀，卻又靜悄悄地不欲人知，皇上想不懷疑他們的用心都難。

郁心蘭嘻嘻一笑，厚著臉皮道：「每個詞重複一百遍才夠。」說著要拉他進室內休息。

赫雲連城卻道：「不了，我去趟郁府。」說著取過屏風上搭著的外衫，自己披上。

郁心蘭忙問：「又到哪去？」

「外祖父來了，我昨日回來，原就應當去拜訪，拖到今日，再不去，禮數不周，父母親也要責怪我了。」他邊往外走邊解釋：「一會兒我去樓外樓訂個席面，為外祖父接風洗塵。」

這意思就是不帶她一同去了。

郁心蘭只好在府中等著，赫雲連城去了大約一個時辰，便差了陳社回府回話，告訴她席面訂在明日中午，請了溫府和郁府的親戚。雖然赫雲連城得了恩許，這幾日可以不去上衙，但想到已經請了幾日假，放不下軍營裡的事，還是自行去了。

❈　❈　❈

那位買下果莊的胡老闆，似乎真的是在繼續經營果莊，到了這盛夏時節，還讓人送了一車新鮮的桃子、李子、西瓜到侯府來。

郁心蘭自是不會吃外面送來的東西，只讓丫頭們分籃裝盛好，給各個院子送了一籃。另外，還特意囑咐紫菱給童安氏送一籃子去。

童安氏如今住在白楊胡同，很普通的四合院，北面是院門，南面一明兩暗的三間正房，東西兩側各一間廂房一個雜屋間，中間的草坪不大，有一口水井。

紫菱敲了敲門，不一會兒，童耀便奔跑出來開門，見是紫菱，立即笑道：「紫菱姑姑好。」

紫菱輕笑著摸了摸他的頭頂，「你娘親在不在？」

「在的。」童耀關好了門，在前面引路，童安氏聽到聲音，放下手中的針線活，起身迎了出來。

「紫菱姑娘今日怎麼得閒過來？」

「是大奶奶讓我送一籃子新鮮水果過來，給童嫂子和小耀嚐嚐鮮。」

「這真是……怎麼好意思，總讓大奶奶牽掛著，紫菱姑娘回府後，一定要幫奴家道謝。」

童安氏極不好意思，連忙往裡讓，將竹凳搬過來，又用抹布擦了擦。

紫菱笑吟吟地在客位坐下，張目打量四周。

這間當作客廳的明房裡，除了中央一套待客的八仙椅外，內側靠牆還有一張小方桌，想是用來當餐桌的。此時桌上鋪著一本書、一方盛了墨汁的硯臺，還有一疊寫了字的白紙。

紫菱笑問：「可是小耀在這做功課？」

童安氏點了點頭，笑著聊起來：「可不是。他爹說隔幾日會回來一趟，教他習些字，平日裡讓他自己溫書。」

童耀勤快地沏了一杯茶，捧給紫菱，嫩聲道：「紫菱姑姑請用茶。」又打開待客的四格果盤，放在桌面上，殷勤地請紫菱用一點。做完了這些，他坐回到原位，提筆練字。

紫菱輕啜了一口茶，與童安氏閒聊起家常：「童公子不知做什麼營生，竟會這般忙碌？」

童安氏絲毫沒有戒心地道：「男人家主外，他不與我說，我也不好問，只要他心裡頭還有我們娘兒倆就成了。」

紫菱贊同地點了點頭，「的確是這個理，不過……這樣卻是耽誤了小耀的課業，原本在香雪坊，安亦掌櫃還能每日裡抽幾個時辰教小耀讀書習字，現在這樣幾日才教一次，恐怕會耽誤了小耀的前程。」

童安氏也正憂心這個，聽到這話，不免輕嘆一聲，「這有什麼法子呢，我正盤算著，送耀兒進私塾……」

紫菱笑了笑道：「小耀很乖巧，很得大奶奶的眼緣，前幾日大奶奶還在說，她的小外甥林哥兒請了西席，請的是翰林院穆編修的兄長，學問是極好的，目前丁憂在家。林哥兒一人學著也無聊，不如讓小耀去跟著學學，正好能作個伴兒。」

童安氏聞言，又驚又喜，「這、這真是太好了……」忽地想到夫君還要過幾日才回家，不由得又猶豫，陪著笑道：「這種大事還得先與夫君商量，不知西席何時上府授業？」

紫菱看著童安氏，不動聲色地笑，「明日就開始授課了，這位穆先生授課嚴謹，缺一日都會落下不少的。」

童安氏不想失去這麼好的機會，想到丈夫曾說，若有緊急之事，可以去一家字畫坊留個訊兒，便下定決心般地點頭，「那好，我今日去尋尋夫君，不論怎樣，都請紫菱姑娘替我謝謝大奶奶。」

紫菱笑著應聲好，又指著小籃子裡的水果介紹道：「那都是果莊上產的，甜枇杷這時節卻是極少見的。」

童安氏又謝了一次，到西邊的廚房裡取了一罈子醃楊梅，遞給紫菱，「大奶奶喜歡吃這個，我又做了些，還請紫菱姑娘帶去。」

紫菱沒有客氣，接了罈子，由童氏安送出了門。上馬車的時候，趁童安氏不注意，她悄悄向巷口的楊柳樹打了個手勢。

待馬車走遠，童安氏便讓兒子到武正街的如墨書齋，請那兒的掌櫃帶個口訊給丈夫，說是有極重要的事，請他回來商議。

小耀這幾回見到父親，覺得父親對他比較冷淡，生恐父親覺得這是小事，不願回家，跟那掌櫃說話時，說得極嚴重，又機靈得怎麼也不透出一點口風。

如此一來，終於在傍晚時分將童普給誆進了家門。

童安氏欣喜不已，忙拾掇了　桌子飯菜出來。

童普整日住在謹王府的別苑裡，幾乎就是足不出戶，別苑裡自然是山珍海味、酒池肉林，可吃多了也就膩了，見妻子這桌飯菜素淡精緻，嚐了一口，感覺別有風味，自是吃了個酒足飯飽。

飯後，童安氏服侍好丈夫淨手淨面，才將想讓童耀去溫府一同進學的事，說與丈夫聽。

童普立即皺眉起了眉頭，「我不是說過耀兒我會教他？日後我必定是能飛黃騰達的，耀兒便是沒有功名，也可以舉薦個官兒當著，妳擔心什麼？」

童安氏聽他說得這般斬釘截鐵，不由得生疑，遲疑著問：「相公，你現在到底在做些什麼？」

童普不滿地白了她一眼，「我現在的事兒極為重要，卻是不能說的，妳少問。」

童安氏聽了這話，也只得壓下滿心疑問，喏喏地應了，微垂了頭，露出一小截優美的頸子。

盛夏的天黑得晚，這會子還有些濛濛亮，童安氏出身貧家，自不會在有光線的時候點油燈，一張素白小臉隱在若明若暗之間，領口的肌膚若隱若現，竟生出了白日裡難得一見的風情。

所謂飽暖思淫欲，童普現在酒足飯飽，看了這一幕風情，哪裡還忍得住？當即傾身過去，在童安氏的脖子處吹了一口氣，淫笑道：「娘子，咱們安置吧。」

童安氏俏臉一紅，迅速抬眸瞧了一眼正在收拾碗筷的小耀，忸怩地道：「我……我先給耀兒燒水沐浴，再……再……」

話未說完，小耀就好奇地看了過來。

童安氏再不敢說，童普頗感掃興，卻又因不能立時得逞，更生出幾分急切和勢在必行。他揮了揮手，不耐煩地道：「快去快去！」

其實他也覺得熱了，渾身黏膩，待妻子燒好水，就搶在兒子之前衝了個涼，然後回到臥房，躺在床上，架起腿來晃蕩，想著一會兒與妻子翻雲覆雨，不由得喉頭發緊，乾嚥了幾口唾沫。

只不過，妻子左等不來右等不來，眼見天色全黑了下來，童普失了耐性，又晃起身來，往堂屋去尋髮妻。

才出了臥房的門，童普就愣住了，這是自己家嗎？怎麼這麼多霧氣和熏煙？還有一些影影綽綽的鬼魂在空中飄來飄去……

飄就罷了，鬼魂也還罷了，這些鬼魂都穿著杏黃色的騎馬人裝，一個個氣宇軒昂，卻又面目陰森，明明就是……他忍不住打了一個哆嗦，色厲內荏地吼道：「滾開！你們是……是……何方妖孽……」

眾鬼飄呼呼地答道：「我們是鬼。」

童普咬緊牙關，恨聲道：「少在這裡裝神弄鬼，我童普可不怕這一套，我是有功名在身的，皇氣保佑的！」

只聽得一陣咯吱咯吱的響動，其中一個身穿杏黃色騎馬裝的鬼魂竟將頭扭到背後，扭過來後，竟然還是披散的長髮，嚇得童普頓時「嗷」了一嗓子，一屁股坐到了地下。

鬼魂兩隻無神的大眼透過毛髮的間隙，陰惻惻地盯著他，那聲音更是飄渺得彷彿來自地底：「你就是害死本宮的那個賤民？」

❖ ❖ ❖

赫雲連城為郁心蘭削著青果，郁心蘭纖手支著下頷，笑吟吟地看著，小刀在他的手中毫不費力地往前推進，果皮兒不斷跳躍，不過幾個眨眼的功夫，皮兒就削掉了。郁心蘭伸出纖指捏起來，還是一整串不斷的，粗細都相差無幾……

郁心蘭滿心豔羨，「嘖嘖，這手刀功，怕是御醫都比不上你！」

赫雲連城嗔了她一眼，這話兒可不能算是誇獎！手裡也沒閒著，飛快地將青果削成小塊，用簪子戳了一塊，餵給她吃。

郁心蘭也投桃報李，兩人一人一口吃得正歡，紫菱挑了簾子進來稟道：「賀侍衛回來了。」

郁心蘭頓時眉開眼笑，「快讓進來。」

紫菱和錦兒將屏風拉開，賀塵進來，站在屏風後稟報道：「童普已經招了，並畫了押。」

紫菱將賀塵呈上的供詞拿進來，交給大爺。

赫雲連城展開一看，俊眉驟然擰在一起。

郁心蘭忙湊了頭過去看，密密麻麻的一頁紙，將七年前他所辦之事寫得分外詳細。

童普七年前入京趕考，一開始還是很節省的，可是銀兩只有那麼多，再節省也沒用，尤其住入忠信侯府後，見到侯府的奢華，心態就更加不能平衡，悄悄搬了幾樣值錢的擺設出府賣。當然，很快就被侯府給發現了。忠信侯為人和善，知道寒窗苦讀的不易，不欲壞了他的名聲，只是著人將其趕了出去。

在侯府的吃住都是頂尖的，童普再也過不回原來那種貧窮的生活，就開始四處巴結達官貴人。可旁的官員哪會要一個投過名的學子？童普漸漸身無分文，只好去偷去搶。

一次在搶劫一名婦女時，遇到了頑強的抵抗，還喚了路人過來相助，童普只好甩出自製的煙霧彈逃生。這一幕剛好被人瞧見，立即就有人上前來尋了他，請他大魚大肉的吃喝，了解到他非常會製爆竹後，讓他試了一回，果然沒令人失望。

於是，那人請他住進雲來客棧的天字號房，又給他充足的銀兩花銷。這樣子過了幾個月，在童普再也離不開這種奢華的生活時，之前那人又尋上門來。

之前他將自己製火藥的技術吹得神乎其神，那人請他做幾種效果的火藥出來，他一一製好，試驗之後，果然如那人要求的一樣，要爆哪兒就哪兒，旁邊的東西居然可以不損一點。那人大喜，用大量金錢來引誘他，要他製作大量火藥。

童普當時也覺得不對勁，可被錢迷花了眼，哪裡還會管那麼多，便跟著那人住到了一處僻靜的莊子，安心製火藥，直到後來被人逼著到秋山，親自點燃了引線，事後又聽說了五位皇子殞沒的消息，他才嚇得幾欲昏死過去。

可是事已至此，帶他去秋山的那人並沒有殺他滅口，反而是將他介紹給一位年輕公子，讓他以後跟著那名公子。

那名公子就是謹親王世子贍養的男寵紅渠。童普在謹親王的別苑一住就是六、七年，每天好吃好喝，還有美女相伴，他也就得過且過了。況且一開始行動還極不自由，今年開始也沒人再拘束他了。他以為，那件事就這麼過去了……

這年代不興打聽男人名字，一般都只報官職和姓氏，所以供詞上提到的幾個人名，郁心蘭並不清楚是誰。不過按童普所寫，與他聯繫的僅有一人，另外幾個人，是他留神偷聽了那人與紅渠的對話而偷聽到的。

後續之事可以再商量，郁心蘭現在比較感興趣的是別的，「童普是不是被嚇傻了？他當時是個啥樣？」

賀塵一想到童普大小便失禁、眼淚鼻涕滿臉的樣子，就覺得噁心，這話兒實在是不好在大奶奶面前提，只說是「嚇得癱軟在地」，又不禁佩服地道：「大奶奶是怎麼想出將臉往後轉這一招的？之前嚇唬他，他怕是怕，卻還是強硬，直到看到那一幕，當場就軟了，膽汁都吐了出來。」

郁心蘭嘿嘿一笑，這可是貞子的經典鏡頭，當然能把童普嚇破膽。

她得意了幾秒，隨後謙虛地道：「也還多虧了吳神醫的散煙。」有散煙加深陰森的氣氛，再加童普做賊心虛，自然就能水到渠成。

郁心蘭又關心童安氏，「她和小耀還好吧。」

賀塵忙答道：「吳大夫給她吹了點迷神煙，能一覺睡到天亮，事後不會想起什麼。」

郁心蘭點了點頭，目前來看只能這樣，可是童普謀害皇子卻是誅九族的大罪，恐怕日後真相揭露之後，她和小耀都難逃一死。

想到這兒，郁心蘭的心裡就沉沉的，吃進嘴中的醃楊梅也變得沒了味道。

赫雲連城似是察覺了她心中所想，安慰地撫了撫她的背，這種事是無法求情的。

因為事先就定好的方案，嚇唬了童普後，給他聞一點吳為配的迷神香，有短暫的遺忘效果，還是將其放回去，免得打草驚蛇。但會派人悄悄跟蹤他，將與其聯繫的人都收入視線之中。

待今晚沒什麼再要安排的事項，赫雲連城便揮手讓賀塵和丫頭們退下。只不過，他顯得有些煩躁，俊眉緊緊鎖著，薄唇也抿成了一條線。

郁心蘭忙問：「怎麼了？這些人都是官員嗎？」

赫雲連城搖了搖頭，「與他聯繫的那人是御林軍中的校衛，並非高官，雖說是從後山進入山道，可也應當無法避過前方的暗哨，當時應當還有人將哨兵給調開了。」又指了其中兩個與她說：「這兩個人都是謹親王府中的清客，梁王有了反意，謹親王竟也……他的清客總不會無緣無故要謀害皇子。只不過，我總覺得有些怪異，卻又說不出哪裡怪。」

郁心蘭前後想了想，到底不是偵察人員，一下子也想不出個所以然來，便拉著他坐到內室裡，確定兩人的談話不會被旁人偷聽了去，「我們慢慢地分析。先不論誰是主謀，先從原因分析起。我問你答，你覺得我問得不對，你就說理由。」

赫雲連城點了點頭，郁心蘭便問道：「目前指向的人是謹親王對吧？」

赫雲連城點頭。

「那謹親王殺害皇子的動機是什麼？是不是皇上沒有子嗣，就要從宗親的子弟中選擇一人，冊立為太子？」

赫雲連城應道：「是。」

「那就是有動機了，可有皇族血統的親王並不是只有他一個吧？」

「嗯……有八個。」

「對呀，平王是皇上的堂弟，明駿是皇上的堂侄，雖說比不上安親王和謹親王這樣，與皇上都是先帝的皇子，可到底也是皇家血脈。也就是說，若謹親王想將自己的兒子送入宮當太子，還有七個對手要剷除。」

「對！」赫雲連城的眸光一亮，「就是這裡，我明白了！有這麼多對手要剷除，他那時就開始行動，而且一開始就是針對皇子，這一點怪異！」

郁心蘭也點頭道：「的確，一般來說，總要先除去幾個，自己的根基比較穩，至少是暗中很穩後，再開始著手除去皇子……不過，先除去皇子，因為有動機的人多，就很難懷疑到他頭上，他事後再去爭，亦是一樣。總之，有可能是謹親王，也有可能不是。」

這話說了跟沒說一樣，赫雲連城抿了抿唇，瞥了她一眼。

郁心蘭很不喜歡這種略帶不滿和鄙視的眼神，為了證明自己是柯南轉世，她絞盡腦汁，終於想到一點，故弄玄虛地道：「你有沒有覺得調查進展得太順利了點？」

赫雲連城怔了怔，「怎麼就順了？要不是那天江南請客，只怕我們現在都沒找到童普。」

呃，郁心蘭卡了殼，又不甘心放棄高深莫測的形象，緩緩地邊想邊說：「其實吧，找到童普的確是運氣，可是童普知道的……是不是太多了一點？比如說吧，從頭到尾是那個聯繫人跟他聯繫，這說明他們是很謹慎的。可那人又為什麼要跟紅渠談論其他人，還是在童普也住的別苑裡？若真有要事，他們的地盤上應當至少有一間暗室吧？所以，有可能是有人想汙陷謹親王。」

赫雲連城瞇了瞇眼，「有道理。」

郁心蘭頓時得意了，挺了挺胸脯，「當然有道理，所以呢，我的建議是，還是將這份供詞交給皇上吧，由皇上去查比較好，你只要證明你是清白的就行了。」

赫雲連城遲疑著問：「直接告訴皇上？」

郁心蘭用力點頭，「畢竟牽涉到了皇子和皇族……你只能算是親戚，皇上家族裡的事，還是讓他們自己去弄明白吧。畢竟還要有許可權，才能查得到一些事情，比如那名校衛，若是他換了軍營，你如何去查？」頓了頓又補充道：「我想，莊郡王爺也會贊成的。」

赫雲連城想了想，終是點了點頭，笑看著她，「好吧，聽妳的。誰讓妳這麼聰明，又是我的福星呢。」

郁心蘭終於害羞了，她剛才是為了維護自己的高人形象在強撐啊，腦筋轉得差點打結，幸虧給她強掰出了一個理由。

第二日退朝後，赫雲連城便立即求見聖顏，還拉上莊郡王一起。

皇上處理完緊急朝政後，才宣了他二人覲見。為了保守住祕密，既然是在宮殿裡，明子恆問連城到底有什麼事時，赫雲連城都沒說，只說要他一會兒跟著自己說話就是了。

待赫雲連城呈上那紙供詞後，建安帝龍顏大怒，啪的一掌重重擊在龍案上，「明謹這個逆臣，來人！」

赫雲連城忙拉著明子恆下跪，進言道：「啟稟皇上，還請皇上熄怒，先聽臣一言。」

建安帝精光四射的眼睛看向他，緩緩地坐下道：「說。」

赫雲連城便將昨日他和郁心蘭兩人分析的種種情形都一一細述一遍，「此案還需詳查，才能確定是不是謹親王所為。」

建安帝沉吟良久，才沉緩而威嚴地道：「赫雲靖、莊郡王接旨。」

赫雲連城和莊郡王忙道：「臣在。」

「朕敕你二人為正一品都察院京畿行走，專職徹查秋山一案，並各賜玉符金牌一塊，准予調動兩萬人以下之兵力，任何官員見牌，如朕親臨。」

赫雲連城和莊郡王忙應道：「臣接旨。」

黃公公立即到後壁間取出兩塊玉符金牌，雙手呈給二人，兩人領牌謝恩。

有了這塊金牌，任何府第都能進去搜查，還不用任何文書，還能調動二萬兵力，這等於是給了他倆極大的權力。

出了宮後，明子恆捶了赫雲連城一下，「你什麼時候查到的，怎麼也不來知會我一聲？」

赫雲連城搖頭笑道：「昨日半夜才查到，今日一早就稟明皇上。怕洩漏了，不敢提前知會你。」

明子恆點了點頭，「這般謹慎是應該的。」又忍不住露出唏噓之態，「終於得見天日了。」

明子恆頓了一下，向赫雲連城笑道：「走，今日去我府中作客，咱們倆也不用再避著人了。」

赫雲連城正要答應，忽地想到自己今天在樓外樓宴請心蘭的外祖父，現在時辰已不早，忙忙地告辭回府。

明子恆看著赫雲連城的背影半晌，這才低頭笑了笑，眸中露出些許昂揚鬥志和心滿意足。

（未完待續）

作　　者　菡笑
封面繪圖　畫措
責任編輯　施雅棠
副總編輯　林秀梅
編輯總監　劉麗真
總 經 理　陳逸瑛
發 行 人　涂玉雲
出　　版　麥田出版
城邦文化事業股份有限公司
104台北市中山區民生東路二段141號5樓
電話：（886）2-25007696　傳真：（886）2-25001966
發　　行　英屬蓋曼群島商家庭傳媒股份有限公司城邦分公司
104台北市中山區民生東路二段141號2樓
客服服務專線：（886）2-25007718；25007719
24小時傳真專線：（886）2-25001990；25001991
服務時間：週一至週五上午09:00~12:00；下午13:00~17:00
劃撥帳號：19863813；戶名：書虫股份有限公司
讀者服務信箱：service@readingclub.com.tw
麥田部落格　http://blog.pixnet.net/ryefield
香港發行所　城邦（香港）出版集團有限公司
香港灣仔駱克道193號東超商業中心1樓
電話：852-25086231　傳真：852-25789337
E-mail：hkcite@biznetvigator.com
馬新發行所　城邦（馬新）出版集團【Cite (M) Sdn Bhd】
41, Jalan Radin Anum, Bandar Baru Sri Petaling,
57000 Kuala Lumpur, Malaysia.
電話：(603) 90578822　傳真：(603) 90576622
Email：cite@cite.com.my
美術設計　洸譜創意設計股份有限公司
印　　刷　鴻霖印刷傳媒股份有限公司
初版一刷　2013年10月8日
定　　價　250元
I S B N　978-986-173-987-8

漾小說 103

妾本庶出 3

國家圖書館出版品預行編目資料

妾本庶出 / 菡笑著. -- 初版. -- 臺北市：
麥田, 城邦文化出版：家庭傳媒城邦分公司發行,
2013.10
冊；　公分. --（漾小說；103）
ISBN 978-986-173-987-8（第3冊：平裝）

857.7　　102016933